ANA DE TEJAS VERDES

Lucy Maud Montgomery

Título: Ana de Tejas Verdes
Título original: *Anne of Green Gables*
Autora: Lucy Maud Montgomery

© Edimat Libros, SA
C/ Primavera, 10, nave 35
28500 Arganda del Rey
Madrid-España
www.edimat.es

Traducción: María Jesús Sevillano Ureta
Diseño e ilustraciones de cubierta: Karakachoff Estudio
Ilustración de cubierta: Andrés Nancul para Karakachoff Estudio

ISBN: 978-84-9794-641-4
Depósito Legal: M-26304-2024

Impreso en España - *Printed in Spain*

INTRODUCCIÓN

La escritora canadiense Lucy Maud Montgomery, conocida como L. M. Montgomery, nació en Clifton (en la actualidad New London) en la isla del Príncipe Edward, Canadá, el 30 de noviembre de 1874. Sus padres fueron Hugh John Montgomery y Clara Woolner Macneill. La madre murió de tuberculosis cuando Lucy tenía sólo veintiún meses de edad, y su padre la dejó a cargo de sus abuelos maternos, Alexander y Lucy Macneill, en Cavendish. El padre se fue al oeste de Canadá a hacer fortuna y se instaló en la isla del Príncipe Albert, provincia de Saskatchewan, donde contrajo un nuevo matrimonio.

Como fue una «hija única» que vivía con una pareja de gente mayor, recibió una educación muy estricta, y encontró compañía en su imaginación, en la naturaleza, en los libros y en la escritura. A los seis años empezó a acudir a la escuela (que consistía en una sola aula donde estaban mezclados niños de distintas edades y necesidades educativas, muy típica de las zonas rurales), cerca de la casa de sus abuelos maternos en Cavendish. Allí llevó a cabo sus estudios primarios, excepto durante la temporada 1890-1891, cuando pasó un año en la isla del Príncipe Albert con su padre y su nueva esposa, Mary Ann McRae.

Empezó a escribir poesía a los nueve años, a la vez que mantenía un diario personal. Pasó también algún tiempo con sus tíos John y Annie Campbell (de soltera Macneill, hermana de su madre), y la familia de ellos en Park Corner. Allí pasó muchos días felices, jugando con sus primos y visitando a su abuelo paterno, el senador Donald Montgomery, que vivía cerca de los Campbell. A Lucy le encantaban su casa de Cavendish y la de Silver Bush, como llamaban a la granja de los Campbell en Park Corner. Mientras estaba en Príncipe Albert consiguió su primera publicación, un poema titulado *En el cabo LeForce,* por un periódico local, *El diario patriota.* En septiembre de 1891 regresó a Cavendish, demasiado tarde para ir al colegio ese año, pero llegó al décimo grado (desde hace mucho tiempo, el currículum escolar en EE. UU. y Canadá se compone de doce grados) en 1892-1893.

El siguiente curso escolar (1893-1894) estudió para conseguir su título de Magisterio en la Facultad Príncipe de Gales, en Charlottetown, donde completó las asignaturas de dos años en uno sólo y se graduó con distinciones.

Lucy Montgomery ejerció brevemente su carrera de maestra; enseñó en las escuelas Bideford, Belmont y Bajo Bedeque consecutivamente, mientras seguía escribiendo. Dejó la enseñanza durante un año (1895-1896) para estudiar cursos escogidos de Literatura inglesa en la Universidad Dalhousie, en Halifax, Nueva Escocia, y se convirtió en una de las pocas mujeres que aspiraban a una educación superior en aquella época. Fue en ese período en Dalhousie cuando recibió sus primeros honorarios como escritora.

En 1898, cuando estaba enseñando en Bajo Bedeque, su abuelo materno murió de súbito y ella regresó inmediatamente a Cavendish para cuidar de la abuela, ya que de lo contrario habría tenido que salir de su casa. Permaneció con la abuela los siguientes trece años, con excepción de un período de nueve meses en 1901-1902, en el que trabajó como correctora de pruebas del periódico *The Daily Echo,* en Halifax. Durante ese período renovado en Cavendish, Lucy Montgomery siguió escribiendo y enviando numerosos poemas, relatos y novelas por entregas (costumbre muy extendida en la época) a revistas canadienses, británicas y estadounidenses. A pesar de que sufrió varios rechazos de su obra, al final dispuso de una fuente de ingresos por sus escritos. Como ejemplo, podemos decir que en 1899 ganó 96,88 dólares, que con los criterios de hoy no parece mucho, pero que constituían una elevada suma en aquella época. Luego llegó a conseguir quinientos dólares en 1903.

En 1898 empezó a concebir la idea de los relatos que darían lugar a su mayor creación, la serie de Ana Shirley, en ocho libros, que describen al personaje desde la niñez hasta la edad madura: *Ana de Tejas Verdes,* publicado originalmente en 1908. (Tal vez sea más ilustrativo el título original, *Anne of Green Gables,* pues hace referencia al color de los pequeños tejadillos triangulares —llamados *gabletes* en español— que sobresalen a modo de ventanas del inclinado tejado, también verde, de la casa de Cavendish donde sitúa la acción de la novela). Este libro conoció un éxito inmediato, lo que hizo que Lucy escribiese siete novelas más con esa temática y marcó el inicio de la carrera como novelista de Lucy Montgomery.

Tras la muerte de la abuela en marzo de 1911, Lucy se casó el 5 de julio de ese mismo año, a sus treinta y siete, con el reverendo Ewan McDonald, con quien había estado comprometida en secreto desde 1906. Antes de su compromiso con el pastor, Lucy, que era una joven maestra bien parecida, había tenido dos relaciones de tipo romántico, una, muy infeliz, con su primo en tercer grado Edwin Simpson, de Belmont, y una unión breve y apasionada con Herman Leard, de Bajo Bedeque. Después de la boda el matrimonio se mudó a Leaskdale, en Ontario, donde él era ministro de la Iglesia presbiteriana. Lucy lo ayudaba en sus tareas pastorales, llevaba la casa y seguía escribiendo novelas, así como narraciones cortas y poemas. Siguió manteniendo fielmente aquel diario de niñez y mantuvo una correspondencia enorme con familia, amigos y seguidores. Ya no volvió a vivir en su amada isla del Príncipe Edward, pero regresaba a ella en algún período vacacional.

La pareja tuvo tres hijos, Chester, nacido en 1912; Hugh, nacido muerto en 1914, y Stuart, nacido en 1915. Lucy era una persona muy sensible e inteligente, que sufría profundamente por los acontecimientos que la afectaban a ella personalmente y al mundo. En sus diarios puede apreciarse su dolor por la muerte de su segundo hijo, Hugh, los horrores de la Primera Guerra Mundial, la muerte de su querido primo Frede Campbell y el descubrimiento de que su marido padecía de «melancolía religiosa». (Ese era el nombre que se le daba a cualquier trastorno mental marcado por los deberes religiosos en relación con Dios y con la salvación; es una enfermedad en la que el paciente se siente abandonado por Dios, evidentemente muy «inoportuna» para un eclesiástico). Se entregó a la escritura como refugio para huir de la tristeza por la pérdida de su segundo hijo y para sobrellevar los constantes ataques de melancolía que padecía el marido. La Primera Guerra Mundial empeoró la enfermedad de Ewan, hizo que decayese mentalmente y acabó hospitalizado, con ella como cuidadora. A pesar de todo eso, Lucy siguió escribiendo y expresando en sus obras de ficción, en sus diarios y en sus cartas su amor por la vida, por la naturaleza y por la belleza. Mientras cuidaba de su marido escribió otra serie de libros que también tuvo mucho éxito, *Emily de la luna nueva,* ambientada también en la isla del Príncipe Edward.

En 1926 se trasladaron a Norval, en Ontario, donde estuvieron hasta que Ewan renunció a su trabajo como ministro de la Iglesia presbiteriana. *Ana de Tejas Verdes* continuó estando entre sus protagonistas preferidas hasta que en 1920 decidió poner fin a sus historias porque, según había escrito Lucy en su propio diario, se sentía cansada del personaje. Ana volvería a aparecer en una novela que fue rechazada justo el día antes de su muerte, probablemente por presentar a una protagonista alejada del espíritu original de las primeras novelas de Ana y dando un mensaje antibelicista en plena Segunda Guerra Mundial. A pesar de que otras novelas de Lucy no tuvieron tanto éxito como sus libros protagonizados por Ana Shirley, la de Tejas Verdes, fue siempre una escritora bien recibida por el público. No obstante, el estrés que padeció influyó en su forma de escribir y en 1933 publicó el libro *Pat, de Silver Bush,* que era más oscuro y estaba destinado a lectores adultos en vez de a los más jóvenes.

En 1935 el matrimonio se mudó a Toronto, donde estaría cerca de sus hijos, y donde Lucy sufrió una crisis nerviosa que le hizo volver a su primer personaje, Ana, y publicar dos libros más de la serie (escribió hasta un total de ocho novelas con ese personaje). Ese mismo año fue nombrada oficial de la Orden del Imperio Británico y miembro del Instituto Literario y Artístico de Francia. El inicio de la Segunda Guerra Mundial afectó a su salud mental y física, y en 1941 dejó de salir de su casa. El 24 de abril de 1942 fue encontrada muerta en la cama de su casa en Toronto. La causa de la muerte, tal como se registró en el certificado de defunción, se adjudicó a una trombosis coronaria. En cualquier caso, en 2008, una nieta suya, Kate McDonald Butler, dio a conocer que Lucy padecía una fuerte depresión, seguramente achacable a los cuidados a su marido por la enfermedad mental que éste padecía desde hacía décadas, y sugirió que posiblemente perdiera la vida como consecuencia de una sobredosis de medicamentos. Fue la primera mujer canadiense en pertenecer a la British Royal Society of Arts y fue declarada Persona de Interés Nacional Histórico de Canadá. Fue enterrada en el cementerio de Cavendish, con lo que al final regresó al territorio de su infancia, después de un velatorio en la casa de

Tejas Verdes y el funeral en la iglesia presbiteriana local. Su marido, el pastor Ewan McDonald murió poco después, en 1943.

Lucy Montgomery publicó veinte novelas, quinientos treinta relatos cortos, unos quinientos poemas, treinta ensayos, un libro de no ficción, *Mujeres valientes,* y su autobiografía, pues estuvo escribiendo hasta su muerte. Todas sus novelas, excepto una, están ambientadas en la isla del Príncipe Edward, en la provincia más pequeña de Canadá, que, debido a la fama internacional de Montgomery, se ha convertido en un lugar de referencia literaria y en un emplazamiento de interés turístico, al ser la granja de Tejas Verdes la génesis del Parque Nacional de la isla del Príncipe Edward. Sus obras, especialmente la saga de *Ana de Tejas Verdes,* se han editado continuamente y se han traducido a muchos idiomas. Sus diarios, sus cartas y sus grandes colecciones están archivadas en la Universidad de Guelph, donde son consultados por estudiosos de todo el mundo. El instituto dedicado a su nombre en la Universidad Príncipe Edward coordina la mayoría de las investigaciones y conferencias sobre su obra. A principios de 1980 la *Oxford University Press* publicó sus diarios completos.

Ana de Tejas Verdes

Lucy Montgomery empezó a escribir la primera de las novelas de un personaje y una serie que la harían famosa mundialmente, *Ana de Tejas Verdes,* en 1905. Envió el manuscrito a varios editores, pero todos ellos la rechazaron con diversos argumentos y ella, un poco decepcionada, guardó el documento en algún cajón o caja de sombreros. En 1907 volvió a encontrar ese manuscrito, lo releyó e intentó de nuevo su publicación. Los editores de la *Page Company of Boston,* en el Estado de Massachussetts, decidieron aceptarla y la novela apareció publicada en 1908. El libro tuvo una gran acogida por el público, se convirtió en un éxito de ventas inmediato, con seis ediciones en seis meses, marcó el inicio de la carrera de Lucy Montgomery como novelista e hizo de ella la autora canadiense más leída.

Marilla y Matthew Cuthbert son dos hermanos solterones de mediana edad que viven juntos en Tejas Verdes, una granja de su propiedad en un pueblecito ficticio llamado Avonlea, en la isla del Príncipe Edward. Para que les ayude con las tareas de la granja deciden adoptar a un niño huérfano del orfanato de Nueva Escocia. Las comunicaciones eran por entonces muy lentas, y debido a una serie de imprevistos, desgracias y malentendidos, quien termina en Tejas Verdes es una vivaz e inteligente muchachita pelirroja de once años, llamada Ana Shirley. (Al parecer, Lucy Montgomery se inspiró en un artículo periodístico sobre el caso de una pareja canadiense que solicitó la adopción de un niño huérfano, pero les llegó una niña en su lugar.) En principio, Marilla quiere devolver a Ana al orfanato, pero Matthew va convenciéndola y juntos deciden quedarse con la niña. Después de algunos incidentes con su familia de adopción, Ana se familiarizará con los habitantes del pequeño pueblo de Avonlea y comenzará su educación. Ana es brillante y perspicaz, su carácter es impaciente por ser complaciente, pero está descontenta con su nombre, con su piel pálida llena de pecas y, sobre todo, con sus largas trenzas de pelo rojo. Ana es una niña muy despierta con una imaginación muy fértil, que llenará de alegría las vidas de los dos hermanos así como del resto de habitantes de Avonlea. Montgomery sitúa el marco temporal en el último cuarto del siglo XIX, y la acción en torno a la casa de las Tejas (gabletes) Verdes, en homenaje a la casa donde vivían sus primos en la isla del Príncipe Edward, donde ella fue feliz en sus visitas cuando niña.

En el libro, pensado en principio para todas las edades, aunque se lo consideró después como un relato para niños, se van describiendo las experiencias de una niña en un entorno rural, su educación en la escuela, donde pronto sobresale en sus estudios, sus ambiciones literarias y sus amistades con otras niñas como Diana Barry (su vecina y mejor amiga), Jane Andrew o Ruby Gillis, y su manifiesta rivalidad con Gilbert Blythe, un chico de trece años que se atrevió a burlarse y hacer una broma acerca de su color de pelo, con lo que consiguió el odio perpetuo de la pelirroja, aunque él le pidiera perdón repetidamente. El libro también sigue las aventuras y desventuras de Ana en la pacífica Avonlea, en las que se incluyen sus juegos con su grupo de amigas (Diana, Jane y Ruby), sus rivalidades con las hermanas Pye (Gertie y Josie) y sus errores domésticos, como teñirse el pelo de verde.

A lo largo de la obra, Ana vivirá numerosas aventuras, dejará volar su imaginación y madurará hasta el día en que emprenda sus estudios superiores y salga de Avonlea. A los dieciséis años entrará en la Academia de Queens, donde se graduará en sólo un año y se le concederá una beca para cursar estudios superiores de Arte en la Facultad Redmond, en Nueva Escocia, pero la muerte de Mattehew, el padre adoptivo, hará que renuncie a ese objetivo para regresar a Tejas Verdes para encargarse de cuidar a Marilla, la madre adoptiva. Allí se convirtió en la nueva profesora de la escuela rural, gracias a que Gilbert, el niño que se burló de ella por ser pelirroja y al que detestaba, le cedió su plaza por razones familiares, siendo los dos buenos amigos desde entonces. Es fácil ver en todo este argumento un paralelismo bastante fiel con su propia vida.

Lucy Montgomery continuó el personaje, sus aventuras y su paso al mundo adulto en siete libros más, ordenados según la edad del personaje de esta manera: *Ana de Tejas Verdes,* de 1908, en el que Ana tiene de once a dieciséis años; *Ana de Avonlea,* de 1909, Ana tiene de dieciséis a dieciocho años; *Ana de la Isla,* de 1915, en el que Ana tiene de dieciocho a veintidós años; *Ana de Álamos Ventosos,* de 1936, Ana tiene de veintidós a venticinco años; *Ana y la casa de sus sueños,* de 1917, Ana tiene de venticinco a veintisiete años; *Ana de Ingleside,* de 1919, Ana tiene de treinta y cuatro a cuarenta años; *El valle del arcoírirs,* de 1921, Ana tiene de cuarenta y uno a cuarenta y nueve años, y finalmente, *Rilla de Ingleside,* de 1939, en el que Ana tiene de cuarenta y nueve a cincuenta y tres años. *El valle del arcoíris* y *Rilla de Ingleside* son dos secuelas en las que se describen las vidas de los hijos de Ana. En estos libros, Montgomery va desarrollando la personalidad de Ana y transformándola de niña alocada, excesivamente imaginativa, de carácter impulsivo y espíritu indomable, hasta la joven inteligente e independiente que utiliza su imaginación de forma constructiva. En los libros, va narrando su vida y, más tarde, las de sus hijos.

La historia de la valiente y apasionada Ana, que se ha convertido en un icono de la cultura canadiense y de la literatura juvenil, ha sido adaptada docenas de veces en distintos formatos, incluso los dibujos animados, en la televisión y en la gran pantalla, además de en series dentro de plataformas de *streaming*. A lo largo de todos estos años, el personaje de *Ana de Tejas Verdes* y sus aventuras ha ido enamorando a multitud de lectores y sembrando esperanza y alegría en cada uno de ellos. En plena Segunda Guerra Mundial, una misionera canadiense le entregó un ejemplar del libro a la japonesa Hanako Muraoka, a quien le gustó tanto que lo tradujo de manera clandestina y lo difundió entre sus conocidos. Cuando terminó la guerra poco después y el inglés se estableció como segunda lengua oficial en Japón, la editorial Mikasa Shobo publicó esa traducción en 1952. Se hizo tan popular, que Ana se convirtió en una heroína japonesa que a día de hoy todavía se estudia en los colegios del país. Además, atrae a multitud de japoneses que, junto a centenares de miles de personas venidas de todo el mundo, visitan la casa museo de la escritora para conocer *Green Gables* de primera mano, junto al entorno que tanto amaba y que inspiró la historia de Ana Shirley.

Lucy Maud Montgomery inmortalizó esa pequeña provincia canadiense por medio de sus maravillosas descripciones de la vida, la naturaleza, la comunidad y la gente de la isla del Príncipe Edward. Su fama es hoy universal por sus novelas, especialmente por las de Ana Shirley, la de Tejas Verdes, la niña pelirroja, lista y amable a la que el lúcido y profundo conocedor de los niños Mark Twain consideró como *la niña imaginaria más encantadora que se haya creado desde la inmortal Alicia, la del espejo.*

ANA DE TEJAS VERDES

CAPÍTULO PRIMERO

La señora Rachel Lynde se lleva una sorpresa

La señora Rachel Lynde vivía justo donde el camino principal de Avonlea descendía en una pequeña hondonada bordeada de alisos y fucsias, por la que discurría un arroyo que nacía en los bosques de la antigua casa de los Cuthbert. Tenía fama de ser un arroyo intrincado y caudaloso al comienzo de su curso a través de aquellos bosques, con oscuros y secretos remansos y cascadas, pero cuando llegaba a la hondonada de los Lynde era un riachuelo tranquilo y bien conducido, pues ni siquiera un arroyo podía pasar por delante de la puerta de la señora Rachel Lynde sin tener en cuenta la decencia y el decoro. Probablemente era consciente de que la señora Rachel se hallaba sentada junto a la ventana, vigilando atentamente todo lo que pasaba, ya fuesen arroyos o niños, y, que si notaba algo extraño o fuera de lugar, no descansaría hasta haber averiguado por qué.

Tanto en Avonlea como fuera de ella, hay mucha gente capaz de estar pendiente de los asuntos de su vecino a fuerza de descuidar los suyos propios, pero la señora Rachel Lynde era una de esas personas capaces de ocuparse de sus propios asuntos y de los de otros. Era una estupenda ama de casa; siempre hacía su trabajo y lo hacía bien. «Dirigía» el Círculo de Costura, ayudaba a dirigir la escuela dominical, y era el pilar más firme de la Asociación de Ayuda a la Iglesia y Auxilio a las Misiones Extranjeras. Y aun a pesar de todo esto, la señora Rachel tenía tiempo de sobra para sentarse junto a la ventana de la cocina durante horas, tejiendo colchas de «urdimbre de algodón» (ya había tejido dieciséis de ellas, como solían decir con voz de asombro las amas de casa de Avonlea), mientras vigilaba atentamente el camino principal que cruzaba la hondonada y serpenteaba por la empinada colina rojiza que había más allá. Puesto que Avonlea ocupaba una pequeña península triangular que se adentraba en el golfo de San Lorenzo, rodeada de agua por ambos lados, cualquiera que saliera de ella o entrara en ella tenía que pasar por ese camino de la colina y, de ese modo, pasar por delante del ojo invisible que todo lo ve de la señora Rachel.

Allí estaba sentada una tarde a principios de junio. El sol entraba por la ventana, cálido y brillante; el huerto de la ladera que había por debajo de la casa resplandecía en una explosión de flores blancas rosadas sobre las que zumbaba una miríada de abejas. Thomas Lynde, un hombrecillo dócil a quien la gente de Avonlea llamaba «el marido de Rachel Lynde», estaba sembrando su última semilla de nabo en el campo de la colina que había más allá del granero; y Matthew Cuthbert debería haber estado sembrando el suyo en el gran campo rojo del arroyo que había junto a Tejas Verdes. La señora Rachel sabía que debía hacerlo porque le había oído decir a Peter Morrison la noche anterior, en la tienda de William J. Blair, en Carmody, que tenía la intención de sembrar su semilla de nabo la tarde siguiente. Peter se lo había preguntado, por supuesto, porque a Matthew Cuthbert no se le conocía precisamente por dar información voluntariamente sobre algo.

Y, sin embargo, ahí estaba Matthew Cuthbert, a las tres y media de la tarde de un día laborable, conduciendo plácidamente por la hondonada y colina arriba; además, llevaba cuello blanco y su mejor traje, lo que era una prueba clara de que iba a salir de Avonlea; e iba en la calesa con la yegua alazana, lo que indicaba que iba a recorrer una distancia considerable. Ahora bien, ¿a dónde iba Matthew Cuthbert y por qué iba allí?

Si hubiera sido cualquier otro hombre de Avonlea, la señora Rachel, uniendo hábilmente esto y aquello, podría haber dado una buena respuesta a ambas preguntas. Pero Matthew salía de casa en tan raras ocasiones que debía tratarse de algo apremiante e inusual. Era el hombre más tímido del mundo y odiaba tener que permanecer entre extraños o ir a cualquier lugar donde tuviera que hablar. Ver a Matthew con cuello blanco y conduciendo una calesa era algo que no sucedía a menudo. Por más que reflexionó, la señora Rachel no pudo conseguir nada y estropeó su disfrute de la tarde.

«Me acercaré a Tejas Verdes después del té y averiguaré por Marilla a dónde ha ido y por qué —concluyó finalmente la respetable mujer—. Por lo general, no va a la ciudad en esta época del año y *nunca* va de visita; si se hubiera quedado sin semillas de nabo, no se habría vestido así ni habría cogido el carruaje para ir a por más. No conducía tan rápido como para ir en busca del médico. Sin embargo, algo debe de haber sucedido desde anoche para que se ponga en marcha. Estoy completamente desconcertada, eso es, y no tendré ni un minuto de paz hasta saber qué es lo que ha sacado a Matthew Cuthbert de Avonlea hoy».

De modo que, después de tomar el té, la señora Rachel se puso en marcha; no tenía que ir muy lejos, pues la casa donde vivían los Cuthbert, grande, laberíntica y rodeada de huertos, se encontraba a menos de medio kilómetro de distancia de la hondonada de los Lynde. No cabe duda de que el largo sendero hacía que aún pareciese encontrarse más lejos. El padre de Matthew Cuthbert, tan tímido y callado como su hijo, se había alejado todo lo posible de sus semejantes, sin llegar a refugiarse en los bosques, cuando construyó su granja. Tejas Verdes fue construida en el extremo más alejado de sus tierras, y allí seguía, apenas visible desde el camino principal en el que estaban situadas, de un modo más sociable, todas las demás casas de Avonlea. La señora Rachel Lynde no llamaba *vivir* a vivir en un lugar como aquel.

—Sólo es *estar*, eso es —dijo mientras caminaba por el sendero lleno de surcos y de hierba, bordeado de rosales silvestres—. No es de extrañar que Matthew y Marilla sean un poco raros, viviendo aquí solos. Los árboles no son mucha compañía, aunque Dios sabe que sería suficiente para ellos. Yo prefiero ver gente. Sin duda, parecen estar contentos; pero supongo que es porque están acostumbrados. Un cuerpo puede llegar a acostumbrarse a cualquier cosa, incluso a que lo ahorquen, como decía aquel irlandés.

Con estos pensamientos, la señora Rachel salió del sendero y se adentró en el jardín trasero de Tejas Verdes. Muy verde, bien cuidado y ordenado era aquel jardín, rodeado por un lado de grandes sauces patriarcales y de álamos remilgados por el otro. Ni un palo ni una piedra se veían, pues la señora Rachel los habría visto de haber estado. Particularmente, era de la opinión de que Marilla Cuthbert barría aquel jardín con la misma frecuencia que barría su casa. Se podría haber comido algo caído al suelo sin necesidad de quitarle la proverbial mota de polvo.

La señora Rachel dio unos elegantes golpecitos en la puerta y entró cuando se le pidió que lo hiciera. La cocina de Tejas Verdes era una estancia alegre... o lo habría sido de no haber estado tan terriblemente limpia como para dar la impresión de ser un salón que no se usaba nunca. Las ventanas daban al este y al oeste; a través de la del oeste, la que daba al jardín trasero, entraba un torrente de suave luz de junio; pero la del este, desde donde se vislumbraban las flores blancas de los cerezos en el huerto de la izquierda y los abedules esbeltos que se balanceaban al viento en la hondonada que había junto al arroyo, reverdecía a causa de una maraña de enredaderas. Aquí se sentaba Marilla Cuthbert, cuando se sentaba, siempre un poco desconfiada de la luz del sol, que le parecía demasiado danzarina e irresponsable para un mundo que debía tomarse en serio; y aquí estaba sentada ahora, tejiendo, y con la mesa que había detrás de ella ya dispuesta para tomar un refrigerio.

Antes de cerrar la puerta, la señora Rachel ya había tomado nota en su mente de todo lo que había sobre la mesa. Había tres platos, de modo que Marilla tenía que estar esperando que alguien volviera a casa con Matthew para tomar el té. Pero los platos eran los de uso cotidiano y sólo había confitura de manzana y un tipo de tarta, de modo que el acompañante que se esperaba no podía ser muy especial. Pero, ¿y el cuello blanco y la yegua alazana? La señora Rachel se sentía bastante desconcertada con aquel extraño misterio en la casa tranquila y poco misteriosa de Tejas Verdes.

—Buenas tardes, Rachel —dijo Marilla enérgicamente—. Hace una tarde espléndida, ¿verdad? ¿No quieres sentarte? ¿Qué tal estáis todos?

Entre Marilla Cuthbert y la señora Rachel siempre había existido algo que, a falta de otro nombre, podría llamarse amistad, a pesar —o tal vez a causa— de lo diferentes que eran.

Marilla era una mujer alta, delgada, angulosa y sin curvas; su cabello oscuro mostraba algunos mechones grises y siempre lo llevaba recogido en un pequeño y apretado moño con dos horquillas clavadas con agresividad en él. Parecía una mujer de mente estrecha y rígida conciencia, y lo era; pero algo se salvaba en su boca, que de haber estado un poco más desarrollada, podría haberse considerado indicador de sentido del humor.

—Estamos todos bien —dijo la señora Rachel—. Aunque temía que *tú* no lo estuvieras cuando he visto marchar a Matthew. Pensé que tal vez iba en busca del médico.

Los labios de Marilla se contrajeron en un gesto de comprensión. Había esperado que acudiera la señora Rachel; sabía que ver a Matthew alejándose de un modo tan inexplicable sería demasiado para la curiosidad de su vecina.

—Oh, no, me encuentro bastante bien, aunque ayer tuve un fuerte dolor de cabeza —dijo—. Matthew ha ido a Bright River. Vamos a traer a un niño de un orfanato de Nueva Escocia y llega en el tren de esta tarde.

Si Marilla hubiese dicho que había ido a Bright River a recoger un canguro de Australia, la señora Rachel no podría haberse sorprendido más. Realmente se quedó muda durante cinco segundos. Era de suponer que Marilla no se estaba burlando de ella, pero la señora Rachel casi se vio obligada a suponerlo.

—¿Hablas en serio, Marilla? —preguntó, cuando recuperó la voz.

—Sí, por supuesto —dijo Marilla, como si traer niños de orfanatos de Nueva Escocia formara parte de las actividades habituales de primavera en cualquier granja bien llevada de Avonlea, en lugar de ser una novedad inaudita.

La señora Rachel sintió que había recibido una fuerte impresión. Sus pensamientos llevaban signos de exclamación. ¡Un niño! ¡Marilla y Matthew entre las personas que adoptan niños! ¡De un orfanato! Bueno, ciertamente el mundo está dando un vuelco. ¡No me sorprendería de nada después de esto! ¡De nada!

—¿Quién demonios os ha metido en la cabeza semejante idea? —preguntó con un tono de desaprobación.

Nadie le había pedido consejo, y tenía que mostrar su desaprobación necesariamente.

—Bueno, llevábamos pensando en ello algún tiempo... todo el invierno, en realidad —respondió Marilla—. La mujer de Alexander Spencer nos visitó un día antes de Navidad y dijo que iba a ir a buscar a una niña al orfanato de Hopetown en primavera. Su prima vive allí, y la señora Spencer lo ha visitado y sabe todo sobre el asunto. Así que Matthew y yo lo hemos estado hablando desde entonces. Pensamos que podríamos traer a un niño. Matthew está envejeciendo, ya sabes...

19

tiene sesenta años... y ya no está tan ágil como antes. Su corazón le preocupa mucho, y sabes lo difícil que es tener que contratar a alguien que te ayude. No hay más que estúpidos muchachos franceses a medio crecer; y tan pronto consigues que uno se inicie y aprenda algo, se va a las fábricas de conserva de langosta o a Estados Unidos. Al principio, Matthew sugirió conseguir un niño de Barnardo[1], pero yo le dije un «no» rotundo. Le dije: «Puede que resulten bien, no digo que no, pero no quiero vagabundos de las calles de Londres para mí. Deseo, al menos, que haya nacido aquí. Correremos un riesgo, sea quien sea, pero me sentiré más tranquila y dormiré mejor por las noches si es canadiense». De modo que al final decidimos que la señora Spencer nos trajera uno cuando fuese a buscar a su niña. La semana pasada nos enteramos de que iría, así que le enviamos un mensaje por medio de los parientes de Richard Spencer de Carmody para que nos trajera un niño inteligente, de unos diez u once años. Decidimos que esa era la mejor edad: la edad suficiente para ser útil en las tareas y lo bastante joven para poder educarle adecuadamente. Tenemos intención de darle casa y educación escolar. Hoy hemos recibido un telegrama de la señora Spencer... el cartero lo trajo desde la estación... en el que decía que vendrían en el tren de las cinco y media de la tarde. Así que Matthew ha ido a Bright River a su encuentro. La señora Spencer lo dejará allí. Por supuesto, ella continuará hasta la estación de White Sands.

La señora Rachel se enorgullecía de decir siempre lo que pensaba, así que procedió a decirlo ahora, después de haber adaptado y dispuesto su mente ante esta asombrosa noticia.

—Bueno, Marilla, sólo te voy a decir claramente que creo que estáis cometiendo una locura... es algo arriesgado, eso es. No sabes lo que vas a recibir. Vas a traer a tu casa y a tu hogar a un muchacho extraño y no sabes nada de él, ni cómo es su carácter, ni qué clase de padres tuvo, ni en qué es probable que se convierta. Mira, sólo hace una semana que leí en el periódico que un hombre y su esposa sacaron a un muchacho de un orfanato y éste prendió fuego a la casa, lo hizo a propósito, Marilla; y casi les quema en sus camas. Y conozco otro caso en el que un niño adoptado tomó por costumbre sorber los

---

[1] Institución benéfica del Reino Unido creada para cuidar niños huérfanos, indigentes o vulnerables. *(N. de la T.)*

huevos, pero no pudieron quitarle la costumbre. Si me hubieses pedido consejo en este asunto, lo cual no has hecho, Marilla, te habría dicho que por el amor de Dios no hicierais tal cosa, eso es.

Este consuelo de Job no pareció ofender ni alarmar a Marilla. Seguía tejiendo sin parar.

—No niego que tengas algo de razón en lo que dices, Rachel. Yo misma he sentido algunos reparos, pero Matthew estaba completamente decidido. Fui capaz de comprender eso, así que cedí. Es tan raro que Matthew se proponga algo que, cuando lo hace, siempre pienso que es mi obligación ceder. Y respecto al riesgo, existen riesgos en casi todas las cosas que se hacen en este mundo. Las personas que tienen hijos propios corren riesgos, si se trata de eso, pues no siempre salen bien. Y Nueva Escocia está muy cerca de la isla. No es lo mismo que traer un niño de Inglaterra o de Estados Unidos. Él no puede ser muy diferente a nosotros.

—Bueno, espero que todo salga bien —dijo la señora Rachel en un tono que indicaba claramente que albergaba serias dudas—. Pero luego no digas que no te lo advertí si quema Tejas Verdes o echa estricnina en el pozo. Oí un caso de Nueva Brunswick, donde un niño de un orfanato hizo eso y la familia entera murió después de sufrir una terrible agonía. Sólo que en ese caso fue una niña.

—Bueno, nosotros no vamos a adoptar a una niña —dijo Marilla, como si envenenar pozos fuera una tarea puramente femenina que no habría de temerse en el caso de ser un niño—. Jamás se me ocurriría adoptar a una niña para criarla. Me sorprende que la esposa del señor Alexander Spencer lo haya hecho. Aunque *ella* no retrocedería ante la idea de adoptar a un orfanato entero si se le metiera en la cabeza.

A la señora Rachel le habría gustado quedarse allí hasta que llegara Matthew a casa con el huérfano. Pero pensando en que pasarían al menos dos horas antes de su llegada, decidió subir por el camino hasta la casa de Robert Bells para darles la noticia. Sin duda, causaría una sensación insuperable, y a la señora Rachel le encantaba causar sensación. De modo que se marchó, para alivio de Marilla, que sintió que sus dudas y temores revivían bajo la influencia del pesimismo de la señora Rachel.

—¡Vaya! ¡Por el amor de Dios! —exclamó la señora Rachel cuando se halló de nuevo en el sendero—. La verdad es que parece que estoy soñando. Bueno, lo lamento por ese pobre muchacho, y no me equivoco. Matthew y Marilla no saben nada de niños y esperarán que sea más sensato y más responsable que su propio abuelo, si es que alguna vez tuvo abuelo, lo cual dudo. Resulta extraño pensar en un niño en Tejas Verdes; nunca ha habido allí un niño, pues Matthew y Marilla ya eran adultos cuando se construyó la nueva casa... y si es que fueron *niños* alguna vez, lo cual resulta difícil de creer cuando los mira uno. No me gustaría estar en los zapatos de ese huérfano por nada del mundo. Le compadezco, eso es.

La señora Rachel decía esto a los rosales silvestres desde lo más profundo de su corazón; pero si pudiese haber visto a la niña que aguardaba pacientemente en la estación de Bright River en ese mismo momento, su compasión habría sido muchísimo más profunda.

CAPÍTULO II

Matthew Cuthbert se lleva una sorpresa

Matthew Cuthbert y su yegua alazana recorrieron tranquilamente los dos kilómetros que había hasta Bright River. Era un bonito camino que discurría entre acogedoras granjas; de vez en cuando atravesaba bosquecillos de abetos, o una hondonada donde se veían ciruelos silvestres en flor. El aire olía a dulce por los muchos huertos de manzanos, y los prados se perdían en la distancia hasta el brumoso horizonte de color perla y púrpura; mientras:

Los pajaritos cantaban como si fuera
el único día de verano en todo el año.

Matthew disfrutaba del viaje a su manera, excepto en los momentos en los que se encontraba con mujeres y tenía que saludarlas con un movimiento de cabeza, pues en la Isla del Príncipe Eduardo se supone que tienes que saludar a todos y cada uno de los que te encuentres en el camino, los conozcas o no.

Matthew temía a todas las mujeres, salvo a Marilla y a la señora Rachel; tenía la desagradable sensación de que esas misteriosas criaturas se reían de él en secreto. Tal vez tuviese razón al pensar así, porque era un personaje de aspecto extraño. Su figura era desgarbada, una larga cabellera gris le llegaba hasta sus encorvados hombros y llevaba una poblada barba castaña desde que tenía veinte años. De hecho, su aspecto a los veinte años era muy parecido al de los sesenta, pero con menos canas.

Cuando llegó a Bright River no había ni rastro de ningún tren. Pensó que había llegado demasiado pronto, de modo que ató su caballo en el patio del pequeño hotel de Bright River y se acercó a la estación. El largo andén se hallaba casi desierto; el único ser vivo que se veía era una niña que estaba sentada sobre un montón de grava situada en uno de los extremos. Matthew, que apenas se dio cuenta de que *era* una niña, pasó a su lado tan rápidamente como le fue posible, sin mirarla. Si hubiese mirado, difícilmente le habrían pasado desapercibidas la tensa rigidez y la expectación en su actitud y expresión. Ella estaba allí sentada, esperando algo o a alguien, y, ya que estar sentada y esperar era lo único que tenía que hacer, eso era lo que estaba haciendo.

Matthew encontró al jefe de estación cerrando la taquilla y preparándose para irse a casa a cenar, y le preguntó si llegaría pronto el tren de las cinco y media.

—El tren de las cinco y media ha llegado y ha salido hace media hora —respondió el rudo funcionario—, pero ha dejado una pasajera para usted... una niña. Está sentada allí, sobre el montón de grava. Le pedí que entrara en la sala de espera de las señoras, pero me informó con gravedad que prefería quedarse fuera. «Hay más espacio para la imaginación», dijo. Esa niña es un caso, diría yo.

—No estoy esperando una niña —dijo Matthew sin comprender—. He venido a por un chico. Debería estar aquí. La esposa de Alexander Spencer iba a traérmelo desde Nueva Escocia.

El jefe de estación silbó.

—Supongo que se trata de un error —dijo—. La señora Spencer bajó del tren con esa niña y la dejó a mi cargo. Dijo que usted y su hermana la iban a adoptar de un orfanato y que usted vendría a por ella en breve. Eso es todo lo que sé, y no tengo más huérfanos escondidos por aquí.

—No lo comprendo —dijo Matthew con impotencia, deseando haber tenido a mano a Marilla para hacer frente a la situación.

—Bueno, sería mejor que le preguntara a la chica —dijo el jefe de estación despreocupadamente—. Me atrevo a decir que será capaz de explicarlo... tiene lengua propia, eso es cierto. A lo mejor se han quedado sin chicos del tipo que ustedes querían.

El jefe de estación se alejó desenfadadamente, pues estaba hambriento, y el desafortunado Matthew se quedó allí para hacer lo que resultaba más difícil para él que desafiar a un león en su guarida; acercarse a la niña, una niña desconocida, una huérfana, y preguntarle por qué no era un niño. Matthew gruñó para sus adentros mientras se daba la vuelta y caminaba arrastrando los pies por el andén en dirección a ella.

Ella había estado observándole desde que había pasado a su lado y ahora fijó su mirada en él. Matthew no la estaba mirando y no había visto cómo era realmente, pero un observador ordinario habría visto lo siguiente: una niña de unos once años, ataviada con un vestido de algodón muy corto, muy ajustado y muy feo, de un color gris amarillento. Llevaba puesto un sombrero de marinero marrón desteñido, y debajo del sombrero, descendiendo por su espalda, había dos trenzas muy gruesas, de un vivo color rojo. Su rostro era pequeño, blanco y delgado, y también muy pecoso; su boca era grande y también sus ojos, que parecían verdes o grises según la luz y el estado de ánimo.

Hasta ahí vería el observador ordinario, pero un observador extraordinario habría visto que la barbilla era puntiaguda y pronunciada, que los ojos grandes estaban llenos de energía y vivacidad; que la boca era expresiva y tenía unos labios dulces; que la frente era ancha y plena; en resumen, nuestro perspicaz observador habría llegado a la conclusión de que ningún alma vulgar habitaba en el cuerpo de esa niña-mujer perdida a quien el tímido Matthew Cuthbert temía de forma tan ridícula.

Sin embargo, Matthew no sufrió el suplicio de hablar el primero, pues tan pronto como ella concluyó que él había venido a por ella, se levantó, agarrando con una mano delgada y morena el asa de una maleta raída y vieja, hecha de tejido de alfombra, y ofreciéndole la otra mano a él para saludarle.

—Supongo que usted es el señor Matthew Cuthbert de Tejas Verdes —dijo con una voz dulce y particularmente clara—. Encantada de conocerle. Estaba empezando a temer que no iba a venir a por mí y me estaba imaginando todas las cosas que podrían haber sucedido para impedírselo. Había decidido que, si no venía a por mí esta noche, bajaría por el sendero hacia ese gran cerezo silvestre del recodo y treparía por él para pasar ahí toda la noche. No tendría ni pizca de miedo, y sería maravilloso dormir en el cerezo silvestre todo blanco de flores a la luz de la luna, ¿no cree? Uno podría imaginarse que está viviendo en salones de mármol, ¿verdad? Y estaba completamente segura de que vendría a por mí por la mañana, si no venía esta noche.

Matthew había estrechado la escuálida manita con torpeza, y fue entonces cuando decidió qué iba a hacer. No podía decirle a esa niña de mirada radiante que había habido un error; la llevaría a casa y dejaría que Marilla lo hiciera. De todos modos, ella no podía quedarse en Bright River, ni importaba el error que se hubiera cometido, así que todas las preguntas y explicaciones bien podían aplazarse hasta haber regresado a salvo a Tejas Verdes.

—Lamento haber llegado tarde —dijo él tímidamente—. Vamos. El caballo está en el patio. Dame tu maleta.

—Oh, puedo llevarla yo —respondió la niña alegremente—. No pesa. Tengo todos mis bienes terrenales en ella, pero no pesa. Y si no se lleva de una manera en concreto se sale el asa, así que será mejor que me la quede porque conozco la maña para llevarla. Es una maleta muy vieja. Oh, me alegro mucho de que haya venido, aunque habría sido agradable dormir en un cerezo silvestre. Tenemos que recorrer un largo trecho, ¿verdad? La señora Spencer dijo que había unos doce kilómetros. Me alegro porque me encanta ir en carruaje. Oh, me parece tan maravilloso que vaya a vivir con ustedes y pertenecer a la familia. Nunca he pertenecido a ninguna... no, en realidad. Pero el orfanato fue lo peor. Sólo he estado cuatro meses, pero con eso ha bastado. Supongo que usted nunca fue huérfano de orfanato, así que es posible que no pueda comprender cómo es. Es peor que cualquier cosa que se pueda imaginar. La señora Spencer dijo que era mala por hablar así, pero no es mi intención ser mala. Es tan fácil ser malo sin saberlo... ¿verdad? Pero es que hay muy poco espacio para la imaginación en un orfanato... sólo lo había en los demás huérfanos. Era muy interesante imaginar cosas sobre ellos... imaginar que quizás la niña que se sentaba a tu lado era en realidad la hija de un conde a la que había alejado de sus padres una cruel niñera que murió antes de poder confesar. Yo solía permanecer despierta por las noches e imaginar cosas como esa, porque no tenía tiempo durante el día. Supongo que esa es la razón por la que estoy tan delgada... Estoy terriblemente delgada, ¿verdad? No tengo carne en los huesos. Me encanta imaginar que soy bonita y regordeta, con hoyuelos en los codos.

Después de decir esto, la acompañante de Matthew dejó de hablar, en parte porque estaba sin aliento y en parte porque habían llegado a la calesa. No dijo una palabra más hasta que salieron del pueblo y descendieron por una pequeña colina empinada en la que el camino había penetrado tanto en el suelo blando que las orillas, bordeadas de cerezos silvestres en flor y delgados abedules blancos, se alzaban por encima de sus cabezas.

La niña extendió la mano y arrancó una rama de ciruelo silvestre que rozó el costado de la calesa.

—¿No es hermoso? ¿En qué le hace pensar ese árbol, asomado a la orilla, todo blanco y de encaje? —preguntó.

—Bueno, pues no sé —dijo Matthew.

—Pues en una novia, por supuesto... una novia toda vestida de blanco con un encantador velo vaporoso. Nunca he visto una novia, pero puedo imaginarme que se parecería. No espero ser una novia. Soy tan feúcha que nadie querrá casarse conmigo... a menos que fuera un misionero extranjero. Supongo que un misionero extranjero no debe de ser muy especial. Pero sí que espero tener un vestido blanco algún día. Ese es mi ideal más elevado de dicha terrenal. Me encanta la ropa bonita. Y no he tenido un vestido bonito en toda en mi vida, que yo recuerde... pero, por supuesto, es algo a lo que puedo aspirar, ¿no? Y luego me imagino que voy vestida magníficamente. Esta mañana, cuando salí del orfanato, me sentí muy avergonzada por tener que llevar este horrible vestido viejo de algodón. En todos los orfanatos hay que llevarlos, ya sabe. El invierno pasado, un comerciante de Hopetown donó al orfanato trescientos metros de tela de algodón. Algunas personas decían que era porque no podía venderla, pero yo preferiría creer que fue por la bondad de su corazón, ¿no cree? Cuando subimos al tren, me dio la sensación de que todo el mundo me miraba y sentía lástima por mí. Pero entonces me puse a trabajar e imaginé que llevaba puesto el vestido de seda azul pálido más hermoso, porque cuando uno imagina algo, debe imaginar algo que merezca la pena; y un gran sombrero de flores y plumas, y un reloj de oro, y guantes de cabritilla y botas. Me sentí animada enseguida y disfruté de mi viaje a la isla con todas mis fuerzas. No me mareé ni un poquito en el barco. Tampoco la señora Spencer, aunque generalmente lo hace. Me dijo que no tuvo tiempo de marearse porque estaba vigilando que no me cayera por la borda. Dijo que jamás había visto a nadie moverse tanto como yo. Pero si eso evitó que se mareara es una suerte que yo me moviera tanto, ¿no es así? Y yo quería ver todo lo que había que ver en el barco, porque no sabía si volvería a tener otra oportunidad como ésa. ¡Oh, hay muchísimos cerezos en flor! Esta isla es el lugar más florido del mundo. Ya me encanta y me alegro mucho de venir a vivir aquí. Siempre he oído decir que la Isla del Príncipe Eduardo es el lugar más bonito del mundo, y solía imaginar que estaba viviendo aquí, pero nunca esperé que fuera a hacerlo en realidad. Es maravilloso cuando lo que imaginas se hace realidad, ¿a que sí? Pero esos caminos rojos son muy curiosos. Cuando subimos al tren en Charlottetown y empezamos a pasar al lado de los caminos rojos, le pregunté a la señora Spencer qué era lo que hacía que fuesen rojos, pero no lo sabía, y que, por piedad, no le hiciera más preguntas. Dijo que debía de haberle hecho ya mil preguntas. Supongo que así fue, pero, ¿cómo voy a descubrir cosas si no pregunto? ¿Y qué es lo que *hace* que los caminos sean rojos?

—Bueno, pues no sé —dijo Matthew.

—Bueno, esa es una de las cosas que hay que descubrir en algún momento. ¿No es estupendo pensar en todas las cosas que hay por descubrir? Hace que me sienta contenta de estar viva... ¡es un mundo tan interesante! Sería la mitad de interesante si supiéramos todo de todas las cosas, ¿verdad? No habría espacio para la imaginación entonces, ¿no? Pero creo que estoy hablando demasiado. Siempre me lo está diciendo la gente. ¿Preferiría que no hablara? Si dice eso dejaré de hablar. *Puedo* dejar de hablar cuando me lo propongo, aunque es difícil.

Matthew, para sorpresa suya, estaba disfrutando. Como a la mayoría de las personas calladas, le gustaban las personas habladoras cuando estaban dispuestas a hablar por sí mismas sin esperar que se participara. Pero jamás habría esperado disfrutar de la compañía de una niña. Las mujeres eran bastante malas en conciencia, pero las niñas eran peores. Detestaba el modo en el que pasaban a su lado tímidamente, mirándole de reojo, como si esperaran de él que las engullera de un bocado si pronunciaban una palabra. Ese era el tipo de niñas bien educadas de Avonlea. Pero esta pecosa era muy distinta, y aunque le resultaba bastante difícil a su lento intelecto seguir el ritmo de los rápidos procesos mentales de la niña, creía que le gustaba ese parloteo. De modo que dijo con la timidez que era habitual en él: «Oh, puedes hablar todo lo que quieras. No me importa».

—Oh, estoy tan contenta. Sé que usted y yo vamos a llevarnos bien. Es un gran alivio hablar cuando uno quiere, y que no le digan que a los niños hay que verlos pero no escucharlos. Me lo han dicho un millón de veces. Y la gente se ríe de mí porque uso palabras complicadas. Pero si tienes grandes ideas tienes que usar palabras complicadas para expresarlas, ¿no es así?

—Bueno, sí, parece razonable —dijo Matthew.

—La señora Spencer dijo que yo hablaba por los codos. También me dijo que el lugar donde viven ustedes se llama Tejas Verdes. Le pregunté todo sobre Tejas Verdes, y me dijo que estaba rodeada de árboles. Me alegré más que nunca. Me encantan los árboles. No había ninguno alrededor del orfanato, sólo unos cuantos diminutos en la parte delantera metidos en unas jaulitas pintadas de blanco. También parecían huérfanos aquellos árboles. Me daban ganas de llorar cuando los miraba. Solía decirles: «¡Oh, pobrecitos arbolitos! Si estuvierais en grandes bosques con otros árboles a vuestro alrededor y pequeños musgos y florecillas creciendo sobre vuestras raíces, y un arroyo no muy lejos, y pájaros cantando en vuestras ramas, podrías crecer, ¿a que sí? Pero no podéis aquí donde estáis. Sé exactamente cómo os sentís, arbolitos». Sentí lástima al dejarlos atrás esta mañana. Uno se siente muy unido a cosas así, ¿verdad? ¿Hay algún arroyo cerca de Tejas Verdes? Olvidé preguntar eso a la señora Spencer.

—Bueno, sí, hay uno justo debajo de la casa.

—¡Estupendo! Siempre ha sido uno de mis sueños vivir cerca de un arroyo, aunque nunca lo habría esperado. Los sueños no suelen hacerse realidad, ¿verdad? ¿No sería agradable que lo hicieran? Pero ahora mismo me siento casi completamente feliz. No puedo sentirme completamente feliz porque... bueno, ¿de qué color diría usted que es esto?

Ana cogió una de sus largas trenzas brillantes por encima de su delgado hombro y la alzó delante de los ojos de Matthew. Matthew no solía decidirse sobre los tonos de color de las melenas de las damas, pero en este caso no podía haber mucha duda.

—Es rojo, ¿no? —dijo.

La niña dejó caer la trenza con un suspiro que parecía proceder de los mismísimos dedos de los pies, exhalando toda la tristeza del mundo.

—Sí, es rojo —dijo con resignación—. Ahora comprenderá por qué no soy completamente feliz. Nadie con el pelo rojo podría serlo. No me importan las demás cosas: las pecas, los ojos verdes y mi delgadez. Puedo imaginar que no tengo eso. Puedo imaginar que tengo una hermosa tez de pétalos de rosa y unos preciosos ojos de color violeta. Pero no *puedo* imaginarme sin el pelo rojo. Hago todo lo posible. Pienso «mi pelo es de un color negro magnífico, negro como el ala de un cuervo». Pero durante todo ese tiempo *sé* que es rojo y eso me parte el corazón. Será mi pena para toda la vida. Una vez leí en una novela que una chica había sentido pena toda su vida, pero no era por el pelo rojo. Su cabello era de oro puro y caía formando ondas sobre su frente de alabastro. ¿Qué es una frente de alabastro? Nunca lo he averiguado ¿Puedo decírmelo usted?

—Bueno, me temo que no puedo —dijo Matthew, quien estaba empezando a marearse un poco. Se sentía igual que cuando, en su imprudente juventud, otro muchacho le había incitado a subir a un tiovivo un día de comida campestre.

—Bueno, sea lo que sea, debe de haber sido algo bonito porque ella era divinamente hermosa. ¿Ha imaginado alguna vez lo que es sentirse divinamente hermosa?

—Bueno, no, no lo he hecho —confesó Matthew con naturalidad.

—Yo lo he hecho a menudo. Si pudiera elegir, ¿qué preferiría usted: tener una hermosura divina, una inteligencia deslumbrante, o ser bueno como un ángel?

—Bueno, no sé... no sé exactamente.

—Yo tampoco. Nunca soy capaz de decidirme. Aunque no importa mucho, porque tampoco es probable que yo lo sea alguna vez. Es cierto que nunca seré buena como un ángel. La señora Spencer dice que... ¡Oh, señor Cuthbert! ¡Oh, señor Cuthbert! ¡Oh, señor Cuthbert!

No era eso lo que había dicho la señora Spencer; tampoco era que la niña se hubiese caído de la calesa, ni que Matthew hubiese hecho algo sorprendente. Simplemente habían doblado una curva en el camino y se encontraban en la «Avenida».

A lo que la gente de Newbridge llamaba «Avenida» era un tramo del camino de unos cuatrocientos o quinientos metros, completamente cubierto por manzanos muy extendidos que formaban un arco sobre él, y que fueron plantados años atrás por un granjero excéntrico. Por encima de sus cabezas colgaba un largo dosel de capullos fragantes y de un blanco níveo. Por debajo de las ramas el aire se llenaba del color púrpura del crepúsculo y, a lo lejos, el destello del cielo del atardecer brillaba como un rosetón al fondo de la nave de una catedral.

Su belleza pareció enmudecer a la niña. Se reclinó en el asiento de la calesa, con las manos entrelazadas delante de ella y el rostro embelesado ante el blanco esplendor celeste. Ni siquiera se movió ni habló después de haber pasado y empezado a descender por la larga cuesta que llegaba hasta Newbridge. Todavía con el rostro embelesado, mantuvo fija la mirada hacia la lejanía, hacia la puesta de sol, con unos ojos que veían desfilar visiones espléndidas cruzando aquel resplandeciente fondo. Aún en silencio, atravesaron Newbridge, un pueblecito bullicioso donde les ladraron los perros, les gritaron los niños y rostros curiosos les contemplaron desde las ventanas. Después de haber recorrido cinco kilómetros más, la niña aún no había hablado. Era evidente que podía guardar silencio con la misma constancia con la que podía hablar.

—Supongo que estarás un poco cansada y hambrienta —se aventuró a decir Matthew por fin, considerando su largo silencio el único motivo que se le ocurrió—. Pero no nos queda mucho camino por recorrer... sólo un kilómetro y medio más.

Ella salió de su ensoñación con un profundo suspiro y le miró con la mirada soñadora de quien ha estado vagando lejos, guiada por las estrellas.

—Oh, señor Cuthbert —susurró—, ese lugar por el que hemos pasado... ese lugar blanco... ¿qué era?

—Bueno, debes referirte a la Avenida —dijo Matthew, después de reflexionar profundamente un momento—. Es un lugar muy bonito.

—¿Bonito? Oh, *bonito* no parece que sea la palabra correcta. Ni siquiera hermoso. No lo expresan lo suficiente. Oh, era maravilloso... maravilloso. Es lo primero que he visto que no pueda mejorar con la imaginación. Y me ha satisfecho aquí —se llevó la mano al pecho—, sentí un dolor extraño y curioso y, sin embargo, fue un dolor agradable al mismo tiempo. ¿Ha sentido usted algún dolor como ése alguna vez, señor Cuthbert?

—Bueno, no recuerdo haberlo sentido.

—Yo lo siento montones de veces... siempre que veo algo realmente hermoso. Pero no deberían llamar a ese maravilloso lugar la Avenida. No tiene ningún significado un nombre como ése. Debería llamarse... déjeme ver... el Camino Blanco de las Delicias. ¿No es un bonito nombre con imaginación? Cuando no me gusta el nombre de un lugar o de una persona siempre imagino otro nuevo y siempre pienso en ellos con ese nombre. Había una chica en el orfanato que se llamaba Hepzibah Jenkins, pero siempre imaginaba que se llamaba Rosalía De Vere. Puede que otras personas llamen a ese lugar la Avenida, pero yo siempre lo llamaré el Camino Blanco de las Delicias. ¿Es verdad que aún nos queda más de un kilómetro para llegar a casa? Me alegro y lo lamento. Lo lamento porque este viaje ha sido muy agradable, y siempre lamento que se acaben las cosas agradables. Algo aún más agradable podría suceder después, pero nunca se puede estar seguro. Y sucede con mucha frecuencia que se dé el caso de que no sea tan agradable. Ésa ha sido mi experiencia de todas formas. Aunque me alegra pensar que llegamos a casa. Verá, nunca he tenido un hogar de verdad desde que tengo memoria. Otra vez me produce esa mezcla de angustia y placer pensar que voy a un verdadero hogar. ¿Oh, no es hermoso?

Habían llegado a la cima de una colina. Por debajo de ellos había una laguna que más parecía un río por lo larga y serpenteante que era. Un puente la cruzaba en el centro, y desde allí hasta su extremo inferior, donde un cinturón de montículos de arena de color ámbar la separaba del golfo azul oscuro que había más allá, el agua era un esplendor de matices cambiantes: los tonos más delicados del azafrán, rosa y verde etéreo, con otros imprecisos matices para los que nunca se ha encontrado un nombre. Desde el puente hacia la parte superior, la laguna se adentraba en bosquecillos de abetos y arces, y reflejaba sus oscilantes sombras en sus traslucidas y oscuras aguas. De vez en cuando un ciruelo silvestre se asomaba desde la orilla, como una muchacha vestida de blanco, contemplando de puntillas su reflejo. Desde el otro extremo de la laguna llegaba el coro nítido y tristemente dulce de las ranas. Una casita gris asomaba entre un huerto de manzanos en una pendiente lejana y, aunque aún no había oscurecido del todo, una luz brillaba en una de sus ventanas.

—Esa es la laguna de Barry —dijo Matthew.

—Oh, no me gusta ese nombre. Yo lo llamaré... veamos... el Lago de las Aguas Resplandecientes. Sí, ese es el nombre adecuado para él. Lo sé porque me estremece. Cuando se me ocurre un nombre que se ajusta exactamente me estremezco. ¿Se estremece usted alguna vez por algo?

Matthew rumió:

—Bueno, sí. Siempre siento una especie de estremecimiento cuando veo esos feos gusanos blancos que escarban en los pepinos. Odio verlos.

—Oh, no creo que sea exactamente la misma clase de estremecimiento. ¿No cree? No parece existir mucha relación entre los gusanos y los lagos de aguas resplandecientes, ¿no? Pero, ¿por qué la llaman la laguna de Barry?

—Creo que porque el señor Barry vive allí, en aquella casa. La Ladera del Huerto se llama su finca. Si no fuese por ese gran arbusto que hay detrás, podríamos ver Tejas Verdes desde aquí. Pero tenemos que cruzar el puente y dar un rodeo por el camino, de modo que aún nos queda un poco más de medio kilómetro.

—¿Tiene hijas pequeñas el señor Barry? Bueno, no muy pequeñas... como yo más o menos.

—Tiene una hija de unos once años. Se llama Diana.

—¡Oh, qué nombre tan bonito! —exclamó, inspirando profundamente.

—Bueno, no sé. Hay algo espantosamente pagano en él, me parece a mí. Yo preferiría Jane o Mary, o algún nombre más sensato de ese estilo. Pero cuando nació Diana había un maestro hospedado allí y le pidieron que eligiera su nombre, y él la llamó Diana.

—Ojalá hubiese habido un maestro como ese por allí cuando yo nací, entonces. Oh, ya estamos en el puente. Voy a cerrar los ojos con fuerza. Siempre me da miedo pasar por los puentes. No puedo evitar imaginar que tal vez, cuando lleguemos al centro, le dé por cerrarse como una navaja y nos atrape. Así que cierro los ojos. Pero siempre tengo que abrirlos del todo cuando creo que estamos llegando a la mitad, porque, verá, si el puente se *cerrara,* querría *ver* cómo lo hace. ¡Con qué alegría retumba! Siempre me ha gustado cómo retumba. ¿No es espléndido que haya tantas cosas que te gusten en el mundo? Bueno, ya lo hemos cruzado. Ahora miraré atrás. Buenas noches, Lago de las Aguas Resplandecientes. Siempre doy las buenas noches a las cosas que me encantan, igual que si fuesen personas. Creo que les gusta. Me parece que el agua me sonríe.

Cuando llegaron a la siguiente colina y giraron en un recodo, dijo Matthew:

—Ya estamos muy cerca de casa. Tejas Verdes está...

—Oh, no me lo diga —interrumpió ella con entusiasmo, agarrando parcialmente el brazo alzado de Matthew y cerrando los ojos para no ver su gesto—. Déjeme adivinar. Estoy segura de que acertaré.

Abrió los ojos y miró a su alrededor. Estaban en la cima de una colina. El sol se había puesto hacía tiempo, pero el paisaje seguía iluminado por la suave luz del crepúsculo. Hacia el oeste, la oscura aguja de una iglesia se elevaba contra un cielo de color caléndula. Más abajo había un pequeño valle, y más allá una larga ladera que ascendía suavemente y en la que se veían algunas granjas esparcidas en ella. La mirada de la niña pasaba de una a otra, entusiasta y anhelante. Al final se detuvo en una situada a la izquierda, alejada del camino, apenas visible a la luz del crepúsculo entre los árboles en flor que la rodeaban. Por encima de ella, en el inmaculado cielo del suroeste, una gran estrella blanca cristalina brillaba como una lámpara de guía y promesa.

—Es esa, ¿verdad? —dijo ella, señalándola.

Matthew dio un golpe con las riendas en la grupa con deleite.

—¡Vaya, has acertado! Pero supongo que la señora Spencer te la ha descrito de tal modo que se podía saber.

—No, no lo hizo... en realidad no lo hizo. Todo lo que dijo podría haber servido para la mayoría de los otros lugares. No tenía una idea clara del aspecto que tenía. Pero tan pronto como la he visto, he sentido que estaba en casa. Oh, me parece que estoy soñando. ¿Sabe? Mi brazo debe estar ya negro y morado desde el codo hacia arriba por las veces que me he pellizcado hoy. Cada poco rato me invadía una horrible sensación y temía que todo fuera un sueño. Entonces me pellizcaba para comprobar si era real, hasta que recordé de repente que, aun suponiendo que no fuese más que un sueño, prefería seguir soñando todo el tiempo que pudiera; así que dejé de pellizcarme. Pero *es* real y casi estamos en casa.

Con un suspiro de gozo volvió a callarse. Matthew se movió inquieto. Se alegraba de que fuera Marilla y no él quien tuviera que decir a esta niña abandonada del mundo que el hogar que tanto anhelaba no iba a ser el suyo después de todo. Pasaron por la Hondonada de los Lynde, donde ya casi reinaba la oscuridad, pero no estaba tan oscuro como para que la señora Rachel no pudiera verlos desde la ventana, y ascender por la colina hasta el largo sendero que conducía a Tejas Verdes. Al llegar a casa, Matthew rehusaba la revelación que se acercaba con una energía que no comprendía. No era en Marilla o en sí mismo en quienes estaba pensando por las molestias que posiblemente les iba a causar aquel error, sino en la decepción de la niña. Cuando pensó en que se apagaría en sus ojos aquella luz embelesada, tuvo la desagradable sensación de que iba a asistir a algo parecido a un asesinato, una sensación muy parecida a la que le sobrevenía cuando tenía que matar un cordero, un carnero o cualquier otra inocente criatura.

El jardín estaba bastante oscuro cuando entraron en él, y las hojas del álamo crujieron suavemente a su alrededor.

—Escuche a los árboles hablar en sueños —susurró, mientras él la aupaba para dejarla en el suelo—. ¡Qué sueños tan bonitos deben tener!

Luego, sujetando con fuerza la maleta que contenía «todos sus bienes terrenales», le siguió al interior de la casa.

CAPÍTULO III

Marilla Cuthbert se lleva una sorpresa

Marilla se acercó rápidamente cuando Matthew abrió la puerta. Pero cuando sus ojos se posaron en la extraña figurita que llevaba aquel vestido feo y rígido, largas trenzas pelirrojas y unos ojos luminosos y anhelantes, se detuvo en seco, asombrada.

—Matthew Cuthbert, ¿quién es ésta? —exclamó—. ¿Dónde está el muchacho?

—No había ningún muchacho —dijo Matthew con amargura—. Sólo estaba *ella*.

Señaló a la niña con la cabeza, recordando que en ningún momento le había preguntado su nombre.

—¡Ningún muchacho! Pero *tenía* que haber sido un muchacho —insistió Marilla—. Le pedimos a la señora Spencer que trajera a un muchacho.

—Bueno, pues no lo hizo. La ha traído a *ella*. Pregunté al jefe de estación y tuve que traerla a casa. No podía dejarla allí, no importa de dónde proceda el error.

—¡Vaya, pues sí que hemos hecho un buen negocio! —exclamó Marilla.

Durante esta conversación, la niña había permanecido callada, mirando a uno y a otro, y desapareciendo poco a poco el entusiasmo de su rostro. De pronto le pareció comprender el significado de lo que se estaba diciendo. Dejando en el suelo su preciada maleta, dio un paso adelante y juntó las manos.

—¡No me quieren! —exclamó—. ¡No me quieren porque no soy un chico! Debería haberlo esperado. Nadie me ha querido nunca. Podría haber comprendido que era todo demasiado hermoso para que durara. Debería haber comprendido que nadie me quiere realmente. Oh, ¿qué voy a hacer? ¡Voy a echarme a llorar!

Y se echó a llorar. Sentándose en una silla junto a la mesa, apoyó los brazos y, ocultando su rostro entre ellos, continuó llorando con vehemencia. Marilla y Matthew se miraron el uno al otro con reproche al otro lado de la estufa. Ninguno de los dos sabía qué decir o qué hacer. Finalmente, Marilla se decidió sin ninguna convicción.

—Bueno, bueno, no hay necesidad de llorar tanto por eso.

—¡Sí, sí que la hay! —La niña levantó la cabeza rápidamente, mostrando un rostro lleno de lágrimas y unos labios temblorosos—. *Usted* también lloraría si fuese huérfana y hubiese llegado a un lugar que pensaba que iba a ser su hogar y descubriera que no la quieren porque no es un chico. ¡Oh, esto es lo más *trágico* que me ha ocurrido en la vida!

Algo parecido a una sonrisa, algo forzada por falta de práctica, suavizó la sombría expresión de Marilla.

—Bueno, no llores más. No vamos a dejarte fuera de casa esta noche. Tendrás que quedarte aquí hasta que investiguemos este asunto. ¿Cómo te llamas?

La niña dudó un momento.

—¿Pueden llamarme Cordelia, por favor? —dijo con entusiasmo.

—¿*Llamarte* Cordelia? ¿Ese es tu nombre? —dijo.

—No-o-o, no es mi nombre exactamente, pero me encantaría llamarme Cordelia. Es un nombre tan absolutamente elegante...

—No sé qué diantres quieres decir. Si Cordelia no es tu nombre, ¿cuál es?

—Ana Shirley —titubeó a regañadientes la dueña de ese nombre— pero, por favor, llámeme Cordelia. No puede importarle mucho cómo llamarme si voy a estar aquí tan poco tiempo, ¿no? Y Ana es un nombre muy poco romántico.

—¡Bobadas poco románticas! —dijo la poco comprensiva Marilla—. Ana es un nombre realmente bueno, sencillo y sensato. No tienes por qué avergonzarte de él.

—Oh, no me avergüenzo de él —explicó Ana—, sólo que me gusta más Cordelia. Siempre he imaginado que me llamo Cordelia... al menos, siempre durante los últimos años. Cuando era pequeña solía imaginarme que me llamaba Geraldine, pero ahora me gusta más Cordelia. Aunque si me llaman Ana, por favor, pronuncien bien la «a».

—¿Qué diferencia hay en cómo se diga? —dijo Marilla con otra sonrisa forzada mientras recogía la tetera.

—Oh, *sí* que hay diferencia. Me parece mucho más bonito. Cuando oye pronunciar un nombre, ¿no lo ve en su mente? Yo sí; «An» me parece horrible, pero Ana parece mucho más distinguido. Si me llama Ana, con «a», me ayudará a resignarme a que no me llamen Cordelia.

—Muy bien, entonces, Ana, con «a», ¿puedes contarnos cómo se ha producido este error? Enviamos recado a la señora Spencer para que nos trajera a un muchacho. ¿No había chicos en el orfanato?

—Oh, sí, había en abundancia, pero la señora Spencer dijo *claramente* que ustedes querían una niña de unos once años. Y la directora dijo que creía que podría ser yo. No saben la alegría que sentí. No pude dormir en toda la noche por la alegría que sentía. Oh —añadió con reproche, volviéndose hacia Matthew—, ¿por qué no me dijo en la estación que no me querían y no me dejó allí? Si no hubiese visto el Camino Blanco de las Delicias, ni el Lago de las Aguas Resplandecientes no resultaría tan difícil ahora.

—¿Qué significa lo que está diciendo? —preguntó Marilla, mirando a Matthew.

—Se está refiriendo a cierta conversación que hemos mantenido por el camino —se apresuró a decir Matthew—. Voy a guardar la yegua, Marilla. Ten preparado el té cuando vuelva.

—¿Ha traído la señora Spencer a alguien más, además de ti? —prosiguió Marilla después de haber salido Matthew.

—Se ha traído a Lily Jones. Lily sólo tiene cinco años y es muy guapa. Tiene el pelo castaño. Si yo fuera muy guapa y tuviese el pelo castaño, ¿se quedarían conmigo?

—No. Queremos a un muchacho para que ayude a Matthew en la granja. Una chica no nos serviría. Quítate el sombrero. Lo dejaré junto con tu maleta en la mesa de la entrada.

Ana se quitó el sombrero obedientemente. Matthew regresó enseguida y se sentaron para cenar. Pero Ana no podía comer. Mordisqueó en vano el pan con mantequilla y picoteó las manzanas silvestres en conserva que había en una fuente de cristal festoneado junto a su plato. En realidad, no avanzaba en absoluto.

—No estás comiendo nada —dijo Marilla con aspereza, mirándola como si fuera un defecto grave.

Ana suspiró.

—No puedo. Me encuentro en la más absoluta desesperación. ¿Puede comer usted cuando se encuentra en la más absoluta desesperación?

—Nunca me he encontrado en la más absoluta desesperación; de modo que no sé qué decirte —respondió Marilla.

—¿Nunca? Bueno, ¿ha intentado *imaginarse* alguna vez encontrarse en la más absoluta desesperación?

—No, no lo he hecho.

—Entonces no creo que pueda comprender cómo es. De hecho, es una sensación muy desagradable. Cuando intentas comer se te hace un nudo en la garganta y no puedes tragar nada, ni siquiera un caramelo de chocolate. Comí una vez un caramelo de chocolate hace dos años y simplemente estaba delicioso. Desde entonces he soñado con frecuencia que tenía montones de caramelos de chocolate, pero siempre me despertaba cuando iba a comérmelos. Espero que no se ofendan porque no pueda comer. Todo está muy bueno, pero aún no puedo comer.

—Supongo que está cansada —dijo Matthew, quien no había hablado desde que regresó del establo—. Será mejor que la acuestes, Marilla.

Marilla se había estado preguntando dónde acostaría a Ana. Había preparado un canapé en la cocina para aquel deseado y esperado niño; pero, aunque estaba pulcro y limpio, no le parecía adecuado para una niña. La habitación libre estaba fuera de discusión para una niña desamparada como aquella, de modo que sólo quedaba la buhardilla del ala este. Marilla encendió una vela y dijo a Ana que la siguiera, lo cual hizo ella abatida, cogiendo su maleta de la mesa de la entrada al pasar. El pasillo estaba terriblemente limpio, y la pequeña buhardilla en la que se encontró Ana enseguida aún parecía más limpia.

Marilla dejó la vela sobre una mesa triangular de tres patas y abrió la cama.

—Supongo que tienes camisón —preguntó Marilla.

Ana asintió.

—Sí, tengo dos. Me los hizo la directora del orfanato. Son terriblemente pequeños. Nunca hay suficiente para todos en un orfanato, de modo que siempre escasean las cosas... al menos en un orfanato pobre como el nuestro. Odio los camisones pequeños. Pero se puede soñar igual de bien con ellos que con los maravillosos camisones que tienen volantes alrededor del cuello; eso es un consuelo.

—Bueno, desvístete tan rápido como puedas y acuéstate. Regresaré en unos minutos a por la vela. No me fio de que la apagues tú. Probablemente prenderías fuego a la casa.

Después de marcharse Marilla, Ana miró en torno suyo con tristeza. Las paredes blanqueadas estaban tan terriblemente desnudas y expuestas que pensaba que debían sufrir por su propia desnudez. El suelo también estaba desnudo, excepto en el centro, donde había una alfombrilla redonda ribeteada de un modo que Ana no había visto antes. En un rincón estaba la cama, alta y antigua, con cuatro postes oscuros torneados. En el otro rincón estaba la ya mencionada mesa triangular, adornada con un grueso alfiletero de terciopelo rojo, lo bastante duro como para doblar la punta del alfiler más atrevido. Sobre la mesa había colgado un pequeño espejo. Entre la mesa y la cama se encontraba la ventana, con un volante de muselina blanca sobre ella, y enfrente estaba el palanganero. Toda la estancia era de una austeridad que no se puede describir con palabras, pero hizo que Ana se estremeciera hasta la médula de sus huesos. Con un gemido, Ana se despojó apresuradamente de sus ropas, se puso el camisón que le estaba pequeño y se metió de un salto en la cama, donde hundió la cara en la almohada y se cubrió la cabeza con la ropa. Cuando Marilla fue a por la vela, varias pequeñas prendas de ropa desparramadas por el suelo y cierto bulto en la cama eran los únicos indicios de la presencia de alguien más aparte de ella.

Recogió la ropa de Ana pausadamente, la colocó cuidadosamente sobre una decorosa silla amarilla, y luego, sosteniendo la vela, se acercó a la cama.

—Buenas noches —dijo, con cierta torpeza, aunque con amabilidad.

El rostro blanco de Ana y sus grandes ojos aparecieron por encima de la ropa de la cama con sorprendente rapidez.

—¿Cómo va a ser una *buena* noche cuando sabe que va a ser la peor noche de mi vida? —dijo con reproche.

Después volvió a sumergirse en la invisibilidad.

Marilla bajó lentamente a la cocina y se puso a fregar los platos de la cena. Matthew estaba fumando (señal segura de que estaba preocupado). Rara vez fumaba, pues Marilla se oponía a ello por considerarlo un hábito repulsivo; pero en ciertas ocasiones y épocas se sentía impulsado a ello, y entonces Marilla toleraba esa práctica, dándose cuenta de que un hombre debía desahogarse de sus emociones de algún modo.

—Bueno, vaya embrollo —dijo airadamente—. Esto nos pasa por enviar recados en vez de hacerlo nosotros mismos. La familia de Richard Spencer ha malinterpretado el mensaje. Uno de nosotros tendrá que ir a ver a la señora Spencer mañana, eso es seguro. Habrá que enviar de vuelta al orfanato a esta niña.

—Sí, supongo que sí —dijo Matthew con reticencia.

—¡*Supones* que sí! ¿No lo sabes?

—Bueno, lo cierto es que es una pequeña muy simpática, Marilla. Es una lástima enviarla de vuelta al orfanato cuando estaría tan decidida a quedarse aquí.

—Matthew Cuthbert, ¿no querrás decir que crees que deberíamos quedarnos con ella?

El asombro de Marilla no podría haber sido mayor si Matthew hubiese expresado su predilección por hacer el pino.

—Bueno no, supongo que no... no exactamente —farfulló Matthew, al verse acorralado incómodamente—. Supongo que... no podríamos esperar quedarnos con ella.

—Yo diría que no. ¿De qué nos serviría?

—Podríamos servirle de algo a ella —dijo Matthew de repente e inesperadamente.

—Matthew Cuthbert, creo que esa niña te ha hechizado. Veo claramente que quieres que se quede.

—Bueno, resulta realmente interesante —insistió Matthew—. Deberías haberla oído hablar cuando veníamos de la estación.

—Oh, sí, puede hablar bastante deprisa. De eso me he dado cuenta enseguida. Eso no dice nada a su favor. No me gustan los niños que tienen demasiadas cosas de decir. No quiero una huérfana, y si la quisiera, ésta no es del estilo que yo elegiría. Hay algo en ella que no comprendo. No, hay que devolverla inmediatamente al lugar de donde vino.

—Podría contratar a un muchacho francés para que me ayudara —dijo Matthew— y ella te haría compañía.

—Yo no necesito compañía —dijo Marilla bruscamente—. Y no voy a quedarme con ella.

—Está bien, Marilla, será como dices, por supuesto —dijo Matthew, levantándose para guardar su pipa—. Voy a acostarme.

Matthew se acostó. Y después de haber guardado los platos, también se acostó Marilla, frunciendo el ceño resueltamente. Y en el piso de arriba, en la buhardilla del ala este, una niña sola, desamparada y sin amigos lloró hasta quedarse dormida.

CAPÍTULO IV

La mañana en Tejas Verdes

Era pleno día cuando Ana se despertó y se incorporó en la cama, mirando confusamente hacia la ventana por la que entraba un torrente de alegre luz y en cuyo exterior se veía algo blanco y liviano que ondeaba entre destellos de cielo azul.

Durante un momento no recordó dónde estaba. Primero sintió un estremecimiento placentero, como de algo muy agradable; luego le vino un recuerdo horrible. ¡Estaba en Tejas Verdes y no la querían porque no era un chico!

Pero era por la mañana y, sí, era un cerezo en plena floración lo que había al otro lado de la ventana. Se levantó de la cama de un salto y cruzó la habitación. Empujó la hoja de la ventana, que subió con rigidez y chirriando, como si no se hubiese abierto desde hacía mucho tiempo, que era el caso. Se quedó fija con tal fuerza que no se necesitó nada para asegurarla.

Ana cayó de rodillas y contempló la mañana de junio, con los ojos brillando de placer. Oh, ¿no era hermoso? ¿No era un lugar encantador? Se suponía que en realidad no iba a quedarse allí, pero ella imaginaría que sí. Había espacio para la imaginación en ese lugar.

Un enorme cerezo crecía en el exterior, tan cerca que sus ramas daban contra la casa y tan repleto de flores que apenas se veía una hoja. A ambos lados de la casa había huertos, uno de manzanos y otro de cerezos, también cubiertos de flores; y la hierba estaba toda salpicada de dientes de león. En el jardín de abajo había lilos de color violeta en flor y la fragancia vertiginosamente dulce de sus flores ascendía hasta la ventana con la brisa de la mañana.

Más allá del jardín, un campo verde cubierto de tréboles descendía hacia la hondonada por donde discurría el arroyo y donde crecían decenas de abedules blancos, que se alzaban animadamente sobre una maleza que sugería preciosas posibilidades en cuanto a helechos y musgos, y otras plantas en general. Más allá había una colina verde de contornos suavizados por pinos y abetos; en ella había un hueco en el que se veía el hastial gris de la casita que había visto desde el otro lado del Lago de las Aguas Resplandecientes.

A la izquierda se encontraban los grandes graneros, y, aún más allá, sobre los campos verdes en suave pendiente, se veía el destello azul centelleante del mar.

Los ojos de Ana, amantes de la belleza, se detuvieron en todo, absorbiéndolo con avidez. Había contemplado muchos lugares feos en su vida, pobre niña; pero aquello era tan hermoso como cualquier cosa que pudiese haber soñado alguna vez.

Se arrodilló allí, insensible a todo lo que no fuera la belleza que la rodeaba, hasta que una mano sobre su hombro la sobresaltó. Marilla había entrado sin que la oyera la pequeña soñadora.

—Es hora de que te vistas —dijo con sequedad.

En realidad, Marilla no sabía cómo hablar a la niña, y su incómoda ignorancia la hacía ser brusca y cortante, cuando no era esa su intención.

Ana se puso en pie y lanzó un largo suspiro.

—Oh, ¿no es maravilloso? —dijo, moviendo la mano con un ademán que abarcaba todo el mundo exterior.

—Es un árbol grande —dijo Marilla— y florece muy bien, pero los frutos no valen mucho nunca; son pequeños y están picados.

—No me refiero sólo al árbol; por supuesto que es encantador... sí, es *radiantemente* encantador... florece como quiere hacerlo... pero me refiero a todo, al jardín, al huerto, al arroyo y a los bosques, a todo lo que hay en nuestro querido gran mundo. ¿No siente que ama al mundo entero en una mañana como ésta? Y puedo oír reír al arroyo mientras se dirige hacia aquí. ¿Se ha dado cuenta de lo alegres que son los arroyos? Siempre se están riendo. Hasta en invierno los he oído reír bajo el hielo. Me alegro tanto de que haya un arroyo cerca de Tejas Verdes... Tal vez crea que eso no importa cuando no se van a quedar conmigo, pero sí que importa. Me gustará recordar que hay un arroyo en Tejas Verdes, aunque no vuelva a verlo jamás. Si no hubiese un arroyo me *atormentaría* la desagradable sensación de que debería haber uno. No estoy en la más absoluta desesperación esta mañana. Nunca lo estoy por la mañana. ¿No es espléndido que haya mañanas? Pero me siento muy triste. He estado imaginando que realmente era a mí a quienes ustedes querían después de todo, y que iba a quedarme aquí para siempre. Fue un gran consuelo mientras duró. Pero lo peor de imaginar cosas llega cuando tienes que dejar de hacerlo, y eso duele.

—Será mejor que te vistas y bajes, y no te preocupes tanto por tu imaginación —dijo Marilla tan pronto como pudo meter baza—. El desayuno está esperando. Lávate la cara y cepíllate el cabello. Deja la ventana abierta y la ropa de cama doblada a los pies de la cama. Sé tan rápida como puedas.

Era evidente que Ana podía ser rápida si se lo proponía, pues a los diez minutos estaba abajo bien vestida, con el cabello cepillado y trenzado, la cara lavada, y una tranquilidad de conciencia invadía su alma porque había cumplido todas las instrucciones de Marilla. Sin embargo, había olvidado doblar la ropa de cama.

—Tengo bastante hambre esta mañana —anunció, mientras se sentaba en la silla que Marilla había dispuesto para ella—. El mundo no me parece un paraje tan horrible como anoche. Me alegra que sea una mañana soleada, pero también me gustan las mañanas lluviosas. Toda clase de mañanas son interesantes, ¿no cree? No se sabe lo que va a suceder durante el día, y hay tanto espacio para la imaginación... Pero me alegro de que hoy no llueva porque es más fácil estar animado y soportar la aflicción en un día soleado. Creo que tendré que soportar mucha aflicción hoy. Está muy bien eso de leer sobre pesares e imaginarse a uno mismo venciéndolos heroicamente, pero no resulta tan agradable cuando llegas a tenerlos realmente, ¿no es cierto?

—Por el amor de Dios, mantén la boca cerrada —dijo Marilla—. Hablas demasiado para ser una niña.

A partir de ese momento, Ana mantuvo la boca cerrada de un modo tan obediente y concienzudo que su silencio puso bastante nerviosa a Marilla, como si se hallase en presencia de algo que no era natural precisamente. Matthew también mantenía la boca cerrada, pero eso era natural, de modo que el desayuno transcurría en completo silencio.

Según avanzaba el desayuno, Ana cada vez estaba más abstraída; comía mecánicamente, con sus grandes ojos fijos, mirando pero sin ver nada, en el cielo que se veía a través de la ventana. Esto puso más nerviosa a Marilla todavía; tenía la desagradable sensación de que mientras el cuerpo de esa extraña niña se hallaba en la mesa, su espíritu se había alejado a algún lugar remoto entre las nubes, llevado a lo más alto en las alas de la imaginación. ¿Quién querría a una niña así en casa?

Sin embargo, por alguna razón inexplicable, Matthew deseaba que se quedara. Marilla se dio cuenta que lo deseaba tanto por la mañana como lo había deseado la noche anterior, y que seguiría deseándolo igual. Esa era su manera de ser. Cuando se le antojaba algo, se aferraba a ello con la más asombrosa persistencia silenciosa, una persistencia diez veces más fuerte y eficaz en el propio silencio que si hubiese hablado de ello.

Cuando terminó el desayuno, Ana salió de su ensoñación y se ofreció a fregar los platos.

—¿Sabes fregar bien los platos? —preguntó Marilla con desconfianza.

—Bastante bien, aunque prefiero cuidar niños. Tengo mucha experiencia en eso. Es una lástima que no haya ninguno aquí para cuidarle.

—No creo que quisiera tener más niños a los que cuidar de los que tengo en este momento. *Tú* ya nos das bastantes problemas. No sé qué hacer contigo. Matthew es un hombre de lo más absurdo.

—Yo creo que es encantador —dijo Ana de manera reprobatoria—. Es muy comprensivo. No le importa cuánto hablo... parece que le gusta. Me di cuenta de que era un alma gemela en cuanto le vi.

—Sois los dos igual de raros, si es lo que quieres decir por lo de almas gemelas —dijo Marilla con desdén—. Usa mucha agua caliente y asegúrate de secarlos bien. Tengo bastantes cosas que hacer esta mañana porque tendré que ir a White Sands por la tarde a ver a la señora Spencer. Vendrás conmigo y decidiremos qué hacer contigo. Después de acabar de fregar los platos, sube y haz tu cama.

Ana fregó los platos con bastante destreza, como apreció Marilla, quien vigiló el proceso con atención. Más tarde hizo su cama con menos éxito, pues nunca había aprendido el arte de luchar con un edredón de plumas. Pero la hizo como pudo y quedó lisa. Luego Marilla, para librarse de ella, le dijo que podía salir afuera y distraerse hasta la hora del almuerzo.

Ana salió disparada hacia la puerta, con el rostro encendido y los ojos brillantes. En el umbral de la puerta se detuvo en seco, dio media vuelta, volvió sobre sus pasos y se sentó junto a la mesa. La luz y el brillo de sus ojos habían desaparecido como si alguien los hubiera apagado de repente.

—¿Qué ocurre ahora? —preguntó Marilla.

—No me atrevo a salir —dijo Ana, con el tono de un mártir que renuncia a todos los gozos terrenales—. Si no puedo quedarme aquí, no tiene sentido amar Tejas Verdes, y si salgo y entablo relación con todos esos árboles, y el huerto, y el arroyo, no seré capaz de evitar amarlos. Ya resulta bastante difícil ahora, así que no quiero hacerlo más difícil. Me gustaría tanto salir... todo parece estar llamándome: «Ana, Ana, ven con nosotros. Ana, Ana, necesitamos una compañera de juegos», pero será mejor que no salga. De nada sirve amar las cosas si sabes que vas a ser arrancado de ellas, ¿no es así? Y es *tan* difícil evitar amarlas, ¿verdad? Esa es la razón por la que me alegré tanto cuando pensé que iba a vivir aquí. Pensé que tendría muchas cosas para amar y nada que me lo impidiera. Pero ese breve sueño se ha acabado. Me resignaré a mi destino ahora, de modo que no creo que salga por miedo a que vuelva a no resignarme. ¿Cómo se llama ese geranio que hay sobre el alfeizar, por favor?

—Es un geranio, con aroma a manzana.

—Oh, no me refiero a esa clase de nombre. Quiero decir que cómo le llama usted. ¿No le ha puesto nombre? ¿Podría ponérselo yo entonces? Podría llamarlo... veamos... Bonny podría ser... ¿Podría llamarle Bonny mientras esté yo aquí? ¡Oh, permítamelo!

—Santo cielo, no me importa. ¿Pero qué sentido tiene ponerle nombre a un geranio?

—Oh, me gusta que las cosas tengan nombres, aunque sean geranios. Les hacen parecerse más a las personas. ¿Cómo sabe usted que no hiere los sentimientos del geranio por tan sólo llamarlo geranio sin más? A usted no le gustaría que la llamaran mujer todo el tiempo. Sí, lo llamaré Bonny. Esta mañana le he puesto nombre al cerezo que da a la ventana de mi habitación. Le he llamado Reina de las Nieves por ser tan blanco. Por supuesto, no siempre estará en flor, pero uno se puede imaginar que lo está, ¿no es así?

—Jamás en mi vida vi u oí nada igual —murmuró Marilla, mientras se retiraba rápidamente al sótano en busca de patatas—. *Es* interesante esta niña, como dice Matthew. Ya me estoy preguntando qué será lo que dirá a continuación. Lanzará un hechizo sobre mí también. Ya se lo ha lanzado a Matthew. Esa mirada suya cuando se ha ido decía todo lo que dijo o insinuó anoche una y otra vez. Me gustaría que fuera como los demás hombres y que hablara de las cosas. Al menos, se podría contestar y hacerle entrar en razón. Pero, ¿qué se puede hacer con un hombre que sólo *mira?*

Ana había vuelto a caer en la ensoñación, con la barbilla colocada entre las manos y mirando fijamente al cielo, cuando Marilla regresó de su peregrinaje al sótano. Allí la dejó Marilla hasta que un almuerzo temprano estuvo servido en la mesa.

—Supongo que podré disponer de la yegua y de la calesa esta tarde, Matthew —dijo Marilla.

Matthew asintió y miró a Ana con tristeza. Marilla interceptó la mirada y dijo con determinación:

—Voy a ir a White Sands a resolver este asunto. Me llevaré a Ana conmigo y, probablemente, la señora Spencer hará los preparativos para enviarla de regreso a Nueva Escocia de inmediato. Te dejaré preparado el té y estaré en casa a tiempo para ordeñar a las vacas.

Sin embargo, Matthew no dijo nada y Marilla tuvo la sensación de haber desperdiciado palabras y aliento. No hay nada que irrite más que un hombre que no contesta a lo que le dices, salvo una mujer que no lo haga.

Matthew enganchó la yegua alazana a la calesa a su debido tiempo, y Marilla y Ana partieron. Matthew abrió el portón del patio, y mientras avanzaban lentamente, dijo, sin parecer dirigirse a nadie en particular:

—El pequeño Jerry Buote de la Ensenada estuvo aquí esta mañana, y le dije que suponía que lo contrataría para el verano.

Marilla no respondió, pero dio un latigazo tan violento a la desdichada yegua, poco acostumbrada a semejante trato, que avanzó indignada por el camino a una velocidad inquietante. Marilla miró atrás una vez mientras el carruaje daba pequeños saltos y vio al irritante Matthew apoyado en el portón, mirándolas con tristeza.

CAPÍTULO V

La historia de Ana

—Ha de saber —dijo Ana confidencialmente— que he decidido disfrutar de este viaje. Según mi experiencia, casi siempre se puede disfrutar de las cosas si se decide firmemente hacerlo. Por supuesto, se tiene que decidir *firmemente*. No voy a pensar en el regreso al orfanato mientras dure el viaje. Sólo voy a pensar en el viaje. ¡Oh, mire, hay un pequeño rosal silvestre ahí! ¿No es encantador? ¿No cree que debe alegrarse de ser una rosa? ¿No sería agradable que las rosas pudiesen hablar? Estoy segura de que podrían decirnos muchas cosas maravillosas. ¿Y no es el rosa el color más cautivador del mundo? Me encanta, pero no puedo llevar ese color. Los pelirrojos no pueden llevar ropa rosa, ni siquiera en la imaginación. ¿Ha sabido de alguien que tuviese el pelo rojo cuando era niño pero que, al crecer, llegara a ser de otro color?

—No, no creo haberlo oído —dijo Marilla sin compasión—, y tampoco creo que sea probable que suceda en tu caso.

Ana suspiró.

—Bueno, otra esperanza perdida. «Mi vida es un perfecto cementerio de esperanzas enterradas». Es una frase que leí en un libro una vez, y la digo para consolarme a mí misma cuando algo me decepciona.

—No veo de dónde viene el consuelo —dijo Marilla.

—Pues porque suena tan bonito y romántico..., igual que si fuese la heroína de un libro, ya sabe. Me encantan las cosas románticas y un cementerio lleno de esperanzas enterradas es tan romántico como uno pueda imaginar, ¿no es así? Me alegra mucho tener uno. ¿Vamos a cruzar el Lago de las Aguas Resplandecientes hoy?

—No vamos a ir por la laguna de Barry, si es a eso a lo que te refieres con tu Lago de las Aguas Resplandecientes. Vamos a ir por el camino de la costa.

—El camino de la costa suena muy bien —dijo Ana, como en un ensueño—. ¿Es tan bonito como suena? En cuanto ha dicho «camino de la costa» he visto una imagen de él en mi mente rápidamente. Y también White Sands es un nombre muy bonito, pero no me gusta tanto como Avonlea. Avonlea es un nombre maravilloso. Suena a música. ¿A qué distancia está White Sands?

—A unos ocho kilómetros; y como sin duda estás empeñada en hablar, sería mejor que hablaras con algún propósito, contándome lo que sabes sobre ti.

—Oh, lo que *sé* sobre mí no merece la pena realmente —dijo Ana con ansiedad—. Si me permitiera contarle lo que *imagino* sobre mí, le parecería mucho más interesante.

—No, no quiero oír ninguna de tus fantasías. Cíñete a los simples hechos. Comienza por el principio. ¿Dónde naciste y cuántos años tienes?

—Cumplí once años el pasado marzo —dijo Ana, resignándose a los simples hechos con un ligero suspiro—. Y nací en Bolingbroke, Nueva Escocia. Mi padre se llamaba Walter Shirley y era profesor en el instituto de Bolingbroke. Mi madre se llamaba Bertha Shirley. ¿No son nombres preciosos, Walter y Bertha? Me alegro de que mis padres tuviesen nombres bonitos. Sería una auténtica desgracia tener un padre que se llamara... bueno, digamos Jedediah, ¿no es cierto?

—Supongo que no importa cómo se llame una persona, siempre y cuando se comporte bien —dijo Marilla, sintiéndose obligada a inculcar un valor moral bueno y útil.

—Bueno, no sé —dijo Ana, quedándose pensativa—. Una vez leí en un libro que si la rosa tuviera otro nombre, sería igual de fragante, aunque jamás he sido capaz de creerlo. No creo que una rosa *fuese* tan bonita si se llamara cardo o repollo. Supongo que mi padre podría haber sido buena persona incluso llamándose Jedediah; pero estoy segura de que habría sido una cruz para él. Mi madre también era profesora en el instituto, pero cuando se casó con mi padre abandonó la enseñanza, por supuesto. Un marido ya es suficiente responsabilidad. La señora Thomas decía que eran un par de críos y tan pobres como las ratas. Se fueron a vivir a una diminuta casita amarilla de Boling-broke. Nunca he visto esa casa, pero la he imaginado miles de veces. Me imagino que debía tener madreselva sobre la ventana del salón, y lilas del valle en el jardín delantero, justo detrás de la puerta. Sí, y cortinas de muselina en todas las ventanas. Las cortinas de muselina dan cierto estilo a una casa. Yo nací en esa casa. La señora Thomas decía que yo era la niña más feúcha que había visto en su vida, que era escuálida y diminuta, que no tenía nada más que ojos, pero que mi madre pensaba que yo era muy guapa. Creo que una madre juzgaría mejor que una mujer que viniera a fregar, ¿no es así? De cualquier modo, me alegro de que se sintiera satisfecha conmigo; me sentiría tan triste si creyera que la había decepcionado... porque no vivió mucho tiempo después de aquello, ¿sabe? Murió de fiebre cuando yo tenía sólo tres meses. Desearía que hubiese vivido lo suficiente para recordar que la llamaba mamá. Creo que hubiese sido muy dulce llamarla «mamá», ¿no es cierto? Y mi padre murió cuatro días más tarde, de fiebre también. Así que me quedé huérfana, y la gente no sabía qué hacer conmigo, eso me decía la señora Thomas. Ya ve, nadie me quería, ni siquiera entonces. Parece ser mi destino. Papá y mamá procedían de lugares muy lejanos y era bien sabido que no tenían parientes vivos. Finalmente, la señora Thomas dijo que me llevaría con ella, aunque era pobre y su marido estaba siempre borracho. Me crio con biberón. ¿Sabe usted si criar con biberón hace que las personas que son criadas así sean mejores que otras personas? Porque cuando era traviesa la señora Thomas siempre me preguntaba cómo podía ser tan mala cuando ella me había criado con biberón, como si fuera un reproche.

»El señor y la señora Thomas se mudaron a Marysville desde Bolingbroke, y viví con ellos hasta los ocho años. Yo ayudaba a cuidar a los hijos de los Thomas, había cuatro menores que yo, y puedo decirle que daba mucho trabajo cuidar de ellos. Luego el señor Thomas murió atropellado por un tren y su madre se ofreció a llevarse a la señora Thomas y a los niños, pero a mí no me quiso. La señora Thomas estaba desesperada, eso decía, porque no sabía qué hacer conmigo. Entonces llegó la señora Hammond, que vivía río arriba, y dijo que me llevaría con ella al ver que era habilidosa con los niños, y me fui río arriba a vivir con ella en un pequeño claro del bosque. Era un lugar muy solitario. Estoy convencida de que jamás habría sido capaz de vivir allí si no hubiese tenido imaginación. El señor Hammond trabajaba en un pequeño aserradero de allí, y la señora Hammond tenía ocho hijos. Había tenido gemelos tres veces. A mí me gustan los niños, pero tener gemelos tres veces seguidas es *demasiado*. Así se lo dije a la señora Hammond cuando llegó el último par. Solía sentirme terriblemente cansada por tener que cargar con ellos de un lado a otro.

»Viví río arriba con la señora Hammond durante más de dos años; después murió el señor Hammond, y la señora Hammond se fue de la casa. Distribuyó sus hijos entre sus parientes y se fue a Estados Unidos. Yo tuve que ir al orfanato de Hopetown porque no tenía a nadie. Tampoco me querían en el orfanato; decían que había demasiados niños. Pero tuvieron que hacerse cargo de mí y estuve allí cuatro meses, hasta que llegó la señora Spencer.

Ana terminó dando otro suspiro, de alivio esta vez. Evidentemente, no le gustaba hablar de sus experiencias en un mundo que no la quería.

—¿Has ido alguna vez a la escuela? —preguntó Marilla, dirigiendo la yegua alazana hacia el camino de la costa.

—No mucho. Fui un poco el último año que estuve con la señora Thomas. Cuando vivía río arriba estábamos tan lejos de la escuela que no podía ir andando en invierno, y había vacaciones en verano, de modo que sólo pude ir en primavera y en otoño. Pero, por supuesto, fui mientras estuve en el orfanato. Sé leer bastante bien y también sé muchos poemas de memoria: «La Batalla de Hohenlinden», y «Edimburgo después de Flodden», y «Bingen en el Rin» y muchos de «La dama del lago» y la mayoría de «Las Estaciones del año» de James Thompson. ¿No le encanta la poesía que le hace sentir un estremecimiento en la espalda? Hay un poema en el quinto libro de lectura: «La caída de Polonia», que está lleno de estremecimientos. Por supuesto, yo no estoy en el quinto libro, estoy en el cuarto, pero las chicas más mayores solían prestarme el suyo para leer.

—Esas mujeres... la señora Thomas y la señora Hammond... ¿fueron buenas contigo? —preguntó Marilla, mirando a Ana por el rabillo del ojo.

—Oh, bueno... —titubeó Ana. Su delicada carita se ruborizó de repente y su frente expresó la vergüenza que sentía—. Ellas tenían esa *intención*..., sé que querían ser tan buenas y amables como fuera posible. Y cuando la gente intenta ser buena contigo, no te importa mucho cuando no lo son del todo siempre. Tenían muchas preocupaciones, ya sabe. Es muy difícil tener un marido borracho, ¿comprende?; y debe ser muy difícil tener gemelos tres veces seguidas, ¿no cree? Pero estoy convencida de que intentaban ser buenas conmigo.

Marilla no hizo más preguntas. Ana cayó en un silencioso embeleso por el camino de la costa y Marilla guio la yegua alazana de un modo abstraído mientras reflexionaba profundamente. De pronto, sintió en su corazón lástima por la niña. ¡Qué vida de privaciones y sin cariño había llevado esa niña! Una vida de arduo trabajo, pobreza y abandono; pues Marilla fue lo bastante astuta para leer entre líneas en la historia de Ana y adivinar la verdad. No era de sorprender que se hubiese entusiasmado tanto ante la perspectiva de tener un verdadero hogar. Era una lástima que hubiese que enviarla de vuelta al orfanato. ¿Y si ella, Marilla, consintiera el inexplicable capricho de Matthew y permitiera que se quedara? Él estaba empeñado, y la niña parecía buena y obediente.

«Habla demasiado —pensó Marilla—, pero se le puede enseñar a dejar de hacerlo. Y no hay nada grosero ni vulgar en lo que dice. Es refinada. Probablemente sus padres fueran buenas personas».

El camino de la costa era boscoso, salvaje y solitario. A la derecha, los abetos de espíritu inquebrantable por largos años de lucha contra los vientos del golfo, crecían en espesura. A la izquierda se encontraban los escarpados acantilados de arenisca roja, tan cerca del camino en algunos lugares que una yegua menos serena que la alazana habría puesto a prueba los nervios de los que llevaba detrás. Abajo, al pie de los acantilados, había montones de rocas erosionadas por las olas o pequeñas ensenadas arenosas con algunos guijarros que parecían joyas del océano; más allá se extendía el mar, con un brillo trémulo y azul, y sobre él remontaban el vuelo las gaviotas con sus plateadas alas destellando a la luz del sol.

—¿No es maravilloso el mar? —dijo Ana, despertando de un largo silencio con los ojos muy abiertos—. Una vez, cuando vivía en Marysville, la señora Thomas alquiló un carro y nos llevó a todos a pasar el día a la costa, a quince kilómetros de distancia. Disfruté cada momento del día, aunque tuviera que cuidar de los niños todo el tiempo. Lo reviví en sueños felices durante años. Pero esta costa es más bonita que la de Marysville. ¿No son espléndidas esas gaviotas? ¿Le gustaría ser una gaviota? A mí sí, es decir, si no pudiera ser humana. ¿No cree que sería agradable despertarse al amanecer y descender en picado sobre el agua, y volar en ese maravilloso cielo azul durante todo el día, y luego, por la noche, volar de vuelta al nido? Oh, puedo imaginarme haciéndolo. ¿Qué es esa casa grande que hay allí enfrente?

—Es el hotel de White Sands. Lo dirige el señor Kirke, pero aún no ha comenzado la temporada. Montones de estadounidenses vienen ahí en verano. Creen que esta costa es perfecta.

—Temí que fuera la casa de la señora Spencer —dijo Ana apesadumbrada—. No quiero llegar allí. En cierto modo, parecerá el fin de todo.

CAPÍTULO VI

Marilla toma una decisión

Sin embargo, llegaron allí a su debido tiempo. La señora Spencer vivía en una gran casa amarilla en la ensenada de White Sands, y acudió a la puerta con expresión de sorpresa y de bienvenida al mismo tiempo en su benévolo semblante.

—¡Vaya! —exclamó—, son las últimas personas a las que esperaría hoy, pero me alegro mucho de verlas. ¿Metemos a la yegua? ¿Qué tal estás, Ana?

—Tan bien como se pueda esperar, gracias —dijo Ana sin sonreír.

Parecía que el infortunio había descendido sobre ella.

—Supongo que nos quedaremos un rato para que pueda descansar la yegua —dijo Marilla—, pero prometí a Matthew que llegaría temprano a casa. El hecho es, señora Spencer, que se ha producido un extraño error en alguna parte, y he venido a averiguar dónde se ha producido. Matthew y yo enviamos el recado de que nos trajeran a un niño del orfanato. Le dijimos a su hermano Robert que le dijera a usted que nos trajera un muchacho de diez u once años.

—Marilla Cuthbert, ¡no me diga eso! —dijo la señora Spencer angustiada—. Robert nos dio el recado a través de su hija Nancy de que ustedes querían una niña. ¿No es así, Flora Jane? —dijo, dirigiéndose a su hija que había salido a la escalera.

—Así fue, señorita Cuthbert —corroboró Flora Jane muy seria.

—Lo siento muchísimo —dijo la señora Spencer—. Es una lástima, pero no fue culpa mía, compréndalo, señorita Cuthbert. Lo hice lo mejor que me fue posible y pensé que estaba siguiendo sus instrucciones. Nancy es terriblemente despistada. A menudo he tenido que regañarla por ser tan descuidada.

—Fue culpa nuestra —dijo Marilla con resignación—. Deberíamos haber acudido a usted nosotros mismos y no dejar que un mensaje tan importante se transmitiera de boca en boca de esa manera. De todos modos, se ha cometido el error y lo único que debemos hacer es corregirlo. ¿Podemos enviarla de vuelta al orfanato? Supongo que la admitirán de nuevo, ¿verdad?

—Supongo —dijo la señora Spencer con aire pensativo—, pero no creo que sea necesario enviarla de vuelta. La esposa de Peter Blewett vino aquí ayer y me estuvo diciendo cuánto deseaba que le hubiesen enviado conmigo a una niña para que la ayudara. Los Blewett son familia numerosa, ya sabe, y le resulta difícil conseguir ayuda. Ana será la muchacha perfecta. Se podría decir que ha sido providencial.

Marilla no parecía pensar que la Providencia tuviese mucho que ver con el asunto. Se había presentado inesperadamente una buena oportunidad para librarse de aquella huérfana no deseada, y ni siquiera se sentía satisfecha por ello.

Conocía a la señora Blewett sólo de vista, una mujer de baja estatura, malcarada y sin un ápice de carne superflua en los huesos. Pero había oído hablar de ella. Se decía que era «pésima trabajadora y llevaba mal la casa», y las sirvientas que había despedido contaban terribles historias sobre su temperamento y su mezquindad, y sobre sus hijos impertinentes y peleones. Marilla sintió un remordimiento de conciencia ante la idea de entregar a Ana a su merced.

—Bueno, entremos y hablemos del asunto —dijo Marilla.

—¡Pues no es la señora Blewett la que viene por el sendero en este bendito momento! —exclamó la señora Spencer, conduciendo rápidamente a sus huéspedes desde el recibidor al salón, donde las recibió un frío mortal, como si el aire se hubiese filtrado durante tanto tiempo a través de las persianas cerradas de color verde oscuro que hubiese perdido hasta la última partícula de calor que hubiera poseído—. Es una verdadera suerte, así podremos resolver el asunto de inmediato. Siéntese en el sillón, señorita Cuthbert. Ana, tú siéntate aquí en la otomana y no te muevas. Denme los sombreros. Flora Jane, ve a poner la tetera. Buenas tardes, señora Blewett. Estábamos diciendo que verdaderamente es una suerte que pasara usted por aquí. Permítanme que las presente: la señora Blewett, la señorita Cuthbert. Por favor, discúlpenme sólo un momento. Olvidé decirle a Flora Jane que sacara los bollos del horno.

La señora Spencer desapareció tras subir las persianas. Ana, sentada en silencio en la otomana, con las manos fuertemente entrelazadas sobre su regazo, miraba fascinada a la señora Blewett. ¿Iba a ser entregada al cuidado de esa mujer de rasgos afilados y mirada escrutadora? Sintió que se le hacía un nudo en la garganta y que le escocían los ojos terriblemente. Estaba empezando a temer que no podría contener las lágrimas cuando regresó la señora Spencer, sonrojada y radiante, y muy capaz de analizar con atención cualquier dificultad, física, mental o espiritual, y resolverla sin más.

—Al parecer se ha producido una equivocación con esta niña, señora Blewett —dijo—. Creíamos que el señor y la señorita Cuthbert querían adoptar una niña. Así se me dijo. Pero al parecer quieren un muchacho. De modo que si sigue pensando lo mismo que ayer, creo que ella es justo lo que usted necesita.

La señora Blewett miró a Ana de arriba abajo.

—¿Cuántos años tienes y cómo te llamas? —preguntó.

—Ana Shirley —respondió la niña, entrecortadamente y sobrecogida, sin atreverse a realizar ningún comentario sobre la pronunciación de su nombre—, y tengo once años.

—¡Hum! No pareces gran cosa. Pero eres fibrosa. No sé, pero las fibrosas son las que mejor resultan después de todo. Bueno, si me quedo contigo tendrás que ser una buena chica, ya sabes, buena, lista y respetuosa. Confío en que te ganes tu sustento, y no te equivoques en eso. Sí, supongo que podría librarla de ella, señorita Cuthbert. El más pequeño de mis hijos es muy rebelde y estoy completamente agotada por tener que atenderle. Si lo desea, puedo llevármela a casa ahora.

Marilla miró a Ana y se enterneció al ver la palidez del rostro de la niña, que mostraba una expresión de muda tristeza, la tristeza de una criaturita indefensa que se encuentra atrapada una vez más en la trampa de la que había escapado. Marilla tuvo la desagradable convicción de que si no hacía caso de lo que expresaba aquella mirada, ésta la perseguiría hasta la muerte. Además, no le agradaba la señora Blewett. ¡Entregar una niña tan sensible e «impulsiva» a una mujer así! No, no podía asumir la responsabilidad de hacer eso.

—Bueno, no sé —dijo lentamente—. No dije que Matthew y yo hubiésemos decidido ya no quedarnos con ella. De hecho, Matthew estaría dispuesto a quedarse con ella. Sólo he venido para averiguar cómo se había producido la equivocación. Creo que sería mejor que regresara a casa y lo hablara con Matthew. Creo que no debería decidir nada sin consultar con él. Si decidimos no quedarnos con ella, la traeré o se la mandaré mañana por la noche. ¿Le parece bien, señora Blewett?

—Supongo que tendrá que ser así —dijo la señora Blewett con displicencia.

Durante el discurso de Marilla, el sol había vuelto a salir en el rostro de Ana. Primero desapareció la mirada de desesperación; luego brilló débilmente la esperanza; sus ojos se animaron y brillaron como estrellas. La niña estaba completamente transfigurada; y, un momento después, cuando la señora Spencer y la señora Bleweet salieron en busca de una receta de cocina que ésta última había venido a pedirle, Ana se levantó de un salto y cruzó velozmente la estancia hacia Marilla.

—Oh, señorita Cuthbert, ¿de verdad ha dicho que tal vez permitan que me quede en Tejas Verdes? —dijo en un jadeante susurro, como si hablar en voz alta pudiese echar por tierra aquella magnífica posibilidad—. ¿Lo ha dicho de verdad, o sólo me he imaginado que lo ha dicho?

—Creo que sería mejor que aprendieras a controlar esa imaginación tuya, Ana, si no eres capaz de distinguir lo que es real de lo que no lo es —dijo Marilla airadamente—. Sí, me has oído decir eso exactamente y nada más. No está decidido todavía, y tal vez lleguemos a la conclusión de que tengas que irte con la señora Bleweet. Lo cierto es que ella te necesita mucho más que yo.

—Preferiría regresar al orfanato antes que irme a vivir con ella —dijo Ana con vehemencia—. Ella parece exactamente... parece una arpía.

Marilla contuvo una sonrisa, aunque convencida de que Ana debía ser reprendida por esas palabras.

—Una niña como tú debería avergonzarse de hablar así de una señora que no conoce —dijo con severidad—. Vuelve a sentarte sin hacer ruido y mantente callada, y compórtate como debería hacerlo una buena niña.

—Intentaré hacer y ser lo que usted desee, con tal de que se queden conmigo —dijo Ana, volviendo obedientemente a la otomana.

Cuando regresaron a Tejas Verdes aquella tarde, Matthew salió a su encuentro en el sendero. Marilla, desde lejos, le había visto merodear por él y adivinaba el motivo. Estaba preparada para el alivio que vio en su rostro cuando comprobó que al menos había traído a Ana de vuelta con ella. Pero no le dijo nada sobre el asunto hasta que ambos estuvieron en el corral que había detrás del establo, ordeñando las vacas. Allí le contó brevemente la historia de Ana y el resultado de la conversación con la señora Spencer.

—No le daría un perro que me gustara a esa señora Blewett —dijo Matthew con una energía inusual en él.

—A mí tampoco me gusta —admitió Marilla—, pero es eso o quedárnosla nosotros, Matthew. Y ya que parece que deseas que se quede, supongo que estoy dispuesta... o tengo que estarlo. He estado dándole vueltas hasta que ya me he hecho a la idea. Parece una especie de obligación. Nunca he criado a un niño, y menos a una niña, y me atrevo a decir que será un terrible desastre. Pero lo haré lo mejor que pueda. Por lo que a mí respecta, Matthew, se puede quedar.

El tímido rostro de Matthew resplandecía de alegría.

—Bueno, suponía que llegarías a verlo así, Marilla —dijo—. Es una pequeña interesante.

—Sería más acertado que pudieras decir que es una pequeña útil —replicó Marilla—, aunque ya me encargaré yo de enseñarle a serlo. Y recuerda, Matthew, tú no vas a interferir en mis métodos. Quizás una solterona no sepa mucho sobre criar hijos, pero supongo que sabe más que un solterón. Así que déjame manejarla a mí. Cuando fracase, tiempo tendrás de entrometerte.

—Está bien, está bien, hazlo a tu manera —dijo Matthew de un modo tranquilizador—. Sólo te pido que seas tan buena y amable con ella como sea posible, pero sin mimarla. Creo que es una de esas personas de las que se puede lograr cualquier cosa si consigues que te quiera.

Marilla hizo un gesto de desprecio para expresar su desdén por las opiniones de Matthew sobre cuestiones femeninas y salió de la vaquería con los cubos.

«No le diré esta noche que puede quedarse —reflexionó mientras llenaba las lecheras—. Se entusiasmaría tanto que no pegaría ojo. Marilla Cuthbert, en qué lío te has metido. ¿Alguna vez supusiste que llegaría el día en que adoptarías a una huérfana? Sorprende bastante, pero no tanto como que Matthew estuviese en el fondo de la cuestión; él, que siempre ha parecido tener un miedo mortal a las niñas. De cualquier manera, ya hemos decidido hacer el experimento y sólo Dios sabe lo que saldrá de él».

CAPÍTULO VII

Ana reza sus oraciones

Cuando Marilla acostó a Ana esa noche, le dijo con firmeza:

—Escucha, Ana, anoche me di cuenta de que habías dejado tu ropa tirada por el suelo cuando te la quitaste. Esa es una costumbre de personas desordenadas y yo no puedo permitirlo de ninguna manera. Tan pronto te quites cualquier prenda de ropa, dóblala cuidadosamente y colócala sobre la silla.

—Me encontraba tan angustiada que no pensé en la ropa —dijo Ana—. La doblaré cuidadosamente esta noche. Siempre nos obligaban a hacerlo en el orfanato. Aunque la mitad de las veces se me olvidaba porque tenía prisa por meterme en la cama, sosegada y tranquila, para imaginarme cosas.

—Tendrás que recordar un poco mejor si te quedas aquí —la reprendió Marilla—. Ahora, reza tus oraciones y métete en la cama.

—Nunca rezo oraciones —anunció Ana.

Marilla la miró asombrada y horrorizada.

—¿Qué quieres decir, Ana? ¿Nunca te han enseñado a rezar? Dios siempre quiere que las niñas recen sus oraciones. ¿No sabes quién es Dios, Ana?

—«Dios es un espíritu, infinito, eterno e inmutable; en Su ser, sabiduría, poder, santidad, justicia, bondad y verdad» —respondió Ana de inmediato y sin pensar.

Marilla pareció aliviarse bastante.

—Entonces, sabes algo, gracias a Dios. No eres una pagana. ¿Dónde aprendiste eso?

—En la escuela dominical del orfanato. Nos obligaron a aprender el catecismo entero. A mí me gustaba mucho. Hay algunas palabras espléndidas: infinito, eterno e inmutable. ¿No son excelentes? Tienen un sonido... es como si se oyera un gran órgano. No podría llamarse poesía, supongo, pero suena muy parecido, ¿no cree?

—No estamos hablando de poesía, Ana... estamos hablando de rezar tus oraciones. ¿No sabes que es una terrible maldad no rezar tus oraciones todas las noches? Me temo que eres una niña muy mala.

—Le resultaría más fácil ser mala que buena si fuese pelirroja —dijo Ana con reproche—. La gente que no es pelirroja no sabe el problema que supone. La señora Thomas me decía que Dios me hizo pelirroja *a propósito,* y desde entonces jamás me ha importado Él. Y, de todos modos, siempre estaba demasiado cansada por la noche para molestarme en rezar oraciones. No se puede esperar que las personas que tienen que cuidar gemelos recen sus oraciones. ¿De verdad cree que pueden?

Marilla decidió que debía empezar de inmediato la enseñanza religiosa de Ana. Sencillamente, no había tiempo que perder.

—Debes rezar tus oraciones mientras te encuentres bajo mi techo, Ana.

—Vale, por supuesto, si así lo desea usted —asintió la niña alegremente—. Haría cualquier cosa por complacerla. Pero esta vez tendrá que decirme lo que tengo que decir. Después de meterme en la cama, imaginaré una oración realmente bonita para rezarla siempre. Creo que resultará bastante interesante, ahora que lo pienso.

—Debes arrodillarte —dijo Marilla desconcertada.

Ana se arrodilló delante de Marilla y alzó la vista muy seria.

—¿Por qué tiene que arrodillarse la gente para rezar? Si realmente quisiera rezar, le diré lo que haría. Iría a un campo grande, a solas, o me internaría en lo más profundo de los bosques, y miraría hacia arriba, al cielo, arriba, arriba, arriba, hacia ese hermoso cielo azul, cuyo azul no parece tener fin. Y entonces *sentiría* una oración. Bueno, estoy lista. ¿Qué tengo que decir?

Marilla nunca se había sentido tan desconcertada. Tenía la intención de enseñarle a Ana la clásica oración infantil «Con Dios me acuesto», pero poseía, como ya se ha dicho, cierto sentido del humor, que no es más que llamar de otro modo al sentido de la idoneidad de las cosas; y de pronto se le ocurrió que esa sencilla plegaria, sagrada para la infancia vestida de blanco que ceceaba sobre las rodillas maternas, era completamente inapropiada para esa brujilla pecosa que nada sabía del amor de Dios, ni le importaba, ya que jamás se le había trasladado a ella por medio del amor humano.

—Eres lo bastante mayor para rezar por ti misma, Ana —dijo finalmente—. Sólo dale gracias a Dios por sus bendiciones y pídele humildemente las cosas que tú deseas.

—Está bien, lo haré lo mejor que pueda —prometió Ana, ocultando su rostro en el regazo de Marilla—. «Padre celestial misericordioso, te doy las gracias por el Camino Blanco de las Delicias y por el Lago de las Aguas Resplandecientes, y por Bonny y por la Reina de las Nieves. Te estoy muy agradecida por ellos. Y esas son todas las bendiciones que se me ocurren ahora por las que debo darte las gracias. Respecto a las cosas que deseo, son tantas que tardaría mucho tiempo en nombrarlas todas, así que sólo mencionaré las dos más importantes. Por favor, permite que me quede en Tejas Verdes; y por favor, permite que sea guapa cuando sea mayor. Te saluda muy atentamente, Ana Shirley».

Mientras se levantaba, preguntó con impaciencia:

—Ya está, ¿lo he hecho bien? Podría haberlo dicho de un modo más florido si hubiese tenido un poco más de tiempo para pensarlo.

Lo único que impidió que a la pobre Marilla le diera un colapso fue recordar que la responsable de aquella petición tan extraordinaria no era la irreverencia de Ana, sino simplemente su ignorancia en cuestiones religiosas. Arropó a la niña, haciéndose a sí misma la solemne promesa de que al día siguiente le enseñaría una oración, y ya estaba saliendo de la habitación con la vela en la mano cuando Ana la llamó:

—Estoy pensando ahora que debería haber dicho «Amén» en vez de «te saluda muy atentamente», ¿verdad? Eso es lo que dicen los pastores de la iglesia. Lo había olvidado, pero pensé que una oración había que terminarla de alguna manera, de modo que dije eso. ¿Cree que supondrá alguna diferencia?

—No, supongo que no —dijo Marilla—. Ahora duérmete como una niña buena. Buenas noches.

—Hoy puedo dar las buenas noches con la conciencia tranquila —dijo Ana, abrazándose placenteramente a la almohada.

Marilla se retiró a la cocina, dejó la vela con firmeza sobre la mesa y miró fijamente a Matthew.

—Matthew Cuthbert, ya va siendo hora de que alguien adopte a esa niña y le enseñe algo. Está muy cerca de ser una perfecta pagana. ¿Me creerás si te digo que jamás en su vida había rezado hasta esta noche? La enviaré a casa del pastor mañana para que nos preste un libro de religión, eso es lo que haré; e irá a la escuela dominical tan pronto pueda conseguir que le hagan ropa apropiada. Preveo que tendré las manos muy ocupadas. Bueno, bueno, no podemos pasar por este mundo sin nuestra parte de preocupaciones. Hasta ahora he llevado una vida bastante fácil, pero por fin ha llegado mi momento y supongo que tendré que aprovecharlo al máximo.

CAPÍTULO VIII

Comienza la educación de Ana

Por razones que sólo ella conocía, hasta la tarde siguiente no le dijo Marilla a Ana que iba a quedarse en Tejas Verdes. Durante la mañana mantuvo ocupada a la niña en varias tareas y la vigilaba con atención mientras las hacía. A mediodía ya había llegado a la conclusión de que era lista y obediente, estaba dispuesta a trabajar y aprendía rápido; su defecto más grave parecía ser el de una tendencia a caer en ensoñaciones en medio de una tarea y olvidarse de ella hasta el momento en el que volvía a la realidad bruscamente por medio de una reprimenda o de una catástrofe.

Tras haber terminado de fregar los platos del almuerzo, de repente se enfrentó a Marilla, con el aspecto de quien está desesperadamente decidido a enterarse de lo peor. Su delgado cuerpecito temblaba de la cabeza a los pies; su rostro se había sonrojado y las pupilas de sus ojos se habían dilatado hasta parecer casi negros. Juntó las manos con fuerza y dijo con voz implorante:

—¡Oh, por favor, señorita Cuthbert! ¿No va a decirme si me marcho o no? He intentado ser paciente toda la mañana, pero ya no puedo soportar no saberlo durante más tiempo. Es una sensación horrible. Por favor, dígamelo.

—No has hervido el trapo de cocina en agua limpia como te dije que hicieras —dijo Marilla inflexible—. Ve a hacerlo antes de hacer más preguntas, Ana.

Ana fue a ocuparse del trapo de cocina. Después regresó junto a Marilla y fijó su mirada implorante en los ojos de Marilla.

—Está bien —dijo Marilla, incapaz de encontrar alguna otra excusa para seguir retrasando el momento de la explicación—, supongo que ya puedo decírtelo. Matthew y yo hemos decidido que te quedes con nosotros..., bueno, si procuras ser una niña buena y te muestras agradecida. Pero, niña, ¿qué sucede?

—Lloro —dijo en un tono de desconcierto—. No sé por qué. Estoy tan contenta como se pueda estar. Oh, *contenta* no parece la palabra correcta en absoluto. Estaba contenta por el Camino Blanco y por las flores del cerezo... ¡pero esto! Oh, es algo más que estar contento. ¡Soy tan feliz! Trataré de ser muy buena. Me costará mucho, supongo, porque la señora Thomas me decía con frecuencia que era muy mala. Sin embargo, haré todo lo que pueda. Pero, ¿puede decirme por qué lloro?

—Supongo que es porque estás muy emocionada y nerviosa —dijo Marilla con desaprobación—. Siéntate en esa silla e intenta calmarte. Me temo que lloras y ríes con demasiada facilidad. Sí, puedes quedarte aquí y nosotros intentaremos hacer algo bueno por ti. Debes ir a la escuela, pero sólo quedan quince días para las vacaciones, de modo que no merece la pena que comiences antes que vuelvan a abrir en septiembre.

—¿Cómo debo llamarla? —preguntó Ana—. ¿Debo decir siempre señorita Cuthbert? ¿Puedo llamarla tía Marilla?

—No, simplemente llámame Marilla. No estoy acostumbrada a que me llamen señorita Cuthbert y eso me pondría nerviosa.

—Suena terriblemente irrespetuoso decir simplemente Marilla —protestó Ana.

—Supongo que no habrá nada de irrespetuoso en ello si procuras hablar con respeto. Todos en Avonlea, jóvenes y mayores, me llaman Marilla, excepto el pastor. Él dice señorita Cuthbert... cuando se le ocurre.

—Me encantaría llamarla tía Marilla —dijo Ana melancólica—. Nunca he tenido una tía ni ningún pariente... ni siquiera una abuela. Me haría sentir que realmente pertenezco a su familia. ¿No puedo llamarla tía Marilla?

—No. No soy tu tía y creo que no hay que llamar a las personas por nombres que no les corresponden.

—Pero podríamos imaginar que usted es mi tía.

—Yo no podría —dijo Marilla con determinación.

—¿Nunca se imagina las cosas diferentes de lo que son en realidad? —preguntó Ana con los ojos muy abiertos.

—No.

—¡Oh! —Ana dio un profundo suspiro—. ¡Oh, señorita... Marilla, no sabe lo que se pierde!

—No creo en eso de imaginar las cosas diferentes de lo que son en realidad —replicó Marilla—. Cuando el Señor nos pone en determinadas situaciones, no quiere que imaginemos que sean distintas. Y eso me recuerda algo. Ve al salón, Ana. Asegúrate de entrar con las suelas limpias y no dejes que entren las moscas, y tráeme la estampa que hay sobre la repisa de la chimenea. En ella está el Padrenuestro. Dedicarás tu tiempo libre de esta tarde a aprendértelo de memoria. No habrá más oraciones como la que oí anoche.

—Supongo que fui muy torpe —dijo Ana en tono de disculpa— pero es que, verá, yo nunca había practicado. No podría esperar realmente que una persona rezara muy bien la primera vez que lo intenta, ¿verdad? Se me ocurrió una oración magnífica después de acostarme, exactamente como le prometí que haría. Era casi tan larga como la de un pastor, e igual de poética. Pero, ¿puede creerlo?

No recordaba ni una palabra cuando me desperté esta mañana. Y me temo que nunca seré capaz de pensar en otra igual de buena. En cierto modo, las cosas nunca son tan buenas cuando se piensan por segunda vez. ¿Se ha dado cuenta usted de eso?

—Sí que hay algo de lo que tú te tienes que dar cuenta, Ana. Cuando te diga que hagas una cosa, quiero que me obedezcas de inmediato y que no te quedes ahí quieta hablando de ello. Simplemente ve a hacer lo que te haya mandado.

Ana salió rápidamente hacia el salón, cruzando la entrada. Tardaba en regresar; después de esperar diez minutos, Marilla dejó su labor y se fue tras ella con expresión adusta. Encontró a Ana de pie, inmóvil, delante de un cuadro que colgaba en la pared entre las dos ventanas, con las manos agarradas por la espalda, el rostro levantado y una mirada ensoñadora en los ojos. La luz blanca y verde que se filtraba a través de los manzanos y las parras del exterior caía sobre la embelesada figurita, con un resplandor casi sobrenatural.

—Ana, ¿en qué estás pensando? —preguntó Marilla con brusquedad.

Ana volvió a la realidad con un sobresalto.

—En eso —dijo, señalando al cuadro, una cromolitografía muy vívida titulada *Cristo bendiciendo a los niños*— y me estaba imaginando que era uno de ellos... que yo era esa niña del vestido azul, la que está sola en el rincón como si no perteneciera a nadie, igual que yo. Parece solitaria y triste, ¿no cree? Supongo que no tenía ni padre ni madre. Pero ella también quería que la bendijera, por eso se ha alejado tímidamente de los demás, con la esperanza de que nadie advirtiera su presencia, excepto Él. Estoy segura de que sé cómo se sentía. Su corazón debía de estar latiendo con fuerza y sus manos debían de estar frías, como las mías cuando le pregunté a usted si podía quedarme. Temía que Él no se fijara en ella. Pero es probable que lo hiciera, ¿no cree? He estado tratando de imaginarlo todo... cómo se iría acercando todo el tiempo hasta estar bastante cerca de Él, y luego cómo la miraría Él y le pondría la mano sobre su pelo, ¡y un estremecimiento de alegría le recorrería el cuerpo! Todos los cuadros le representan así, si se ha dado cuenta. Pero no creo que Él tuviese ese aspecto tan triste en realidad, o los niños le habrían temido.

—Ana —dijo Marilla, preguntándose por qué no había interrumpido antes ese discurso—, no deberías hablar de esa manera. Es irreverente... muy irreverente.

Los ojos de Ana expresaron asombro.

—Bueno, pensé que era tan reverente como se podría ser. Estoy segura de que no quería ser irreverente.

—Está bien, supongo que no querías... pero no me parece muy correcto hablar con tanta familiaridad sobre estos asuntos. Y otra cosa, Ana, cuando te envíe a buscar algo, tienes que traerlo enseguida y no quedarte mirando a las musarañas e imaginando cosas delante de los cuadros. Recuerda eso. Trae la estampa y ven directamente a la cocina. Siéntate en el rincón y apréndete esa oración de memoria.

Ana colocó la estampa sobre el jarrón de flores de manzano que había recogido para decorar la mesa. Marilla miró de reojo aquella decoración, pero no dijo nada. Ana apoyó la barbilla en las manos y dedicó varios minutos a estudiarla en silencio.

—Me gusta ésta —anunció finalmente—. Es bonita. La he oído antes... se la oí decir una vez al director de la escuela dominical del orfanato. Pero no me gustó entonces. Él tenía una voz tan quebrada y la rezó con tanta tristeza... Estoy realmente convencida de que pensaba que rezar era una obligación desagradable. Esto no es poesía, pero me hace sentir exactamente lo mismo que la poesía. «Padre nuestro que estás en el cielo, santificado sea tu nombre». Es como un verso de una canción. Oh, me alegro tanto de que me haga aprender esto, señorita... Marilla.

—Bueno, apréndetela y mantén la boca cerrada —dijo Marilla secamente.

Ana acercó el jarrón de flores de manzano lo suficiente como para dar un suave beso a un capullo rosado, y luego estudió con diligencia unos minutos más.

—Marilla —preguntó de pronto—, ¿cree que tendré una amiga del alma en Avonlea?

—¿Qué... qué tipo de amiga dices?

—Una amiga del alma... una amiga íntima, ya sabe... un alma gemela a quién poder confiar lo más profundo de mi alma. He soñado toda mi vida con encontrar una. Nunca supuse que lo haría, pero como muchos de mis sueños más hermosos se han hecho realidad de repente, quizás éste se haga también. ¿No cree que es posible?

—Diana Barry vive en la Ladera del Huerto y tiene más o menos tu edad. Es una niña muy agradable, y tal vez sea tu compañera de juegos cuando regrese a casa. Ha ido a visitar a su tía a Carmody. Aunque tendrás que tener cuidado de cómo te comportas. La señora Barry es una mujer exigente. No permitirá que su hija juegue con ninguna niña que no sea agradable y buena.

Ana miró a Marilla a través de las flores de manzano, sus ojos brillaban de interés.

—¿Cómo es Diana? No es pelirroja, ¿verdad? Oh, espero que no. Ya es bastante malo que yo sea pelirroja, pero, sin duda, no podría soportarlo en una amiga del alma.

—Diana es una niña muy bonita. Es morena, tiene los ojos negros y las mejillas sonrosadas. Y es buena e inteligente, lo cual es mejor que ser bonita.

Marilla era tan aficionada a las moralejas como la duquesa del País de las Maravillas, y estaba firmemente convencida de que se debería añadir una a cada comentario que se hacía a un niño que se estaba educando.

Pero Ana no hizo caso de la moraleja y se concentró en las maravillosas posibilidades que se le ofrecían.

—Oh, me alegro de que sea bonita. Lo más cercano a ser guapa, lo cual es imposible en mi caso, sería tener una amiga del alma que fuera guapa. Cuando vivía con la señora Thomas, en su salón había una librería con puertas de cristal. No había ningún libro en ella; la señora Thomas guardaba allí su mejor vajilla de porcelana y sus mejores confituras... cuando tenía confituras que guardar. Una de las puertas estaba rota. El señor Thomas la hizo añicos una noche que llegó un poco borracho. Pero la otra estaba intacta y yo solía fingir que mi reflejo era el de otra niña que vivía en él. La llamé Katie Maurice, y éramos íntimas amigas. Solía hablar con ella durante horas, especialmente los domingos, y le contaba todo. Katie era el consuelo de mi vida. Solíamos fingir que la librería estaba encantada y que, si supiera el hechizo, podría abrir la puerta para entrar directamente en la habitación donde vivía Katie Maurice, en lugar de entrar a las estanterías donde la señora Thomas guardaba la vajilla y las confituras. Y luego Katie Maurice me tomaría de la mano y me conduciría a un maravilloso lugar, lleno de flores, de sol y de hadas, y viviríamos allí felices para siempre. Cuando me fui a vivir con la señora Hammond, me rompió el corazón abandonar a Katie Maurice. Ella también lo sintió terriblemente, sé que lo hizo, porque lloraba cuando le di un beso de despedida a través de la puerta de la librería. No había ninguna librería en casa de la señora Hammond. Pero río arriba, a poca distancia de la casa, había un valle verde muy largo y allí vivía el eco más maravilloso. Repetía cada una de las palabras que yo decía, aunque no las dijera en voz muy alta. De modo que imaginé que era una niña que se llamaba Violeta y fuimos grandes amigas, y yo la quería casi tanto como quería a Katie Maurice, no igual, pero casi, ya sabe. La noche antes de irme al orfanato, me despedí de Violeta, y su adiós volvió a mí en un tono muy triste. Me había encariñado tanto con ella que no tenía ánimo para imaginar una amiga del alma en el orfanato, aunque hubiera habido mucho espacio para la imaginación allí.

—Pues creo que es mejor que no lo hubiera —dijo secamente Marilla—. No apruebo esas cosas. Me parece que te medio crees tus propias imaginaciones. Será mejor que tengas una amiga real para quitarte de la cabeza esas tonterías. Pero no permitas que la señora Barry te oiga hablar de tus Katie Maurice ni de tus Violetas, o creerá que cuentas cuentos.

—Oh, no lo haré. No podría hablar de ellas con todo el mundo... sus recuerdos son demasiado sagrados para eso. Pero me pareció que me gustaría que usted supiera de ellas. ¡Oh, mire! Una abeja grande acaba de salir de un capullo de flor de manzano. ¡Qué lugar tan encantador para vivir... en un capullo, piénselo! Imagínese irse a dormir dentro de él cuando el viento lo mece. Si no fuera un ser humano, creo que me gustaría ser una abeja y vivir entre flores.

—Ayer querías ser una gaviota —dijo Marilla con desdén—. Creo que eres muy inconstante. Te dije que te aprendieras esa oración y no hablaras. Pero parece que te resulta imposible dejar de hablar si tienes a alguien que te escuche. Así que sube a tu habitación y apréndetela.

—Oh, ya casi me la sé entera... sólo me falta la última línea.

—Bueno, no importa, haz lo que te digo. Ve a tu habitación y termina de aprendértela bien, y quédate allí hasta que te avise para que bajes a ayudarme a preparar el té.

—¿Puedo llevarme las flores de manzano para que me hagan compañía? —suplicó Ana.

—No; no querrás que tu habitación esté abarrotada de flores. Para empezar, deberías haberlas dejado en el árbol.

—Eso pensé también, en cierto modo —dijo Ana—. Pensé que no debería abreviar sus cortas vidas cogiéndolas. No desearía que me cogieran si fuera una flor de manzano; pero la tentación fue *irresistible*. ¿Qué hace usted cuando se encuentra con una tentación irresistible?

—Ana, ¿me has oído decirte que te vayas a tu habitación?

Ana suspiró, se retiró a la buhardilla del ala este y se sentó en una silla junto a la ventana.

—Ya está, ya me sé la oración. Me aprendí la última línea mientras subía por la escalera. Ahora voy a imaginar cosas en esta habitación para que siempre permanezcan en mi imaginación. El suelo está cubierto con una alfombra de terciopelo blanco que tiene rosas de color rosa por toda ella, y hay cortinas de seda rosa en las ventanas. En las paredes hay colgados tapices de brocado de oro y plata. Los muebles son de caoba. Nunca he visto ninguno de caoba, pero suena *tan* lujoso... Esto es un sofá lleno de hermosos cojines de seda rosa, azul, carmesí y dorada, y yo estoy reclinada en él con gracia. Puedo ver mi reflejo en ese espléndido espejo grande que cuelga de la pared. Soy alta y majestuosa, llevo un vestido de encaje blanco y una cruz de perlas sobre mi pecho, y perlas en mi cabello. Mi cabello es tan oscuro como la noche, y mi piel es clara como el marfil. Mi nombre es *lady* Cordelia Fitzgerald. No, no lo es. No puedo hacer que *eso* parezca real.

Se acercó danzando al pequeño espejo y se miró en él. Su alargado rostro pecoso y sus solemnes ojos grises le devolvieron la mirada.

—No eres más que Ana de Tejas Verdes —dijo muy seria—, y te veo, igual que me estás viendo tú, siempre que intento imaginar que soy *lady* Cordelia. Pero es un millón de veces mejor ser Ana de Tejas Verdes que Ana de ninguna parte, ¿no es así?

Se inclinó, besó afectuosamente su reflejo y se acercó a la ventana abierta.

—Querida Reina de las Nieves, buenas tardes. Y buenas tardes, queridos abedules de la hondonada. Y buenas tardes, querida casa gris de la colina. Me pregunto si Diana llegará a ser mi amiga del alma, espero que sí, y la querré mucho. Aunque nunca debo olvidar a Katie Maurice ni a Violeta. Se sentirían tan heridas si lo hiciera... y detestaría herir los sentimientos de alguien, incluso los de una niña de una librería o los de una niña de un eco. Debo procurar acordarme de ellas y enviarles un beso cada día.

Ana lanzó un par de besos al aire con las yemas de los dedos a través de las flores del cerezo y, luego, con la barbilla entre las manos, se sumergió placenteramente en un mar de ensueños.

CAPÍTULO IX

La señora Rachel Lynde se horroriza

Ana ya llevaba dos semanas en Tejas Verdes cuando la señora Lynde fue a examinarla de cerca. Para hacerle justicia, la señora Rachel no había tenido la culpa. Una fuerte e inoportuna gripe había confinado en su casa a esa buena mujer desde su última visita a Tejas Verdes. La señora Rachel no solía enfermar con frecuencia y despreciaba de un modo bien definido a quienes lo hacían; pero la gripe, aseguraba, no era como las demás enfermedades y sólo se podía interpretar como uno de las visitas especiales de la Providencia. Tan pronto como el médico le permitió poner los pies en la calle, se apresuró a ir a Tejas Verdes, llena de curiosidad por ver a la huérfana de Matthew y Marilla, sobre quien se habían extendido toda clase de historias y suposiciones en Avonlea.

Ana había aprovechado bien cada momento de aquellas dos semanas. Ya había entablado relación con cada uno de los árboles y arbustos del lugar. Había descubierto un sendero que comenzaba en el huerto de manzanos y ascendía a través de una franja boscosa. Había explorado el sendero hasta el extremo más lejano, disfrutando de arroyos y puentes, de arboledas de abetos y arcos de cerezos silvestres, de rincones cubiertos de frondosos helechos y de senderos menores bordeados de arces y fresnos.

Se había hecho amiga del manantial de la hondonada, aquel manantial maravilloso, profundo, claro y frío como el hielo; nacía en suaves areniscas rojas y lo bordeaban grandes helechos acuáticos que parecían palmeras; y más allá había un puente de troncos sobre el arroyo.

Aquel puente conducía los danzarines pies de Ana a lo alto de una colina boscosa que había más allá, donde un perpetuo crepúsculo reinaba bajo los rectos y espesos abetos y píceas; las únicas flores que había eran miríadas de delicadas campanillas, las flores más tímidas y fragantes de los bosques, y unas cuantas flores de borraja, pálidas y etéreas, como si fuesen espíritus de flores de años pasados. Las telarañas brillaban como hilos de plata entre los árboles y las ramas de los abetos, y las hojas parecían hablar en tono amistoso.

Todos estos gozosos viajes de exploración se realizaban en los pocos ratos libres en los que se le permitía jugar, y Ana dejaba medio sordos a Matthew y Marilla cuando hablaba de sus descubrimientos. Matthew no se quejaba, desde luego. Escuchaba todo con una muda sonrisa de gozo en su rostro; Marilla permitía el «parloteo» hasta que se daba cuenta de que también le resultaba interesante a ella, y entonces hacía callar a Ana con una brusca orden de que cerrara la boca.

Cuando llegó la señora Rachel, Ana se encontraba en el huerto, vagando a su agradable voluntad por la abundante y trémula hierba salpicada por la rojiza luz del atardecer, de modo que la buena mujer tuvo la excelente oportunidad de hablar a fondo de su enfermedad, describiendo cada uno de sus dolores con un placer tan evidente que Marilla pensó que incluso la gripe debía de tener sus compensaciones. Cuando se agotaron los detalles, la señora Rachel dio a conocer el verdadero motivo de su visita.

—He oído cosas sorprendentes sobre ti y sobre Matthew.

—Supongo que no estás más sorprendida de lo que lo estoy yo —dijo Marilla—. Todavía estoy recuperándome de la sorpresa.

—Es lamentable que se produjera semejante equivocación —dijo la señora Rachel—. ¿No podríais haberla enviado de vuelta?

—Supongo que sí, pero decidimos no hacerlo. Matthew se encariñó con ella. Y debo decir que a mí también me gusta, aunque reconozco que tiene sus defectos. La casa ya parece un lugar diferente. Es una niña muy alegre.

Marilla dijo más de lo que tenía intención de decir cuando empezó, pues vio desaprobación en la expresión de la señora Rachel.

—Es una gran responsabilidad la que has asumido —dijo aquella señora con tristeza— sobre todo cuando nunca has tenido ninguna experiencia con niños. No sabes mucho sobre ella o sobre su auténtico carácter, supongo, y no hay forma de adivinar qué resultado dará una niña así. Pero no quiero desanimarte, Marilla.

—No estoy desanimada —fue la seca respuesta de Marilla—. Cuando decido hacer algo, lo hago. Supongo que te gustaría ver a Ana. La llamaré.

Ana entró corriendo poco después, con el rostro resplandeciente por el placer que le producían sus andanzas por el huerto; pero, avergonzándose al encontrarse ante la inesperada presencia de una desconocida, se detuvo confusa en el umbral de la puerta. Sin duda, era una criatura de aspecto extraño, con aquel vestido corto y estrecho que había llevado en el orfanato, desde el que salían unas piernas delgadas que parecían ser largas y sin gracia. Sus pecas eran más numerosas y más visibles que nunca; el viento había despeinado su cabello y lo había colocado en un brillante desorden; nunca había parecido más rojo que en ese momento.

—Bueno, no te han elegido por tu aspecto, eso es seguro y cierto —fue el rotundo comentario de la señora Rachel Lynde. La señora Rachel era una de esas encantadoras personas muy conocidas que se enorgullecen de decir lo que piensan sin temer o favorecer nada—. Está muy flaca y es feúcha, Marilla. Ven aquí, niña, y déjame echarte un vistazo. ¡Santo cielo! ¿Alguien ha visto alguna vez tantas pecas? ¡Y el pelo es tan rojo como las zanahorias! Ven aquí, niña, he dicho.

Ana «fue allí», pero no exactamente como esperaba la señora Rachel. Cruzó la cocina a toda velocidad y se detuvo delante de ella, con el rostro enrojecido por la ira, los labios trémulos y toda su delgada figura temblando de pies a cabeza.

—¡La odio! —exclamó con voz ahogada, golpeando el suelo con el pie—. La odio... la odio... la odio... —repitió, golpeando el suelo con el pie más fuerte, cada vez que decía que la odiaba—. ¿Cómo se atreve a llamarme flaca y fea? ¿Cómo se atreve a decir que soy pecosa y que tengo el pelo rojo? ¡Es usted una mujer grosera, maleducada e insensible!

—¡Ana! —exclamó Marilla, consternada.

Pero Ana continuó mirando impávida a la señora Rachel, con la cabeza erguida, los ojos encendidos, los puños apretados, espirando su gran indignación como si fuese aire.

—¡Cómo se atreve a decir esas cosas de mí! —repitió con vehemencia—. ¿Le gustaría que hablaran así de usted? ¿Le gustaría que dijeran que es usted gorda y torpe, y que probablemente no tiene ni pizca de imaginación? ¡No me importa si hiero sus sentimientos al decirlo! Espero haberlo hecho. Usted ha herido los míos más de lo que nunca me los había herido nadie, ni siquiera el marido borracho de la señora Thomas. ¡Y *nunca* la perdonaré por ello, nunca, nunca!

Golpeó el suelo con el pie de nuevo.

—¡Quién ha visto semejante temperamento! —exclamó la señora Rachel, horrorizada.

—Ana, ve a tu habitación y quédate allí hasta que suba yo —dijo Marilla, recobrando con dificultad su capacidad de hablar.

Ana, rompiendo a llorar, corrió hacia la puerta de la entrada y dio tal portazo al cerrarla que hasta los adornos de metal del porche temblaron; cruzó el pasillo y subió las escaleras como un torbellino. Un nuevo portazo arriba indicó que la puerta de la buhardilla del ala este se había cerrado con igual vehemencia.

—Bueno, no envidio tu labor de criar a *eso,* Marilla —dijo la señora Rachel con indescriptible solemnidad.

Marilla abrió los labios para decir que no sabía cómo disculparse o mostrar su desaprobación, pero lo que dijo fue una sorpresa para sí misma, en ese momento e incluso después.

—Bueno, no deberías haber hablado así de su aspecto, Rachel.

—Marilla Cuthbert, ¿no me querrás decir que defiendes el terrible despliegue de temperamento que acabamos de ver? —preguntó la señora Rachel, indignada.

—No —respondió Marilla lentamente—. No estoy tratando de disculparla. Se ha portado muy mal y tendré que reprenderla por ello. Pero debemos ser condescendientes con ella. Nunca se le ha enseñado lo que es correcto. Y tú *has sido* demasiado dura con ella, Rachel.

Marilla no pudo evitar añadir esta última frase, aunque de nuevo volvió a sorprenderse al hacerlo. La señora Rachel se levantó con una apariencia de dignidad ofendida.

—Bueno, veo que tendré que tener mucho cuidado con lo que digo después de esto, Marilla, ya que los delicados sentimientos de los huérfanos, traídos de Dios sabe dónde, deben tenerse en cuenta antes que cualquier otra cosa. Oh, no, no estoy molesta... no te preocupes. Lo lamento demasiado por ti como para dejar espacio en mi mente para el enfado. Ya tienes bastantes problemas con esa niña. Pero si aceptas mi consejo, lo que supongo que no harás, aunque yo haya criado a diez hijos y enterrado a dos, te aconsejo que la «reprendas» con una vara de abedul de buen tamaño. Creo que *ese* sería el lenguaje más efectivo para esa clase de niña. Su temperamento está a la altura de su cabello, supongo. Bueno, buenas noches, Marilla. Espero que vayas a verme con la misma frecuencia de siempre. Pero no debes esperar que yo vuelva por aquí muy pronto, si se van a abalanzar así sobre mí y a insultarme de esa manera. Ha sido algo nuevo en *mi* experiencia.

Dicho esto, la señora Rachel abandonó el lugar con arrogancia y se marchó precipitadamente —si se *pudiera* decir que una mujer gorda que anda siempre con torpeza fuera capaz de marcharse precipitadamente—, y Marilla se dirigió a la buhardilla del ala este con una expresión muy seria en el rostro.

Mientras subía las escaleras, reflexionaba inquieta sobre lo que debería hacer. Se sentía no poco consternada por la escena que acababa de representarse. ¡Qué desgracia que Ana hubiese mostrado semejante temperamento justo delante de la señora Rachel Lynde! Entonces, de pronto Marilla se dio cuenta, con una sensación desagradable y represora, de que sentía más humillación que lástima por haber descubierto un defecto tan grave en el carácter de Ana. ¿Y cómo iba a castigarla? La amable sugerencia de la vara de abedul, de cuya eficiencia podrían haber dado buen testimonio todos los hijos de la señora Rachel, no atraía a Marilla. No creía que fuese capaz de pegar a un niño. No, había que encontrar algún otro método de castigo para que Ana fuese consciente de la enormidad de su ofensa.

Marilla encontró a Ana tumbada boca abajo en la cama, llorando amargamente, sin darse cuenta de que había puesto sus botas manchadas de barro sobre la colcha limpia.

—Ana —dijo, con cierta amabilidad.

No hubo respuesta.

—Ana —dijo con mayor severidad—, levántate de esa cama ahora mismo y escucha lo que tengo que decirte.

Ana salió de la cama retorciéndose y se sentó erguida en una silla que había junto a ella; tenía el rostro hinchado y cubierto de lágrimas, y los ojos fijos en el suelo con obstinación.

—¡Bonito modo de comportarte, Ana! ¿No estás avergonzada?

—¡No tenía ningún derecho a llamarme fea y decir que tengo el pelo rojo! —replicó Ana, evasiva y desafiante.

—Tú no tenías derecho a enfurecerte así, ni a hablarle del modo en el que lo has hecho, Ana. Me he avergonzado de ti... me he avergonzado mucho de ti. Deseaba que te comportaras bien con la señora Lynde, y en lugar de eso, me has avergonzado. No sé por qué te has puesto tan furiosa porque la señora Lynde te haya dicho que eres pelirroja y feúcha. Tú misma lo dices muy a menudo.

—Oh, pero hay una gran diferencia entre decir una cosa de uno mismo y oír a otras personas decirlo —protestó Ana—. Puedes saber que una cosa es así, pero no puedes evitar tener la esperanza de que otras personas no piensen que es así. Supongo que cree que tengo un temperamento horrible. No pude evitarlo. Cuando dijo esas cosas algo surgió en mi interior y me enfurecí. *Tuve* que salir disparada hacia ella.

—Bueno, has hecho una excelente exhibición de ti misma, debo decir. La señora Lynde tendrá una bonita historia que contar sobre ti por todas partes... y la contará, seguro. Ha sido horrible que te hayas puesto tan furiosa, Ana.

—Imagínese cómo se sentiría usted si alguien le dijera a la cara que es flaca y fea —alegó Ana entre lágrimas.

Y de pronto le vino a la mente a Marilla un viejo recuerdo. Ella era aún muy pequeña cuando había oído decir a una tía decirle a otra: «¡Qué lástima que sea tan poca cosa, morena y feúcha!». Transcurrieron cincuenta años antes de que aquel disgusto se borrara de la memoria de Marilla.

—No digo que yo piense que la señora Lynde haya obrado correctamente al decir lo que ha dicho sobre ti, Ana —admitió en un tono más suave—. Rachel es demasiado franca. Pero eso no excusa tal comportamiento por tu parte. Ella era una desconocida, una persona mayor y estaba de visita en mi casa... las tres son muy buenas razones para que tú hubieses sido respetuosa con ella. Has sido maleducada e insolente... —Marilla tuvo una inspiración sobre cómo castigarla—. Debes ir a su casa a decirle que lamentas muchísimo tu mal temperamento y a pedirle que te perdone.

—Jamás podré hacer eso —dijo Ana con determinación y pesimismo—. Puede castigarme usted de la manera que quiera, Marilla. Puede encerrarme en una oscura y húmeda mazmorra habitada por serpientes y sapos, y darme sólo pan y agua, y yo no me quejaré. Pero no puedo pedirle a la señora Lynde que me perdone.

—No tenemos por costumbre encerrar a personas en oscuras y húmedas mazmorras —dijo Marilla secamente—, sobre todo porque escasean en Avonlea. Pero debes disculparte ante la señora Lynde y lo harás, y te quedarás aquí en tu habitación hasta que me digas que estás dispuesta a hacerlo.

—Entonces tendré que quedarme aquí para siempre —dijo Ana con tristeza—, porque no puedo decirle a la señora Lynde que lamento haberle dicho esas cosas. ¿Cómo voy a poder hacerlo? *No* lo lamento. Lamento haberla incomodado a usted, pero me *alegro* de haberle dicho a ella lo que le dije. Fue una gran satisfacción. No puedo decir que lo lamento cuando no lo lamento, ¿no es así? Ni siquiera puedo *imaginar* que lo lamento.

—Tal vez funcione mejor tu imaginación por la mañana —dijo Marilla, levantándose para marcharse—. Tendrás toda la noche para reflexionar sobre su conducta y mejorar tu disposición de ánimo. Dijiste que tratarías de ser una niña muy buena si te quedabas en Tejas Verdes, pero debo decir que no me lo has parecido mucho esta tarde.

Dejando que este comentario escociera en el turbulento pecho de Ana, Marilla bajó a la cocina, con serio desasosiego en su mente y el alma afligida. Estaba tan enfadada consigo misma como con Ana, porque, cada vez que recordaba el semblante estupefacto de la señora Rachel, sus labios esbozaban una sonrisa divertida y sentía un recriminable deseo de echarse a reír.

CAPÍTULO X

Las disculpas de Ana

Marilla no dijo nada a Matthew sobre lo sucedido esa tarde, pero cuando Ana aún mostraba su obstinación a la mañana siguiente, hubo que dar una explicación por su ausencia en la mesa a la hora del desayuno. Marilla le contó a Matthew toda la historia, esforzándose por hacer hincapié en la gravedad del comportamiento de Ana.

—Ya era hora de que alguien reprendiera a Rachel Lynde; es una vieja chismosa y entrometida. —Fue la consoladora réplica de Matthew.

—Matthew Cuthbert, me asombras. Sabes que el comportamiento de Ana fue espantoso y, sin embargo, te pones de su parte. Supongo que lo siguiente que dirás será que no deberíamos castigarla en absoluto.

—Bueno, no, no exactamente —dijo Matthew incómodo—. Creo que debería ser castigada un poco. Pero no seas demasiado dura con ella, Marilla. Recuerda que jamás ha tenido a nadie que le enseñe lo que es correcto. Vas a... vas a darle algo de comer, ¿verdad?

—¿Cuándo has oído decir que yo mate de hambre a la gente para que se porte bien? —preguntó Marilla, indignada—. Hará sus comidas habituales y yo misma se las llevaré. Pero se quedará allí hasta que esté dispuesta a disculparse ante la señora Lynde, y eso es definitivo, Matthew.

El desayuno, el almuerzo y la cena fueron muy silenciosos, pues Ana permanecía inflexible. Después de cada comida, Marilla llevaba una bandeja repleta a la buhardilla del ala este y la bajaba más tarde sin apenas apreciarse que hubiese mermado. Matthew contempló el último descenso con preocupación. ¿Había comido algo Ana?

Cuando Marilla salió aquella tarde a traer las vacas de los pastos, Matthew, que había estado merodeando por los graneros para vigilar, entró con sigilo en la casa, como un ladrón, y subió las escaleras. Por lo general, Matthew solía transitar entre la cocina y el pequeño dormitorio que se encontraba junto a la entrada y en el cual dormía. De vez en cuando se aventuraba a entrar incómodo en el salón o en la sala de estar cuando venía a tomar el té el pastor. Pero nunca había vuelto a subir las escaleras de su propia casa desde la primavera en la que ayudó a Marilla a empapelar la habitación de invitados, y eso había sucedido cuatro años antes.

Caminó de puntillas por el pasillo y permaneció varios minutos frente a la puerta de la buhardilla antes de armarse de valor para dar unos golpecitos en la puerta con los dedos y abrirla después para asomarse a su interior.

Ana estaba sentada en la silla amarilla, junto a la ventana, mirando hacia el jardín con tristeza. Parecía muy pequeña y desdichada, y a Matthew le dio un vuelco el corazón. Cerró la puerta suavemente y se acercó a ella de puntillas.

—Ana —susurró, como si temiera que le oyeran—, ¿cómo lo llevas, Ana?

Ana sonrió con languidez.

—Bastante bien. Imagino muchas cosas y eso me ayuda a pasar el tiempo. Desde luego, me siento bastante sola, pero tendré que acostumbrarme a ello.

Ana sonrió de nuevo, enfrentándose con valentía a los largos años de prisión en soledad que le esperaban.

Matthew recordó que tenía que decir lo que había ido a decir sin pérdida de tiempo, no fuera a ser que Marilla regresara prematuramente.

—Bueno, Ana, ¿no crees que sería mejor que lo hicieras para acabar de una vez con este asunto? —susurró—. Tarde o temprano tendrás que hacerlo, ya sabes, porque Marilla es una mujer muy obstinada... muy obstinada, Ana. Hazlo pronto, digo, y acabemos con ello.

—¿Quiere decir que me disculpe ante la señora Lynde?

—Sí... disculparte... eso es —dijo Matthew con entusiasmo—. Simplemente suavizarlo, por así decirlo. Eso es lo que estaba intentando decir.

—Supongo que podría hacerlo para complacerle a usted —dijo Ana, pensativa—. Ahora sí que sería cierto decir que lo lamento, porque ahora sí que lo siento. Anoche no lo lamentaba ni un poquito. Estaba muy enfadada, y he estado enfadada toda la noche. Lo sé porque me he despertado tres veces y las tres veces estaba furiosa. Pero esta mañana, todo se había pasado. Ya no estaba de mal humor... y también me ha dejado agotada. Me sentía muy avergonzada, pero no podía pensar en ir a decírselo a la señora Lynde. Sería tan humillante... Decidí que permanecería encerrada aquí para siempre antes que hacer eso. Pero, aun así, haría cualquier cosa por usted... si realmente desea que lo haga...

—Bueno, desde luego que sí. Me encuentro terriblemente solo abajo sin ti. Ve a suavizar las cosas... como una buena chica.

—Muy bien —dijo Ana con resignación—. Tan pronto regrese Marilla le diré que estoy arrepentida.

—Eso está bien... eso está bien, Ana. Pero no le cuentes a Marilla que he dicho algo al respecto. Podría pensar que me estoy entrometiendo y prometí no hacerlo.

—Ni llevándome a rastras conseguiría nadie que revelara el secreto —dijo Ana solemnemente—. De todos modos, ¿cómo conseguirían que una persona revelara un secreto llevándola a rastras?

Pero Matthew se había ido, sorprendido por su propio éxito. Huyó apresuradamente hacia el rincón más remoto de los pastos para que Marilla no sospechara lo que había estado tramando. La propia Marilla, al regresar a casa, se sorprendió gratamente al oír una voz lastimera que la llamaba por encima de la barandilla de la escalera.

—¿Y bien? —dijo, entrando al recibidor.

—Lamento haberme puesto tan furiosa y haber dicho cosas tan groseras, y estoy dispuesta a ir a decírselo a la señora Lynde.

—Muy bien. —La sequedad en el tono de Marilla no dio muestras de alivio. Había estado preguntándose qué debería hacer si Ana no cedía—. Te llevaré después de ordeñar.

Así pues, después de ordeñar, ahí estaban Marilla y Ana caminando por el sendero, la primera erguida y triunfante, la segunda encorvada y abatida. Pero, a mitad de camino, el abatimiento de Ana se desvaneció como por encanto. Alzó la cabeza y empezó a caminar con ligereza, con los ojos fijos en el cielo del atardecer y un aire de euforia contenida. Marilla observó el cambio con desaprobación. No era la dócil arrepentida que le convenía llevar ante la presencia de la ofendida señora Lynde.

—¿En qué estás pensando, Ana? —preguntó con aspereza.

—Me estoy imaginando lo que tengo que decir a la señora Lynde —respondió distraídamente.

Eso resultaba satisfactorio... o debería haber sido así. Pero Marilla no podía dejar de pensar que algo en su plan de castigo se estaba torciendo. Ana no tenía motivos para parecer tan embelesada y radiante.

Embelesada y radiante continuó Ana hasta que se encontró frente a la señora Lynde, quien estaba sentada junto a la ventana, haciendo punto. En ese momento desapareció su aspecto radiante y dejó ver en cada uno de sus rasgos un apesadumbrado arrepentimiento. Antes de que nadie pronunciara una palabra, Ana se arrodilló de repente ante la asombrada señora Rachel y extendió las manos con aire suplicante.

—Oh, señora Lynde, lo lamento muchísimo —dijo con voz temblorosa—. Jamás podría expresar cuánto lo lamento, no, ni aunque usara todo el diccionario. Imagíneselo. Me porté muy mal con usted... y he avergonzado a mis queridos amigos, Matthew y Marilla, quienes me han permitido quedarme en Tejas Verdes aunque no sea un chico. Soy una niña muy mala y desagradecida, y merezco que personas respetables me castiguen y me expulsen para siempre. Estuvo muy mal por mi parte enfadarme por decirme la verdad. Era verdad; cada palabra que usted dijo era verdad. Mi pelo es rojo, soy pecosa, flaca y fea. Lo que yo le dije a usted también era verdad, pero no debería haberlo dicho. ¡Oh, señora Lynde, por favor, por favor, perdóneme! Si se niega será un castigo de por vida para mí. No le gustaría infligir un castigo de por vida a una pobre huérfana, ¿verdad?, aunque tenga un temperamento terrible. Oh, estoy segura de que no lo haría. Por favor, dígame que me perdona, señora Lynde.

Ana juntó las manos, inclinó la cabeza y esperó a que pronunciara su parecer.

No había duda en su sinceridad, que se advertía en cada tono de su voz. Tanto Marilla como la señora Lynde reconocieron su inconfundible halo. Pero la primera comprendió con consternación que Ana en realidad estaba disfrutando con su humillación... se deleitaba en la exhaustividad de su humillación. ¿Dónde estaba el beneficioso castigo del que ella, Marilla, se había enorgullecido tanto? Ana lo había convertido en una especie de placer.

La buena señora Lynde, que no era tan perceptiva, no se dio cuenta de esto. Tan sólo percibió que Ana había pedido disculpas concienzudamente y todo resentimiento se desvaneció de su corazón bondadoso, aunque algo entrometido.

—Vamos, vamos, levántate, niña —dijo efusivamente—. Por supuesto que te perdono. Creo que fui un poco dura contigo, de todos modos. Soy una persona muy franca. No debes preocuparte por mí, eso es. No se puede negar que tu cabello es terriblemente rojo; pero una vez conocí a una niña... fui a la escuela con ella, de hecho... cuyo cabello era tan rojo como el tuyo cuando era niña, pero cuando creció se oscureció hasta convertirse en un castaño rojizo realmente bonito. No me sorprendería nada que el tuyo también lo hiciera... nada de nada.

—¡Oh, señora Lynde! —Ana dio un profundo suspiro mientras se ponía de pie—. ¡Me ha dado una esperanza! Pensaré siempre que es usted una buena persona. Podría soportar cualquier cosa con sólo pensar que mi cabello será de un bonito castaño rojizo cuando sea mayor. Sería mucho más fácil ser buena si mi cabello fuese de un bonito castaño rojizo, ¿no cree? Y ahora ¿puedo salir a su jardín y sentarme en ese banco que hay debajo de los manzanos mientras hablan usted y Marilla? Hay mucho espacio para la imaginación ahí.

—Sí, claro, corre, niña. Y puedes hacer un ramito de narcisos blancos en el rincón si quieres.

Cuando la puerta se cerró tras Ana, la señora Lynde se levantó rápidamente para encender una lámpara.

—Realmente es una chiquilla rara. Toma esta silla, Marilla, es mejor que la que tienes; esa la tengo para que se siente el mozo que tenemos contratado. Sí, ciertamente es una niña rara, pero, después de todo, hay algo que hace que te encariñes con ella. No me sorprende que Matthew y tú os quedarais con ella como hicisteis... y tampoco lo lamento por vosotros. Puede que salga bien. Desde luego, tiene una extraña manera de expresarse... tal vez demasiado... bueno, demasiado contundente, ya sabes. Aunque es probable que mejore ahora que ha venido a vivir entre personas civilizadas. Y, además, su carácter es muy vivo, supongo; pero es un consuelo, un niño que tiene carácter vivo, que se enardece y se calma con facilidad, no es probable que sea astuto o falso. Cuídate de un niño astuto, eso es. En conjunto, Marilla, me agrada esa niña.

Cuando Marilla salía hacia su casa, Ana salió de la fragante penumbra del huerto con un ramo de narcisos blancos en las manos.

—Me disculpé bastante bien, ¿verdad? —dijo orgullosa mientras avanzaban por el sendero—. Pensé que ya que tenía que hacerlo, debía hacerlo a conciencia.

—Lo hiciste a conciencia, bastante bien —fue el comentario de Marilla.

Marilla se sintió consternada al descubrir que le daban ganas de reír al recordarlo. También tenía la desagradable sensación de que debería regañar a Ana por disculparse tan bien. ¡Pero eso resultaba absurdo! Transigió ante ello y dijo con severidad:

—Espero que no tengas ocasión de tener que pedir más disculpas como ésta. Espero que procures controlar tu temperamento ahora, Ana.

—Eso no sería tan difícil si la gente no se burlara de mi aspecto —dijo Ana con un suspiro—. No me enfadan otras cosas, pero estoy *tan* harta de que se burlen de mi pelo que hace que me ponga furiosa enseguida. ¿Cree que mi cabello será realmente castaño rojizo cuando sea mayor?

—No deberías pensar tanto en tu aspecto, Ana. Me temo que eres una niña muy vanidosa.

—¿Cómo puedo ser vanidosa cuando sé que soy fea? —protestó Ana—. Me encantan las cosas bonitas; odio mirar en el espejo y ver algo que no es bonito. Me hace sentir tanta pena... me siento igual que cuando miro cualquier cosa fea. La compadezco porque no es bonita.

—Una persona es bella por sus actos —citó Marilla.

—Ya me han dicho eso antes, pero tengo mis dudas al respecto —fue el escéptico comentario de Ana, oliendo sus narcisos—. ¡Oh, qué fragantes son estas flores! Fue maravilloso que la señora Lynde me las regalara. Ya no estoy resentida con la señora Lynde. Disculparse y ser perdonado provocan una encantadora y agradable sensación, ¿no es así? ¿No brillan las estrellas esta noche? Si pudiera vivir en una estrella, ¿cuál elegiría? A mí me gustaría vivir en esa grande que se ve allá sobre aquella oscura colina.

—Ana, mantén la boca cerrada —dijo Marilla, completamente agotada por intentar seguir los giros de los pensamientos de Ana.

Ana no dijo nada más hasta que llegaron a su propio sendero. Vino a recibirlas un suave viento cargado del aromático perfume de los jóvenes helechos mojados por el rocío. A lo lejos, en las sombras, una alegre luz brillaba a través de los árboles, procedente de la cocina de Tejas Verdes. De pronto, Ana se acercó a Marilla y deslizó su mano en la endurecida palma de la mujer mayor.

—Es encantador volver a casa y saber que es tu hogar —dijo—. Ya amo Tejas Verdes, y nunca he amado antes ningún lugar. Ningún lugar me pareció un hogar alguna vez. ¡Oh, Marilla, soy tan feliz! Podría rezar ahora mismo sin que me resultara difícil.

Algo cálido y agradable brotó del corazón de Marilla cuando sintió aquella delgada manita en la suya, tal vez fue el latido de la maternidad que no se había cumplido. Aquella sensación de ternura y de falta de costumbre hizo que se sintiera desasosegada. Se apresuró a devolver sus sensaciones a su calma habitual añadiendo una moraleja.

—Si eres buena, serás feliz siempre, Ana. Y nunca debería resultarte difícil decir tus oraciones.

—Decir las oraciones no es exactamente lo mismo que rezar —dijo Ana pensativa—. Pero voy a imaginar que soy el viento que sopla allí, en las copas de los árboles. Cuando me canse de los árboles, imaginaré que agito suavemente los helechos... y luego volaré al jardín de la señora Lynde y haré que bailen las flores... y después me lanzaré en picado sobre el campo de tréboles... y luego soplaré sobre el Lago de las Aguas Resplandecientes y formaré en él pequeñas olas brillantes. ¡Oh, hay tanto espacio para la imaginación en el viento! Así que ya no hablaré más ahora, Marilla.

—Gracias a Dios —suspiró Marilla sinceramente aliviada.

CAPÍTULO XI

La opinión de Ana sobre la escuela dominical

—Bueno, ¿te gustan? —preguntó Marilla.

Ana estaba en la habitación de la buhardilla, mirando con aspecto serio tres vestidos nuevos que se encontraban extendidos sobre la cama. Uno de ellos era de una especie de tela de algodón a cuadros marrones que Marilla había tenido la tentación de comprar a un vendedor ambulante el verano anterior por lo práctica que parecía; otro era de satén a cuadros blancos y negros que había obtenido en un mostrador de saldos de invierno; y el tercero era de una austera tela estampada en un feo tono azul que había adquirido aquella semana en una tienda de Carmody.

Los había hecho ella misma, y los tres eran iguales: faldas sencillas ceñidas a talles sencillos con mangas tan sencillas como el talle y la falda, y tan ajustadas como podían ser unas mangas.

—Imaginaré que me gustan —dijo Ana muy seria.

—No quiero que te lo imagines —dijo Marilla, ofendida—. Oh, ya veo que no te gustan los vestidos. ¿Qué sucede con ellos? ¿No están cosidos con esmero, limpios y son nuevos?

—Sí.

—Entonces, ¿por qué no te gustan?

—No son... no son... bonitos —respondió Ana de mala gana.

—¡Bonitos! —resopló Marilla—. No me he preocupado de que fueran vestidos bonitos para ti. No creo en eso de halagar la vanidad, Ana, te lo digo en serio. Estos vestidos son buenos, prácticos y duraderos, sin volantes ni adornos en ellos, y son los que llevarás este verano. El marrón y el azul estampado te servirán para la escuela cuando comiences a ir. El de satén lo usarás para ir a la iglesia y a la escuela dominical. Espero que no los arrugues, y que los mantengas limpios y no los rasgues. Creo que deberías estar agradecida por tener algo más que esa ropa tan pequeña que has estado llevando.

—Oh, *estoy* agradecida —protestó Ana—. Pero habría estado aún más agradecida si... si tan sólo hubiese hecho uno de ellos con mangas abullonadas. Las mangas abullonadas están ahora de moda. Me haría mucha ilusión, Marilla, llevar un vestido con mangas abullonadas.

—Bueno, tendrás que prescindir de esa ilusión. No tenía tela para desperdiciarla en mangas abullonadas. De todos modos, creo que son ridículas. Prefiero las sencillas y discretas.

—Pero preferiría parecer ridícula, ya que todas las demás las llevan, a parecer sencilla y discreta como lo he sido siempre —insistió Ana apesadumbrada.

—¡Confío en que sigas siendo así! Bueno, cuelga cuidadosamente esos vestidos en tu armario y luego siéntate para aprenderte la lección de la escuela dominical. He conseguido un libro del señor Bell para ti y empezarás a ir a la escuela dominical mañana —dijo Marilla, desapareciendo escaleras abajo encolerizada.

Ana juntó las manos y miró los vestidos.

—Esperaba que hubiera uno blanco con mangas abullonadas —susurró desconsoladamente—. Recé por tener uno, pero no por eso lo esperaba. No supuse que Dios tuviera tiempo para preocuparse por el vestido de una pequeña huérfana. Sabía que sólo dependería de Marilla. Bueno, afortunadamente puedo imaginar que uno de ellos es de muselina blanca como la nieve, con maravillosos volantes de encajes y mangas abullonadas.

A la mañana siguiente, un imprevisto fuerte dolor de cabeza impidió a Marilla acompañar a Ana a la escuela dominical.

—Tendrás que ir a casa de la señora Lynde, Ana —dijo—. Ella se encargará de que entres en la clase correcta. Recuerda que tienes que comportarte correctamente. Quédate a la predicación de después y pídele a la señora Lynde que te muestre nuestro banco en la iglesia. Toma, aquí tienes una moneda para la colecta. No mires fijamente a la gente y no enredes. Espero que me cuentes el pasaje de la Biblia cuando vuelvas a casa.

Ana salió de casa impecable, ataviada con el rígido vestido de satén blanco y negro, que, aunque de longitud decente y sin prestarse a la acusación de escasez, se las ingeniaba para resaltar cada ángulo y cada rincón de su delgada figura. Su sombrero nuevo era pequeño, plano y con brillo; su extremada sencillez había decepcionado mucho a Ana, quién se había permitido imaginar en secreto con cinta y flores. Sin embargo, antes de llegar al camino principal, Ana ya se había provisto de estas últimas, ya que, al ver frente a ella, a mitad de camino, un dorado frenesí de botones de oro agitados por el viento y un esplendor de rosas silvestres, Ana pronto adornó generosamente su sombrero con una pesada guirnalda de flores. Sin importar lo que las demás personas pudieran pensar del resultado, ella se sentía satisfecha y anduvo con paso ligero y alegre por el camino, con su cabeza pelirroja erguida y adornada con orgullo de rosa y amarillo.

Cuando llegó a casa de la señora Lynde, se encontró con que la señora ya se había ido. Sin amedrentarse, Ana se dirigió sola a la iglesia. En el porche encontró a un grupo de niñas, todas más o menos vestidas de blanco, azul y rosa, y todas miraron con curiosidad a la desconocida que se encontraba en medio de ellas, con su extraordinario adorno en la cabeza. Las niñas de Avonlea ya habían oído historias extrañas sobre Ana. La señora Lynde había dicho que tenía un temperamento terrible; Jerry Buote, el mozo de Tejas Verdes, decía que hablaba todo el tiempo consigo misma o con los árboles y las flores, como si estuviese loca. La miraron y cuchichearon entre ellas desde detrás de sus libros. Nadie hizo un ademán amistoso, ni entonces ni más tarde, cuando, una vez terminada la ceremonia, Ana se encontró en la clase de la señorita Rogerson.

La señorita Rogerson era una dama de mediana edad que llevaba veinte años enseñando en la escuela dominical. Su método de enseñanza consistía en hacer las preguntas impresas en el libro y mirar severamente por encima del canto del libro a la niña en particular que pensaba que debería responder a la pregunta. Miró a Ana con mucha frecuencia, y Ana, gracias a la educación recibida de Marilla, respondía con prontitud; pero cabe preguntarse si comprendía mucho de la pregunta o de la respuesta.

Ana pensaba que no le gustaba la señorita Rogerson y se sentía muy desgraciada; todas las demás niñas de la clase llevaban mangas abullonadas. Ana pensó que no merecía la pena vivir si no se llevaban mangas abullonadas.

—Bueno, ¿te ha gustado la escuela dominical? —quiso saber Marilla cuando regresó a casa. Como su guirnalda de flores se había marchitado, Ana la había tirado por el camino, de modo que Marilla no supo de su existencia, al menos en ese momento.

—No me ha gustado nada. Ha sido horrible.

—¡Ana Shirley! —dijo Marilla para reprenderla.

Ana se sentó en la mecedora dando un largo suspiro, besó una de las hojas de Bonny y saludó con la mano a una fucsia en flor.

—Se han debido sentir muy solas mientras he estado fuera —explicó Ana—. Y ahora la escuela dominical. Me he portado bien, como usted me dijo. La señora Lynde se había marchado ya, pero fui yo sola. Entré en la iglesia, con otras muchas niñas, y me senté en la esquina de un banco junto a la ventana mientras transcurría la ceremonia inicial. El señor Bell dijo una oración espantosamente larga. Me habría cansado muchísimo de no haber estado sentada junto a la ventana. Pero como daba al Lago de las Aguas Resplandecientes, me quedé mirándolo fijamente e imaginándome toda clase de cosas espléndidas.

—No deberías haber hecho eso. Deberías haber escuchado al señor Bell.

—Pero él no estaba hablando conmigo —protestó Ana—. Estaba hablando con Dios y tampoco parecía muy interesado en ello. Creo que pensaba que Dios estaba demasiado lejos para que mereciese la pena, aunque yo recé una pequeña oración. Había una larga hilera de abedules blancos cuyas ramas colgaban sobre el lago, y la luz del sol pasaba a través de ellas y se hundía, se hundía, en lo más profundo del lago. ¡Oh, Marilla, fue como un bello sueño! Me estremecí y dije dos o tres veces: «Gracias por todo esto, Dios».

—Espero que no lo dijeras en voz alta —dijo Marilla con preocupación.

—Oh, no, en voz bajita. Bueno, el señor Bell terminó por fin y me dijeron que entrara en la clase de la señorita Rogerson. Había otras nueve niñas en ella. Todas llevaban mangas abullonadas. Intenté imaginar que las mías eran abullonadas también, pero no pude. ¿Por qué no pude? Resultó muy fácil imaginar que eran abullonadas cuando estaba sola en la buhardilla, pero terriblemente difícil conseguirlo cuando todas las demás las llevaban abullonadas de verdad.

—No debías haber estado pensando en tus mangas abullonadas en la escuela dominical. Deberías haber estado prestando atención a la lección. Espero que te la supieras.

—Oh, sí, y respondí muchas preguntas. La señorita Rogerson preguntó muchísimas. No creo que sea justo que haga ella todas las preguntas. Había muchas cosas que quería preguntarle, pero ella no me ha gustado porque no creo que sea un espíritu afín. Luego, todas las demás niñas recitaron una paráfrasis. Me preguntó si yo sabía alguna. Le dije que no, pero que podía recitar *El perro en la tumba de su amo* si quería. Está en el tercer libro de lectura. No es exactamente una poesía religiosa, pero es tan triste y melancólica que podría haber servido. Ella me dijo que no y que me aprendiera la paráfrasis diecinueve para el próximo domingo. La leí por encima en la iglesia y es espléndida. Hay dos versículos en particular que me estremecen.

Rápido como caían los escuadrones en la matanza
en el aciago día de Madián.

No sé lo que significa «escuadrones», ni «Madián» tampoco, pero suenan tan trágicos... Apenas puedo esperar hasta el domingo que viene para recitarla. Practicaré toda la semana. Después de la escuela dominical le pedí a la señorita Rogerson, porque la señora Lynde estaba muy lejos, que me indicara nuestro banco. Me senté tan callada como pude. El texto era del «Apocalipsis», tercer capítulo, versículos segundo y tercero. Era un texto muy largo. Si yo fuese pastor, elegiría unos más cortos y amenos. El sermón fue terriblemente largo también. Supongo que el pastor tenía que adaptarlo al texto. Él me resultó muy poco interesante. Me parece que su problema es que no tiene suficiente imaginación. No le escuché mucho. Simplemente di libertad a mis pensamientos y pensé en las cosas más sorprendentes.

Marilla pensaba en vano que todo aquello debía ser reprendido severamente, pero lo entorpecía el innegable hecho de que algunas de las cosas que Ana había dicho, especialmente sobre los sermones del pastor y las oraciones del señor Bell, eran las mismas que ella misma había pensado en el fondo de su corazón durante años, pero que jamás había expresado. Casi le dio la impresión de que aquellos pensamientos secretos, críticos, no expresados, de repente habían tomado forma visible y acusadora en la persona de aquella deslenguada criatura.

CAPÍTULO XII

Un juramento y una promesa solemnes

Hasta el viernes siguiente Marilla no se enteró de la anécdota del sombrero adornado con la guirnalda de flores. Regresó de casa de la señora Lynde y llamó a Ana para pedirle explicaciones.

—Ana, la señora Rachel dice que fuiste a la iglesia el domingo pasado con el sombrero adornado de forma ridícula con rosas y botones de oro. ¿Qué diablos te llevó a hacer semejante travesura? ¡Bonito aspecto debiste presentar!

—Oh, ya sé que el rosa y el amarillo no me sientan bien —comenzó a decir Ana.

—¡Tonterías! Fue poner flores en tu sombrero, no importa de qué color fueran, lo que fue ridículo. ¡Eres una niña de lo más exasperante!

—No comprendo por qué es más ridículo llevar flores en el sombrero que en el vestido —protestó Ana—. Montones de niñas llevaban ramilletes de flores prendidos en el vestido. ¿Cuál es la diferencia?

Marilla no iba a dejarse llevar de la seguridad de lo concreto a los dudosos senderos de lo abstracto.

—No me respondas de esa manera, Ana. Fue una estupidez por tu parte hacer una cosa así. Que no vuelva a enterarme de una artimaña como esa. La señora Rachel dice que hubiera querido que se la tragase la tierra cuando te vio entrar ataviada de esa manera. No pudo acercarse a ti para decirte que te lo quitaras hasta que fue demasiado tarde. Dice que la gente hablaba de ello de un modo terrible. Por supuesto, pensarían que no tuve sentido común al permitirte salir de casa engalanada así.

—¡Oh, lo lamento mucho! —dijo Ana, con lágrimas en los ojos—. Nunca pensé que le importaría a usted. Las rosas y los botones de oro eran tan fragantes y bonitos que pensé que se verían hermosos en mi sombrero. Muchas de las niñas llevaban flores artificiales en el sombrero. Temo que voy a ser un espantoso suplicio para ustedes. Tal vez fuera mejor que me enviaran de vuelta al orfanato. Eso sería terrible; no creo que pudiera soportarlo; lo más probable es que me consumiera. ¡Estoy tan delgada! Ya lo ve. Pero sería mejor que ser un suplicio para ustedes.

—Tonterías —dijo Marilla, disgustada consigo misma por haber hecho llorar a la niña—. No queremos enviarte de vuelta al orfanato, te lo aseguro. Todo cuanto deseo es que te comportes como las demás niñas y no te pongas en ridículo. No llores más. Tengo noticias para ti. Diana Barry ha llegado a casa esta tarde. Voy a ir a pedirle prestado un patrón de una falda a la señora Barry, y si quieres puedes acompañarme para conocer a Diana.

Ana se puso en pie, con las manos juntas y las lágrimas brillando todavía en sus mejillas; el paño de cocina que estaba doblando resbaló y cayó al suelo sin prestarle atención.

—Oh, Marilla, estoy asustada... ahora que ha llegado el momento estoy realmente asustada. ¿Y si no le gusto? Sería la decepción más trágica de mi vida.

—Vamos, no te pongas nerviosa. Y me gustaría que no utilizases palabras tan complicadas. Suena muy extraño en una niña. Supongo que a Diana le caerás bien; es a su madre a la que has de tener en cuenta. Si a ella no le gustas, no importará cuánto le gustes a Diana. Si se ha enterado de tu arrebato con la señora Lynde y de que fuiste a la iglesia con botones de oro en el sombrero, no sé lo que pensará de ti. Debes ser educada y portarte bien, y no hagas ninguno de tus sorprendentes discursos. ¡Santo cielo! Si está temblando esta niña.

Ana *estaba* temblando. Su rostro estaba pálido y tenso.

—Oh, Marilla, usted también estaría nerviosa si fuera a conocer a la niña que espera que sea su amiga del alma y a cuya madre es posible que no le guste —dijo mientras se apresuraba a coger su sombrero.

Se dirigieron a la Ladera del Huerto por el atajo que cruzaba el arroyo y ascendía por la colina de los abetos. La señora Barry acudió a la puerta de la cocina en respuesta a la llamada de Marilla. Era una mujer alta, de ojos negros y cabello oscuro, y una boca que expresaba determinación. Se decía de ella que era muy estricta con sus hijos.

—¿Qué tal está, Marilla? —dijo con cordialidad—. Pase. Y esta es la niña que han adoptado, supongo.

—Sí, ésta es Ana Shirley —dijo Marilla.

—Pronunciado con «a» —dijo Ana entrecortadamente, porque aunque estaba temblando y nerviosa, estaba decidida a que no se produjera ningún malentendido sobre esa importante cuestión.

La señora Barry, sin oírla o sin comprender, se limitó a estrecharle la mano y decirle con amabilidad.

—¿Cómo estás?

—Estoy bien físicamente, aunque considerablemente turbada en espíritu, gracias señora —dijo Ana en tono serio. Y luego, dirigiéndose a Marilla en un susurro audible—: No ha habido nada sorprendente en lo que he dicho, ¿verdad, Marilla?

Diana estaba sentada en el sofá, leyendo un libro que dejó caer cuando entró la visita. Era una niña muy bonita, con los ojos negros y el cabello de su madre, mejillas sonrosadas y una expresión alegre heredada de su padre.

—Esta es mi pequeña Diana —dijo la señora Barry—. Diana, podrías llevar a Ana al jardín y enseñarle tus flores. Será mejor para ti que seguir forzando la vista sobre ese libro. Lee demasiado... —le dijo a Marilla mientras salían las niñas—. Y yo no puedo impedírselo porque su padre la ayuda y anima. Siempre está leyendo atentamente un libro. Me alegro de que tenga perspectivas de encontrar una compañera de juegos... tal vez salga más a disfrutar del aire libre.

Fuera, en el jardín, colmado de la tenue luz del atardecer que entraba a raudales por entre los oscuros viejos abetos situados al oeste, se encontraban Ana y Diana, mirándose con timidez la una a la otra por encima de un plantel de hermosos lirios.

El jardín de los Barry estaba formado por una espesura de flores que habrían deleitado el corazón de Ana en cualquier otro momento menos tenso del destino. Se hallaba rodeado de viejos sauces enormes y altos abetos, bajo los cuales crecían con vigor las flores que buscaban la sombra. Senderos muy cuidados, en ángulo recto, bordeados de orquídeas con esmero, lo cruzaban como si fuesen húmedas cintas rojas, y en los parterres de flores que había entre ellos crecían desordenadas las flores. Había fumarias rosadas, enormes y espléndidas peonías carmesíes, fragantes narcisos blancos y rosas espinosas; aguileñas rosas, azules y blancas, y jaboneras lilas; matas de abrótano, hierba cinta y hierbabuena; orquídeas de color púrpura, narcisos amarillos y fragante trébol blanco con sus delicadas, fragantes y plumosas florecillas; cruces de Malta que disparaban sus lanzas de fuego sobre las flores blancas y delicadas de un abelmosco. Era un jardín donde se detenía la luz del sol y zumbaban las abejas, y donde los vientos, seducidos para entretenerse allí, susurraban y acariciaban.

—Oh, Diana —dijo Ana por fin, juntando las manos y hablando casi en un susurro—, ¿crees... crees que te gustaré lo bastante para que seas mi amiga del alma?

Diana rio. Siempre reía antes de hablar.

—Supongo que sí —dijo ella con franqueza—. Me alegro muchísimo de que hayas venido a vivir a Tejas Verdes. Será estupendo tener a alguien con quien jugar. No hay ninguna otra niña que viva lo bastante cerca para jugar con ella, y mis hermanas son pequeñas.

—¿Jurarás ser mi amiga por siempre jamás? —preguntó Ana con entusiasmo.

Diana pareció sorprenderse.

—Bueno, jurar es terriblemente malo —dijo ella en tono de reproche.

—Oh, no. Esta clase de juramento, no. Hay dos clases de juramento, ya sabes.

—Yo sólo he oído hablar de uno —dijo Diana con aire dubitativo.

—En realidad hay otro. ¡Ah!, y no es malo en absoluto. Sólo es jurar y prometer solemnemente.

—Está bien, entonces no me importa —convino Diana, aliviada—. ¿Cómo se hace?

—Debemos juntar nuestras manos... así —dijo Ana con seriedad—. Deberíamos estar sobre una corriente de agua. Imaginemos que por este sendero corre el agua. Yo repetiré el juramento primero. Juro solemnemente ser fiel a mi amiga del alma, Diana Barry, mientras existan el sol y la luna. Ahora lo dices tú y pones mi nombre.

Diana repitió el juramento, riéndose antes y después. A continuación, dijo:

—Eres una niña rara, Ana. Ya había oído que eras rara. Pero creo que me vas a gustar mucho.

Cuando Marilla y Ana regresaron a casa, Diana las acompañó hasta el puente de los troncos. Las dos niñas caminaban cogidas del brazo. Se despidieron en el arroyo con muchas promesas de pasar la tarde juntas al día siguiente.

—Bueno, ¿has encontrado en Diana a tu alma gemela? —preguntó Marilla mientras cruzaban el jardín de Tejas Verdes.

—Oh, sí —suspiró Ana, sin ser consciente en absoluto del sarcasmo de Marilla—. Oh, Marilla, en este momento soy la niña más feliz de la Isla del Príncipe Eduardo. Le aseguró que rezaré mis oraciones con mi mejor voluntad esta noche. Diana y yo vamos a construir mañana una casita para jugar en el bosquecillo de abedules del señor William Bell. ¿Puedo quedarme con esos pedazos de loza rota que hay en la leñera? El cumpleaños de Diana es en febrero y el mío es en marzo. ¿No cree que es una coincidencia muy curiosa? Diana va a prestarme un libro para leer. Dice que es realmente magnífico y muy emocionante. Me va a enseñar un lugar en el bosque donde crecen lirios chocolate. ¿No cree que Diana tiene unos ojos muy conmovedores? Diana va a enseñarme a cantar una canción que se titula «Nelly del valle de los avellanos». Me va a dar un cuadro para ponerlo en mi habitación; dice que es un cuatro realmente bonito: una dama encantadora con un vestido de seda azul pálido. Se lo regaló un vendedor de máquinas de coser. Ojalá tuviera yo algo para darle a Diana. Soy un poquito más alta que Diana, pero ella es mucho más gordita; dice que le gustaría ser delgada porque es mucho más elegante, pero me temo que sólo lo dice para no herir mis sentimientos. Algún día vamos a ir a la orilla del mar a recoger conchas. Hemos acordado que vamos a llamar la Burbuja de la Dríada al manantial que hay junto al puente de los troncos. ¿No es un nombre realmente elegante? Leí una historia una vez sobre un manantial que se llamaba así. Una dríada es una especie de hada adulta, creo.

—Bueno, espero que no hables sin parar a Diana —dijo Marilla—. Pero recuerda esto en todos tus planes, Ana. No vas a estar jugando todo el tiempo, ni la mayor parte de él. Tendrás que hacer tus tareas y tendrás que terminarlas primero.

El vaso de felicidad de Ana estaba lleno, y Matthew lo hizo rebosar. Acababa de llegar a casa después de haber ido a la tienda de Carmody; sacó tímidamente un paquetito de su bolsillo y se lo entregó a Ana, ante la mirada desdeñosa de Marilla.

—Te oí decir que te gustan los caramelos de chocolate, así que te he comprado algunos —dijo Matthew.

—¡Bah! —exclamó Marilla—. Echarán a perder sus dientes y su estómago. Vale, vale, niña, no te pongas tan triste; puedes comerte esos, ya que Matthew ha ido a comprarlos. Mejor sería que hubiesen sido de menta. Son más saludables. No te pongas enferma comiéndotelos todos a la vez ahora.

—Oh, no, no lo haré —dijo Ana con impaciencia—. Sólo me comeré uno esta noche, Marilla. Y puedo darle la mitad a Diana, ¿verdad? La otra mitad me sabrá el doble de dulce si le doy algunos a ella. Es maravilloso pensar que tengo algo para darle.

—En lo que se refiere a esta niña —dijo Marilla cuando Ana se hubo ido a la buhardilla—, no es tacaña. Me alegro, porque de todos los defectos, es la tacañería el que más detesto en un niño. Tan sólo han pasado tres semanas desde que llegó y me parece que ha estado aquí siempre. No puedo imaginar este lugar sin ella. Ahora no me mires como diciendo «ya te lo dije», Matthew. Eso ya está bastante mal en una mujer, pero en un hombre resulta insoportable. Estoy completamente dispuesta a admitir que me alegro de haber consentido en quedarnos con la niña y que cada vez siento más cariño por ella, pero no me lo reproches, Matthew Cuthbert.

CAPÍTULO XIII

Las delicias de la ilusión

—Ya tenía que estar Ana ocupada en su costura —dijo Marilla, mirando el reloj. Luego, salió al exterior, a la dorada tarde de agosto donde todo se adormecía debido al calor—. Se quedó jugando con Diana media hora más de lo que le había permitido, y ahora está allí sentada, sobre el montón de leña, hablando sin cesar con Matthew, cuando sabe perfectamente que debería estar haciendo su tarea. Y, por supuesto, él la está escuchando completamente embobado. Jamás he visto un hombre tan encaprichado. Cuanto más habla ella y más raras son las cosas que dice, más disfruta él. ¡Ana Shirley, ven aquí ahora mismo! ¿Me oyes?

Una serie de golpecitos sobre la ventana que daba al oeste hizo que Ana entrara volando desde el jardín, con los ojos brillantes, las mejillas ligeramente sonrosadas y el cabello sin trenzar cayendo por su espalda como un torrente de luminosidad.

—Oh, Marilla —exclamó, sin aliento—, la semana que viene va a haber un pícnic de la escuela dominical en los terrenos del señor Harmon Andrew, cerca del Lago de las Aguas Resplandecientes. Y la directora, la señora Bell, y la señora Rachel Lynde van a hacer helado... piénselo Marilla. ¡Helado! Oh, Marilla, ¿puedo ir?

—Mira al reloj, Ana, por favor. ¿A qué hora te dije que vinieras?

—A las dos... pero, ¿no es magnífico lo del pícnic, Marilla? Por favor, ¿puedo ir? Nunca he ido a un pícnic... he soñado con pícnics, pero nunca he...

—¿De verdad? Te dije que vinieras a las dos en punto. Y son las tres menos cuarto. Me gustaría saber por qué no me has obedecido, Ana.

—Bueno, era mi intención, Marilla, en la medida de lo posible; pero no tiene idea usted de lo fascinante que es Idlewild. Y luego, por supuesto, tenía que contarle a Matthew lo del pícnic. Matthew es un oyente muy comprensivo. Por favor, ¿puedo ir?

—Tendrás que aprender a resistir la fascinación de Idle... como se llame. Cuando te digo que llegues a casa a una hora determinada, me refiero a esa hora y no a media hora más tarde. Y tampoco es necesario que te detengas a hablar por el camino con oyentes comprensivos. Respecto a lo del pícnic, por supuesto que puedes ir. Eres alumna de la escuela dominical y no sería probable que me negara a permitirte ir cuando van a ir todas las demás niñas.

—Aunque... aunque —titubeó Ana—, Diana dice que todo el mundo lleva una cesta con cosas para comer. Yo no sé cocinar, ya sabe, Marilla, y... y... no me importa tanto ir a un pícnic sin mangas abullonadas, pero me sentiría terriblemente humillada si tuviera que ir sin una cesta. Me he estado atormentando por ello desde que me lo dijo Diana.

—Bueno, pues no hace falta que sigas atormentándote. Yo preparé una cesta.

—¡Oh, mi querida y buena Marilla! ¡Oh, es usted tan amable conmigo! ¡Oh, le estoy muy agradecida!

Cuando terminó con sus «¡Oh!», Ana se arrojó a los brazos de Marilla y besó con entusiasmo su cetrina mejilla. Era la primera vez en su vida que unos labios infantiles tocaban voluntariamente el rostro de Marilla. De nuevo la estremeció aquella súbita sensación de sorprendente ternura. En su interior se sintió enormemente complacida por la impulsiva caricia de Ana, lo que probablemente era la razón por la que dijo con brusquedad:

—Bueno, bueno, déjate de besos tontos. Preferiría verte haciendo rigurosamente lo que se te dice. Respecto a lo de cocinar, empezaré a darte lecciones uno de estos días. Pero eres tan despistada, Ana, que he estado esperando a ver si te serenas un poco y aprendes a ser constante antes de empezar. Tienes que tener sentido común para cocinar y no detenerte en medio de las cosas para dejar que tus pensamientos vaguen por toda la creación. Ahora, coge tu labor y acaba ese cuadrado antes de la hora del té.

—*No* me gusta esa labor de retazos —dijo Ana apesadumbrada, sacando su costurero y sentándose ante un montón de rombos rojos y blancos con un suspiro—. Creo que algunos tipos de costura serían agradables, pero no hay espacio para la imaginación en esta labor. Se trata sólo de dar una puntada tras otra sin parecer llegar nunca a ninguna parte. Pero, por supuesto, prefiero ser Ana de Tejas Verdes cosiendo que Ana de cualquier otro lugar sin nada que hacer salvo jugar. Aunque desearía que el tiempo pasara tan deprisa cosiendo como lo hace cuando juego con Diana. ¡Oh, pasamos tan buenos ratos, Marilla! Yo tengo que poner la mayor parte de la imaginación, pero soy muy capaz de hacer eso. Diana es sencillamente perfecta en todos los demás aspectos. Usted conoce ese pedacito de tierra que hay al otro lado del arroyo, el que corre entre nuestra granja y la del señor Barry. Pertenece al señor William Bell, y justo en la esquina hay un pequeño círculo de abedules blancos... es el lugar más romántico, Marilla. Diana y yo tenemos nuestra casita para jugar allí. Lo hemos llamado Idlewild. ¿No es un nombre poético? Le aseguro que me llevó algún tiempo pensar en él. Estuve despierta casi una noche entera antes de que se me ocurriera. Justo cuando estaba a punto de quedarme dormida, llegó como una inspiración. Diana se quedó *embelesada* cuando lo oyó. Hemos arreglado nuestra casa con mucho estilo. Tiene que venir a verla, Marilla, ¿lo hará? Tenemos unas piedras grandísimas, cubiertas de musgo, que nos sirven de asientos, y tablas colocadas de un árbol a otro como estantes. Y tenemos todos los platos en ellos. Los platos rotos, claro, pero imaginarse que están enteros es lo más fácil del mundo. Hay un trozo de un plato que tiene pintada una hiedra roja y amarilla que es especialmente bonito. Lo guardamos en el salón, y también tenemos allí el cristal de las hadas. El cristal de las hadas es tan hermoso como un sueño. Diana lo encontró en el bosque que hay detrás del gallinero de su casa. Está todo lleno de arcoíris, y de pequeños arcoíris que aún no han crecido. La madre de Diana nos dijo que era de una lámpara que habían tenido colgada y se había roto. Pero es más bonito imaginar que lo perdieron las hadas una noche de baile, así que lo llamamos el cristal de las hadas. Matthew nos va a hacer una mesa. Oh, y hemos llamado Willowmere a ese pequeño estanque redondo que hay en el campo del señor Barry. Saqué el nombre de un libro que me prestó Diana. Era un libro emocionante, Marilla. La heroína tenía cinco enamorados. Yo me conformaría con uno, ¿y usted? Era muy hermosa y tuvo que enfrentarse a grandes tribulaciones. Y podía desmayarse con tanta facilidad como hacer cualquier otra cosa. Me encantaría poder desmayarme, ¿a usted no, Marilla? ¡Es tan romántico! Pero la verdad es que estoy muy sana, aunque esté tan delgada. Aunque creo que estoy engordando, ¿no cree? Me miro los codos todas las mañanas para ver si tienen hoyuelos. Diana va a tener un vestido nuevo con mangas hasta el codo. Va a llevarlo puesto el día del pícnic. Oh, espero encontrarme bien el próximo miércoles. No creo que pudiese soportar la decepción si sucediera algo que me impidiese ir al pícnic. Supongo que sobreviviría a ello, pero estoy segura de que la pena me duraría toda la vida. Ya no importaría que fuese a cien pícnics durante años; no compensaría haberme perdido éste. Va a haber barcas en el Lago de las Aguas Resplandecientes... y helado, como le dije. Nunca he probado el helado. Diana intentó explicarme cómo era, pero supongo que el helado es una de esas cosas que están más allá de mi imaginación.

—Ana, llevas hablando diez minutos de reloj —dijo Marilla—. Ahora, sólo por curiosidad, veamos si eres capaz de mantener la boca cerrada durante el mismo período de tiempo.

Ana mantuvo la boca cerrada como deseaba Marilla. Pero durante el resto de la semana habló del pícnic, pensó en el pícnic y soñó con el pícnic. El sábado llovió, y Ana se encontraba en un estado tan agitado por si seguía lloviendo hasta el miércoles, que Marilla la obligó a coser más retazos para calmar sus nervios.

El domingo, de camino a casa desde la iglesia, Ana le confió a Marilla que había sentido un escalofrío por la inmensa emoción que le había ocasionado el pastor cuando anunció el pícnic desde el púlpito.

—¡Me recorrió tal escalofrío por la espalda, Marilla! Creo que jamás había creído hasta entonces que de verdad iba a haber un pícnic.

No podía evitar temer que sólo lo hubiera imaginado. Pero cuando el pastor dice una cosa desde el púlpito, simplemente tienes que creerlo.

—Pones demasiada ilusión en las cosas, Ana —dijo Marilla, dando un suspiro—. Me temo que sufrirás muchas decepciones a lo largo de tu vida.

—¡Oh, Marilla, esperar con ilusión las cosas ya produce la mitad de placer que hay en ellas! —exclamó Ana—. Tal vez no consigas las cosas en sí mismas, pero nada puede impedirte que disfrutes esperándolas con ilusión. La señora Lynde dice: «Bienaventurados los que no esperan nada porque nunca serán defraudados». Pero creo que sería peor no esperar nada que decepcionarse.

Ese día, como era habitual, Marilla llevó puesto su broche de amatista a la iglesia. Marilla siempre llevaba su broche de amatista a la iglesia. Habría pensado que era casi un sacrilegio no llevarlo, tan malo como olvidar la Biblia o su moneda para la colecta. Ese broche de amatista era la posesión más preciada de Marilla. Un tío que era marinero se lo había regalado a su madre, quien a su vez se lo había legado a Marilla. Era un óvalo antiguo que contenía un mechón de cabello de su madre; su contorno estaba formado de amatistas muy finas. Marilla sabía muy poco sobre piedras preciosas para darse cuenta de lo finas que eran en realidad las amatistas; aunque pensaba que eran muy hermosas y siempre le resultaba agradable ser consciente del brillo violáceo en su cuello por encima de su buen vestido de raso marrón, aunque ella no pudiese verlo.

Ana había sentido una gran admiración cuando vio el broche por primera vez.

—¡Oh, Marilla, es un broche realmente elegante! No sé cómo puede prestar atención al sermón o a las oraciones cuando lo lleva puesto. *Yo* no podría, lo sé. Creo que las amatistas son sencillamente maravillosas. Son lo que yo solía pensar que eran diamantes. Hace mucho tiempo, antes de haber visto un diamante, leí sobre ellos e intenté imaginar cómo serían. Pensé que serían unas maravillosas gemas moradas brillantes. Cuando, un día, vi un diamante de verdad en el anillo de una señora, me decepcioné y lloré. Por supuesto, era muy bonito, pero no era mi idea de un diamante. ¿Me permite que coja el broche un minuto, Marilla? ¿Cree que las amatistas puedan ser las almas de las violetas?

CAPÍTULO XIV

La confesión de Ana

La tarde del lunes anterior al día del pícnic, Marilla bajó de su habitación con cara de preocupación.

—Ana —dijo al pequeño personaje que estaba pelando guisantes sobre la mesa inmaculada y cantando «Nelly del valle de los avellanos» con un vigor y una expresión que hacían honor a las enseñanzas de Diana—, ¿has visto mi broche de amatista? Creí que lo había dejado en el acerico cuando regresé de la iglesia ayer por la tarde, pero no lo encuentro por ninguna parte.

—Yo... yo lo vi esta tarde mientras estaba usted en la Asociación de Ayuda —dijo Ana, con cierta lentitud—. Pasé junto a su puerta y lo vi en el acerico, así que entré a mirarlo.

—¿Lo has tocado? —preguntó Marilla con severidad.

—Pues... sí —admitió Ana—. Lo cogí y me lo puse en el vestido para ver cómo quedaba.

—No tenías por qué hacer algo así. Está muy mal que una niña enrede con las cosas. No deberías haber entrado en mi habitación, en primer lugar; y no deberías haber tocado un broche que no te pertenece, en segundo lugar. ¿Dónde lo has puesto?

—Oh, volví a dejarlo en la cómoda. No lo tuve ni un minuto. De verdad que no quería enredar, Marilla. No creí que estuviera mal entrar y probarme el broche; pero ahora comprendo que está mal y no volveré a hacerlo. Eso es algo bueno que tengo. Nunca hago la misma travesura dos veces.

—No lo dejaste donde estaba —dijo Marilla—. El broche no está por ninguna parte en la cómoda. Lo has sacado de ahí, o algo has hecho con él, Ana.

—Volví a dejarlo —dijo Ana rápidamente... con descaro, pensó Marilla—. No recuerdo si lo clavé en el acerico o lo dejé en la bandejita de porcelana. Pero estoy completamente segura de que volví a dejarlo.

—Iré a echar otro vistazo —dijo Marilla, decidida a ser justa—. Si has vuelto a dejarlo allí, allí estará. Si no está, sabré que no lo hiciste, ¡eso es todo!

Marilla fue a su habitación y realizó una búsqueda minuciosa, no sólo en la cómoda sino en todos los demás lugares donde pensó que podría estar el broche. No lo encontró y regresó a la cocina.

—Ana, el broche ha desaparecido. Por lo que has admitido, tú has sido la última persona que lo ha tocado. Bueno, ¿qué has hecho con él? Dime la verdad enseguida. ¿Te lo llevaste y lo has perdido?

—No, no lo hice —respondió Ana con seriedad, encontrándose con la enojada mirada de Marilla—. No he sacado el broche de su habitación, y esa es la verdad, aunque me tengan que llevar a la subasta por ello... aunque no estoy muy segura de lo que es una subasta. Eso es todo, Marilla.

El «eso es todo» de Ana sólo pretendía enfatizar su afirmación, pero Marilla lo tomó como una muestra de desafío.

—Creo que me estás diciendo una mentira, Ana —dijo con brusquedad—. Lo sé. Pues bien, no digas nada más hasta que decidas contarme toda la verdad. Vete a tu habitación y quédate allí hasta que estés dispuesta a confesar.

—¿Me llevo los guisantes? —preguntó Ana dócilmente.

—No, yo terminaré de pelarlos. Haz lo que te mando.

Después de haberse marchado Ana, Marilla se dedicó a sus tareas vespertinas en un estado de ánimo muy inquieto. Le preocupaba su valioso broche. ¿Y si Ana lo había perdido? ¡Y que maldad por parte de la niña negar que lo había cogido, cuando todo el mundo podía comprender que debía haberlo cogido! ¡Y qué cara tan inocente, también!

«No sé cómo no me ha pasado antes», pensó Marilla mientras pelaba nerviosa los guisantes. «Desde luego, no creo que tuviera intención de robarlo o algo parecido. Simplemente lo ha cogido para jugar con él o para imaginarse algo. Ella ha tenido que cogerlo, eso está claro, porque no ha entrado nadie en esa habitación desde que estuvo ella, según su propio relato, hasta que he subido yo esta tarde. Y el broche ha desaparecido, no hay nada más seguro. Supongo que lo ha perdido y teme reconocerlo por miedo a ser castigada. Resulta espantoso pensar que miente. Es mucho peor que sus arrebatos. Es una responsabilidad tremenda tener en casa a una niña en quien no se puede confiar. Astucia y falsedad, eso es lo que ha demostrado. Confieso que me siento peor por eso que por lo del broche. Si me hubiera dicho la verdad, no me importaría tanto».

Marilla fue varias veces a su habitación durante la tarde para buscar el broche, pero no lo encontró. Una visita a la buhardilla a la hora de acostarse no dio ningún resultado. Ana insistía en negar que supiera algo sobre el broche, pero Marilla cada vez estaba más convencida de que sí lo sabía.

A la mañana siguiente le contó a Matthew lo sucedido. Matthew estaba sorprendido y perplejo; no podía perder tan rápidamente la confianza en Ana, pero tenía que admitir que las circunstancias estaban en su contra.

—¿Estás segura de que no se ha caído detrás de la cómoda? —fue la única sugerencia que pudo ofrecer.

—He movido la cómoda y he sacado los cajones, y he mirado en cada grieta y en cada rendija —fue la firme respuesta de Marilla—. El broche ha desaparecido y esa niña lo ha cogido, y está mintiendo. Esa es la pura y llana verdad, Matthew Cuthbert, y más vale que nos enfrentemos a ello.

—Bueno, ¿y qué vamos a hacer al respecto? —preguntó Matthew apesadumbrado, pero agradeciendo en secreto que fuese Marilla quien se hiciera cargo de la situación. Él no tenía ningún deseo de entrometerse en esta ocasión.

—Permanecerá en su habitación hasta que confiese —dijo Marilla con determinación, recordando el éxito de ese método en la anterior ocasión—. Después, ya veremos. Tal vez seamos capaces de encontrar el broche si nos dice por dónde lo ha llevado; pero, en cualquier caso, tendrá que ser castigada con severidad, Matthew.

—Bueno, *tú* tendrás que castigarla —dijo Matthew, cogiendo su sombrero—. Yo no tengo nada que ver en esto, recuerda. Tú misma me lo advertiste.

Marilla se sintió abandonada por todo el mundo. Ni siquiera podía ir a pedirle consejo a la señora Lynde. Subió a la buhardilla con el rostro muy serio y salió de ella con el rostro más serio todavía. Ana se negó rotundamente a confesar. Insistía en afirmar que ella no había cogido el broche. Evidentemente, la niña había estado llorando, y Marilla sintió una punzada de compasión que reprimió con severidad. Al llegar la noche se encontraba, como ella misma expresó, «agotada».

—Te quedarás en la habitación hasta que confieses, Ana. Puedes estar segura de eso —dijo con firmeza.

—¡Pero el pícnic es mañana, Marilla! —exclamó Ana—. No me impedirá que vaya, ¿no?· Me dejará salir por la tarde, ¿verdad? Luego me quedaré aquí *alegremente* todo el tiempo que quiera. Pero *tengo* que ir al pícnic.

—No irás al pícnic ni a ninguna otra parte hasta que hayas confesado, Ana.

—¡Oh, Marilla! —dijo, con un grito ahogado.

Pero Marilla había salido y cerrado la puerta.

La mañana del miércoles amaneció tan clara y hermosa como si hubiese sido encargada expresamente para el pícnic. Los pájaros cantaban por los alrededores de Tejas Verdes, las azucenas blancas del jardín despedían su perfume, que entraba con vientos invisibles por cada puerta y cada ventana, y vagaba por pasillos y habitaciones como espíritus de bendición. Los abedules de la hondonada agitaban alegres sus ramas como si estuvieran atentos al habitual saludo matutino desde la buhardilla. Pero Ana no estaba en su ventana. Cuando Marilla le subió el desayuno, encontró a la niña sentada en la cama, serena, pálida y resuelta, con los labios apretados y los ojos brillantes.

—Marilla, estoy dispuesta a confesar.

—¡Ah! —Marilla dejó la bandeja. Una vez más su método había tenido éxito; pero su éxito le resultaba muy amargo—. Oiré lo que tienes que decirme, entonces, Ana.

—Cogí el broche de amatista —dijo Ana, como si repitiese una lección que hubiera aprendido—. Lo cogí, tal como usted dijo. No era mi intención cogerlo cuando entré. Pero me pareció tan bonito, Marilla, cuando lo prendí en mi vestido que me venció una irresistible tentación. Imaginé lo emocionante que sería llevarlo a Idlewild y jugar a ser *lady* Cordelia Fitzgerald si llevaba puesto un broche de amatista de verdad. Diana y yo hacemos collares de bayas, pero, ¿qué son las bayas comparadas con las amatistas? De modo que cogí el broche. Pensé que podía dejarlo en su sitio antes de que usted regresara. Fui dando un rodeado por el camino para que me durara más tiempo llegar. Cuando pasaba por el puente del Lago de las Aguas

Resplandecientes, me quité el broche para mirarlo de nuevo. ¡Oh, cómo brillaba a la luz del sol! Y entonces, cuando estaba inclinada sobre el puente, se me resbaló de los dedos y cayó, y bajó... bajó... bajó, con sus destellos púrpuras, y se hundió para siempre en el Lago de las Aguas Resplandecientes. He hecho la confesión lo mejor que he podido, Marilla.

Marilla sintió de nuevo ira en su corazón. La niña había cogido y había perdido su preciado broche de amatista y ahora estaba allí sentada, tranquilamente, enumerando los detalles sin, al parecer, el menor remordimiento o arrepentimiento.

—Ana, esto es terrible —dijo, intentando hablar con calma—. Eres la niña más perversa que he conocido.

—Sí, supongo que lo soy —convino Ana tranquilamente—. Y sé que tendré que ser castigada. Es su deber castigarme, Marilla. ¿No le importará que lo cumpla ahora mismo?, porque me gustaría ir al pícnic sin nada en mi mente.

—¡El pícnic, claro! No irás hoy al pícnic, Ana Shirley. Ese será tu castigo. ¡Y no es ni la mitad de severo por lo que has hecho!

—¿No voy a ir al pícnic? —Ana se levantó de un salto y se aferró a la mano de Marilla—. ¡Pero me *prometió* que iría! ¡Oh, Marilla, tengo que ir al pícnic! Por eso he confesado. Castígueme de cualquier otra forma que desee, menos esa. ¡Oh, Marilla, por favor, por favor, déjeme ir al pícnic! ¡Piense en el helado! Porque sabe que es posible que no vuelva a tener ocasión de probar el helado.

Marilla soltó las manos de Ana que se aferraban a ella con fuerza.

—No te molestes en rogar, Ana. No vas a ir al pícnic y eso es definitivo. No, ni una palabra más.

Ana se dio cuenta de que Marilla no se iba a conmover. Juntó las manos, lanzó un grito desgarrador y luego se arrojó sobre la cama boca abajo, llorando y abandonándose a la decepción y a la desesperación.

—¡Santo cielo! —exclamó Marilla con un grito ahogado, saliendo apresuradamente de la habitación—. Creo que esta niña está loca. Ningún niño en sus cabales se comportaría como lo hace ella. Y si no lo está, es mala de verdad. ¡Oh, Señor! Me temo que Rachel tenía razón desde el principio. Pero me he impuesto esta difícil tarea y no voy a volverme atrás.

Fue una mañana muy triste. Marilla trabajó con ahínco, y cuando no encontró nada más que hacer, fregó el suelo del porche y los estantes de la vaquería. Ni los estantes ni el porche lo necesitaban, pero Marilla lo hizo. Después salió a barrer el jardín.

Cuando el almuerzo estuvo preparado, se asomó a las escaleras y llamó a Ana. Apareció un rostro cubierto de lágrimas, mirando trágicamente por encima de la barandilla.

—Baja a comer, Ana.

—No quiero comer, Marilla —dijo Ana entre sollozos—. No podría comer nada. Mi corazón está destrozado. Espero que tenga remordimientos de conciencia algún día, Marilla, por haberlo destrozado, pero la perdono. Cuando llegue el momento, recuerde que la perdono. Pero, por favor, no me pida que coma nada, sobre todo carne de cerdo con verduras. El cerdo con verduras es tan poco romántico cuando se está afligido...

Marilla regresó exasperada a la cocina y le contó aquella desgracia a Matthew, quien, entre su sentido de la justicia y su indebida simpatía por Ana, se sentía abatido.

—Bueno, no debería haber cogido el broche, Marilla, ni haber contado esas historias sobre él —admitió, contemplando con tristeza su nada romántico plato de carne de cerdo con verduras, como si él, igual que Ana, pensara que es un alimento inadecuado para las crisis emocionales—, pero es tan pequeña... una pequeña tan interesante... ¿No crees que es bastante duro no permitirle ir al pícnic cuando está tan empeñada en ir?

—Matthew Cuthbert, me asombras. Creo que la he dejado hacer cosas con demasiada facilidad. Y no parece darse cuenta en absoluto de lo mala que ha sido... eso es lo que más me preocupa. Si lo hubiese lamentado, no habría sido tan malo. Y tú ni siquiera pareces darte cuenta de ello; siempre estás excusándola en tu interior... me doy cuenta de eso.

—Bueno, ella es tan pequeña... —reiteró Matthew débilmente—. Y habría que ser indulgentes con ella, Marilla. Sabes que nunca había recibido ninguna educación.

—Bueno, la está recibiendo ahora —replicó Marilla.

La réplica silenció a Matthew, aunque no le convenció. La comida transcurrió en un ambiente muy sombrío. El único que estaba alegre era Jerry Buote, el mozo, y a Marilla le molestaba su alegría como si se tratase de un insulto personal.

Después de fregar los platos, amasar el pan y dar de comer a las gallinas, Marilla se acordó de que había notado una pequeña rasgadura en su mejor chal de encaje negro cuando se lo quitó el lunes por la tarde, al regresar de la Asociación de Ayuda. Iría a arreglarlo.

El chal se hallaba en una caja en su baúl. Cuando Marilla lo sacó, la luz del sol, que entraba entre las tupidas parras delante la ventana, cayó sobre algo prendido en el chal... algo que brillaba y centelleaba en facetas de luz violeta. Marilla lo cogió, dando un grito ahogado. ¡Era el broche de amatista, colgado de un hilo del chal por el enganche!

—¡Por todos los santos! —exclamó Marilla sin comprender—, ¿qué significa esto? Aquí está mi broche sano y salvo, el que creía que estaba en el fondo del estanque de Barry. ¿Qué pretendía esa niña al decir que lo había cogido y lo había perdido? Empiezo a creer que Tejas Verdes está embrujado. Ahora recuerdo que cuando me quité el chal el lunes por la tarde, lo dejé sobre la cómoda un momento. Supongo que el broche se enganchó en él de alguna manera.

Marilla se dirigió a la buhardilla con el broche en la mano. Ana había estado llorando y ahora se hallaba sentada y abatida, junto a la ventana.

—Ana Shirley —dijo Marilla muy seria—. Acabo de encontrar mi broche colgado del chal de encaje negro. Ahora quiero saber qué significa esa falsa historia que me has contado esta mañana.

—Bueno, usted me dijo que me tendría aquí hasta que confesara —respondió Ana con aire cansado—, así que decidí confesar porque estaba obligada a ello para ir al pícnic. Pensé bien una confesión anoche, después de acostarme, y la hice tan interesante como me fue posible. Y la repetí una y otra vez para que no se me olvidara. Pero usted no me deja ir al pícnic después de todo, así que mi esfuerzo ha sido en vano.

Marilla tuvo que reírse a su pesar, aunque le remordía la conciencia.

—¡Ana, eres tremenda! Pero yo estaba equivocada... ahora lo comprendo. No debería haber dudado de tu palabra, pues nunca he sabido que mintieras. Por supuesto, confesar una cosa que no has hecho no ha sido lo correcto... es una equivocación hacer algo así. Pero yo te conduje a ello. De modo que si tú me perdonas, Ana, yo te perdonaré y volveremos a empezar de nuevo. Y ahora prepárate para ir al pícnic.

Ana se levantó volando.

—¡Oh, Marilla! ¿No es demasiado tarde?

—No, sólo son las dos. Aún estarán reuniéndose y pasará una hora antes de que tomen el té. Lávate la cara y cepíllate el pelo, y ponte el vestido de algodón. Yo llenaré la cesta. Hay muchas cosas en casa de las que he horneado. Y mandaré a Jerry que enganche la alazana y te lleve hasta el pícnic.

—¡Oh, Marilla! —exclamó Ana, apresurándose hacia el palanganero—. Hace cinco minutos me sentía tan deprimida que deseaba no haber nacido y ahora ¡no le cambiaría el sitio ni a un ángel!

Aquella noche, una Ana completamente feliz y realmente cansada regresó a Tejas Verdes en un estado de éxtasis imposible de describir.

—Oh, Marilla, he pasado un día deleitoso. Deleitoso es una palabra nueva que he aprendido hoy. Se la oí a Mary Alice Bell. ¿No es muy expresiva? Todo ha sido estupendo. Tomamos un té espléndido y luego el señor Harmon Andrews nos llevó a todos a remar al Lago de las Aguas Resplandecientes, de seis en seis. Y Jane Andrews casi se cae por la borda. Se había inclinado para coger nenúfares, y si el señor Andrews no la hubiese agarrado por el cinturón justo a tiempo, se habría caído y probablemente se hubiese ahogado. ¡Ojalá me hubiese pasado a mí! Habría sido una experiencia tan romántica haber estado a punto de ahogarse... Sería una historia muy emocionante de contar. Y tomamos helado. Me faltan palabras para describir ese helado. Marilla, le aseguro que fue sublime.

Aquella tarde, Marilla se lo contó todo a Matthew por encima de su cesto de calcetines.

—Estoy dispuesta a reconocer que cometí un error —concluyó con franqueza—, pero he aprendido una lección. Tengo que reírme cuando pienso en la «confesión» de Ana, aunque supongo que no debería porque en realidad era falsa. Pero no parece tan malo como habría sido lo otro, en cierto modo, y, de cualquier manera, yo soy la responsable de ello. Resulta difícil comprender a esta niña en algunos aspectos. Pero creo que será buena persona. Y una cosa es segura, en la casa donde ella esté, no existirá nunca el aburrimiento.

CAPÍTULO XV

Tormenta en un vaso de agua en la escuela

—¡Qué espléndido día! —dijo Ana, respirando profundamente—. ¿No es bueno sencillamente estar vivo en un día como éste? Me da lástima por la gente que aún no ha nacido porque se lo pierde. Es posible que tengan días buenos, por supuesto, pero nunca podrán tener uno como éste. Y es más espléndido todavía ir a la escuela por un camino tan maravilloso, ¿no es así?

—Es mucho más agradable que dar la vuelta por el camino; es tan polvoriento y da tanto calor... —dijo Diana sensatamente mientras echaba un vistazo a su cesta y calculaba mentalmente cuántos trocitos les tocaría a cada niña si se dividían entre diez niñas las tres jugosas y apetitosas tartas de frambuesa que llevaba en ella.

Las niñas de la escuela de Avonlea siempre compartían sus comidas, y comerse tres tartas de frambuesa una sola, o compartirlas solamente con su mejor amiga, habría marcado para siempre de «horrible tacaña» a la niña que lo hiciera. Y, sin embargo, cuando las tartas se dividían entre diez niñas, lo único que conseguías era desear comer más.

El camino por el que Ana y Diana iban a la escuela era muy bonito. Ana pensaba que aquellos paseos de ida y vuelta a la escuela, acompañada de Diana, no podían mejorarse ni siquiera con la imaginación. Dar un rodeo por el camino principal habría resultado muy poco romántico; pero ir por el Sendero de los Enamorados, por Willowmere, y por el Valle de las Violetas, y por el Sendero del Abedul era romántico, si es que algo lo era.

El Sendero de los Enamorados comenzaba debajo del huerto de Tejas Verdes y se adentraba en el bosque hasta el límite de la granja de los Cuthbert. Era el camino por el que las vacas se llevaban a los pastos de atrás y por el que se traía la leña a casa en invierno. Ana lo

105

había llamado el Sendero de los Enamorados antes de llevar un mes viviendo en Tejas Verdes.

«No es que paseen enamorados por allí realmente —le había explicado a Marilla—, pero Diana y yo estamos leyendo un libro absolutamente magnífico y hay un Sendero de los Enamorados en él. Así que queremos tener uno también. Y es un nombre muy bonito, ¿no cree? ¡Es tan romántico! Podemos imaginar que pasean enamorados por él, ya sabe. Me gusta el sendero porque se puede pensar en voz alta sin que la gente te llame loca».

Ana, que se ponía en camino ella sola por la mañana, bajaba por el Sendero de los Enamorados hasta el arroyo. Allí se encontraba con Diana y las dos niñas continuaban por el sendero bajo el frondoso arco de arces hasta que llegaban a un rústico puente. «Los arces son muy sociables; siempre están susurrándote», decía Ana. Allí abandonaban el sendero y cruzaban el campo de atrás del señor Barry, pasando por Willowmere. Más allá de Willowmere se extendía el Valle de las Violetas, una pequeña depresión verde situada a la sombra de los grandes bosques del señor Andrew Bell. Ana le dijo a Marilla: «No hay violetas allí ahora, desde luego, pero Diana dice que hay millones de ellas en primavera. Oh, Marilla, ¿puede imaginárselo? A mí me quita el aliento. Lo he llamado el Valle de las Violetas. Diana dice que nunca había visto a nadie dar nombres tan bonitos a los lugares. Es bueno ser listo en algo, ¿no? Pero Diana se inventó el Sendero del Abedul. Ella quería hacerlo, de modo que la dejé; aunque estoy segura de que podría haber encontrado un nombre más poético que simplemente Sendero del Abedul. Todo el mundo puede pensar en un nombre como ese. Aunque el Sendero del Abedul es uno de los lugares más bonitos del mundo, Marilla».

Lo era. Otras personas, además de Ana, también lo pensaron cuando lo descubrieron. Era un sendero estrecho, sinuoso, que descendía por una larga colina recta que atravesaba los bosques del señor Bell, donde la luz se filtraba a través de tantos colores esmeralda que era tan perfecta como el corazón de un diamante. Estaba bordeado en toda su longitud de jóvenes y esbeltos abedules, de blancos troncos y gráciles ramas; helechos y borrajas, lirios del valle y matas escarlatas de coralillos crecían espesos a lo largo de él; y siempre había un delicioso perfume en el aire, y la música del canto de los pájaros y el murmullo y la risa de los vientos en las copas de los árboles. De vez en cuando, si uno se quedaba quieto, se veía un conejo cruzar saltando el camino, lo cual, en el caso de Ana y Diana, sucedía muy de vez en cuando. Abajo, en el valle, el sendero salía al camino principal y entonces ya sólo quedaba subir la colina de abetos hasta la escuela.

La escuela de Avonlea era un edificio encalado, de aleros bajos y amplias ventanas, amueblado en su interior con cómodos pupitres anticuados que se abrían y cerraban, y en los que había grabados iniciales y garabatos de tres generaciones de alumnos. El edificio de la escuela estaba apartado del camino y detrás de él había un oscuro bosque de abetos y un arroyo donde todos los niños metían sus botellas de leche por la mañana para que se mantuviera fresca y bien hasta la hora del almuerzo.

Marilla había visto a Ana partir hacia la escuela con mucha aprensión el primer día de septiembre. ¡Era una niña tan rara! ¿Cómo se llevaría con los demás niños? ¿Y cómo se las iba arreglar para lograr mantener la boca cerrada durante las horas de clase?

Sin embargo, las cosas salieron mejor de lo que temía Marilla. Ana regresó a casa aquella tarde muy animada.

—Creo que me va a gustar esta escuela —anunció—. No espero mucho del maestro, a pesar de todo. Se pasa todo el tiempo rizándose el bigote y haciéndole ojitos a Prissy Andrews. Prissy es mayor, ya sabe. Tiene dieciséis años y está estudiando para el examen de ingreso del próximo año en la Queen's Academy de Charlottetown. Tillie Boulter dice que el maestro *se muere* por ella. Tiene la tez hermosa, el cabello, castaño rizado y se lo peina con mucha elegancia. Se sienta en el banco que hay al fondo, y él se sienta allí también la mayor parte del tiempo... para explicarle la lección, dice él. Pero Ruby Gillis dice que le vio escribir algo en su pizarra y cuando Prissy lo leyó se sonrojó como una remolacha y soltó un risa floja. Ruby Gillis dice que no creía que tuviera nada que ver con la lección.

—Ana Shirley, no voy a volver a permitir que hables de ese modo de tu maestro —dijo Marilla bruscamente—. No vas a la escuela para criticar al maestro. Supongo que podrá enseñarte algo *a ti,* y tu deber es aprender. Y quiero que comprendas de inmediato que no vas a volver a casa contando cuentos sobre él. Eso es algo que no te voy a animar a hacer. Espero que hayas sido una buena niña.

—Sí que lo he sido —dijo Ana, sosegada—. Y tampoco ha sido tan difícil como usted se imaginaba. Me senté con Diana. Nuestro asiento está justo al lado de la ventana y podemos ver el Lago de las Aguas Resplandecientes. Hay muchas niñas agradables en la escuela y nos divertimos muchísimo jugando a la hora del almuerzo. Es muy agradable tener muchas niñas con quienes jugar. Pero, por supuesto, Diana es la que más me gusta y siempre será así. *Adoro* a Diana. Voy muchísimo más atrasada que las demás. Todas están en el quinto libro y yo sólo estoy en el cuarto. Siento que eso es una especie de vergüenza, pero ninguna de ellas tiene tanta imaginación como yo, y eso lo descubrí muy pronto. Hoy hemos tenido lectura, geografía, historia de Canadá y dictado. El señor Phillips dijo que mi ortografía era vergonzosa y levantó mi pizarra para que todo el mundo pudiera verla llena de correcciones. Me sentí muy abochornada, Marilla. Creo que podría haber sido más cortés con una desconocida. Ruby Gillis me dio una manzana y Sophia Sloane me prestó una preciosa tarjeta rosa en la que ponía: «¿Quieres venir a mi casa?». Tengo que devolvérsela mañana. Y Tillie Boulter me dejó llevar puesto su anillo de cuentas toda la tarde. ¿Puede darme algunas de esas cuentas de perla de los alfileres viejos que hay en la buhardilla para hacerme un anillo? Y, ¡oh, Marilla!, Jane Andrews me dijo que Minnie Mac-Pherson le dijo que oyó a Prissy Andrews decir a Sara Gillis que yo tenía una nariz muy bonita. Marilla, ese es el primer cumplido que he recibido en toda mi vida y no se puede imaginar que sensación más extraña me produjo. Marilla, ¿de verdad tengo la nariz bonita? Sé que usted me dirá la verdad.

—Tu nariz está bastante bien —dijo Marilla con sequedad. En su interior pensaba que la nariz de Ana era extraordinariamente bonita, pero no tenía intención de decírselo.

Habían pasado tres semanas desde que sucedió esto y, hasta ahora, todo había transcurrido sin contratiempos. Y ahora, esa fresca mañana de septiembre, Ana y Diana caminaban alegremente por el Sendero del Abedul, dos de las niñas más felices de Avonlea.

—Supongo de Gilbert Blythe estará hoy en la escuela —dijo Diana—. Ha estado en casa de sus primos en Nueva Brunswick todo el verano y llegó a casa el sábado por la noche. Él es *muy* guapo, Ana. Se burla de las niñas de un modo terrible. Nos hace rabiar.

La voz de Diana indicaba que prefería que la hiciera rabiar a que no lo hiciera.

—¿Gilbert Blythe? —dijo Ana—. ¿No es el nombre que está escrito en la pared del porche junto al de Julia Bell y un gran «Tomad nota» sobre ellos?

—Sí —dijo Diana, sacudiendo la cabeza—, pero estoy segura de que a él no le gustaba demasiado Julia Bell. Le he oído decir que se aprendió la tabla de multiplicar con sus pecas.

—Oh, no me hables a mí de pecas —imploró Ana—. No resulta delicado cuando yo tengo tantas. Aunque sí que creo que escribir notas en la pared sobre los chicos y las chicas es lo más estúpido del mundo. Me gustaría ver a alguien atreverse a escribir mi nombre junto al de un chico. No, por supuesto —se apresuró a añadir—, nadie lo haría.

Ana suspiró. No deseaba que escribieran su nombre, pero resultaba un poco humillante saber que no había peligro de ello.

—Tonterías —dijo Diana, cuyos ojos negros y melena brillante habían causado tantos estragos en los corazones de los alumnos de la escuela que su nombre figuraba en las paredes del porche una media docena de veces. Sólo se trata de una broma. Y no estés demasiado segura de que tu nombre no sea escrito. Charlie Sloane *se muere* por ti. Le contó a su madre... a *su* madre, fíjate... que eras la chica más inteligente de la escuela. Eso es mejor que ser guapa.

—No lo es —dijo Ana, que era femenina hasta la médula—. Preferiría ser bonita antes que lista. Y detesto a Charlie Sloane. No puedo soportar que un chico tenga ojos saltones. Si alguien escribe mi nombre con el de él, no lo olvidaría *jamás*, Diana Barry. Pero resulta agradable ser la primera de la clase.

—Tendrás a Gilbert en tu clase a partir de ahora —dijo Diana—, y él está acostumbrado a ser el primero de la clase, te lo aseguro. Está en el cuarto libro aunque tiene casi catorce años. Hace cuatro años enfermó su padre y tuvo que irse a Alberta a causa de su salud, y Gilbert se fue con él. Estuvieron allí tres años y Gil apenas fue a la escuela hasta que regresaron. No te resultará tan fácil seguir siendo la primera de la clase, Ana.

—Me alegro —dijo Ana rápidamente—. En realidad no podía sentirme orgullosa de ser la primera entre niños y niñas de sólo nueve o diez años. Ayer deletreé la palabra «ebullición». Josie Pye era la primera de la clase y, fíjate, echó una ojeada al libro. El señor Phillips no la vio... estaba mirando a Prissy Andrews..., pero yo sí. Le lancé una mirada de helador desprecio y se puso roja como una remolacha, y a pesar de eso, la deletreó mal.

—Esas Pye son unas tramposas —dijo Diana indignada mientras se subían a la cerca del camino principal—. Gertie Pye puso su botella de leche en mi sitio en el arroyo ayer, ¡increíble! Ahora no le hablo.

Cuando el señor Phillips se encontraba al fondo de la clase escuchando la lección de latín de Prissy Andrews, Diana susurró a Ana:

—Ese es Gilbert Blythe, el que está sentado justo al otro lado del pasillo, Ana. Mírale y dime si no crees que es guapo.

Por consiguiente, Ana le miró. Era una buena ocasión para hacerlo, porque el mencionado Gilbert Blythe estaba absorto en clavar disimuladamente la larga trenza rubia de Ruby Gillis, que se sentaba delante de él, al respaldo de la silla. Era un muchacho alto, de cabello castaño rizado, unos pícaros ojos de color avellana, y una boca torcida en forma de sonrisa burlona. En ese momento, Ruby Gillis fue a ponerse de pie para llevarle una suma al maestro, pero cayó hacia atrás en su asiento dando un pequeño grito y creyendo que le arrancaban el cabello de raíz. Todos la miraron y el señor Phillips lo hizo con tal severidad que Ruby empezó a llorar. Gilbert había quitado el alfiler de la vista y estaba estudiando historia con el semblante más serio del mundo; pero cuando se calmó el alboroto, él miró a Ana y le guiñó el ojo con una socarronería indescriptible.

—Creo que tu Gilbert Blythe *es* guapo —le confió Ana a Diana—, pero creo que es muy osado. No es de buena educación guiñar el ojo a una desconocida.

Pero no fue hasta la tarde cuando las cosas empezaron a suceder realmente.

El señor Phillips se hallaba en el rincón del fondo, explicando un problema de algebra a Prissy Andrews, y los demás alumnos estaban haciendo más o menos lo que querían: comer manzanas verdes, susurrar, dibujar en sus pizarras y conducir grillos atados con cuerdas de un lado a otro del pasillo. Gilbert Blythe estaba intentando que Ana Shirley le mirara y fracasaba por completo, porque Ana, en ese momento, no era consciente no sólo de la propia existencia de Gilbert Blythe, sino de ningún otro alumno de la escuela de Avonlea. Con la mejilla apoyada en las manos y los ojos fijos en el azul resplandor del Lago de las Aguas Resplandecientes que le permitía ver la ventana orientada al oeste, se hallaba muy lejos, en un magnífico ensueño, sin oír ni ver nada, salvo sus maravillosas visiones.

Gilbert Blythe no estaba acostumbrado a molestarse en hacer que una chica le mirara y encontrarse con el fracaso. Ella *debería* mirarle. Aquella Shirley pelirroja, de pequeña barbilla puntiaguda y aquellos grandes ojos que no eran como los de ninguna otra chica de la escuela de Avonlea.

Gilbert extendió la mano hacia el otro lado del pasillo, alzó la punta de la larga trenza pelirroja, la estiró con el brazo y dijo en un susurro penetrante:

—¡Zanahorias! ¡Zanahorias!

Ana le miró con aire de venganza. Hizo algo más que mirar. Se puso en pie de un salto, sus brillantes fantasías se convirtieron en ruinas. Lanzó una mirada de indignación a Gilbert con unos ojos cuyo brillo colérico se apagó con unas lágrimas igual de coléricas.

—¡Muchacho odioso y mezquino! —exclamó acaloradamente—. ¿Cómo te atreves?

Y entonces... ¡zas! Ana le dio un golpe en la cabeza con la pizarra y la partió —la pizarra, no la cabeza.

La escuela de Avonlea siempre disfrutaba con las escenas. Ésta fue especialmente amena. Todo el mundo exclamó «¡Oh!» con horrorizado deleite. Diana lanzó un grito ahogado. Ruby Gillis, que tendía al histerismo, comenzó a llorar. Tommy Sloane dejó que su equipo de grillos se escapara mientras miraba con la boca abierta la escena.

El señor Phillips avanzó por el pasillo y apoyó pesadamente la mano en el hombro de Ana.

—Ana Shirley, ¿qué significa esto? —dijo con enfado.

Ana no respondió. Era pedir demasiado esperar que ella dijera delante de todos que la habían llamado «zanahoria». Fue Gilbert quien habló con firmeza.

—Ha sido culpa mía, señor Phillips. Me burlé de ella.

El señor Phillips no prestó a atención a Gilbert.

—Lamento ver a un alumno mío mostrar semejante temperamento y un espíritu tan vengativo —dijo en un tono solemne, como si el mero hecho de ser alumno suyo debiera arrancar de raíz todas las malas pasiones de los corazones de los pequeños mortales imperfectos—. Ana, ve al entarimado y quédate delante de la pizarra el resto de la tarde.

Ana habría preferido ser azotada a sufrir ese castigo, bajo el cual su espíritu sensible se estremecía como si recibiese un latigazo. Con el semblante pálido y firme, ella obedeció. El señor Phillips cogió una tiza y escribió en la pizarra, por encima de la cabeza de Ana: «Ana Shirley tiene muy mal genio. Ana Shirley debe aprender a controlar su temperamento», y luego lo leyó en voz alta para que incluso los de primero, que no sabían leer, lo entendieran.

Ana se quedó allí el resto de la tarde, con esa leyenda sobre su cabeza. No lloró ni bajó la cabeza. En su corazón aún ardía demasiado la ira para hacer eso, y la sostenía en medio de la agonía que estaba sufriendo por la humillación. Con la mirada llena de rencor y las mejillas enrojecidas se enfrentó por igual a la compasiva mirada de Diana, a los movimientos de cabeza de Charlie Sloane por la indignación que sentía y a las maliciosas sonrisas de Josie Pye. En cuanto a Gilbert Blythe, ni siquiera le miraba. *¡Jamás* volvería a mirarle! ¡Jamás le hablaría!

Cuando acabaron las clases, Ana salió con su pelirroja cabeza bien alta. Gilbert Blythe intentó detenerla en la puerta del porche.

—Lamento muchísimo haberme burlado de tu pelo, Ana —dijo en un susurro, arrepentido—. Soy honesto. No me guardes rencor.

Ana pasó de largo con aire desdeñoso, sin mirar ni dar muestras de haberle oído.

—¡Oh!, ¿cómo has sido capaz de hacer eso? —dijo Diana mientras avanzaban por el camino, con reproche y con admiración a la vez. Diana pensaba que ella *jamás* podría haberse resistido a una súplica de Gilbert.

—Nunca perdonaré a Gilbert Blythe —dijo Ana con firmeza—. Y el señor Phillips pronunció mal mi nombre. Me ha atravesado el alma, Diana.

Diana no tenía la menor idea de lo que quería decir Ana, pero entendió que era algo terrible.

—No debe importarte que Gilbert se burle de tu pelo —dijo con dulzura—. Bueno, él se burla de todas las chicas. Se ríe del mío porque es así de negro. Me ha llamado cuervo una docena de veces y nunca le he oído disculparse por nada antes.

—Hay una gran diferencia entre que te llamen cuervo o te llamen zanahorias —dijo Ana con dignidad—. Gilbert Blythe ha herido mis sentimientos de un modo *humillante,* Diana.

Es posible que el asunto se hubiese calmado sin ocasionar más humillación si no hubiese sucedido nada más. Pero cuando empiezan a suceder las cosas, tienden a continuar.

Los alumnos de Avonlea solían pasar el mediodía cogiendo miel en el bosque de abetos del señor Bell, en la colina y en su gran campo de pastoreo. Desde allí podían vigilar la casa de Eben Wright, donde se alojaba el maestro. Cuando veían salir de allí al señor Phillips, corrían hacia la escuela. Aunque la distancia era tres veces mayor que la del sendero del señor Wright, eran capaces de llegar allí, sin aliento y jadeando, con unos tres minutos de retraso.

Al día siguiente, el señor Phillips fue presa de uno de sus arrebatos de reforma y anunció, antes de ir a comer a casa, que esperaba encontrar a todos los alumnos en sus asientos cuando él regresara. El que llegara tarde sería castigado.

Todos los chicos, y algunas chicas, fueron al bosque de abetos del señor Bell como era habitual, con la firme intención de permanecer sólo el tiempo necesario para «coger un poco de miel». Pero los bosques de abetos seducen y las chufas cautivan. Comieron y se entretuvieron demasiado, y, como de costumbre, lo primero que les hizo darse cuenta de lo deprisa que pasaba el tiempo fue el grito de Jimmy Glover desde lo alto de una patriarcal pícea.

—¡Ya vuelve el maestro!

Las niñas que estaban sentadas en el suelo se fueron las primeras y lograron llegar a la escuela a tiempo, pero sin sobrarles ni un segundo. Los chicos, que tuvieron que bajar apresuradamente de los árboles, llegaron tarde; y Ana, que no había estado cogiendo miel precisamente, sino vagando felizmente en el extremo más alejado del bosque, entre los helechos que le llegaban a la cintura, cantando en voz baja, con una guirnalda de lirios chocolate en el cabello, como si fuera alguna divinidad salvaje de los lugares sombríos, fue la última en salir. Sin embargo, Ana podía correr como un ciervo. Echó a correr, alcanzó a los muchachos en la puerta y entró a la escuela entre los demás chicos justo en el momento en el que el señor Phillips colgaba su sombrero.

La breve energía reformadora del señor Phillips se había agotado; no quería molestarse en castigar a una docena de alumnos, pero era necesario hacer algo para mantener su palabra, de modo que miró en torno suyo en busca de un chivo expiatorio y lo encontró en Ana, quien se había dejado caer en su asiento, jadeando, con la olvidada guirnalda de flores colgando torcida sobre una oreja y que le daba un aspecto particularmente indolente y descuidado.

—Ana Shirley, ya que parece que te gusta tanto la compañía de los chicos, consentiremos ese gusto esta tarde —dijo con sarcasmo—. Quítate esas flores del pelo y siéntate con Gilbert Blythe.

Los demás muchachos rieron burlones. Diana, palideciendo por la lástima que sintió, quitó la guirnalda del cabello de Ana y le apretó la mano. Ana miró fijamente al maestro, como si se hubiese convertido en piedra.

—¿Has oído lo que te he dicho, Ana? —preguntó el señor Phillips con severidad.

—Sí, señor —dijo Ana lentamente—, pero no supuse que lo dijera en serio.

—Te aseguro que sí. —Todavía con la sarcástica inflexión que todos los niños, y Ana especialmente, detestaban—. Obedece de inmediato.

Durante un momento pareció que Ana tenía intención de desobedecer. Luego, dándose cuenta de que no había más remedio, se levantó con altanería, cruzó el pasillo, se sentó al lado de Gilbert Blythe y hundió el rostro entre los brazos sobre el pupitre. Ruby Gillis, que observó todo mientras sucedía, dijo a los demás, de camino a casa desde la escuela, que jamás había visto nada igual, tan blanca y con aquellas horribles manchas rojas.

Para Ana, aquello fue el fin de todo. Ya era bastante malo que la eligieran para ser castigada entre una docena que eran igual de culpables que ella; era peor todavía que la enviaran a sentarse al lado de un chico, pero que ese chico fuera Gilbert Blythe era un insulto sobre otro que llegaba a un punto completamente insoportable. Ana tenía la sensación de que *no* podría soportarlo y que no serviría de nada hacer un esfuerzo. Todo su ser bullía de vergüenza, ira y humillación.

Al principio, los demás alumnos miraban, susurraban, se reían burlones y se daban codazos; pero como Ana no alzó la cabeza nunca, y como Gilbert trabajaba en sus fracciones como si toda su alma estuviese absorbida en ellas y sólo en ellas, pronto volvieron a sus propias tareas y olvidaron a Ana. Cuando el señor Phillips anunció la clase de historia, Ana debería haberse marchado, pero no se movió. El señor Phillips, que había estado escribiendo algunos versos de *A Priscila* antes de empezar la clase, estaba pensando aún en una obstinada rima y no se dio cuenta. En cierto momento, cuando nadie miraba, Gilbert sacó de su escritorio un corazoncito de caramelo rosa con un lema dorado: «Eres dulce», y lo deslizó bajo la curva del brazo de Ana. Acto seguido, Ana se levantó, tomó el corazón rosado con cuidado entre las puntas de los dedos, lo dejó caer al suelo, lo convirtió en polvo con su talón y volvió a su posición sin dignarse a dirigir la mirada a Gilbert.

Cuando acabaron las clases, Ana se dirigió a su pupitre, sacó ostentosamente todo lo que contenía en su interior: libros, cuadernos, pluma y tinta, Biblia y aritmética, y lo amontonó cuidadosamente sobre la pizarra rota.

—¿Para qué te llevas todas esas cosas a casa, Ana? —quiso saber Diana, tan pronto salieron al camino. No se había atrevido a hacerle la pregunta antes.

—No voy a volver a la escuela nunca más —dijo Ana.

Diana lanzó un grito ahogado y miró fijamente a Ana para comprender lo que quería decir.

—¿Permitirá Marilla que te quedes en casa? —preguntó.

—Tendrá que hacerlo —dijo Ana—. No volveré *jamás* a la escuela ni a ver de nuevo a ese hombre.

—¡Oh, Ana! —Diana parecía a punto de echarse a llorar—. Creo que eres mala conmigo. ¿Qué será de mí? El señor Phillips me obligará a sentarme con esa antipática de Gertie Pye... Sé que lo hará porque se sienta sola. Regresa, Ana.

—Haría casi cualquier cosa en el mundo por ti, Diana —dijo Ana con tristeza—. Me dejaría descuartizar si eso te hiciese a ti algún bien.

Pero no puedo volver, así que, por favor, no me lo pidas. Angustias mi alma.

—Piensa sólo en todas las cosas divertidas que te perderás —dijo Diana apenada—. Vamos a construir la casa más maravillosa junto al arroyo, y jugaremos a la pelota la semana que viene, y tú nunca has jugado a la pelota, Ana. Y vamos a aprender una canción nueva; Jane Andrews la está ensayando; y Alice Andrews va a llevar un libro nuevo de Pansy la semana que viene y vamos a leerlo en voz alta, capítulo a capítulo, junto al arroyo. Y sabes que te encanta leer en voz alta, Ana.

Nada de esto conmovió a Ana en lo más mínimo. Estaba decidida. No volvería a la escuela ni a ver al señor Phillips; así se lo dijo a Marilla cuando llegó a casa.

—Tonterías —dijo Marilla.

—No es ninguna tontería —dijo Ana, mirando a Marilla con ojos serios, llenos de reproche—. ¿No lo comprende, Marilla? He sido insultada.

—Son bobadas. Irás a la escuela mañana como de costumbre.

—Ah, no —dijo Ana, negando con un ligero movimiento de cabeza—. No voy a volver, Marilla. Aprenderé mis lecciones en casa y seré tan buena como sea capaz, y mantendré la boca cerrada todo el tiempo que sea posible. Pero no volveré a la escuela, se lo aseguro.

Marilla vio algo extraordinariamente parecido a una testarudez inflexible en el pequeño rostro de Ana. Comprendió que tendría problemas para superarlo; pero decidió sabiamente no decir nada más en ese momento.

«Iré a ver a Rachel esta tarde», pensó. «No tiene sentido razonar ahora con Ana. Está demasiado alterada y tengo la impresión de que puede ser terriblemente testaruda si se empeña. Por lo que he deducido de su historia, el señor Phillips ha estado tratando los asuntos con bastante mano dura. Pero nunca le diría eso a ella. Hablaré con Rachel. Ella ha enviado a diez hijos a la escuela y debería saber algo al respecto. A estas alturas, ya se habrá enterado de todo».

Marilla halló a la señora Lynde tejiendo colchas tan diligente y alegre como de costumbre.

—Supongo que sabes a lo que he venido —dijo, un poco avergonzada.

La señora Rachel asintió.

—Sobre el alboroto de Ana en la escuela, creo —dijo—. Tillie Boulter iba hacia su casa desde la escuela y me lo contó.

—No sé qué hacer con ella —dijo Marilla—. Declara que no volverá a la escuela. Nunca he visto una niña tan testaruda. Llevaba esperando problemas desde que empezó la escuela. Sabía que las cosas iban demasiado bien para que duraran. Está muy nerviosa. ¿Qué me aconsejarías, Rachel?

—Bueno, ya que me pides consejo, Marilla —dijo la señora Lynde amigablemente (a la señora Lynde le encantaba que le pidieran consejos)—, yo le seguiría un poco la corriente al principio, eso es lo que haría. Creo que el señor Phillips se ha equivocado. Por supuesto, no está bien decir eso a los niños, ya sabes. Y, por supuesto, hizo bien en castigarla ayer por dar rienda suelta a su temperamento. Pero hoy ha sido diferente. Los demás que llegaron tarde también deberían haber sido castigados como Ana, eso es. Y no creo que obligar a que las chicas se sienten con los chicos sea un castigo. No es prudente. Tillie Boulter estaba realmente indignada. Ella estuvo a favor de Ana hasta el final, y dijo que los demás alumnos también. Ana parece ser muy popular entre ellos, en cierto modo. Nunca pensé que se llevaría tan bien con ellos.

—Entonces, crees realmente que sería mejor permitir que se quedara en casa —dijo Marilla asombrada.

—Sí. Es decir, yo no le mencionaría la escuela de nuevo hasta que ella misma lo hiciera. Marilla, cuenta con que dentro de una semana, más o menos, se habrá calmado y estará lo suficientemente preparada para volver por su propia voluntad, eso es; mientras que si la obligas a volver ahora, quien sabe qué rabieta cogería a continuación que causaría más problemas que nunca. Cuanto menos alboroto, mejor, en mi opinión. No perderá demasiado por no ir a la escuela, tal como va la escuela. El señor Phillips no es nada bueno como maestro. El orden que mantiene en la clase es un escándalo, eso es, y desatiende a los más pequeños para dedicar su tiempo a los alumnos mayores que están preparándose para la Queen's. Nunca habría conseguido dar clase otro año más si su tío no hubiese sido uno de los administradores, *el* administrador, pues manipula a los otros dos, eso es. La verdad es que no sé a qué va a llegar la educación en esta isla.

La señora Rachel hizo un gesto de negación con la cabeza, como queriendo decir que si ella estuviese al frente del sistema educativo de la provincia, las cosas estarían mucho mejor gestionadas.

Marilla siguió el consejo de la señora Rachel y no le dijo ni una palabra más a Ana referente a la vuelta a la escuela. Aprendía sus lecciones en casa, hacía sus tareas y jugaba con Diana en los fríos atardeceres púrpuras del otoño; pero cuando se encontraba con Gilbert Blythe en el camino o en la escuela dominical, pasaba a su lado con un gélido desprecio que no se deshelaba ni un ápice a pesar del evidente deseo de él de apaciguarla. Incluso los esfuerzos de Diana como pacificadora fueron en vano. Ana, sin duda, había decidido odiar a Gilbert Blythe toda su vida.

Sin embargo, tanto como odiaba a Gilbert, amaba a Diana, con todo el amor de su apasionado corazoncito, igual de intenso para sus cariños que para sus aversiones. Una mañana, Marilla, al entrar del huerto con una cesta de manzanas, encontró a Ana sentada junto a la ventana que daba al este, en la penumbra, llorando amargamente.

—¿Qué sucede ahora, Ana? —preguntó.

—Se trata de Diana —dijo Ana, sollozando—. Quiero mucho a Diana, Marilla. No puedo vivir sin ella. Pero sé muy bien que cuando seamos mayores, Diana se casará, se marchará y me abandonará. Y ¡oh! ¿Qué haré yo? Odio a su marido... le odio con furia. He estado imaginándomelo todo... la boda y todo. Diana vestida de níveo blanco, con un velo y con un aspecto tan hermoso y regio como el de una reina; y yo como dama de honor, también con un hermoso vestido, con mangas abullonadas, pero con el corazón destrozado oculto bajo mi sonriente cara. Y luego despidiéndome de Diana. Aquí Ana se derrumbó por completo y lloró con más amargura.

Marilla se dio la vuelta rápidamente para ocultar su rostro crispado; pero no sirvió de nada. Se desplomó en la silla más cercana y estalló en una carcajada tan jovial y poco habitual en ella que Matthew, que cruzaba el jardín, se detuvo sorprendido. ¿Cuándo había oído reír a Marilla de esa manera?

—Bueno, Ana Shirley —dijo Marilla, tan pronto como fue capaz de hablar—, si tienes que buscarte preocupaciones, por el amor de Dios, preocúpate por algo útil. Sin duda, creo que tienes mucha imaginación.

CAPÍTULO XVI

Invitación a Diana a tomar el té, con trágicos resultados

Octubre era un mes hermoso en Tejas Verdes, cuando los abedules de la hondonada se tornaban tan dorados como el sol, los arces detrás del huerto eran de un espléndido color carmesí y los cerezos silvestres del sendero se vestían de los tonos más hermosos del granate y del verde bronce, mientras los campos se soleaban después de la cosecha.

Ana se deleitaba en aquel mundo de color que había a su alrededor.

—Oh, Marilla —exclamó un sábado por la mañana, al entrar bailoteando con los brazos llenos de hermosas ramas—, me alegro tanto de que vivamos en un mundo donde hay meses de octubre... Sería terrible saltar de septiembre a noviembre, ¿verdad? Mire estas ramas de arce. ¿No le hacen estremecerse? Voy a decorar mi habitación con ellas.

—Para que parezca desordenada —dijo Marilla, cuyo sentido estético no estaba desarrollado de un modo notable—. Tu habitación está abarrotada de cosas que traes del campo, Ana. Los dormitorios se han hecho para dormir.

—Oh, y para soñar también, Marilla. Y usted sabe que se puede soñar mucho mejor en una habitación donde hay cosas bonitas. Voy a poner estas ramas en el viejo jarrón azul y las colocaré sobre la mesa.

—Procura que no caigan hojas por todas las escaleras, entonces. Voy a ir a una reunión de la Asociación de Ayuda de Carmody esta tarde, Ana. No es probable que llegue a casa antes de anochecer. Tendrás que preparar la cena a Matthew y a Jerry, así que acuérdate de poner a hervir el agua para el té antes, y no cuando te sientes a la mesa, como hiciste la última vez.

—Fue terrible por mi parte olvidarlo —dijo Ana, a modo de disculpa—, pero es que esa tarde estaba pensando en un nombre para el Valle de las Violetas y eso excluyó las demás cosas. Matthew fue muy bueno. No me regañó. Puso el agua a hervir y dijo que podía esperar. Le conté un maravilloso cuento de hadas mientras esperábamos, así que no se nos hizo largo el tiempo. Era un cuento muy bonito, Marilla. Había olvidado el final, pero me inventé uno y Matthew me dijo que no sabía decir desde dónde se me había olvidado.

—A Matthew le parecería bien, Ana, que se te ocurriera levantarte para cenar en mitad de la noche. Pero esta vez tienes que estar pendiente. Y... no sé si hago lo correcto... podría hacer que te despistaras más que nunca... pero puedes invitar a Diana a que venga a pasar la tarde contigo y tomar el té aquí.

—¡Oh, Marilla! —Ana entrelazó las manos—. ¡Es realmente maravilloso! Después de todo, *es* usted capaz de imaginar cosas, o jamás habría comprendido cuánto he anhelado esto mismo. Será muy bonito y parecerá de personas mayores. No tema que se me olvide poner el agua para el té porque tenga invitados. Oh, Marilla ¿puedo usar el juego de té de los capullos de rosa?

—¡Por supuesto que no! ¡El juego de té de capullos de rosa! ¿Y después, qué? Sabes que nunca lo uso, excepto para el pastor y para la Asociación de Ayuda. Sacarás el viejo juego de té marrón. Pero puedes abrir el tarro amarillo pequeño de compota de cerezas. Es hora de gastarla, de todos modos... creo que está empezando a estropearse. Y puedes cortar un poco de tarta de frutas y tomar algunas galletas y barquillos.

—Ya me estoy imaginando sentada a la cabecera de la mesa sirviendo el té —dijo Ana, cerrando los ojos extasiada—, y preguntándole a Diana si toma azúcar. Sé que no, pero, por supuesto, se lo preguntaré como si no lo supiera. Y después insistiré en que tome otro trozo de tarta de frutas y más compota. Oh, Marilla, es una sensación maravillosa tan sólo pensar en ello. ¿Puedo llevarla a la habitación de invitados para que se quite el sombrero cuando llegue? ¿Y luego al salón para que se siente?

—No. La sala de estar será suficiente para ti y tu invitada. Pero hay una botella medio llena de zumo de frambuesa que sobró de la reunión social de la iglesia la otra noche. Está en el segundo estante del armario de la sala de estar y Diana y tú podéis tomarlo si queréis, y comeros alguna galleta a lo largo de la tarde, pues me atrevo a decir que Matthew llegará tarde a tomar el té porque está llevando patatas en el carro al barco.

Ana bajó volando a la hondonada, pasó por la Burbuja de la Dríada y subió por el sendero de los abetos hasta la Ladera del Huerto para invitar a Diana a tomar el té. De modo que, justo después de haberse marchado Marilla a Carmody, llegó Diana, ataviada con su segundo mejor vestido y exactamente con el aspecto que presenta quien ha sido invitado a tomar el té. Otras veces solía entrar en la cocina sin llamar a la puerta, pero esta vez llamó con delicadeza a la puerta principal. Y cuando Ana, vestida con *su* segundo mejor vestido, abrió la puerta con delicadeza, las dos niñas se estrecharon la mano con tanta seriedad como si no se conocieran. Esta forzada solemnidad duró hasta después de conducir a Diana a la buhardilla este para que dejara el sombrero y se sentara luego durante diez minutos en la sala de estar, con los pies muy bien colocados.

—¿Cómo se encuentra su madre? —preguntó Ana cortésmente, como si no hubiese visto a la señora Barry recogiendo manzanas aquella misma mañana con excelente salud y buen ánimo.

—Se encuentra muy bien, gracias. Supongo que el señor Cuthbert está llevando patatas en el carro al Lily Sands esta tarde, ¿no es así? —dijo Diana, quien había ido a casa del señor Harmon Andrews aquella mañana en el carro de Matthew.

—Sí. Nuestra cosecha de patatas ha sido muy buena este año. Espero que la de su padre haya sido buena también.

—Muy buena, gracias. ¿Ya han recogido muchas manzanas?

—Oh, muchísimas —dijo Ana, olvidándose de la solemnidad y poniéndose en pie de un salto—. Vamos al huerto a coger alguna de esas Dulzuras Rojas, Diana. Marilla dice que podemos coger todas las que quedan en el árbol. Marilla es una mujer muy generosa. Dijo que podíamos tomar tarta de frutas y compota de cerezas con el té. Pero no es de buena educación decir a los invitados lo que se les va a dar con el té, así que no te diré lo que dijo que podíamos beber. Sólo te diré que la primera palabra empieza por «z» y la segunda por «f» y es de un color rojo vivo. Me encantan las bebidas de color rojo vivo, ¿a ti no? Saben dos veces mejor que las de cualquier otro color.

El huerto, con sus enormes ramas inclinadas hasta el suelo por la abundancia de frutos, resultó tan delicioso que las niñas pasaron la mayor parte de la tarde en él, sentadas en un rincón cubierto de hierba donde no había caído escarcha y la suave luz otoñal seguía siendo cálida, comiendo manzanas y hablando tan alto como quisieron. Diana tenía mucho que contarle a Ana sobre lo que sucedía en la escuela. Tenía que sentarse con Gertie Pye y lo detestaba; Gertie hacía rechinar el lapicero todo el tiempo y eso le helaba la sangre a Diana; Ruby Gillis se había quitado todas las verrugas con un guijarro mágico que le había dado la anciana Mary Joe del Arroyo. Se tienen que frotar las verrugas con el guijarro y luego tirarlo por encima del hombro izquierdo, cuando hay luna llena, para que desaparezcan las verrugas. Habían escrito el nombre de Charlie Sloane junto al de Em White en la pared del porche, y Em White se había *enfadado terriblemente* por ello. Sam Boulter había faltado al respeto al señor Phillips en clase y éste le había azotado, y el padre de Sam fue a la escuela y desafió al señor Phillips a volver a poner una mano encima a uno de sus hijos; Mattie Andrews tenía una capucha nueva roja con una cinta azul con borlas, y los aires que se daba por ello eran realmente repugnantes; Lizzie Wright no le hablaba a Mimie Wilson porque la hermana mayor de Mimie Wilson había provocado que la hermana mayor de Lizzie Wright se peleara con su novio; y todos echan de menos a Ana y desean que vuelva a la escuela de nuevo; y Gilbert Blythe...

Pero Ana no quería oír hablar de Gilbert Blythe. Se levantó de un salto apresuradamente y sugirió entrar a tomar un poco de zumo.

Ana miró en el segundo estante del armario de la sala de estar, pero no había ninguna botella de zumo de frambuesa allí. Tras buscarlo lo halló en el estante superior. Ana lo colocó en una bandeja y lo llevó a la mesa junto con un vaso.

—Sírvete tú misma, Diana —dijo educadamente—. Creo que yo no tomaré ahora. No quiero después de todas esas manzanas.

Diana se sirvió un vaso, miró su tono rojo vivo con admiración y luego bebió a sorbos con delicadeza.

—Es un zumo de frambuesa muy bueno, Ana —dijo—. No sabía que el zumo de frambuesa estuviese tan bueno.

—Me alegro mucho de que te guste. Toma cuanto quieras. Voy a ir a avivar el fuego. Una persona que se ocupa de la casa tiene muchas responsabilidades, ¿no es así?

Cuando Ana regresó de la cocina, Diana estaba bebiendo un segundo vaso de zumo; y, al rogarle Ana, no puso ninguna objeción a beberse un tercero. La cantidad en los vasos era generosa y el zumo estaba realmente bueno.

—Es el mejor que he bebido —dijo Diana—. Es mucho mejor que el de la señora Lynde, aunque esté tan orgullosa del suyo. No sabe igual que el suyo.

—Creo que el zumo de frambuesa de Marilla es probablemente mucho mejor que el de la señora Lynde —dijo Ana con lealtad—. Marilla es una cocinera famosa. Está intentando enseñarme a cocinar, pero te aseguro, Diana, que es una ardua tarea. Hay tan poco espacio para la imaginación en cocinar... sólo tienes que seguir las reglas. La última vez que hice una tarta, olvidé echarle harina. Estaba pensando en la historia más maravillosa sobre ti y sobre mí, Diana. Imaginé que tú estabas gravemente enferma de viruela y que todos te abandonaban, pero yo iba con audacia a la cabecera de tu cama y te cuidaba hasta devolverte a la vida; y luego yo me contagiaba y moría, y me enterraban bajo los álamos del cementerio, y tú plantabas un rosal junto a mi tumba y lo regabas con tus lágrimas; y tú nunca, nunca olvidaste a la amiga de tu juventud que sacrificó su vida por ti. Oh, era una historia muy conmovedora. Las lágrimas me corrían por las mejillas mientras mezclaba los ingredientes de la tarta. Pero olvidé la harina y la tarta fue un estrepitoso fracaso. La harina es esencial para las tartas, ya sabes. Marilla se enfadó mucho y no me extraña. Soy un gran suplicio para ella. Marilla se sintió muy avergonzaba la semana pasada por culpa del sirope del pudin. El martes cenamos pudin de ciruelas y sobró la mitad del pudin y un poco de sirope. Marilla dijo que había suficiente para otra cena y me dijo que lo pusiera en el estante de la despensa y lo cubriera. Yo tenía la intención de cubrirlo lo mejor que pudiera, Diana; pero, mientras lo llevaba, imaginé que era una monja... soy protestante, por supuesto, pero imaginé que era católica y que llevaba el velo para enterrar un corazón destrozado recluida en la clausura; y me olvidé de cubrir el sirope del pudin. Me acordé de él a la mañana siguiente y corrí a la despensa. Diana, imagínate si puedes el terrible horror que sentí al descubrir que había un ratón ahogado en el sirope. Saqué el ratón con una cuchara y lo tiré al jardín, y luego fregué la cuchara dos o tres veces. Marilla estaba fuera ordeñando y yo tenía toda la intención de preguntarle cuando entrara si echaba el sirope a los cerdos; pero cuando entró, me estaba imaginando que era una hada de la escarcha, que iba por los bosques cambiando el color de los árboles a rojo o a amarillo, el que ellos quisieran, de modo que no volví a pensar en el sirope del pudin y Marilla me envió a coger manzanas. Pues bien, aquella mañana vinieron de Spencervale el señor Chester Ross y su esposa. Ya sabes que son personas muy elegantes, sobre todo la señora Ross. Cuando Marilla me llamó, la comida estaba lista y todos estaban sentados a la mesa. Intenté ser todo lo educada y decorosa que pude, pues quería que la esposa de Chester Ross pensara que yo era una señorita, aunque no fuese bonita. Todo iba bien hasta que vi a Marilla venir con el pudin de ciruelas en una mano y la jarra del sirope, *calentado,* en la otra. Diana, fue un momento horrible. Recordé todo, me levanté y grité: «Marilla, no debe servir ese sirope. Había un ratón ahogado en él. Olvidé decírselo». Oh, Diana, jamás olvidaré ese terrible momento, aunque viva cien años. La señora Ross se limitó a *mirarme,* y yo pensé en que me tragara la tierra. Ella es un ama de casa perfecta e imagino lo que debió pensar de nosotras. Marilla se puso roja como el fuego, pero no dijo una palabra... en aquel momento. Se llevó el sirope y el pudin y trajo compota de fresas. Incluso me ofreció, pero yo no podía tragar bocado alguno. Sentí que me ardía la cabeza. Después de marcharse la señora Ross, Marilla me echó una regañina tremenda. Pero, Diana, ¿qué pasa?

Diana se había puesto de pie con dificultad; luego volvió a sentarse, llevándose las manos a la cabeza.

—Me encuentro... me encuentro terriblemente enferma —dijo con la voz quebrada—. Debo... debo irme a casa.

—Oh, no debes ni soñar con irte a casa sin tomar el té —dijo Ana angustiada—. Iré a sacarlo... iré a prepararlo ahora mismo.

—Debo irme a casa —repitió Diana, con voz apagada pero con determinación.

—Deja que te traiga algo de comer —imploró Ana—. Déjame que te ofrezca un trocito de tarta de frutas y un poco de compota de cerezas. Acuéstate un ratito en el sofá hasta que te encuentres mejor. ¿Dónde te duele?

—Debo irme a casa —dijo Diana, y eso era lo único que decía, a pesar de los ruegos de Ana.

—Nunca he oído que se fuera una visita sin tomar el té —se quejó Ana—. ¡Oh, Diana! ¿No supondrás que es posible que realmente tengas la viruela? Si la tienes, iré a cuidar de ti, puedes confiar en ello.

Nunca te abandonaré. Pero me gustaría que te quedaras hasta después del té. ¿Dónde te duele?

—Estoy terriblemente mareada —dijo Diana.

Y, de hecho, caminaba como así fuera. Ana, con lágrimas de decepción en los ojos, cogió el sombrero de Diana y la acompañó hasta la valla del jardín de los Barry. Después lloró durante todo el camino de regreso a Tejas Verdes, donde con tristeza volvió a llevar el resto de zumo a la despensa y preparó el té para Matthew y Jerry, ya sin entusiasmo.

Al día siguiente era domingo, y como la lluvia cayó torrencialmente desde el amanecer hasta el anochecer, Ana no se movió de Tejas Verdes. El lunes por la tarde, Marilla la envió a casa de la señora Lynde con un recado. Al cabo de muy poco rato, Ana regresaba por el camino con lágrimas cayéndole por las mejillas. Entró precipitadamente en la cocina y se echó de bruces en el sofá, angustiada.

—¿Qué ha ido mal ahora, Ana? —preguntó Marilla, con dudas y consternación—. Espero que no hayas sido descarada otra vez con la señora Lynde.

No hubo respuesta de Ana, sólo más lágrimas y sollozos más intensos.

—Ana Shirley, cuando te hago una pregunta quiero que la respondas. Siéntate ahora mismo y dime por qué estás llorando.

Ana se incorporó; era la tragedia personificada.

—La señora Lynde ha ido a ver a la señora Barry hoy, y la señora Barry estaba de un humor terrible —dijo entre sollozos—. Dice que yo *emborraché* a Diana el sábado y que la envié a casa en un estado vergonzoso. Y dice que yo debo ser muy mala, malvada, y que nunca volverá a permitir que Diana juegue conmigo. ¡Oh, Marilla, estoy abrumada por la aflicción!

Marilla la miró desconcertada.

—¡Que emborrachaste a Diana! —dijo, cuando le salió la voz—. Ana, ¿estás loca o lo está la señora Barry? ¿Qué diantres le diste?

—Nada más que zumo de frambuesa —dijo sollozando Ana—. Nunca pensé que el zumo de frambuesa emborrachara a la gente, Marilla... ni siquiera si se beben tres vasos llenos como hizo Diana. ¡Oh, me recuerda tanto... tanto... al marido de la señora Thomas! Pero no era mi intención emborracharla.

—¡Emborracharla! —dijo Marilla, dirigiéndose al armario de la sala de estar. Allí, sobre el estante, había una botella que reconoció de inmediato como una de las que contenía vino de grosella casero de tres años de antigüedad, por el que ella era célebre en Avonlea, aunque algunos de los más estrictos, la señora Barry entre ellos, lo desaprobaban rotundamente. Y, al mismo tiempo, Marilla recordó que había bajado la botella de zumo de frambuesa al sótano, en vez de dejarlo en el armario que le había dicho a Ana.

Regresó a la cocina con la botella de vino en la mano. Su rostro mostraba una inquietud que no podía reprimir.

—Ana, sin duda tienes un don para meterte en problemas. Le diste a Diana vino de grosella en vez de zumo de frambuesa. ¿No conocías la diferencia?

—No lo probé —dijo Ana—. Pensé que era el zumo. Yo quería ser tan... tan... hospitalaria. Diana se puso terriblemente enferma y tuvo que irse a casa. La señora Barry le ha dicho a la señora Lynde que Diana estaba borracha. Se rio como una tonta cuando su madre le preguntó qué le pasaba y se fue a dormir, y durmió varias horas. Su madre le olió el aliento y supo que estaba borracha. Ayer tuvo un terrible dolor de cabeza todo el día. La señora Barry está muy indignada. Nunca creerá otra cosa, salvo que lo hice a propósito.

—Creo que sería mejor que castigara a Diana por ser tan glotona y beberse tres vasos de cualquier cosa —dijo Marilla con sequedad—. Bueno, tres de esos vasos grandes habrían puesto enfermo a cualquiera aunque sólo hubiese sido zumo. Esta historia les vendrá muy bien a esas personas que no aprueban mi vino, aunque no lo he vuelto a hacer desde hace tres años, cuando me enteré de que el pastor no lo aprobaba. Sólo guardaba esa botella para casos de enfermedad. Está bien, está bien, niña, no llores. No veo que hayas tenido tú la culpa, aunque lamento que haya sucedido esto.

—Debo llorar —dijo Ana—. Mi corazón está destrozado. Las estrellas en sus cursos luchan contra mí, Marilla. Diana y yo estamos separadas para siempre. Oh, Marilla, poco imaginaba yo esto cuando hicimos nuestro juramento de amistad al principio.

—No seas tonta, Ana. La señora Barry lo pensará mejor cuando sepa que en realidad no fue culpa tuya. Supongo que pensará que lo has hecho como una especie de broma tonta o algo parecido. Lo mejor sería que fueses esta tarde a contarle cómo sucedió.

—Me falta valor ante la idea de enfrentarme a la ofendida madre de Diana —suspiró Ana—. Desearía que fuera usted, Marilla. Usted es muchísimo más digna que yo. Probablemente la escucharía antes que a mí.

—Está bien, iré —dijo Marilla, pensando que probablemente sería lo más sensato—. No llores más, Ana. Todo saldrá bien.

Marilla había cambiado de opinión sobre lo de que todo saldría bien cuando regresó de la Ladera del Huerto. Ana estaba pendiente de su llegada y voló a la puerta del porche para encontrarse con ella.

—Oh, Marilla, sé por su cara que no ha servido de nada —dijo con tristeza—. ¿No me perdonará la señora Barry?

—¡La señora Barry! —espetó Marilla—. De todas las mujeres irrazonables que conozco, ella es la peor de todas. Le dije que todo había sido un error y que tú no tenías la culpa, pero simplemente no me creyó. Sacó a colación mi vino de grosella y que yo había dicho siempre que no causaba el menor efecto en nadie. Le dije claramente que ese vino de grosella no estaba hecho para que se bebieran tres vasos seguidos, y que si una niña que estuviese a mi cargo fuese tan glotona, la dejaría sobria con una buena azotaina.

Marilla entró apresuradamente en la cocina, seriamente preocupada, dejando tras de sí un alma muy desazonada en el porche. De pronto, Ana salió con la cabeza descubierta al frío crepúsculo otoñal. Con mucha determinación y firmeza, descendió por el marchito campo de tréboles, luego cruzó el puente de troncos y después atravesó el bosque de abetos, iluminado por una pálida luna que se encontraba baja sobre los bosques del oeste. Al acudir a la puerta para responder a la tímida llamada, la señora Barry se encontró en el umbral con un ser suplicante de labios blancos y ojos ansiosos.

Su semblante se endureció. La señora Barry era una mujer de grandes prejuicios y aversiones, y su enfado era de esa clase fría, hosca, que siempre es más difícil de superar. Para hacerle justicia, creía realmente que Ana había emborrachado a Diana por pura malicia, y ansiaba honestamente proteger a su hijita de la contaminación de una mayor intimidad con una niña como esa.

—¿Qué quieres? —dijo con firmeza.

Ana juntó las manos.

—Oh, señora Barry, por favor, perdóneme. No era mi intención... no era mi intención... emborrachar a Diana. ¿Cómo sería capaz? Tan sólo imagínese que fuera usted una pobre huerfanita a quien gente amable ha adoptado y que sólo tuviera una amiga del alma en todo el mundo. ¿Cree que la emborracharía a propósito? Creía que era zumo de frambuesa. Estaba completamente convencida de que era zumo de frambuesa. Oh, por favor, no diga que no permitirá a Diana volver a jugar conmigo nunca más. Si lo hace, cubrirá mi vida con una oscura nube de aflicción.

Este discurso, que hubiera ablandado el buen corazón de la señora Lynde en un abrir y cerrar de ojos, no tuvo ningún efecto en la señora Barry, salvo el de irritarla todavía más. Sospechaba de las palabras de Ana y de sus dramáticos gestos, y supuso que la niña se estaba burlando de ella. De modo que le dijo de un modo frío y cruel:

—No creo que seas la niña adecuada para relacionarse con Diana. Lo mejor será que te vayas a casa y te portes bien.

Los labios de Ana temblaron.

—¿No permitirá que vea a Diana una vez más para despedirme? —imploró.

—Diana se ha ido a Carmody con su padre —dijo la señora Barry, entrando en casa y cerrando la puerta.

Ana regresó a Tejas Verdes, serena en su desesperación.

—Mi última esperanza se ha esfumado —dijo a Marilla—. Fui a ver a la señora Barry y me trató de un modo muy insultante. Marilla, *no* creo que sea una mujer educada. No se puede hacer nada más, salvo rezar, y no tengo muchas esperanzas en que eso sirva de mucho, Marilla, porque creo que ni el propio Dios podrá hacer mucho con una persona tan obstinada como la señora Barry.

—Ana, no deberías decir esas cosas —la reprendió Marilla, esforzándose por vencer esa impía tendencia a reírse que le horrorizaba descubrir que estaba aumentando en ella. Y lo cierto es que cuando le contó toda la historia a Matthew aquella noche, se rio con ganas por las tribulaciones de Ana.

Pero cuando entró sigilosamente en la buhardilla antes de acostarse y descubrió que Ana había estado llorando hasta quedarse dormida, en su rostro se vislumbró una ternura fuera de lo común en ella.

—¡Pobre pequeña! —murmuró, levantando un rizo suelto del rostro cubierto de lágrimas de la niña. Después se inclinó sobre ella y besó la enrojecida mejilla sobre la almohada.

CAPÍTULO XVII

Un nuevo interés por la vida

A la tarde siguiente, Ana, que estaba con su labor de costura junto a la ventana de la cocina, alzó la vista y vio a Diana junto a la Burbuja de la Dríada, haciéndole señas de un modo misterioso.

En un santiamén, Ana salió de casa y corrió hacia la hondonada, con el asombro y la esperanza debatiéndose en sus expresivos ojos. Pero la esperanza se desvaneció en cuanto vio el abatido semblante de Diana.

—¿No ha cedido tu madre? —preguntó asombrada.

Diana negó con la cabeza con tristeza.

—No; y ¡oh, Ana!, dice que jamás volveré a jugar contigo. He llorado mucho y le he dicho que no fue culpa tuya, pero no ha servido de nada. He estado tratando de convencerla de que me permitiera venir a despedirme de ti. Dijo que sólo debía quedarme diez minutos y que estaría mirando el reloj.

—Diez minutos no es mucho tiempo para despedirse para siempre —dijo Ana entre lágrimas—. Oh, Diana, ¿prometerás fielmente no olvidar nunca a la amiga de tu juventud, sin importar cuántos amigos queridos tengas?

—Por supuesto que sí —sollozó Diana—, y jamás tendré otra amiga del alma... no desearé tenerla. No podría querer a nadie como te quiero a ti.

—¡Oh, Diana! —exclamó Ana, juntando las manos—. ¿Me *quieres?*

—Desde luego que sí. ¿No lo sabías?

—No —dijo Ana, suspirando—. Pensaba que te *gustaba,* por supuesto, pero nunca esperé que me quisieras. Bueno, Diana, no pensaba que alguien pudiese quererme. Que yo recuerde, nadie me ha querido nunca. ¡Oh, es maravilloso! Es un rayo de luz que brillará para siempre en la oscuridad de un sendero que me separa de ti, Diana. ¡Oh, dímelo una vez más!

—Te quiero con fervor, Ana —dijo Diana con firmeza— y siempre te querré, puedes estar segura de eso.

—Y yo siempre te querré, Diana —dijo Ana, extendiendo solemnemente la mano—. En los años venideros, tu recuerdo brillará como una estrella en mi solitaria vida, como dice esa última historia que leímos juntas. Diana, ¿me das un mechón de tus trenzas negras como el azabache para que lo guarde para siempre?

—¿Tienes algo con que cortarlo? —preguntó Diana, secándose las lágrimas que habían hecho brotar de nuevo las emotivas palabras de Ana, y volviendo a ser práctica.

—Sí, por suerte tengo mis tijeras de costura en el bolsillo del delantal —dijo Ana. Cortó uno de los rizos de Diana con solemnidad—. Adiós, queridísima amiga. De ahora en adelante debemos comportarnos como desconocidas, aunque vivamos una al lado de la otra. Pero mi corazón te será fiel siempre.

Ana se quedó observando a Diana alejarse hasta perderla de vista, moviendo tristemente la mano siempre que ella volvía la vista atrás. Luego Ana regresó a su casa, sin sentir apenas consuelo por aquella romántica despedida.

—Todo se acabó —informó a Marilla—. Jamás tendré otra amiga. Realmente estoy peor que antes, pues ahora no tengo ni a Katie Maurice ni a Violeta. Y aunque las tuviera, no sería lo mismo. En cierto modo, las niñas imaginarias ya no me satisfacen después de haber tenido una amiga de verdad. Diana y yo tuvimos una conmovedora despedida junto al manantial. Ese recuerdo será sagrado para mí. Empleé un lenguaje de lo más patético porque me parece mucho más romántico. Diana me dio un mechón de su cabello y lo voy a coser en una bolsita para llevarlo colgado al cuello toda mi vida. Por favor, asegúrese de que lo entierran conmigo, porque no creo que viva mucho tiempo. Tal vez cuando la señora Barry me vea muerta y fría, sienta remordimientos por lo que ha hecho y permita a Diana asistir a mi entierro.

—No creo que haya que temer que te mueras de pena mientras puedas hablar, Ana —dijo Marilla indolente.

El lunes siguiente, Ana sorprendió a Marilla al bajar de su habitación con la cesta de los libros en el brazo y los labios apretados con una expresión de determinación.

—Vuelvo a la escuela —anunció—. Es todo lo que me queda en la vida, ahora que mi amiga ha sido apartada de mí despiadadamente. En la escuela podré mirarla y pensar detenidamente en los días que pasamos juntas.

—Mejor sería que pensaras detenidamente en tus lecciones y sumas —dijo Marilla, ocultando la alegría de ver cómo evolucionaba la situación—. Si vas a volver a la escuela, espero no oír hablar más de pizarras rotas en la cabeza y cosas por el estilo. Compórtate y haz lo que diga el maestro.

—Trataré de ser una alumna ejemplar —convino Ana apesadumbrada—. Supongo que no será muy divertido. El señor Phillips dijo que Minnie Andrews era una alumna ejemplar y no hay ni una chispa de imaginación ni de vida en ella. Es aburrida y lenta, y nunca parece divertirse. Pero me siento tan deprimida que quizás me resulte fácil ahora. Voy a ir dando un rodeo por el camino. No podría soportar ir por el Sendero del Abedul yo sola. Lloraría lágrimas amargas si lo hiciera.

Ana fue recibida en la escuela con los brazos abiertos. Habían echado de menos su imaginación en los juegos, su voz en el canto y su aptitud dramática para leer libros en voz alta a la hora del almuerzo. Ruby Gillis le pasó tres ciruelas durante la lectura de la Biblia; Ella May MacPherson le dio un enorme pensamiento amarillo, recortado de la portada de un catálogo de flores, una especie de decoración para los pupitres muy apreciada en la escuela de Avonlea. Sofía se ofreció a enseñarle un diseño nuevo de encaje muy elegante, ideal para ribetear delantales. Katie Boulter le dio un frasco de perfume para que guardara en él el agua para limpiar la pizarra, y Julia Bell copió en un trozo de papel rosa pálido, con los bordes festoneados, esmeradamente y con efusividad:

Para Ana.
Cuando caiga el telón del crepúsculo
y quede prendido con una estrella,
recuerda que tienes una amiga
aunque lejos parezca estar ella.

—Resulta tan agradable sentirse apreciado... —dijo Ana, suspirando y entusiasmada, a Marilla aquella noche.

Las niñas no eran las únicas en la escuela que la «apreciaban». Cuando Ana volvió a su asiento después de la hora del almuerzo (el señor Phillips le había dicho que se sentara con la ejemplar Minnie Andrews) encontró en su pupitre una «manzana fresa» grande y jugosa. Ana la cogió dispuesta a darle un mordisco cuando recordó que sólo había un lugar en Avonlea donde crecían manzanas fresa, y era en el viejo huerto de los Blythe, al otro lado del Lago de las Aguas Resplandecientes. Ana soltó la manzana como si fuese un ascua encendida y se limpió ostentosamente los dedos con su pañuelo. La manzana permaneció intacta en su pupitre hasta la mañana siguiente, cuando el pequeño Timothy Andrews, que barría la escuela y encendía la estufa, se la llevó a modo de gratificación. El lapicero de tiza engalanado magníficamente con tiras de papel rojas y amarillas, que costaba dos centavos cuando un lapicero ordinario costaba sólo uno, y que Charlie Sloane envió a Ana después de cenar, tuvo una acogida más favorable. Ana tuvo la gentileza de aceptarlo y recompensó al dador con una sonrisa que elevó a aquel joven enamorado al séptimo cielo del deleite, y le hizo cometer errores tan espantosos en su dictado que el señor Phillips le retuvo después de acabar las clases para que lo escribiera otra vez.

Así como «El cortejo triunfal de César, por haberle faltado la efigie de Bruto, no hizo sino que Roma recordara más al mejor de sus hijos»[2], así la notable ausencia de cualquier tributo o reconocimiento por parte de Diana Barry, que se sentaba con Gertie Pye, amargó el pequeño triunfo de Ana.

—Creo que Diana podría haberme sonreído al menos una vez —se lamentó ante Marilla aquella noche.

Pero a la mañana siguiente le pasaron a Ana una nota muy bien doblada y un paquetito.

Decía la nota:

Querida Ana:
Mi madre dice que no debo jugar ni hablar contigo, ni siquiera en la escuela. No es culpa mía, no te enfades conmigo, porque yo te

    [2] Versos pertenecientes a *La peregrinación de Childe Harold*, del poeta británico lord Byron. *(N. de la T.)*

quiero más que nunca. Te echo muchísimo de menos para contarte todos mis secretos y Gertie Pye no me gusta ni pizca. Te he hecho un marcapáginas con papel de seda rojo. Están muy de moda ahora y sólo tres niñas de la escuela saben cómo se hacen. Cuando lo mires, acuérdate de mí.

Tu amiga de verdad,
Diana Barry.

Ana leyó la nota, le dio un beso al marcapáginas y envió rápidamente la respuesta al otro extremo de la clase.

Mi querida Diana:
Por supuesto que no estoi enfadada contigo porque tengas que ovedecer a tu madre. Nuestros espíritus pueden comunicarse. Guardaré tu maravilloso regalo para siempre. Minnie Andrews es muy agradable, aunque no tiene imaginación, pero después de haver sido amiga del alma de Diana, no puedo serlo de Minnie. Por favor, perdona los errores, porque mi ortografía no es muy buena todabía, aunque estoy mejorando mucho.

Tuya hasta que la muerte nos separe,
Ana o Cordelia Shirley.

P.D.: Esta noche dormiré con tu carta bajo mi almoada.
A. o C. S.

Marilla esperaba de un modo pesimista que surgieran problemas después de haber comenzado Ana a ir de nuevo a la escuela. Pero no surgió nada. Tal vez Ana había captado algo de la «ejemplaridad» de Minnie Andrews; al menos se llevó muy bien con el señor Phillips a partir de entonces. Se dedicó a sus estudios en cuerpo y alma, decidida a no ser superada por Gilbert Blythe en ninguna clase. La rivalidad entre ellos pronto se hizo aparente. Gilbert Blythe era todo bondad, pero era de temerse que no podía decirse lo mismo de Ana, quien ciertamente mostraba una tenacidad, nada encomiable, en guardar rencor. Era tan vehemente en sus aversiones como en sus amores. No se rebajaría a admitir que quería rivalizar con Gilbert en las tareas escolares, porque eso no sería más que reconocer la existencia del muchacho, la cual Ana ignoraba constantemente;

pero la rivalidad estaba ahí y los honores se alternaban entre ellos. Un día era Gilbert el primero de la clase de gramática; otro día Ana, con un movimiento de sus largas trenzas pelirrojas, le superaba. Una mañana, Gilbert realizó todas las sumas correctamente y se escribió su nombre en la lista de honor de la pizarra; a la mañana siguiente, Ana, después de haber luchado tenazmente con los decimales toda la tarde anterior, fue la primera. Un horrible día quedaron empatados y sus nombres fueron escritos juntos. Eso era casi tan malo como lo de escribir «Tomad nota» en el porche, y el disgusto de Ana era tan evidente como la satisfacción de Gilbert. Cuando se realizaban los exámenes escritos a finales de cada mes, la incertidumbre era terrible. El primer mes Gilbert ganó por tres puntos. El segundo, Ana le venció por cinco. Pero su triunfo quedó empañado por el hecho de que Gilbert la felicitara efusivamente delante de toda la clase. Le habría resultado mucho más dulce que él hubiese sentido el aguijón de su derrota.

Puede que el señor Phillips no fuese un buen maestro, pero una alumna decidida de un modo tan implacable a aprender, como era el caso de Ana, difícilmente podía dejar de progresar fuera como fuese el maestro. Al final del trimestre, tanto Ana como Gilbert pasaron a quinto curso y se les permitió comenzar a estudiar partes de «las ramas», es decir, latín, geometría, francés y álgebra. En geometría Ana se encontró con su mayor obstáculo.

—Es una cosa absolutamente horrible —se quejó—. Estoy segura de que no la comprenderé nunca. No hay en absoluto espacio para la imaginación en ella. El señor Phillips dice que soy la más zoquete que ha visto en su vida. Y Gil..., quiero decir, algunos de los demás chicos son muy listos en geometría. Es sumamente bochornoso, Marilla. Hasta a Diana se le da mejor que a mí. Pero no me importa que me gane Diana; a pesar de que ahora somos como extrañas. Todavía la quiero con un amor *inextinguible*. A veces me entristece pensar en ella. Pero en realidad, Marilla, uno no puede estar triste mucho tiempo en un mundo tan interesante, ¿verdad?

CAPÍTULO XVIII

Ana al rescate

Los sucesos importantes acaban con los sucesos menores. A primera vista, no parecía que la decisión de cierto primer ministro canadiense de incluir la isla del Príncipe Eduardo en su gira política tuviese algo que ver con la suerte de la pequeña Ana Shirley de Tejas Verdes, pero la tuvo.

Transcurría el mes de enero cuando llegó el primer ministro con el fin de dirigirse a sus fieles partidarios y también a quienes no le apoyaban, pero que decidieron estar presentes en la masiva reunión que se celebró en Charlottetown. La mayoría de los habitantes de Avonlea eran partidarios del ministro; de ahí que, la noche de la reunión, casi todos los hombres y una buena proporción de mujeres habían ido a la ciudad situada a cincuenta kilómetros de distancia. La señora Rachel Lynde había ido también. Era una apasionada de la política y no creía posible que pudiera llevarse a cabo esa reunión política sin su presencia, aunque era de un partido político contrario. De manera que fue a la ciudad y se llevó con ella a su marido (Thomas resultaría útil para cuidar del caballo) y a Marilla Cuthbert. Marilla sentía un secreto interés por la política, y como pensó que sería la única oportunidad que tendría de ver a un primer ministro en persona, la aprovechó de inmediato, dejando a Ana y a Matthew a cargo de la casa hasta que regresara ella al día siguiente.

De modo que, mientras Marilla y la señora Rachel disfrutaban enormemente en la masiva reunión, Ana y Matthew tuvieron para ellos solos la alegre cocina de Tejas Verdes. Un radiante fuego brillaba en la antigua estufa Waterloo, y cristales de escarcha blancos y azules lanzaban destellos en las ventanas. Matthew cabeceaba sobre el *Defensor de los Agricultores* en el sofá y Ana estaba en la mesa estudiando sus lecciones con determinación, a pesar de las anhelantes miradas al estante del reloj, donde se hallaba el libro nuevo que Jane Andrews le había prestado aquel día. Jane le había asegurado que estaban garantizados unos cuantos estremecimientos, o sentimientos parecidos, y Ana sentía un hormigueo en los dedos por el deseo de alcanzarlo. Pero eso significaría el triunfo de Gilbert Blythe por la mañana. Ana dio la espalda al estante del reloj e intentó imaginarse que no estaba allí.

—Matthew, ¿estudiaste geometría cuando ibas a la escuela?

—Bueno, no, no lo hice —dijo Matthew, saliendo de su adormecimiento con un sobresalto.

—Ojalá la hubiese estudiado —suspiró Ana—, porque entonces sería capaz de compadecerse de mí. No puede compadecerse adecuadamente si nunca la ha estudiado. Está nublando toda mi existencia. ¡Soy tan zoquete para la geometría, Matthew!

—Pues yo creo que no —dijo Matthew con dulzura—. Sé que vas bien en todo. El señor Phillips me dijo la semana pasada en la tienda de Blair, en Carmody, que eres la alumna más inteligente de la escuela y estás progresando rápidamente. «Rápido progreso», fueron sus propias palabras. Hay quien dice que Teddy Phillips no es buen maestro, pero supongo que no es así.

Matthew pensaba que cualquiera que alabara a Ana era bueno.

—Estoy segura de que iría mejor en geometría si él no cambiara las letras —se quejó Ana—. Me aprendo el teorema de memoria y luego él lo dibuja en la pizarra con letras diferentes de las que están en el libro y me confundo. No creo que un profesor deba aprovecharse de algo tan mezquino, ¿no cree? Ahora estamos estudiando agricultura y por fin he descubierto qué es lo que hace rojos los caminos. Es un gran alivio. Me pregunto si estarán disfrutando Marilla y la señora Lynde. La señora Lynde dice que Canadá se está yendo a pique por el modo en el que están llevando las cosas en Ottawa y que es una terrible advertencia para los electores. Dice que si se les permitiera votar a las mujeres pronto se vería un feliz cambio. ¿Por cuál vota usted, Matthew?

—Por los conservadores —respondió Matthew inmediatamente. Votar a los conservadores era parte de su religión.

—Entonces yo también soy conservadora —dijo Ana con decisión—. Me alegro, porque Gil..., porque algunos de los chicos de la escuela son liberales[3]. Supongo que el señor Phillips es liberal también porque el padre de Prissy Andrews lo es, y Ruby Willis dice que cuando un hombre corteja a una chica siempre tiene que estar de

---

[3] *Grits* en el original. Término popular que se refiere a los miembros del Partido Liberal de Canadá. Deriva de *grit* (grava) e implica firmeza de carácter. *(N. de la T.)*

acuerdo con la madre en cuanto a religión y con el padre en cuanto a política. ¿Es cierto eso, Matthew?

—Bueno, no lo sé —dijo Matthew.

—¿Ha cortejado usted alguna vez, Matthew?

—Pues no, nunca lo he hecho —dijo Matthew, quien jamás había pensado en tal cosa en toda su vida.

Ana reflexionaba con la barbilla colocada entre las manos.

—Debe resultar bastante interesante, ¿no cree, Matthew? Ruby Gillis dice que cuando sea más mayor va a tener siempre muchos pretendientes y los va a hacer enloquecer; pero creo que eso sería demasiado emocionante. Yo preferiría tener uno sólo y que estuviera en sus cabales. Ruby Gillis sabe mucho de estos asuntos porque tiene varias hermanas mayores, y la señora Lynde dice que las muchachas Gillis están siempre muy dispuestas. El señor Phillips va a visitar a Prissy Andrews casi todas las tardes. Dice que es para ayudarla en sus lecciones, pero Miranda Sloane también está estudiando para Queen's y creo que necesita mucha más ayuda que Prissy porque es mucho menos inteligente, pero nunca va a ayudarla por las tardes. Hay una gran cantidad de cosas en el mundo que no comprendo muy bien, Matthew.

—Bueno, yo tampoco las comprendo todas —reconoció Matthew.

—En fin, creo que debo terminar mis lecciones. No me permitiré abrir ese nuevo libro que Jane me ha prestado hasta que haya terminado. Pero es una tentación terrible, Matthew. Incluso estando de espaldas a él, puedo verlo claramente. Jane dice que lloró mucho con él. Me encantan los libros que te hacen llorar. Pero creo que llevaré ese libro a la sala de estar, lo guardaré bajo llave en el armario y le daré la llave a usted. Y usted *no* debe dármela, Matthew, hasta que haya terminado mis lecciones, aunque se lo implore de rodillas. Está muy bien eso de decir que hay que resistir la tentación, pero es mucho más fácil resistirse a ella si no puedes conseguir la llave. ¿Puedo bajar al sótano a por manzanas reinetas, Matthew? ¿Le gustaría comer alguna?

—Bueno, no sé —dijo Matthew, quien nunca comía manzanas reinetas, pero conocía la debilidad que sentía Ana por ellas.

Justo en el momento en el que Ana salía triunfalmente del sótano con un plato lleno de manzanas reinetas, oyó el sonido de unos rápidos pasos en el helado entarimado del exterior, y al momento siguiente cómo se abría de golpe la puerta de la cocina y entraba precipitadamente Diana Barry, pálida y sin aliento, con un chal envuelto precipitadamente alrededor de la cabeza. Ana soltó de inmediato la vela y el plato debido a la sorpresa. El plato, la vela y las manzanas cayeron por la escalera del sótano, y fueron hallados en el fondo del sótano e incrustados en grasa derretida al día siguiente por Marilla, quien los recogió y agradeció que no se hubiese prendido fuego la casa.

—¿Qué sucede, Diana? —gritó Ana—. ¿Por fin ha cedido tu madre?

—Oh, Ana, ven rápidamente —imploró Diana nerviosa—. Minnie May está muy enferma... Mary Joe dice que tiene garrotillo... y papá y mamá han ido a la ciudad y no hay nadie para ir a buscar al médico. Minnie May está terriblemente mal y Mary Joe no sabe qué hacer... ¡Oh, Ana, estoy tan asustada!

Matthew, sin pronunciar palabra, corrió a ponerse la gorra y el abrigo, pasó al lado de Diana y se alejó en la oscuridad del jardín.

—Ha ido a aparejar la yegua alazana para ir a Carmody a buscar al médico —dijo Ana, quien se apresuró a ponerse la capucha y la chaqueta—. Lo sé igual que si me lo hubiera dicho. Matthew y yo somos almas gemelas y puedo leer sus pensamientos sin pronunciar palabra.

—No creo que encuentre al médico en Carmody —sollozó Diana—. Sé que el doctor Blair ha ido a la ciudad y supongo que el doctor Spencer habrá ido también. Mary Joe nunca ha visto a nadie con garrotillo y la señora Lynde está fuera. ¡Oh, Ana!

—No llores, Di —dijo Ana jovialmente—. Sé lo que hay que hacer exactamente cuando se tiene garrotillo. Olvidas que la señora Hammond tuvo gemelos tres veces. Cuando cuidas a tres pares de gemelos, adquieres mucha experiencia. Todos tenían garrotillo a menudo. Espera a que coja el frasco de ipecacuana... es posible que no tengas en casa. Ahora, vámonos.

Las dos niñas salieron apresuradamente cogidas de la mano, cruzaron rápidamente el Sendero de los Enamorados y el endurecido campo que había más allá, pues la capa de nieve era demasiado profunda para tomar el atajo del bosque. Ana, aunque sentía una lástima sincera por Minnie May, no era insensible, ni mucho menos, al encanto de aquella situación ni a la dulzura de poder compartir una vez más aquel encanto con un alma gemela.

La noche era clara y gélida, con sombras de ébano y laderas de nieve plateadas; grandes estrellas brillaban sobre los silenciosos campos; aquí y allá, los oscuros y puntiagudos abetos se erguían con sus ramas cubiertas de nieve y el viento silbaba a través de ellas. Ana pensó que resultaba realmente delicioso cruzar todo ese misterio y belleza con la amiga del alma de quien había estado distanciada tanto tiempo.

Minnie May, de tres años, estaba realmente muy enferma. Yacía en el sofá de la cocina, febril e inquieta, mientras su ronca respiración se oía por toda la casa. La joven Mary Joe, una muchacha francesa de Arroyo, rolliza y de cara ancha, a quien la señora Barry había contratado para que cuidase de los niños durante su ausencia, se sentía impotente y desconcertada, completamente incapaz de pensar qué hacer, o de hacerlo en caso de que se le ocurriera algo.

Ana se puso a trabajar con habilidad y rapidez.

—Minnie May tiene garrotillo; está bastante mal, pero he visto casos peores. Primero debemos tener a mano mucha agua caliente. ¡Ya ves, Diana, no hay más que para una taza en la tetera! Bueno, ya la he llenado, y Mary Joe, podría echar un poco de leña a la estufa. No quiero herir sus sentimientos, pero me parece que debería haber pensado en eso antes si hubiese tenido imaginación. Ahora desvestiré a Minnie May y la acostaré, y tú intenta encontrar paños de franela suaves, Diana. Voy a darle una dosis de ipecacuana.

Minnie May no tomaba la ipecacuana con agrado, pero Ana no había criado en vano a tres pares de gemelos. Se la hizo tomar, no sólo una vez, sino varias veces durante la larga y angustiosa noche en la que las dos niñas se ocuparon pacientemente de la doliente Minnie May; y la joven Mary Joe, deseosa de verdad de hacer todo cuanto pudiera, mantuvo el fuego vivo y calentó más agua de la que habría sido necesaria en un hospital de niños con garrotillo.

Eran las tres en punto cuando Matthew llegó con el médico, pues se había visto obligado a ir hasta Spencervale para conseguir uno, aunque la apremiante necesidad de asistencia había pasado. Minnie May se encontraba mucho mejor y dormía profundamente.

—He estado a punto de abandonarme a la desesperación —explicó Ana—. Fue empeorando cada vez más hasta encontrarse más enferma que cualquiera de los gemelos Hammond, incluso que los dos últimos. Lo cierto es que pensé que iba a morir asfixiada. Le di todas las gotas de ipecacuana de este frasco y cuando bajó la última dosis, me dije a mí misma (no se lo dije ni a Diana ni a Mary Joe porque no quería que se preocupasen más de lo que estaban, pero tuve que decírmelo a mí misma para desahogarme): «Ésta es la única esperanza que queda y me temo que va a ser en vano». Pero pasados unos tres minutos, tosió y expulsó la flema, y empezó a mejorar de inmediato. Debe imaginarse mi alivio, doctor, porque no puedo expresarlo con palabras. Sabe que hay cosas que no pueden expresarse con palabras.

—Sí, lo sé —asintió el médico. Miró a Ana como si estuviese pensando algunas cosas sobre ella que no podían expresarse con palabras. Más tarde, sin embargo, se las expresó al señor y a la señora Barry.

—Esa niña pelirroja que tienen en casa los Cuthbert es tan inteligente como dicen. Les digo que ha salvado la vida de la niña, pues ya habría sido demasiado tarde cuando llegué. Parece tener una habilidad y una presencia de ánimo realmente extraordinarias para su edad. Nunca he visto una mirada como la suya mientras me explicaba el caso.

Ana había vuelto a casa aquella maravillosa, blanca y helada mañana de invierno con los ojos pesados debido a la falta de sueño, pero aun así, hablando incansablemente con Matthew mientras cruzaban el extenso campo blanco y caminaban bajo el brillante y mágico arco de arces del Sendero de los Enamorados.

—Oh, Matthew, ¿no es una mañana maravillosa? Da la impresión de que el mundo es algo que Dios ha imaginado para Su propio deleite, ¿verdad? Parece que esos árboles podrían echar a volar con un suspiro. Me alegro de vivir en un mundo donde hay heladas, ¿usted no? Y me alegro mucho de que la señora Hammond tuviese tres pares de gemelos después de todo. Si no los hubiese tenido, tal vez no habría sabido qué hacer por Minnie May. Lamento mucho haberme enfadado alguna vez con la señora Hammond por tener gemelos. Pero, ¡oh, Matthew!, tengo tanto sueño... No podré ir a la escuela. Sólo sé que no podría mantener los ojos abiertos y haría el ridículo. Pero detesto quedarme en casa, porque Gil..., algún otro llegará a ser el primero de la clase, y es muy difícil levantarse de nuevo... aunque, por supuesto, cuanto más difícil es más satisfacción obtienes cuando te levantas, ¿no es cierto?

—Bueno, supongo que te las arreglarás bien —dijo Matthew, mirando la pálida carita de Ana y las sombras oscuras bajo sus ojos—. Ve a acostarte enseguida y duerme bien. Yo haré las tareas de la casa.

Así pues, Ana se acostó y durmió durante tanto tiempo y tan profundamente que ya estaba bien entrada la rosada y blanca tarde de invierno cuando se despertó y bajó a la cocina, donde Marilla, que había llegado a casa mientras tanto, se hallaba sentada haciendo punto.

—¿Ha visto al primer ministro? —exclamó Ana enseguida—. ¿Qué aspecto tiene, Marilla?

—Bueno, no llegó a primer ministro por su aspecto —dijo Marilla—, con esa nariz que tiene el hombre. Pero sabe hablar. Me siento orgullosa de ser conservadora. A Rachel Lynde, que es liberal, no le sirvió de nada, por supuesto. Tienes la comida en el horno, Ana, y te puedes servir compota de ciruelas de la despensa. Supongo que tienes hambre. Matthew me ha estado contando lo de la pasada noche. Debo decir que fue una suerte que supieras qué había que hacer. Yo no habría tenido ni idea, pues nunca he visto un caso de garrotillo. Y ahora, olvídate de hablar hasta que hayas comido. Puedo decir por tu aspecto que estás llena de discursos, pero tendrán que esperar.

Marilla tenía algo que decirle a Ana, pero no se lo dijo en ese momento porque sabía que si lo hacía, la consiguiente emoción de Ana la sacaría sin duda de la zona de asuntos materiales, como eran el apetito y la comida. No fue hasta que Ana hubo acabado su plato de ciruelas cuando dijo Marilla:

—La señora Barry ha venido esta tarde, Ana. Deseaba verte, pero yo no quise despertarte. Dice que le salvaste la vida a Minnie May y lamenta mucho haber actuado como lo hizo en ese asunto del vino de grosella. Dice que ahora sabe que no tenías intención de emborrachar a Diana, y espera que la perdones y que Diana y tú volváis a ser buenas amigas. Puedes ir esta tarde si quieres, porque Diana no puede salir debido al resfriado que cogió anoche. ¡Bueno, Ana Shirley, por el amor de Dios, no des esos saltos en el aire!

La advertencia no parecía ser en vano, pues así de elevada y aérea fue la actitud de Ana cuando se puso en pie de un salto, con el rostro irradiado por la llama de su espíritu.

—Oh, Marilla, ¿puedo ir ahora mismo... sin fregar los platos? Los fregaré cuando vuelva, pero no puedo atarme a algo tan poco romántico como fregar los platos en este momento tan emocionante.

—Sí, sí, corre —dijo Marilla con indulgencia—. Ana Shirley, ¿estás loca? Vuelve al instante y ponte algo encima. Es igual que si se lo dijera al viento. Ha salido sin gorro ni chal. Mírala cómo destroza el huerto y le ondea el cabello. Será un milagro si no coge un resfriado terrible.

Ana llegó a casa bailando, a la luz púrpura del crepúsculo de invierno, tras cruzar los lugares nevados. A lo lejos, en el suroeste, se veía el gran destello perlado y titilante de un lucero vespertino en un cielo dorado pálido y rosa etéreo sobre blancos espacios resplandecientes y oscuros valles de abetos. Entre las colinas nevadas, el tintineo de las campanillas de los trineos llegaba como un sonido mágico por el gélido aire, pero su música no era más dulce que la del corazón y los labios de Ana.

—Ve ante usted a una persona completamente feliz, Marilla —anunció Ana—. Soy completamente feliz, sí, a pesar de ser pelirroja. Justo en este momento, mi alma está por encima de mi pelo rojo. La señora Barry me dio un beso y lloró, y dijo que lo lamentaba mucho y que jamás podría pagarme. Me sentí terriblemente azorada, Marilla, y sólo dije tan educadamente como pude: «No le guardo rencor, señora Barry. Le aseguro, de una vez por todas, que no tenía intención de emborrachar a Diana y a partir de este momento cubriré el pasado con el manto del olvido». Es una forma bastante digna de hablar, ¿no es así, Marilla? Tuve la sensación de estar causando que la señora Barry tuviese remordimientos de conciencia. Diana y yo pasamos una tarde maravillosa. Diana me enseñó un nuevo punto de ganchillo que le enseñó su tía de Carmody. Nadie en Avonlea lo sabe, excepto nosotras, y hemos jurado solemnemente no revelárselo a nadie más. Diana me regaló una bonita tarjeta con una guirnalda de rosas y unos versos:

Si tú me quieres como yo te quiero a ti,
nada salvo la muerte me separará de ti.

Y eso es verdad, Marilla. Vamos a pedirle al señor Phillips que permita que nos sentemos juntas de nuevo en la escuela, y Gertie Pye puede sentarse con Minnie Andrews. Tomamos el té de un modo elegante. La señora Barry sacó la mejor vajilla de porcelana, Marilla, como si yo fuese una invitada importante. Nadie había usado nunca su mejor vajilla por mí. Y tomamos tarta de fruta, bizcocho, buñuelos y dos clases de compotas, Marilla. La señora Barry me preguntó si yo tomaba té y dijo: «Papá, ¿por qué no le pasas las galletas a Ana?». Debe ser maravilloso ser mayor, Marilla, cuando el simple hecho de que te traten como si lo fueras resulta tan agradable.

—Pues no sé —dijo Marilla con un breve suspiro.

—Bueno, de todos modos, cuando sea mayor —dijo Ana decididamente— siempre voy a hablar a las niñas como si fueran mayores también y nunca me reiré cuando empleen palabras complicadas. Sé por mi triste experiencia cómo se hieren los sentimientos. Después del té, Diana y yo hicimos caramelo de melaza. El caramelo no estaba muy bueno, supongo que porque ni Diana ni yo lo habíamos hecho antes. Diana me dejó removerlo mientras ella untaba los platos con mantequilla, y yo lo olvidé y dejé que se quemara. Luego, cuando lo sacamos para que se enfriara, el gato caminó por encima de uno de los platos y ese tuvimos que tirarlo. Pero hacerlo fue muy divertido. Después, cuando ya me iba a casa, la señora Barry me pidió que fuera tan a menudo como pudiera, y Diana se quedó en la ventana y me lanzó besos hasta que llegué al Sendero de los Enamorados. Le aseguro, Marilla, que tengo ganas de rezar esta noche y voy a inventarme una oración especial nueva en honor a la ocasión.

CAPÍTULO XIX

Una función, una catástrofe y una confesión

—Marilla, ¿puedo ir un momento a ver a Diana? —preguntó Ana, bajando sin aliento desde la buhardilla una tarde de febrero.

—No comprendo qué necesidad tienes de andar ese trecho después de oscurecer —dijo Marilla secamente—. Diana y tú volvisteis juntas a casa desde la escuela, y luego os quedasteis allí en la nieve media hora más, hablando todo el tiempo. De modo que no creo que sea tan necesario verla de nuevo.

—Pero es que quiere verme —suplicó Ana—. Tiene algo importante que contarme.

—¿Cómo lo sabes?

—Porque acaba de hacerme señales desde su ventana. Hemos inventado una forma de hacer señales con nuestras velas y un cartón. Ponemos la vela en el alfeizar de la ventana y hacemos destellos pasando el cartón de un lado a otro. Tantos destellos significan una cosa determinada. Fue idea mía, Marilla.

—Estoy segura de eso —dijo Marilla—. Y lo siguiente que harás será prender fuego a las cortinas con tus tonterías de señales.

—Oh, tenemos mucho cuidado, Marilla. Y es muy interesante. Dos destellos significan «¿Estás ahí?». Tres significan «Sí» y cuatro «No». Cinco quieren decir «Ven lo antes posible porque tengo algo importante que revelarte». Diana ha hecho cinco destellos y realmente estoy sufriendo por saber de qué se trata.

—Bueno, no es necesario que sigas sufriendo —dijo Marilla con sarcasmo—. Puedes ir, pero estarás de vuelta aquí en diez minutos, recuerda eso.

Ana lo recordó y estuvo de vuelta a la hora estipulada, aunque probablemente ningún mortal sabrá jamás lo que le costó limitar la conversación del importante comunicado de Diana a sólo diez minutos. Pero al menos había hecho buen uso de ellos.

—Oh, Marilla, ¿qué le parece? Sabe que mañana es el cumpleaños de Diana. Pues bien, su madre le ha dicho que podía pedirme que fuera a su casa desde la escuela y me quedara toda la noche con ella. Sus primos van a venir desde Newbridge en un gran trineo para ir a la función que hay en el Club de Debate mañana por la noche. Y nos van a llevar a Diana y a mí a la función, si usted me deja, claro. Lo hará, ¿verdad, Marilla? ¡Oh, estoy tan entusiasmada!

—Pues entonces puedes calmarte, porque no vas a ir. Estás mejor en tu casa, en tu propia cama, y respecto a lo de la función en el Club, no es más que una tontería, y no se debería permitir que las niñas fuesen a lugares como esos.

—Estoy segura de que el Club de Debate es de lo más respetable —suplicó Ana.

—No estoy diciendo eso. Pero no vas a empezar a ir a actuaciones y estar fuera de casa por la noche. ¡Bonita cosa para los niños! Me sorprende que la señora Barry deje ir a Diana.

—Pero es una ocasión tan especial... —se lamentó Ana, al borde de las lágrimas—. Sólo es una vez al año el cumpleaños de Diana. No es que sean algo muy común los cumpleaños, Marilla. Prissy Andrews va a recitar *El toque de queda no debe sonar esta noche*. Es un poema didáctico, Marilla, y estoy segura de que sería muy bueno para mí escucharlo. Y el coro va a cantar cuatro canciones tristes maravillosas que casi son tan buenas como los himnos. Y, Marilla, el pastor va a participar; sí, así es. Va a dirigirse a todos. Será algo así como un sermón. Por favor, ¿puedo ir, Marilla?

—Ya has oído lo que te he dicho, Ana, ¿verdad? Quítate las botas ahora y vete a la cama. Son más de las ocho.

—Hay una cosa más, Marilla —dijo Ana, con aspecto de estar quemando su último cartucho—. La señora Barry le ha dicho a Diana que podríamos dormir en la habitación de invitados. Piense en el honor de que a su pequeña Ana la alojen en la habitación de invitados.

—Es un honor del que tendrás que prescindir. Vete a la cama, Ana, no oiré una palabra más de lo que digas.

Después de que Ana, con las mejillas cubiertas de lágrimas, subiera tristemente las escaleras, Matthew, quien aparentemente dormía profundamente en el sofá durante la conversación, abrió los ojos y dijo con decisión:

—Bueno, Marilla, creo que deberías permitir a Ana que fuera.

—No lo haré —replicó Marilla—. ¿Quién está criando a esta niña, Matthew, tú o yo?

—Bueno, tú —admitió Matthew.

—Entonces no interfieras.

—Está bien, no voy a interferir. No es interferir tener una opinión propia. Y mi opinión es que deberías permitir a Ana que fuera.

—Tú pensarías que deberíamos permitir a Ana ir a la luna si tal cosa se le ocurriera, no me cabe duda —fue la amable respuesta de Marilla—. Permitiría que pasara la noche con Diana si eso fuese todo. Pero no apruebo el plan de esa función. Iría allí y cogería frío, y se le llenaría la cabeza de tonterías y emociones. Estaría inquieta una semana. Comprendo mejor que tú el carácter de esa niña y sé lo que es bueno para ese carácter, Matthew.

—Creo que deberías permitir a Ana que fuera —repitió Matthew con firmeza.

La argumentación no era su fuerte, pero aferrarse a su opinión sí que lo era. Marilla dio un suspiro de impotencia y se refugió en el silencio. A la mañana siguiente, mientras Ana estaba fregando los platos del desayuno en la despensa, Matthew hizo una pausa en su camino hacia el granero para decirle de nuevo a Marilla:

—Creo que deberías permitir a Ana que fuera, Marilla.

Por un momento, Marilla pensó cosas que no se pueden pronunciar. Luego, se rindió ante lo inevitable y dijo ásperamente:

—Muy bien, puede ir, ya que nada más te complace.

Ana salió volando de la despensa con la bayeta chorreando en la mano.

—Oh, Marilla, Marilla, diga de nuevo esas benditas palabras.

—Supongo que con una vez que las diga basta. Es obra de Matthew y yo me lavo las manos. Si coges una pulmonía por dormir en una cama extraña o por salir de ese caluroso salón en medio de la noche, no me culpes, culpa a Matthew. Ana Shirley, está goteando agua grasienta en el suelo. ¡Jamás he visto una niña más descuidada!

—Oh, sé que soy un gran suplicio para usted, Marilla —dijo Ana, compungida—. Cometo demasiados errores. Pero piense también en los errores que no cometo, aunque podría cometerlos. Iré a por un poco de arena y frotaré las manchas antes de irme a la escuela. Oh, Marilla, estaba deseando ir a esa función. No he ido a ninguna función en mi vida, y cuando las demás chicas hablan de ellas en la escuela yo me siento muy fuera de lugar. Usted no sabía cómo me sentía por eso, pero ya ve que Matthew sí. Matthew me comprende, y resulta muy agradable ser comprendido, Marilla.

Ana estaba demasiado alborotada para concentrarse en sus lecciones aquella mañana en la escuela. Gilbert Blythe la ganó en ortografía y quedó a gran distancia de él en aritmética. La consiguiente humillación de Ana fue menor de lo que podría haber sido, sin embargo, pues pensaba en la función y en la habitación de invitados. Diana y ella hablaron de ello con tanto tesón durante todo el día que, de haber sido el señor Phillips un maestro más estricto, su destino habría sido inevitablemente el de recibir una reprimenda.

Ana pensó que no podría haber soportado no ir a la función, pues no se habló de otra cosa aquel día en la escuela. En el Club de Debate de Avonlea, que se reunía cada dos semanas durante todo el invierno, había habido varias actividades menores gratuitas, pero esto iba a ser un gran acontecimiento y la entrada costaba diez centavos, a beneficio de la biblioteca. Los jóvenes de Avonlea llevaban semanas ensayando y todos los alumnos estaban interesados debido especialmente a los hermanos y hermanas que iban a participar. Todos los estudiantes de más de nueve años esperaban ir, excepto Carrie Sloane, cuyo padre compartía la opinión de Marilla sobre la asistencia de niñas a actuaciones nocturnas. Carrie Sloane lloró detrás de su libro de gramática toda la tarde y pensaba que la vida no merecía la pena.

El verdadero entusiasmo de Ana comenzó a la salida de la escuela y fue aumentando cada vez más hasta alcanzar el éxtasis en la función misma. Tomaron «el té de un modo perfectamente elegante», y luego llegó la deliciosa ocupación de vestirse en el pequeño cuarto de Diana situado en el piso de arriba. Diana peinó la parte delantera del cabello de Ana al nuevo estilo *pompadour*[4] y Ana ató los lazos de Diana con esa habilidad especial que poseía; experimentaron con al menos media docena de formas diferentes de peinar la parte posterior del cabello. Por fin estuvieron preparadas, con las mejillas escarlatas y los ojos brillando de emoción.

Cierto es que Ana no pudo evitar sentir una pequeña punzada cuando comparó su sencilla boina escocesa negra y su chaqueta de paño gris hecha en casa, de mangas ajustadas y sin forma, con el alegre gorro de piel de Diana y su elegante chaquetilla. Pero recordó a tiempo que ella tenía imaginación y podía utilizarla.

A continuación llegaron los primos de Diana, los Murray de Newbridge; llegaron amontonados en el trineo grande, entre paja y prendas de piel. Ana disfrutó del trayecto hacia el salón, deslizándose por los caminos suaves como el satén y la nieve crujiendo bajo los patines del trineo. Era un atardecer magnífico. Las colinas nevadas y el agua de color azul oscuro del Golfo de San Lorenzo parecían perfilar el esplendor, como si se tratase de un inmenso cuenco de perla y za-

---

4   Cabello peinado hacia arriba y hacia atrás por encima de la frente. *(N. de la T.)*

firo rebosante de vino y fuego. Tintineos de campanillas de trineos y risas distantes, que parecían proceder de alegres duendes del bosque, llegaban de todas partes.

—¡Oh, Diana! —suspiró Ana, apretando la mano enguantada de Diana por debajo del manto de piel—. ¿No es como un bello sueño? ¿Tengo el mismo aspecto que de costumbre? Me siento tan diferente que me da la sensación de que se nota en mi aspecto.

—Estás muy guapa —dijo Diana, que acababa de recibir un piropo de uno de sus primos y pensó que debía repetirlo—. Tienes un color maravilloso.

El programa de esa noche fue una serie de «estremecimientos», al menos para una de las espectadoras del público y, como Ana aseguró a Diana, cada estremecimiento era más estremecedor que el anterior. Cuando Prissy Andrews, ataviada con un vestido nuevo de seda rosa, un collar de perlas alrededor de su terso cuello blanco y claveles en el cabello (se rumoreaba que el maestro había enviado a alguien a la ciudad a buscarlos para ella) «subió por la resbaladiza escalera, oscura, sin un rayo de luz», Ana sintió un escalofrío en pletórica armonía. Cuando el coro cantó *Por encima de las delicadas margaritas,* Ana miró al techo como si estuviese pintado con frescos de ángeles. Cuando Sam Sloane procedió a explicar e ilustrar *Cómo preparar una gallina Sockery,* Ana se rio hasta que los que estaban sentados cerca de ella se rieron también, más por simpatía hacia ella que por lo que les divertía aquella selección que hasta para los de Avonlea resultaba bastante repetitiva. Y cuando el señor Phillips pronunció el discurso de Marco Antonio sobre el cadáver de César en un tono de lo más conmovedor (mirando a Prissy Andrews al terminar cada frase), Ana sintió que podría alzarse y amotinarse en el acto si un sólo ciudadano romano se ponía al frente.

Sólo hubo una actuación en el programa que no interesó a Ana. Cuando Gilbert Blythe recitó *Bingen en el Rin,* Ana cogió el libro de la biblioteca de Rhoda Murray y lo leyó hasta que él terminó, momento en el que permaneció sentada, muy erguida e inmóvil, mientras Diana aplaudía hasta hormiguearle las manos.

Eran las once cuando llegaron a casa, saciadas de diversión, pero con el dulcísimo placer de poder hablar de todo ello todavía. Todos parecían estar dormidos y la casa estaba a oscuras y en silencio. Ana y Diana entraron de puntillas en la sala, una estancia estrecha y alargada que daba a la habitación de invitados. El ambiente era cálido y la estancia estaba iluminada por la tenue luz de las brasas del fuego de la chimenea.

—Desvistámonos aquí —dijo Diana—. Está caliente y es muy agradable.

—¿No ha sido maravilloso? —suspiró Ana, entusiasmada—. Debe de ser espléndido subir allí y recitar. ¿Crees que nos pedirán hacerlo alguna vez, Diana?

—Sí, desde luego, algún día. Siempre quieren que reciten los alumnos mayores. Gilbert Blythe lo hace con frecuencia y sólo es dos años mayor que nosotras. Oh, Ana, ¿cómo has podido fingir que no le escuchabas? Cuando llegó al verso «Hay otra, *no* una hermana», te miró a ti directamente.

—Diana —dijo Ana muy digna—, eres mi amiga del alma, pero no puedo permitir, ni siquiera a ti, que me hablen de esa persona. ¿Estás preparada para acostarte? Echemos una carrera para ver quien llega a la cama primero.

La sugerencia atrajo a Diana. Las dos figuritas vestidas de blanco corrieron por la alargada estancia, entraron por la puerta de la habitación de invitados y saltaron a la cama las dos al mismo tiempo. Y entonces... algo se movió debajo de ellas, se oyó un jadeo y un grito, y alguien dijo con voz apagada: «¡Dios misericordioso!».

Ana y Diana jamás fueron capaces de decir exactamente cómo salieron de la cama y de la habitación. Lo único que sabían era que, después de una frenética carrera, se encontraron subiendo las escaleras de puntillas y temblando.

—¿Quién era... *qué* ha sido eso? —susurró Ana, castañeándole los dientes de frío y de miedo.

—Era tía Josephine —dijo Diana, ahogando la risa—. Oh, Ana, era tía Josephine, pero no sé cómo está allí. Y sé que estará furiosa. Es espantoso... realmente espantoso... pero, ¿te había pasado alguna vez algo tan gracioso, Ana?

—¿Quién es tu tía Josephine?

—Es tía de mi padre y vive en Charlottetown. Es muy vieja... setenta años por lo menos... y no creo que haya sido niña *alguna vez*. Esperábamos que nos visitara, pero no tan pronto. Es terriblemente remilgada y decorosa, y gruñirá mucho por esto, lo sé. Bueno, tendremos que dormir con Minnie May... y no puedes imaginarte las patadas que da.

La señorita Josephine Barry no apareció a la hora del desayuno a la mañana siguiente. La señora Barry sonrió amablemente a las dos niñas.

—¿Os divertisteis anoche? Intenté permanecer despierta hasta que llegarais a casa, pues quería deciros que había venido tía Josephine y que tendríais que dormir arriba después de todo, pero estaba tan cansada que me quedé dormida. Espero que no molestarais a tu tía, Diana.

Diana guardó un discreto silencio, pero Ana y ella intercambiaron furtivas sonrisas culpables y divertidas en la mesa. Ana regresó a casa inmediatamente después de desayunar, de modo que permaneció en una bendita ignorancia sobre el alboroto que se había producido en casa de los Barry hasta bien entrada la tarde, cuando Ana fue a casa de la señora Lynde para hacer un recado para Marilla.

—Así que anoche, Diana y tú casi matáis de un susto a la pobre señorita Barry —dijo la señora Lynde con severidad, pero con un brillo en los ojos—. La señora Barry estuvo aquí hace cinco minutos, cuando iba de camino a Carmody. Está muy preocupada. La anciana señorita Berry estaba de muy mal humor cuando se levantó esta mañana... y el humor de Josephine Barry no es ninguna broma, te lo aseguro. No hablará a Diana.

—No fue culpa de Diana —dijo Ana, compungida—. Fue mía. Yo sugerí echar una carrera para ver quien llegaba a la cama primero.

—¡Lo sabía! —dijo la señora Lynde, con la euforia de quien adivina siempre—. Sabía que esa idea había salido de tu cabeza. Bueno, ha causado muchos problemas, eso es. La anciana señorita Barry había venido con intención de quedarse un mes, pero declara que no se quedará ni un día más y que regresará a la ciudad mañana, aunque sea domingo. Se habría ido hoy si hubieran podido llevarla. Había prometido pagar un trimestre de las clases de música de Diana, pero ahora está decidida a no hacer nada por una niña tan alocada. Oh, adivino el animado rato que pasarían allí esta mañana. Los Barry deben de estar muy afectados. La señorita Barry es rica y a ellos les gustaría mantener una buena relación con ella. Por supuesto, la señora Barry no me dijo eso exactamente, pero yo juzgo bastante bien la naturaleza humana, eso es.

—Soy una niña muy desafortunada —gimió Ana—. Siempre metiéndome en apuros y metiendo en ellos a mis mejores amigos... personas por las que derramaría la sangre de mi corazón. ¿Puede decirme por qué es así, señora Lynde?

—Porque eres demasiado imprudente e impulsiva, niña, eso es. Nunca te detienes a pensar... lo que te viene a la cabeza lo dices o lo haces sin reflexionar ni un momento.

—Oh, pero eso es lo mejor —protestó Ana—. Algo pasa por tu mente como un destello, algo muy emocionante, y tienes que hacerlo. Si te detienes a pensar en ello, se estropea todo. ¿No ha sentido nunca eso, señora Lynde?

No, la señora Lynde no lo había sentido. Ella negó con la cabeza sensatamente.

—Debes aprender a pensar un poco, Ana, eso es. El lema por el que debes regirte es el de «Mira antes de saltar»... especialmente en camas de habitaciones de invitados.

La señora Lynde se rio con ganas de su pequeña broma, pero Ana se quedó pensativa. No veía nada de lo que reírse en aquella situación, que ante sus ojos parecía muy grave. Cuando salió de casa de la señora Lynde, se dirigió a la Ladera del Huerto, atravesando los endurecidos campos. Diana salió a su encuentro en la puerta de la cocina.

—Tu tía Josephine se ha enfadado mucho, ¿verdad? —susurró Ana.

—Sí —respondió Diana, conteniendo una risita mientras miraba por encima del hombro hacia la puerta cerrada del salón—. Andaba de un lado a otro llena de rabia, Ana. ¡Puf, cómo reñía! Dijo que yo era la peor niña que había visto en su vida y que mis padres deberían estar avergonzados por el modo en el que me han educado. Dice que no se quedará y a mí no me importa, seguro. Pero a mi padre y a mi madre sí.

—¿Por qué no les dijiste que fue culpa mía? —preguntó Ana.

—Es probable que yo hiciera algo así, ¿no es verdad? —dijo Diana con desdén—. No soy una delatora, Ana Shirley, y, de todos modos, yo tuve tanta culpa como tú.

—Bueno, voy a decírselo yo en persona —dijo Ana, con resolución.

Diana la miró fijamente.

—¡Ana Shirley, no lo harás! ¡Te comerá viva!

—No me asustes más de lo que estoy —imploró Ana—. Preferiría acercarme a la boca de un cañón. Pero tengo que hacerlo, Diana. Fue culpa mía y tengo que confesar. Afortunadamente, tengo práctica en eso de confesar.

—Está bien, se encuentra en el salón —dijo Diana—. Puedes entrar si quieres. Yo no me atrevería. Y no creo que consigas nada bueno.

Con esos ánimos, Ana se metió en la boca del lobo, es decir, se acercó con resolución a la puerta del salón y llamó a la puerta débilmente. Siguió un áspero «Entra».

La señorita Josephine Barry, delgada, remilgada y estricta, estaba haciendo punto, furiosa, junto a la chimenea; su ira no se había apaciguado y sus ojos parpadeaban detrás de unas gafas de montura dorada. Se giró en la silla, esperando ver a Diana, pero vio a una muchacha de cara pálida, cuyos grandes ojos rebosaban de una mezcla de valor desesperado y un terror que la hacía empequeñecer.

—¿Quién eres tú? —exigió saber la señorita Josephine Barry, sin ceremonia ninguna.

—Soy Ana de Tejas Verdes —dijo la pequeña visitante, temblando y agarrándose las manos con su gesto característico— y he venido a confesar, si me lo permite.

—¿Confesar qué?

—Que fue culpa mía lo de saltar a la cama y caer sobre usted anoche. Yo lo sugerí. A Diana jamás se le habría ocurrido hacer una cosa así, estoy segura. Diana es una señorita, señorita Barry. De modo que debe comprender lo injusto que es culparla a ella.

—Oh, así que, ¿*debo*? Prefiero pensar que Diana participó en el salto, al menos. ¡Qué comportamiento más inadecuado en una casa respetable!

—Pero sólo nos divertíamos —insistió Ana—. Creo que debería perdonarnos, señorita Barry, ahora que nos hemos disculpado. Y, de todos modos, perdone a Diana y permita que vaya a sus clases de música. Diana desea tanto esas clases de música, señorita Barry..., y yo sé demasiado bien lo que es desear una cosa y no conseguirla. Si debe estar enfadada con alguien, esté enfadada conmigo. He estado tan acostumbrada a que la gente se enfadara conmigo que puedo soportarlo mucho mejor que Diana.

Gran parte de la ira de los ojos de la anciana dama había desaparecido ya en ese momento y había sido reemplazada por un destello de divertido interés. Pero, aun así, dijo con severidad:

—No creo que sea una excusa que sólo os estuvieses divirtiendo. Las niñas nunca se entregaban a ese tipo de diversión cuando yo era niña. No sabes lo que es que te despierten de un sueño profundo, después de un largo y arduo viaje, dos niñas que se abalanzan sobre ti.

—No lo *sé*, pero puedo *imaginármelo* —dijo Ana con avidez—. Estoy segura de que debe de haber sido muy molesto. Pero también está nuestro lado de la moneda. ¿Tiene usted imaginación, señorita Barry? Si la tiene, póngase en nuestro lugar. No sabíamos que hubiera alguien en la cama y casi nos morimos del susto que nos dio usted. Sencillamente nos sentimos muy mal, y además no pudimos dormir en la habitación de invitados como se nos había prometido. Supongo que usted está acostumbrada a dormir en habitaciones de invitados, pero imagínese lo que sentiría si fuese usted una huerfanita que nunca ha tenido ese honor.

Ahora sí había desaparecido toda la ira. De hecho, la señorita Barry se echó a reír. Al oír la risa, Diana, que aguardaba muda e inquieta en la cocina, dio un gran suspiro de alivio.

—Me temo que mi imaginación está un poco oxidada... hace demasiado tiempo que no la utilizo —dijo—. Me atrevo a decir que esa reclamación tuya de comprensión es tan grande como la mía. Todo depende de cómo la miremos. Siéntate aquí y háblame de ti.

—Lamento mucho no poder hacerlo —dijo Ana con firmeza—. Me gustaría, porque usted parece una dama interesante, e incluso podría ser un alma gemela aunque no tiene mucho aspecto de serlo. Pero es mi deber volver a casa con la señorita Marilla Cuthbert. La señorita Marilla Cuthbert es una señora muy amable que me ha adoptado para educarme adecuadamente. Lo está haciendo lo mejor que puede, aunque es una tarea muy desalentadora. No debe culparla a ella porque yo haya saltado a la cama. Aunque, antes de irme, desearía que me dijera si perdonará a Diana y si se quedará en Avonlea todo el tiempo que desee.

—Creo que tal vez lo haga si vienes a hablar conmigo de vez en cuando —dijo la señorita Barry.

Aquella tarde, la señorita Barry regaló a Diana una pulsera de plata y dijo a los miembros mayores de la casa que había deshecho su equipaje.

—He decidido quedarme simplemente por el hecho que querer conocer mejor a esa muchacha, Ana —dijo con franqueza—. Me divierte, y en esta época de mi vida, una persona que me divierta es una rareza.

El único comentario de Marilla cuando se enteró de lo sucedido fue: «Te lo dije», dirigido a Matthew.

La señorita Barry se quedó más de un mes. Fue un huésped más agradable que de costumbre, pues Ana la mantenía de buen humor. Llegaron a ser buenas amigas.

Cuando la señorita Barry se marchó, dijo:

—Recuerda, Ana, cuando vayas a la ciudad, tienes que ir a visitarme y dormirás en la cama más grande de mi habitación de invitados.

—Después de todo, la señorita Barry ha resultado ser un alma gemela, —confió Ana a Marilla—. No lo pensarías al mirarla, pero lo es. No lo descubres de inmediato al principio, como en el caso de Matthew, pero después de un tiempo llegas a verlo. Los espíritus afines no escasean tanto como yo creía. Es espléndido descubrir que hay tantos en el mundo.

CAPÍTULO XX

Imaginación desacertada

La primavera había llegado una vez más a Tejas Verdes; la hermosa, caprichosa, reticente primavera canadiense, que persistió durante los meses de abril y mayo en una sucesión de días agradables, frescos y fríos, con puestas de sol de color rosa y milagros de resurrección y crecimiento. Se veían brotes rojos en los arces del Sendero de los

Enamorados, y pequeños helechos rizados brotaban alrededor de la Burbuja de la Dríada. Más allá, en los páramos que había detrás de la finca del señor Silas Sloane, florecían las flores de espino rosas y blancas en forma de estrella bajo sus hojas marrones. Todos los niños y niñas de la escuela pasaron una tarde excelente recogiéndolas y volvieron a casa en el claro y resonante crepúsculo con los brazos y cestas llenos de flores estropeadas.

—Lo lamento tanto por las personas que viven en tierras donde no hay flores de espino... —dijo Ana—. Diana dice que tal vez tengan algo mejor, pero no podría haber nada mejor que las flores de espino, ¿verdad, Marilla? Y Diana dice que si no saben cómo son, no las echan de menos; pero yo creo que eso es lo más triste de todo. Creo que sería *trágico*, Marilla, no saber cómo son las flores de espino y *no* echarlas de menos. ¿Sabe lo que creo que son, Marilla? Creo que deben de ser las almas de las flores que murieron el verano pasado y este es su cielo. Hemos pasado un día espléndido, Marilla. Comimos en una gran hondonada cubierta de musgo junto a un viejo pozo. ¡Qué lugar más romántico! Charlie Sloane desafió a Arty Gillis a saltar por encima de él, y Arty lo hizo porque no iba a dejar de atreverse. Nadie lo hacía en la escuela. Estaba muy *de moda* desafiar. El señor Phillips dio todas las flores de espino que encontró a Prissy Andrews y le oí decir: «preciosidades para una preciosidad». Lo ha sacado de un libro, lo sé; pero eso demuestra que tiene algo de imaginación. A mí también me ofrecieron flores de espino, pero las rechacé con desdén. No puedo decirle el nombre de esa persona porque he jurado no permitir que salga de mis labios. Hicimos guirnaldas de flores de espino y nos las pusimos en el sombrero; y cuando llegó la hora de ir a casa, bajamos en fila por el camino, de dos en dos, con nuestros ramos y guirnaldas, cantando *Mi hogar en la colina*. ¡Oh, fue tan emocionante, Marilla! Toda la familia del señor Silas Sloane salió apresuradamente para vernos, y todos los que nos encontrábamos en el camino se detenían a mirarnos. Causamos una auténtica sensación.

—¡No es de extrañar con esas tonterías! —fue la respuesta de Marilla.

Después de las flores de espino llegaron las violetas, y el Valle de las Violetas se tiñó de púrpura con ellas. Ana lo atravesaba camino de la escuela con pasos reverentes y mirada de adoración, como si pisara terreno sagrado.

—En cierto modo —dijo a Diana—, cuando cruzo por aquí, no me importa si Gil..., si alguien me adelanta en clase o no. Pero cuando estoy en la escuela, todo es diferente y me importa tanto como siempre. Hay muchas Anas diferentes en mí. A veces creo que es porque soy una persona muy conflictiva. Si fuera siempre una única Ana sería mucho más cómodo, pero entonces no sería ni la mitad de interesante.

Una tarde de junio, cuando el huerto de manzanos florecía de nuevo de color rosa, cuando las ranas cantaban suaves melodías en las zonas pantanosas de la cabecera del Lago de las Aguas Resplandecientes y el aire estaba lleno de la fragancia de los campos de trébol y de los bosques de abetos balsámicos, Ana estaba sentada junto a la ventana de la buhardilla. Había estado estudiando sus lecciones, pero había oscurecido demasiado para poder ver el libro, de modo que había caído en una ensoñación con los ojos muy abiertos, mirando más allá de las ramas de la Reina de las Nieves, una vez más cubierta de flores.

En todos los aspectos esenciales, el pequeño cuarto de la buhardilla había cambiado poco. Las paredes eran tan blancas, el alfiletero tan duro y las sillas tan rígidas y amarillas como siempre. Sin embargo, todo el carácter de la habitación había cambiado. Estaba llena de una nueva personalidad vital y palpitante que parecía impregnarla y ser completamente independiente de los libros, vestidos y lazos escolares, y hasta del jarrón azul agrietado lleno de flores de manzano que había sobre la mesa. Era como si todos los sueños de su ocupante de imaginación tan viva, mientras dormía o estando despierta, hubieran tomado una forma visible, aunque inmaterial, y hubiese tapizado la desnuda habitación con espléndidos tejidos transparentes de arcoíris y luz de luna. Poco después, Marilla entró rápidamente en la habitación con algunos delantales escolares de Ana recién planchados. Los dejó sobre la silla y se sentó dando un breve suspiro. Había tenido uno de sus dolores de cabeza esa tarde, y aunque el dolor había pasado se sentía débil y estaba «rendida», según lo expresó ella. Ana la miró con ojos compasivos.

—Desearía sinceramente poder haber tenido el dolor de cabeza en su lugar, Marilla. Lo habría soportado alegremente en beneficio suyo.

—Creo que pusiste de tu parte ocupándote del trabajo y dejándome descansar —dijo Marilla—. Parece que lo has llevado bastante bien y has cometido menos errores que de costumbre. Por supuesto, no era necesario exactamente almidonar los pañuelos de Matthew. Y la mayoría de la gente, cuando mete una empanada en el horno para calentarla para la cena, la saca y se la come cuando se calienta en vez de dejar que se queme hasta chamuscarse. Pero esa no parece ser tu forma de hacer las cosas, evidentemente.

Los dolores de cabeza siempre dejaban a Marilla un poco sarcástica.

—Oh, lo lamento mucho —dijo Ana, arrepentida—. No he vuelto a pensar en la empanada desde que la metí en el horno, aunque *inconscientemente* pensé que faltaba algo en la mesa. Estaba firmemente decidida, cuando me dejó al cargo esta mañana, a no imaginar nada, sino a mantener los pensamientos en los hechos. Lo hice bastante bien hasta que metí la empanada, y entonces una tentación irresistible me llevó a imaginar que era una princesa hechizada encerrada en una solitaria torre, y un apuesto caballero me rescataba montado en su negro corcel. De modo que así fue como me olvidé de la empanada. No sabía que había almidonado los pañuelos. Mientras planchaba, estuve intentando pensar en un nombre para una isla nueva que Diana y yo hemos descubierto en el arroyo. Es el lugar más cautivador, Marilla. Hay dos arces en ella y el arroyo fluye a su alrededor. Al final se me ocurrió que sería espléndido llamarla isla Victoria porque la descubrimos el día del cumpleaños de la reina. Tanto Diana como yo somos muy leales. Pero lamento mucho lo de la empanada y los pañuelos. Quería ser muy buena hoy porque es un aniversario. ¿Recuerda lo que sucedió este día el año pasado, Marilla?

—No, no recuerdo nada especial.

—Oh, Marilla, es el día que vine a Tejas Verdes. Nunca lo olvidaré. Fue el momento decisivo de mi vida. Por supuesto, a usted no le parecería tan importante. Llevo aquí un año y he sido muy feliz. Desde luego que he tenido problemas, pero se puede vivir con problemas. ¿Lamenta haberse quedado conmigo, Marilla?

—No, no puedo decir que lo lamente —dijo Marilla, quien a veces se preguntaba cómo había podido vivir antes de que Ana llegara a Tejas Verdes—, no, no lo lamento exactamente. Si has terminado tus lecciones, Ana, quiero que vayas a preguntarle a la señora Barry si me prestará el patrón del delantal de Diana.

—Oh, pero si está... está demasiado oscuro —dijo Ana.

—¿Demasiado oscuro? Sólo está anocheciendo. Y Dios sabe que has ido bastante a menudo después de anochecer.

—Iré por la mañana temprano —dijo Ana con ansiedad—. Me levantaré al amanecer e iré, Marilla.

—¿Qué te está pasando por la cabeza ahora, Ana Shirley? Quiero cortar ese patrón para tu nuevo delantal esta tarde. Vete ya y date prisa.

—Tendré que dar la vuelta por el camino, entonces —dijo Ana, cogiendo su sombrero de mala gana.

—Ve por el camino y vuelve en media hora. Me gustaría saber qué te pasa.

—¡No puedo atravesar el Bosque Encantado, Marilla! —exclamó Ana, con desesperación.

—¡El Bosque Encantado! ¿Estás loca? ¿Qué diantres es el Bosque Encantado?

—El bosque de abetos que hay sobre el arroyo —dijo Ana en un susurro.

—¡Tonterías! No existen los bosques encantados en ninguna parte. ¿Quién te ha estado contando esas tonterías?

—Nadie —confesó Ana—. Tan sólo hemos imaginado Diana y yo que el bosque estaba encantado. Todos los lugares que tenemos a nuestro alrededor son tan... tan... *comunes*. Se nos ha ocurrido para nuestra propia diversión. Empezamos en abril. Un bosque encantado es tan romántico, Marilla... Elegimos el bosque de abetos porque es muy sombrío. Oh, hemos imaginado las cosas más angustiosas. Hay una dama de blanco que camina junto al arroyo justo a esta hora de la noche, y se retuerce las manos y lanza gemidos. Aparece cuando va a haber una muerte en la familia. Y el fantasma de un niño asesinado merodea por Idlewild; se acerca a ti por detrás con sigilo y pone sus fríos dedos sobre tu mano. Oh, Marilla, me dan escalofríos pensar en ello. Y hay un hombre sin cabeza que está al acecho en el sendero, y esqueletos que miran con furia entre las ramas. Oh, Marilla, no atravesaría el Bosque Encantado después de anochecer por nada del mundo. Estoy segura de que saldrían cosas blancas desde detrás de los árboles y me agarrarían.

—¡Se ha oído alguna vez cosa igual! —exclamó Marilla, quien había estado escuchando muda de asombro—. Ana Shirley, ¿estás queriendo decirme que crees en todas esas perversas tonterías que crea tu propia imaginación?

—No me las creo *exactamente* —titubeó Ana—. Al menos, no durante el día. Pero después de anochecer, Marilla, es diferente. Es cuando caminan los fantasmas.

—Los fantasmas no existen, Ana.

—¡Oh, pero sí que existen! —gritó Ana con impaciencia—. Conozco a gente que los ha visto. Y son personas respetables. Charlie Sloane dice que su abuela vio a su abuelo llevando las vacas a casa una noche después de llevar enterrado un año. Usted sabe que la abuela de Charlie Sloane no contaría una historia así. Es una mujer muy religiosa. Al padre de la señora Thomas le persiguió hasta casa un cordero de fuego con la cabeza cortada colgándole de una tira de piel. Dijo que sabía que era el espíritu de su hermano y que le estaba avisando de que moriría a los nueve días. No se murió, pero lo hizo dos años después, así que ya ve que es realmente cierto. Y Ruby Gillis dice...

—Ana Shirley —interrumpió Marilla con firmeza—. No quiero oírte hablar de esa manera otra vez. He tenido mis dudas sobre esa imaginación tuya desde el principio, y si esto va a ser el resultado de ello, no voy a consentirlo. Irás ahora mismo a casa de la señora Barry y atravesarás el bosque de abetos, sólo para que te sirva de lección y de aviso. Y que no vuelva a oír una palabra sobre bosques encantados.

Ana sabía rogar y suplicar... y lo hacía, pues su terror era muy real. Su imaginación se había apoderado de ella y temía mortalmente al bosque de abetos después de anochecer. Pero Marilla fue inexorable. Caminó con paso decidido junto a la temblorosa vidente de fantasmas hasta el manantial y le ordenó que cruzara el puente de inmediato y se adentrara en los oscuros refugios de damas gimientes y espectros sin cabeza que había más allá.

—Oh, Marilla, ¿cómo puede ser tan cruel? —sollozó Ana—. ¿Cómo se sentiría si una cosa blanca me arrebatara y me llevara con ella?

—Correré ese riesgo —dijo Marilla insensible—. Sé lo que digo. Te curaré lo de imaginar fantasmas en los sitios. Ahora, ponte en marcha.

Ana se puso en marcha. Es decir, cruzó a trompicones el puente y subió temblando por el horrible sendero oscuro que había más allá. Ana no olvidó jamás ese paseo. Se arrepintió enormemente de la libertad que había dado a su imaginación. Los duendes de su fantasía acechaban en cada sombra a su alrededor, extendían sus frías y descarnadas manos para agarrar a la aterrorizada niña que les había dado existencia. Una tira blanca de corteza de abedul que el viento levantó en un hueco sobre el suelo marrón del bosque hizo que se le detuviera el corazón. El gemido continuo que producían dos ramas viejas al frotarse entre sí hizo que brotaran gotas de sudor en su frente. El vuelo de los murciélagos por encima de ella en la oscuridad era como alas de criaturas sobrenaturales. Cuando llegó al campo del señor William Bell, lo cruzó como si huyera de la persecución de un ejército de seres blancos; llegó a la puerta de la cocina de Barry tan sofocada que apenas pudo pedir entre jadeos el patrón del delantal. Diana no estaba en casa, así que no tenía excusa para entretenerse. Había que afrontar el terrible viaje de vuelta. Ana regresó con los ojos cerrados, pues prefería correr el riesgo de romperse los sesos entre las ramas antes que ver una cosa blanca. Cuando finalmente cruzó a trompicones el puente de troncos, lanzó un largo suspiro de alivio.

—Bien, así que, ¿no te ha atrapado nada? —dijo Marilla sin compasión alguna.

—Oh, Mar... Marilla —balbuceó Ana—. Me... me contentaré con lu... lugares corrientes después de esto.

CAPÍTULO XXI

Innovación en las esencias

—Querida mía, en este mundo no hay más que encuentros y despedidas, como dice la señora Lynde —comentó Ana lastimeramente, mientras dejaba la pizarra y los libros sobre la mesa de la cocina el último día de junio y se secaba los enrojecidos ojos con un pañuelo ya muy húmedo—. ¿No ha sido una suerte, Marilla, que hoy me haya llevado un pañuelo de más a la escuela? Tenía el presentimiento de que sería necesario.

—Nunca pensé que apreciaras tanto al señor Phillips como para necesitar dos pañuelos para secarte las lágrimas sólo porque se va a marchar —dijo Marilla.

—No creo que llorara porque le apreciara tanto en realidad —reflexionó Ana—. Sólo lloré porque todas las demás lo hicieron. Fue Ruby Gillis quien empezó. Ruby Gillis siempre ha declarado que odiaba al señor Phillips, pero tan pronto se levantó él para darnos su discurso de despedida, estalló en lágrimas. Yo intenté contenerme, Marilla. He intentado recordar el momento en que el señor Phillips me obligó a sentarme con Gil..., con un chico; y cuando pronunció mal mi nombre; y cómo dijo que yo era la más zoquete para la geometría que había visto jamás; y todas esas veces fue tan antipático y sarcástico...; pero, por alguna razón, no he podido contenerme, Marilla, y tuve que llorar también. Jane Andrews ha estado hablando durante un mes sobre lo contenta que estaría cuando el señor Phillips se marchara y declaraba que jamás derramaría una lágrima. Pues bien, fue la peor de todas nosotras y su hermano tuvo que prestarle un pañuelo; por supuesto, los chicos no lloraron... pero ella no se había llevado ninguno porque no esperaba necesitarlo. Oh, Marilla, fue desgarrador. El señor Phillips pronunció un hermoso discurso de despedida que empezó con «Ha llegado el momento de despedirnos». Fue muy conmovedor. Y también él tenía lágrimas en los ojos, Marilla. He lamentado terriblemente y he tenido remordimientos de conciencia por todas las veces que he hablado en la escuela y he hecho dibujos de él en mi pizarra y me he burlado de él y de Prissy. Le puedo decir que desearía haber sido una alumna ejemplar como Minnie Andrews.

Ella no tenía nada de lo que arrepentirse. Las chicas lloraron durante todo el camino de regreso a casa. Carrie Sloane siguió diciendo cada pocos minutos «Ha llegado el momento de despedirnos», y eso nos hacía empezar a llorar de nuevo cada vez que corríamos peligro de animarnos. Me siento terriblemente triste, Marilla. Pero nadie puede sentirse en la más absoluta desesperación con dos meses de vacaciones por delante, ¿a que no, Marilla? Y además, nos encontramos con el nuevo pastor y su esposa cuando venían de la estación. Por mucho que me sintiera triste por la partida del señor Phillips, no pude evitar interesarme un poquito por el nuevo pastor. Su esposa es muy guapa. No es exactamente una belleza regia; por supuesto, no podría ser que un pastor tuviese una esposa con una belleza regia, porque daría mal ejemplo. La señora Lynde dice que la esposa del pastor de Newbridge da muy mal ejemplo porque viste a la moda. La esposa de nuestro nuevo pastor iba vestida de muselina azul con hermosas mangas abullonadas y un sombrero adornado con rosas. Jane Andrews dijo que pensaba que las mangas abullonadas eran demasiado mundanas para la esposa de un pastor, pero yo no hice ningún comentario tan poco caritativo, Marilla, porque sé lo que es desear mangas abullonadas. Además, lleva siendo esposa de un pastor muy poco tiempo, así que le deberían hacer algunas concesiones, ¿no es así? Van a hospedarse en casa de la señora Lynde hasta que esté lista la vicaría.

Si al acudir a casa de la señora Lynde aquella tarde, Marilla se movía por otro motivo diferente al que había confesado, el de devolver los bastidores que tomó prestados el invierno anterior, sería el de una debilidad que compartían la mayoría de los habitantes de Avonlea. Muchas de las cosas que la señora Lynde había prestado, a veces sin esperar volver a verlas, fueron llevadas a su casa aquella noche por quienes habían hecho uso de ellas. Un pastor nuevo, y además con esposa, era legítimo motivo de curiosidad en un pequeño y tranquilo pueblo donde las emociones eran escasas y distantes entre sí.

El anciano señor Bentley, el pastor a quien Ana había encontrado carente de imaginación, había sido pastor en Avonlea durante dieciocho años. Era viudo cuando llegó, y viudo permanecía, a pesar de que las habladurías le habían casado con ésta, ésa o aquella durante todos los años de su estancia. En el mes de febrero había renunciado a su cargo y se había marchado en medio de los lamentos de su gente.

La mayoría sentía afecto por él, un afecto nacido de la larga relación con el anciano buen pastor, a pesar de sus deficiencias como orador. Desde entonces, la iglesia de Avonlea había disfrutado de una especie de disipación religiosa, escuchando a los numerosos y variados candidatos que llegaban domingo tras domingo a predicar a modo de prueba. Estos seguían en pie o caían ante el juicio de los padres y las madres de Israel; pero cierta niña pelirroja, que se sentaba dócilmente en la esquina del banco de los Cuthbert, también tenía sus opiniones sobre ellos y las debatía a fondo con Matthew, pues Marilla siempre se negaba por principio a criticar a los pastores en cualquiera de sus formas.

—No creo que el señor Smith hubiese servido, Matthew —fue el resumen final de Ana—. La señora Lynde dice que su forma de hablar fue muy mediocre, pero yo creo que su peor defecto fue el mismo que el del señor Bentley..., que no tenía imaginación. Y el señor Terry tenía demasiada; se dejaba llevar por ella como hice yo con la mía en el asunto del Bosque Encantado. Además, la señora Lynde dice que su teología no era sólida. El señor Gresham era muy buen hombre y muy religioso, pero contaba demasiadas historias divertidas y hacía reír a la gente en la iglesia; era poco digno, y un pastor debe tener cierta dignidad, ¿no es así, Matthew? Creo que el señor Marshall era muy atractivo, pero la señora Lynde dice que no está casado, ni siquiera comprometido, porque ha hecho averiguaciones especiales sobre él, y dice que no sería bueno tener a un pastor joven y soltero en Avonlea, porque podría casarse con una feligresa y eso causaría problemas. La señora Lynde es una mujer muy previsora, ¿no es cierto, Matthew? Me alegro de que hayan avisado al señor Allan. Me gustó porque su sermón fue interesante y rezaba como si fuera importante para él y no sólo por tener costumbre de hacerlo. La señora Lynde dice que no es perfecto, aunque supone que no podría esperarse a un pastor perfecto por setecientos cincuenta dólares al año, y, de todos modos, su teología es sólida, porque ella le interrogó concienzudamente sobre todos los puntos de la doctrina. Ella conoce a la familia de su esposa, y es de lo más respetable, y las mujeres son todas buenas amas de casa. La señora Lynde dice que una doctrina sólida en el hombre y un buen cuidado del hogar en la mujer forman una combinación ideal para la familia de un pastor.

El nuevo pastor y su esposa eran una pareja joven y poseían un rostro agradable, todavía se hallaban en su luna de miel y estaban llenos de un entusiasmo bueno y hermoso por el trabajo que habían elegido en su vida. Avonlea les abrió el corazón desde el principio. Ancianos y jóvenes apreciaban a aquel hombre franco y alegre de elevados ideales, y a la radiante y gentil damita que asumió el gobierno de la vicaría. Ana enseguida quiso de todo corazón a la señora Allan. Había descubierto en ella otra alma gemela.

—La señora Allan es realmente encantadora —anunció Ana un domingo por la tarde—. Se ha hecho cargo de nuestra clase y es una espléndida maestra. Dijo de inmediato que no creía que fuera justo que la maestra hiciera todas las preguntas, y, ya sabe, Marilla, eso es exactamente lo que yo he pensado siempre. Dijo que podíamos preguntarle lo que quisiéramos y yo le hice muchas preguntas. Se me da muy bien hacer preguntas, Marilla.

—Te creo —fue el comentario rotundo de Marilla.

—Nadie más preguntó, salvo Ruby Gillis, que preguntó si iba a haber pícnic de la escuela dominical este verano. Creo que no fue una pregunta muy apropiada porque no tenía ninguna relación con la lección; la lección trataba de Daniel en el foso de los leones. La señora Allan tiene una sonrisa encantadora; tiene unos hoyuelos *preciosos* en las mejillas. Ojalá tuviese yo hoyuelos en las mejillas, Marilla. No estoy ni la mitad de delgada que cuando llegué aquí, pero aún no tengo hoyuelos. Si los tuviera, tal vez podría influir para bien en la gente. La señora Allan dijo que siempre deberíamos influir en la gente para bien. Habló tan bien de todo... No sabía que la religión fuese alegre. Siempre pensé que era un poco melancólica, pero la señora Allan no lo es, y me gustaría ser una cristiana como ella. No quisiera serlo como el señor director Bell.

—Está muy mal que hables así del señor Bell —dijo Marilla, con severidad—. El señor Bell es un hombre realmente bueno.

—Oh, por supuesto que es bueno —convino Ana—, pero no parece sentirse reconfortado por ello. Si yo pudiera ser buena, bailaría y cantaría todo el día porque me alegraría de ello. Supongo que la señora Allan es demasiado mayor para bailar y cantar, y, por supuesto, no sería digno en la esposa de un pastor. Pero puedo sentir que se alegra de ser cristiana y que lo sería aunque no pudiera ir al cielo.

—Supongo que pronto tendremos que invitar a tomar el té al señor y a la señora Allan —dijo Marilla, reflexivamente—. Han estado en casi todas partes menos aquí. Veamos, el miércoles que viene sería un buen día. Pero no le digas ni una palabra a Matthew, porque si supiera que van a venir, encontraría una excusa para ausentarse ese día. Se había acostumbrado tanto al señor Bentley que no le daba importancia, pero le va a resultar difícil familiarizarse con un nuevo pastor, y la esposa del nuevo pastor le asustará terriblemente.

—Guardaré el secreto como una tumba —aseguró Ana—. Pero, Marilla, ¿me permitirá hacer una tarta para la ocasión? Me encantaría hacer algo para la señora Allan, y sabe que a estas alturas ya puedo hacer una tarta bastante buena.

—Puedes hacer una tarta de varias capas —prometió Marilla.

El lunes y el martes transcurrieron en Tejas Verdes haciendo preparativos. Invitar a tomar el té al pastor y a su esposa era un compromiso serio e importante, y Marilla estaba decidida a no quedar eclipsada por ninguna de las amas de casa de Avonlea. Ana estaba muy entusiasmada y encantada. Habló de todo ello con Diana el martes por la tarde, a la luz del crepúsculo, mientras estaban sentadas en las rocas rojas junto a la Burbuja de la Dríada y hacían arcoíris en el agua con ramitas mojadas en bálsamo de abeto.

—Todo está preparado, Diana, salvo mi tarta, que tengo que hacerla por la mañana, y las galletas de Marilla, que hará justo antes de la hora del té. Te aseguro, Diana, que Marilla y yo hemos pasado dos días muy ocupados. Es una gran responsabilidad invitar a la familia de un pastor a tomar el té. Nunca antes había tenido una experiencia como ésta. Sólo deberías ver nuestra despensa. Es digna de contemplarse. Vamos a comer pollo en gelatina y lengua fría. Vamos a tener dos clases de gelatina, roja y amarilla, y crema batida, pastel de limón, pastel de cereza, tres clases de galletas, tarta de fruta y la famosa compota de ciruelas de Marilla que guarda especialmente para los pastores, y bizcocho, y tarta de capas, y galletas, como te he dicho; y pan recién hecho y pan viejo, por si acaso el pastor es dispéptico y no puede comerlo recién hecho. La señora Lynde dice que la mayoría de los pastores son dispépticos, pero no creo que el señor Allan haya sido pastor el tiempo suficiente para que haya tenido un mal efecto en él. Me dan escalofríos cuando pienso en mi tarta de capas. ¡Oh,

Diana, y si no estuviera buena! Esta noche he soñado que me perseguía por todas partes un duende terrible que tenía por cabeza una gran tarta de capas.

—Estará buena, no te preocupes —aseguró Diana, que era de esa clase de amigas que tranquiliza—. Te aseguro que ese trozo de una que habías hecho tú y que nos comimos en Idlewild hace dos semanas estaba exquisita.

—Sí, pero las tartas tienen la terrible costumbre de estar malas cuando deseas especialmente que estén buenas —suspiró Ana, haciendo flotar una ramita bien impregnada de bálsamo—. No obstante, tendré que confiar en la Providencia y asegurarme de ponerle harina. ¡Oh, mira, Diana, qué arcoíris tan maravilloso! ¿Crees que la dríada saldrá después de habernos marchado y lo utilizará de pañuelo?

—Sabes que no existe la dríada —dijo Diana.

La madre de Diana había descubierto lo del Bosque Encantado y se había enfadado mucho por ello. Como resultado, Diana se había abstenido de volver a hacer volar su imaginación imitando a Ana, y pensaba que no era prudente fomentar esa creencia, ni siquiera en el caso de dríadas inofensivas.

—Pero es tan fácil imaginar que existen... —dijo Ana—. Todas las noches, antes de acostarme, miro por la ventana y me pregunto si la dríada estará aquí sentada realmente, peinando sus rizos con el manantial como espejo. A veces busco sus huellas en el rocío de la mañana. ¡Oh, Diana, no renuncies a tu fe en la dríada!

Llegó el miércoles por la mañana. Ana se levantó al amanecer porque estaba demasiado alterada para dormir. Había cogido un fuerte resfriado por aventurarse a ir al manantial la tarde anterior; pero nada que no fuera una pulmonía podría haber aplacado su interés por los asuntos culinarios esa mañana. Después de desayunar, se puso a hacer la tarta. Cuando por fin cerró la puerta del horno, dio un largo suspiro.

—Estoy segura de que no he olvidado nada esta vez, Marilla. Pero, ¿cree que subirá? Suponga, quizás, que la levadura no sea buena. He usado la de la lata nueva. La señora Lynde dice que no se puede asegurar nunca que la levadura sea buena hoy en día, cuando todo está tan adulterado. Dice que el Gobierno debería ocuparse del asunto, pero dice que no verá ella el día en el que lo haga el gobierno conservador. Marilla, ¿y si la tarta no sube?

—Hay muchas cosas, aunque no haya tarta —fue la desapasionada forma de Marilla de ver el asunto.

La tarta subió, no obstante, y salió del horno tan ligera como espuma dorada. Ana, rebosante de alegría, unió las capas con gelatina roja y, en su imaginación, vio a la señora Allan comiéndola y posiblemente pidiendo otra porción.

—Usará el mejor juego de té, por supuesto, Marilla —dijo—. ¿Puedo decorar la mesa con helechos y rosas silvestres?

—Creo que todo eso es una tontería —dijo Marilla, con desdén—. En mi opinión, lo que importa es lo que se come y no las decoraciones sin sentido.

—La señora Barry mandó decorar *su* mesa —dijo Ana, que no carecía de astucia —y el pastor le dedicó un elegante cumplido—. Dijo que era un festín tanto para la vista como para el paladar.

—Bueno, haz lo que quieras —dijo Marilla, quien estaba completamente decidida a no ser superada por la señora Barry ni por ninguna otra—. Pero preocúpate de dejar espacio suficiente para los platos y la comida.

Ana se esforzó por decorar la mesa de una manera que superaría a la de la señora Barry. Al poseer abundancia de rosas y helechos, y un gusto propio muy artístico, logró que la mesa del té quedara tan bonita que cuando el pastor y su esposa se sentaron a ella, exclamaron a coro por su belleza.

—Es obra de Ana —dijo Marilla, haciéndole justicia con determinación; y Ana sintió que la sonrisa aprobatoria de la señora Allan era casi demasiada felicidad para este mundo.

Matthew se encontraba allí, después de haber sido embaucado sólo como Dios y Ana sabían. Había permanecido en tal estado de timidez y nerviosismo que Marilla le había dejado, desesperada; pero Ana se había hecho cargo de él con tal éxito que ahora estaba sentado a la mesa con sus mejores ropas y cuello blanco, y hablaba con el pastor no sin interés. No dijo ni una palabra a la señora Allan, pero era de esperar que no lo hiciera.

Todo transcurrió con alegría hasta que llegó la tarta de Ana. La señora Allan, a quien ya le habían servido una sorprendente variedad de comida, declinó el ofrecimiento; pero Marilla, al ver la decepción en el rostro de Ana, dijo sonriendo:

—Oh, debe tomar un trozo, señora Allan. Ana la ha hecho a propósito para usted.

—En ese caso, tomaré un poquito —rio la señora Allan, sirviéndose ella misma un trozo, como hicieron también el pastor y Marilla.

La señora Allan tomó un bocado y una expresión muy peculiar apareció en su rostro; sin embargo, no dijo una palabra, sino que siguió comiendo despacio. Marilla vio su expresión y se apresuró a probar la tarta.

—¡Ana Shirley! —exclamó—. ¿Qué diantres le has echado a la tarta?

—Nada más que lo que decía la receta, Marilla —dijo Ana con una mirada de angustia—. Oh, ¿no está buena?

—¡Buena! Simplemente está horrible. Señora Allan, no se la coma. Ana, pruébala. ¿Qué esencia has usado?

—Vainilla —dijo Ana, con la cara roja por el bochorno después de probar la tarta—. Sólo vainilla. Oh, Marilla, ha debido de ser la levadura. Tenía mis sospechas de que esa leva...

—¡La levadura! ¡Tonterías! Tráeme el frasco de vainilla que has usado.

Ana corrió a la despensa y regresó con un pequeño frasco parcialmente lleno de un líquido marrón y con una etiqueta amarillenta que decía: «La mejor vainilla».

Marilla lo cogió, lo abrió y olió.

—Por todos los santos, Ana, la esencia que has echado a la tarta es linimento. Rompí el frasco de linimento la semana pasada y vertí lo que quedó en un viejo frasco vacío de vainilla. Supongo que es culpa mía en parte... debería haberte avisado... pero, por el amor de Dios... ¿por qué no lo oliste?

Ana se deshizo en lágrimas ante esta doble desgracia.

—No podía... ¡estaba tan resfriada!

Tras decir esto, echó a correr hacia su habitación de la buhardilla, donde se echó sobre la cama y lloró como quien se niega a ser reconfortado.

Poco después se oyeron unos ligeros pasos en las escaleras y alguien entró a la habitación.

—Oh, Marilla —sollozó Ana, sin levantar la vista—. Seré desgraciada para siempre. No seré capaz de vivir después de esto. Se sabrá... siempre se saben las cosas en Avonlea. Diana me preguntará cómo salió la tarta y tendré que decirle la verdad. Siempre me señalarán como la chica que echó esencia de linimento a la tarta. Gil... los chicos de la escuela no dejarán de reírse nunca de eso. Oh, Marilla, si tiene una chispa de caridad cristiana, no me diga que debo bajar a fregar los platos después de esto. Los fregaré cuando el pastor y su esposa se hayan marchado, pero no puedo volver a mirar a la cara a la señora Allan. Tal vez piense que he intentado envenenarla. La señora Lynde dice que sabe de una huérfana que intentó envenenar a su benefactora. Pero el linimento no es venenoso. Me refiero a si se come..., pero no en tartas. ¿Se lo dirá así a la señora Allan, Marilla?

—Supongamos que te levantas de un salto y se lo dices tú misma —dijo una alegre voz.

Ana se levantó de inmediato y vio a la señora Allan de pie junto a su cama, observándola con ojos risueños.

—Mi querida pequeña, no debes llorar por esto —dijo, conmovida por el trágico semblante de Ana—. Bueno, ha sido sólo una graciosa equivocación que cualquiera podría cometer.

—Oh, no, yo cometo errores así —dijo Ana, apesadumbrada—. Yo quería que esa tarta estuviese buena para usted, señora Allan.

—Sí, lo sé, querida. Y te aseguro que aprecio tu amabilidad y consideración tanto como si todo hubiese salido bien. Ahora, no debes llorar más, debes bajar conmigo a enseñarme tu jardín. La señorita Cuthbert dice que tienes un pequeño espacio propio. Quiero verlo, porque me interesan muchísimo las flores.

Ana se dejó llevar y consolar, considerando que era realmente providencial que la señora Allan fuese un alma gemela. No se dijo nada más sobre la tarta de linimento, y cuando los invitados se marcharon, Ana se dio cuenta de que había disfrutado de la tarde más de lo que podría haberse esperado, a pesar del terrible incidente. No obstante, suspiró profundamente.

—Marilla, ¿no resulta agradable pensar que mañana será un nuevo día en el que todavía no hay equivocaciones?

—Te garantizo que cometerás muchas —dijo Marilla—. Nunca he visto que no cometas alguna, Ana.

—Sí, y bien que lo sé —admitió Ana con tristeza—; pero, ¿se ha dado cuenta de que hay algo alentador en mí, Marilla? Nunca cometo dos veces el mismo error.

—No sé si eso es provechoso cuando siempre estás cometiendo errores nuevos.

—Oh, ¿no lo comprende, Marilla? *Tiene* que haber un límite en los errores que una persona puede cometer, y cuando llegue a ese límite, entonces se acabarán. Es un pensamiento muy reconfortante.

—Bueno, será mejor que vayas a darle la tarta a los cerdos —dijo Marilla—. No es comestible para ningún ser humano, ni siquiera para Jerry Buote.

CAPÍTULO XXII

Ana es invitada a tomar el té

—¿Y ahora por qué se te salen los ojos de las órbitas? —preguntó Marilla, cuando Ana acababa de regresar corriendo de la oficina de correos—. ¿Has descubierto otra alma gemela?

La emoción envolvía a Ana como una prenda de vestir, brillaba en sus ojos, irradiaba cada uno de sus rasgos. Había venido bailando por el sendero como un duendecillo llevado por el viento, a la tenue luz del sol y las perezosas sombras de la tarde de agosto.

—No, Marilla, pero, ¿qué le parece? ¡Me han invitado a tomar el té en la vicaría mañana por la tarde! La señora Allan dejó una carta para mí en la oficina de correos. Mírela, Marilla. «Señorita Ana Shirley, de Tejas Verdes». Es la primera vez que me llaman señorita. ¡Qué ilusión me ha hecho! La conservaré para siempre entre mis tesoros más preciados.

—La señora Allan me dijo que tenía intención de invitar a tomar el té por turnos a todos los miembros de la escuela dominical —dijo Marilla, refiriéndose al maravilloso acontecimiento con mucha frialdad—. No es necesario que te revoluciones tanto por eso. Aprende a tomarte las cosas con calma, niña.

Para Ana, tomarse las cosas con calma habría supuesto cambiar su naturaleza. Todo «espíritu, fuego y rocío» como era ella, los placeres y sufrimientos de la vida le llegaban con una intensidad triplicada. Marilla consideró esto y se preocupó vagamente por ello, dándose cuenta de que los altibajos de la vida probablemente pesarían mucho en esa alma impulsiva, y sin comprender suficientemente que la capacidad igualmente grande para el deleite podría compensarlo con creces. Por tanto, Marilla pensó que era su deber inculcar en Ana una disposición uniforme y tranquila, tan imposible y extraña para ella como para un danzarín rayo de sol en uno de los remansos del arroyo. No avanzaba mucho, como admitía para sus adentros con tristeza. Perder una esperanza o desmoronarse algún plan sumía a Ana en «la más absoluta desesperación». Su cumplimiento la elevaba a vertiginosos reinos de deleite. Marilla casi había empezado a perder la esperanza de convertir a esta niña abandonada del mundo en su modelo de niña de modales recatados y conducta remilgada. Tampoco habría creído que Ana le gustaba mucho más tal como era.

Ana se acostó aquella noche muda de tristeza porque Matthew había dicho que el viento soplaba del nordeste y temía que el día siguiente fuese lluvioso. El susurro de las hojas de los álamos alrededor de la casa le preocupaba, sonaba como el golpeteo de gotas de lluvia, y el ruido apagado y lejano del golfo, que escuchaba con deleite otras veces, gozando de su ritmo extraño, sonoro e inquietante, ahora le parecía una profecía de tormenta y desastre para una pequeña doncella que deseaba especialmente que hiciera buen tiempo ese día. Ana pensó que nunca llegaría la mañana.

Pero todas las cosas tienen un final, incluso las noches anteriores al día en que se le invita a una a tomar el té en la vicaría. Hacía buen tiempo aquella mañana, a pesar de las predicciones de Matthew, y el ánimo de Ana se elevó a su punto más álgido.

—Oh, Marilla, hay algo hoy en mí que hace que quiera a todos los que veo —exclamó mientras fregaba los platos del desayuno—. ¡No sabe lo bien que me siento! ¿No sería agradable que pudiera durar? Creo que podría ser una niña ejemplar si me invitaran a tomar el té todos los días. Aunque, Marilla, también es una ocasión solemne. Me siento demasiado inquieta. ¿Y si no me porto adecuadamente? Sabe que nunca he tomado el té en una vicaría, y no estoy segura de conocer todas las normas de etiqueta, aunque he estado estudiando las dadas en la sección de etiqueta del *Heraldo de las Familias* desde que llegué aquí. Temo tanto hacer algo estúpido u olvidar algo que debería hacer... ¿Sería de buena educación tomar una segunda ración de algo que desearas *muchísimo?*

—Tu problema, Ana, es que piensas demasiado en ti misma. En lo que deberías pensar es en la señora Allan y en lo que le resultaría más agradable a ella —dijo Marilla, dando por primera vez en su vida un consejo muy sensato y apropiado. Ana se dio cuenta de ello al instante.

—Tiene razón, Marilla. Intentaré no pensar en mí misma.

Evidentemente, Ana llevó a cabo su visita sin incumplir ninguna norma seria de «etiqueta», pues regresó a casa al atardecer, bajo un hermoso cielo adornado con nubes de color azafrán y rosa, en un beatífico estado de ánimo, y le contó felizmente a Marilla todo lo que había acontecido, sentada en el gran losa de arenisca roja de la cocina, con su cansada cabecita rizada apoyada en el regazo de Marilla.

Un viento fresco soplaba en los campos segados que se extendían desde las colinas de abetos y silbaba a través de los álamos. Una estrella brillante se cernía sobre el huerto y las luciérnagas revoloteaban sobre el Sendero de los Enamorados, entrando y saliendo entre los helechos y ramas susurrantes. Ana las observaba mientras hablaba y, en cierto modo, sintió que el viento y las estrellas y las luciérnagas se enmarañaban convirtiéndose en algo indescriptiblemente agradable y cautivador.

—Oh, Marilla, ha sido una tarde *fascinante.* Tengo la sensación de no haber vivido en vano y que me sentiré siempre así aunque no volvieran a invitarme a tomar el té en la vicaría. Cuando llegué allí, la señora Allan me recibió en la puerta. Llevaba un encantador vestido de organdí rosa pálido, con docenas de volantes y mangas hasta el codo, y parecía un serafín. Creo realmente que me gustaría ser la esposa de un pastor cuando sea mayor, Marilla. A un pastor no le importaría que fuese pelirroja porque no pensaría en cosas tan mundanas. Pero claro, tendría que ser buena por naturaleza, por supuesto, y yo nunca lo seré; así que supongo que es inútil pensar en ello. Algunas personas son buenas por naturaleza, ya sabe, y otras no. Yo soy de las otras. La señora Lynde dice que soy una pecadora. No importa cuánto me esfuerce por ser buena, nunca podré tener tanto éxito como quienes son buenos por naturaleza. Supongo que eso se parece a la geometría. Pero, ¿no cree que esforzarse mucho debería contar para algo? La señora Allan es una de esas personas buenas por naturaleza. La quiero con locura. Sabe que hay algunas personas, como Matthew y la señora Allan, a las que se pueden querer enseguida sin ningún problema. Y hay otras, como la señora Lynde, con las que uno se tiene que esforzar mucho para quererlas. Se sabe que se *debería* quererlas porque saben mucho y colaboran activamente en la iglesia, pero hay que estar recordándoselo a uno mismo todo el tiempo para no olvidarlo. Había otra niña en la vicaría invitada también, era de la escuela dominical de White Sands. Se llamaba Lauretta Bradley y era una niña muy agradable. No era exactamente un alma gemela, pero aun así era muy agradable. Tomamos el té de un modo elegante y creo que cumplí muy bien todas las normas de etiqueta. Después del té, la señora Allan tocó y cantó, e hizo que Lauretta y yo cantásemos también. La señora Allan dice que tengo buena voz y que debo cantar en el coro de la escuela dominical. No se imagina cómo me estremecí sólo de pensarlo. Llevo mucho tiempo deseando cantar en el coro de la escuela dominical, como Diana, pero temía que fuera un honor al que nunca podría aspirar. Lauretta tuvo que irse a casa temprano porque hay una gran función en el hotel de White Sands esta noche, y su hermana va a recitar. Lauretta dice que los estadounidenses del hotel hacen una función cada quince días en beneficio del Hospital de Charlottetown, y piden a mucha gente de White Sands que recite. Lauretta dijo que esperaba que se lo pidieran algún día. Yo la miré impresionada. Después de marcharse, la señora Allan y yo tuvimos una conversación muy seria. Le hablé de todo, de la señora Thomas y de los gemelos, de Katie Maurice y de Violeta, de mi llegada a Tejas Verdes y de mis problemas con la geometría. Y, ¿creería esto, Marilla? La señora Allan me dijo que también era una zoquete en geometría. No sabe cómo me animó eso. La señora Lynde llegó a la vicaría justo antes de marcharme yo y ¿sabe lo que dijo? Los administradores han contratado a una maestra nueva. Se llama señorita Muriel Stacy. ¿No es un nombre romántico? La señora Lynde dice que nunca ha habido una mujer maestra en Avonlea y que cree que es una innovación peligrosa. Pero yo creo que será espléndido tener una maestra, y realmente no sé cómo voy a vivir estas dos semanas antes de que empiece la escuela por lo impaciente que estoy por verla.

CAPÍTULO XXIII

Ana se lesiona por una cuestión de honor

Ana tuvo que vivir esas dos semanas. Transcurrido casi un mes desde el episodio de la tarta de linimento, era hora de que se metiera en problemas de algún tipo; pequeños errores, como vaciar distraídamente una cacerola de leche desnatada dentro de una cesta de ovillos de hilo en la despensa en vez de en el cubo de los cerdos, o caerse al arroyo por ir caminando por el borde del puente de troncos mientras la envolvía una ensoñación, realmente no merece la pena contarlo.

Una semana después del té en la vicaría, Diana Barry dio una fiesta.

—Pequeña y selecta —le aseguró Ana a Marilla—. Sólo niñas de nuestra clase.

Lo pasaron bien y no sucedió nada fuera de lo común hasta después de tomar el té, cuando se encontraron en el jardín de Diana un poco cansadas de todos sus juegos y dispuestas a cualquier tipo de travesura que pudiese presentarse. Esta pronto tomó la forma de «desafío».

El «desafío» era la diversión que estaba de moda entonces entre los jovencitos de Avonlea. Habían empezado los chicos, pero pronto se extendió a las chicas, y todas las tonterías que se hicieron en Avonlea aquel verano, porque los que las hacían se atrevían a hacerlas, podrían llenar un libro.

En primer lugar, Carrie Sloane desafió a Ruby Gillis a trepar hasta un punto del enorme y viejo sauce que había frente a la puerta principal, al cual Ruby Gillis, a pesar del miedo mortal que tenía a las gordas orugas verdes que se decía infectaban el árbol, y temiendo tener a la vista a su madre si rasgaba su nuevo vestido de muselina, trepó con agilidad, para desconcierto de la mencionada Carrie Sloane.

Luego Josie Pye desafió a Jane Andrews a saltar sobre la pierna izquierda alrededor del jardín, sin detenerse ni apoyar en el suelo el pie derecho; lo cual Jane Andrews intentó hacer valientemente, pero se detuvo en la tercera esquina y tuvo que confesarse vencida.

Como el triunfo de Josie fue bastante más notable de lo que permitía el buen gusto, Ana Shirley la desafió a caminar por encima de la valla que limitaba el jardín hacia el este. Ahora bien, «caminar» por encima de una valla requiere más habilidad, serenidad y estabilidad de lo que uno podría suponer si nunca lo ha intentado. Pero Josie Pye, aunque careciera de algunas cualidades que contribuyeran a hacerla popular, tenía al menos un don natural e innato, debidamente cultivado, para caminar por encima de vallas. Josie caminó por la valla de Barry con un aire de indiferencia que parecía insinuar que una cosita como ésa no merecía la pena de un «desafío». Su hazaña fue recibida con renuente admiración, pues las demás niñas fueron capaces de apreciarla ya que ellas mismas habían sufrido en sus intentos de caminar por encima de vallas. Josie bajó, enrojecida por la victoria, y lanzó una mirada desafiante a Ana.

Ana sacudió sus trenzas rojas.

—No creo que sea algo tan maravilloso caminar por encima de una valla pequeña y baja —dijo—. Conocí a una chica en Marysville que podía caminar por el caballete de un tejado.

—No me lo creo —dijo Josie rotundamente—. No me creo que alguien pueda caminar por el caballete de un tejado. *Tú* no podrías, de todos modos.

—¿Que no podría? —gritó Ana impulsivamente.

—Entonces te desafío a que lo hagas —dijo Josie en tono retador—. Te desafío a trepar hasta allí arriba y a caminar por el caballete del tejado de la cocina del señor Barry.

Ana palideció, pero estaba claro que sólo podía hacer una cosa. Caminó hacia la casa, donde había una escalera apoyada contra el tejado de la cocina. Todas las chicas de quinto exclamaron «¡Oh!», en parte emocionadas, en parte consternadas.

—¡No lo hagas, Ana! —suplicó Diana—. Te caerás y te matarás. No hagas caso a Josie Pye. No es justo desafiar a alguien a hacer algo tan peligroso.

—Debo hacerlo. Mi honor está en juego —dijo Ana con solemnidad—. Caminaré por ese caballete, Diana, o pereceré en el intento. Si me mato, te quedarás con mi anillo de cuentas de perla.

Ana subió por la escalera en medio de un completo silencio, llegó al caballete, se balanceó erguida sobre ese precario punto de apoyo y empezó a caminar por él, con plena conciencia de que se hallaba a una inquietante altura sobre el mundo y que caminar por tejados no era algo en lo que la imaginación ayudara mucho. No obstante, logró dar varios pasos antes de que llegara la catástrofe. Luego se tambaleó, tropezó, perdió el equilibrio y cayó deslizándose sobre el tejado calentado por el sol, atravesando las enredaderas que había debajo, todo esto antes de que el consternado corro de niñas que se hallaba debajo lanzara un grito simultáneo de terror.

Si Ana se hubiera caído del tejado por el lado por el que había subido, probablemente Diana hubiese heredado su anillo de cuentas de perla en ese momento. Afortunadamente, cayó por el otro lado, donde el tejado se extendía bajando por el porche hasta llegar tan cerca del suelo que una caída desde allí resultaba mucho menos grave. Sin embargo, cuando Diana y las otras niñas rodearon la casa corriendo frenéticamente (excepto Ruby Gillis, que se quedó como clavada en el suelo y se puso histérica), encontraron a Ana tendida en el suelo, pálida y lánguida, entre los restos de la enredadera.

—Ana, ¿estás muerta? —gritó Diana, arrojándose de rodillas junto a su amiga—. Oh, Ana, querida Ana, dime tan sólo una palabra, dime si estás muerta.

Para inmenso alivio de las niñas, y especialmente de Josie Pye, quien, a pesar de carecer de imaginación, había sido presa de horribles visiones de un futuro marcado como la chica que causó la temprana y trágica muerte de Ana Shirley, Ana se incorporó algo mareada y respondió indecisa:

—No, Diana, no estoy muerta, pero creo que me he quedado inconsciente.

—¿Dónde te duele? —dijo entre sollozos Carrie Sloane—. Oh, Ana, ¿dónde?

Antes de que Ana pudiese responder, la señora Barry apareció en escena. Al verla, Ana intentó ponerse en pie con dificultad, pero volvió a caer con un agudo grito de dolor.

—¿Qué sucede? ¿Dónde te has hecho daño? —exigió saber la señora Barry.

—En el tobillo —dijo Ana con un grito ahogado—. Diana, por favor, ve a buscar a tu padre y pídele que me lleve a casa. Sé que no podré caminar hasta allí. Y estoy segura de que no podría ir saltando sobre un pie hasta tan lejos cuando Jane no ha podido ni siquiera dar la vuelta al jardín.

Marilla se encontraba en el huerto cogiendo manzanas de verano cuando vio llegar al señor Barry por el puente de troncos y subir por la ladera, con la señora Barry a su lado y toda una procesión de niñas siguiéndole. En los brazos llevaba a Ana, cuya cabeza descansaba lánguidamente sobre su hombro.

En ese momento Marilla tuvo una revelación. En la súbita punzada de miedo que le había atravesado el corazón, se dio cuenta de lo que significaba Ana para ella. Habría admitido que le gustaba Ana... no, que sentía cariño por ella; pero ahora sabía, mientras bajaba corriendo por la ladera, que quería a Ana más que a nada en el mundo.

—Señora Barry, ¿qué le ha pasado? —preguntó entrecortadamente, más pálida y temblorosa de lo que había estado la serena y sensata Marilla durante muchos años.

La propia Ana respondió, alzando la cabeza.

—No se asuste, Marilla. Iba caminando por el caballete del tejado y me caí. Creo que me he torcido el tobillo. Pero, Marilla, podría haberme roto el cuello. Miremos el lado positivo de las cosas.

—Debería haber sabido que harías algo de ese tipo cuando te permití ir a esa fiesta —dijo Marilla, de un modo seco y cortante en medio de su alivio—. Tráigala aquí, señor Barry, y acuéstela en el sofá. ¡Dios mío, la niña se ha desmayado!

Era muy cierto. Vencida por el dolor de su lesión, a Ana se le había concedido uno más de sus deseos: se había desmayado.

Matthew, que acudió apresuradamente desde el campo, fue enviado inmediatamente en busca del médico, quien llegó a su debido tiempo, para descubrir que la lesión era más grave de lo que habían supuesto. El tobillo de Ana estaba roto.

Aquella noche, cuando Marilla subió a la buhardilla donde yacía una muchacha muy pálida, una voz quejumbrosa le llegó desde la cama.

—¿No le doy mucha lástima, Marilla?

—Fue culpa tuya —dijo Marilla, bajando la persiana y encendiendo una lámpara.

—Pero es por eso por lo que debería sentir lástima —dijo Ana—, porque pensar que todo ha sido culpa mía es lo que hace que resulte tan duro. Si pudiera culpar a alguien, me sentiría mucho mejor. Pero,

¿qué habría hecho usted, Marilla, si la hubiesen desafiado a andar por un tejado?

—Me habría quedado en tierra firme y no habría hecho caso del desafío. ¡Qué locura!

Ana suspiró.

—Pero usted es una persona firme, Marilla. Yo no. Yo sólo pensé que no podría soportar el desprecio de Josie Pye. Se habría jactado ante mí toda la vida. Y creo que ya he recibido tanto castigo que no hace falta que se enfade conmigo, Marilla. No es tan agradable desmayarse, después de todo. Y el médico me hacía un daño horrible cuando me estaba colocando el tobillo. No podré salir durante seis o siete semanas y me perderé a la nueva maestra. Ya no será nueva cuando pueda ir a la escuela. Y Gil... todos se pondrán por delante de mí en clase. Oh, soy una mortal afligida. Intentaré soportarlo todo con valentía sólo con que usted no esté enfadada conmigo.

—Bueno, bueno, no estoy enfadada —dijo Marilla—. Eres una niña con mala suerte, no cabe duda; pero como dices tú, tendrás que sufrir por ello. Y ahora, trata de cenar algo.

—¿No es una suerte que tenga tanta imaginación? —dijo Ana—. Me ayudará a salir adelante..., espero. ¿Qué supone usted que hace la gente que no tiene imaginación cuando se rompe algún hueso, Marilla?

Ana tuvo buenas razones para dar gracias por tener imaginación muchas veces durante las siete tediosas semanas que siguieron. Pero no dependía únicamente de ella. Tuvo muchas visitas y no transcurría ni un solo día sin que una o más de sus compañeras de la escuela se pasaran por allí a llevar flores y libros, y a contarle todo lo que sucedía en el mundo de los jóvenes de Avonlea.

—Todo el mundo ha sido muy bueno y amable, Marilla —suspiró Ana felizmente el día que por primera vez pudo caminar cojeando—. No resultaba muy agradable estar en la cama; pero *hay* un lado positivo en ello, Marilla. Descubres cuántos amigos tienes. Bueno, hasta el señor director Bell vino a verme, y en realidad es un hombre muy distinguido. Por supuesto, no es un alma gemela; pero aun así me agrada y lamento terriblemente haber criticado sus oraciones. Ahora creo que de verdad las dice en serio, sólo que tiene la costumbre de decirlas como si no fuese así. Podría superarlo si se molestara un poco en hacerlo. Le di una buena pista; le conté cuánto me esforzaba por conseguir que mis pequeñas oraciones privadas resultaran interesantes. Me contó todo sobre la ocasión en la que se rompió un tobillo cuando era niño. Parece tan extraño pensar que el director Bell haya sido niño alguna vez... Incluso mi imaginación tiene sus límites, pues soy incapaz de imaginar *eso*. Cuando intento imaginarle de niño, le veo con patillas grises y lentes, igual que en la escuela dominical, sólo que en pequeño. Ahora bien, es fácil imaginar a la señora Allan de niña. La señora Allan ha venido a verme catorce veces. ¿No es algo de lo que enorgullecerse, Marilla, cuando la esposa de un pastor tiene tantas obligaciones? También anima mucho que te visite una persona así. Nunca te dice que la culpa es tuya y tiene la esperanza de que seas una niña mejor después de lo ocurrido. La señora Lynde me lo ha dicho siempre que ha venido a verme; y lo decía de un modo que me hacía sentir que aunque ella esperara que yo pudiese ser una niña mejor, realmente no se creía que pudiese serlo. Hasta Josie Pye vino a verme. La recibí tan cortésmente como fui capaz, porque creo que lamenta haberme desafiado a caminar por un caballete. Si me hubiese matado, tendría que haber cargado con un oscuro remordimiento de conciencia toda su vida. Diana ha sido una amiga fiel. Ha venido todos los días a alegrar mi soledad. Aunque me alegraré mucho cuando pueda ir a la escuela, porque he oído cosas muy emocionantes sobre la nueva maestra. Todas las chicas piensan que es muy dulce. Diana dice que tiene un maravilloso cabello rubio rizado y unos ojos fascinantes. Viste muy bien y sus mangas abullonadas son más grandes que las de cualquier otra persona de Avonlea. Cada dos viernes por la tarde hace recitar y todos tienen que decir una poesía o participar en un diálogo. ¡Oh, es magnífico pensar en eso! Josie Pye lo detesta, pero eso es sólo porque Josie tiene muy poca imaginación. Diana, Ruby Gillis y Jane Andrews están preparando un diálogo para el próximo viernes que se titula «Una visita matinal». Cuando no recitan los viernes por la tarde, la señorita Stacy se los lleva a todos al bosque para pasar un día «de campo» y estudian los helechos, las flores y los pájaros. Y hacen ejercicio físico por la mañana y por la tarde. La señora Lynde dice que jamás había oído hablar de cosas semejantes y que todo se debe a que tenemos una mujer de maestra.

Pero yo creo que debe de ser magnífico y tengo fe en que encontraré un alma gemela en la señorita Stacy.

—Hay algo que está muy claro, Ana —dijo Marilla—, y es que la caída del tejado de los Barry no te dañado la lengua en absoluto.

CAPÍTULO XXIV

La señorita Stacy y sus alumnos organizan una función

Era octubre de nuevo cuando Ana estuvo lista para volver a la escuela; era un espléndido mes de octubre, todo rojo y dorado, con mañanas apacibles en las que los valles se cubrían de delicadas neblinas, como si el espíritu del otoño las hubiera vertido para que el sol las fuera desvaneciendo en tonos amatistas, perlados, plateados, rosas y azules. El rocío era tan abundante que los campos relucían como mantos de plata, y había montones de hojas secas en las hondonadas de los bosques que crujían bajo los pies. El Sendero del Abedul era un dosel amarillo, y había helechos secos a lo largo de él. Un olor penetrante en el aire inspiraba los corazones de las jovencitas que, a diferencia de los caracoles, acudían rápida y deseosamente a la escuela; y era agradable volver al pequeño pupitre marrón al lado de Diana, con Ruby Gillis saludando con la cabeza desde el otro lado del pasillo, y Carrie Sloane enviando notas y Julia Bell pasando goma de mascar desde el asiento de atrás. Ana dio un profundo suspiro de felicidad mientras afiliaba su lapicero y ordenaba sus tarjetas ilustradas en el pupitre. La vida era sin duda muy interesante.

En la nueva maestra halló a otra amiga verdadera y servicial. La señorita Stacy era una joven inteligente y comprensiva, con el feliz don de ganarse y mantener el afecto de sus alumnos y de sacar lo mejor de ellos tanto intelectual como moralmente. Ana se abrió como una flor bajo aquella sana influencia, y llevaba a casa, al admirativo Matthew y a la crítica Marilla, elogiosos relatos sobre el trabajo escolar y sus objetivos.

—Quiero a la señorita Stacy con todo mi corazón, Marilla. ¡Es tan femenina y tiene una voz tan dulce! Cuando pronuncia mi nombre, siento *instintivamente* que lo pronuncia con «a». Tuvimos recitaciones esta tarde. Habría deseado que estuviesen allí para oírme recitar «María, reina de Escocia». Puse toda mi alma en ello. Cuando regresábamos a casa, Ruby Gillis me dijo que el modo en el que recité el verso: «Ahora, por el brazo de mi padre, mi corazón de mujer se despide», hizo que se le helara la sangre.

—Bueno, tal vez podrías recitármelo a mí uno de estos días, en el granero —sugirió Matthew.

—Por supuesto que lo haré —dijo Ana, pensativa—, pero no seré capaz de hacerlo tan bien, ya sabe. No será tan emocionante como cuando sc tiene a toda la escuela delante pendiente de tus palabras. Sé que no seré capaz de hacer que se le hiele la sangre.

—La señora Lynde dice que hizo que se le helara la sangre ver a los chicos trepar hasta las copas de esos grandes árboles de la colina de Bell en busca de nidos de cuervos el viernes pasado —dijo Marilla—. Me pregunto si la señorita Stacy anima a ello.

—Pero quería un nido de cuervo para estudiar la naturaleza —explicó Ana—. Era nuestra tarde de campo. Las tardes de campo son estupendas, Marilla. Y la señorita Stacy explica todo de maravilla. Tenemos que escribir redacciones sobre nuestras tardes de campo y yo escribo las mejores.

—Es muy vanidoso por tu parte decir eso. Sería mejor que lo dijera tu maestra.

—Pero *sí* lo dijo, Marilla. Y, de hecho, no soy vanidosa al decirlo. ¿Cómo puedo serlo cuando soy tan zoquete en geometría? Aunque la verdad es que estoy empezando a comprenderla un poco. La señorita Stacy la explica con claridad. Aun así, nunca seré buena en geometría y le aseguro que eso es una reflexión humilde. Aunque me encanta escribir redacciones. La mayoría de las veces la señorita Stacy nos permite elegir los temas; pero la semana que viene tenemos que escribir una redacción sobre una persona excepcional. Resulta difícil elegir entre tantas personas excepcionales que han existido. ¿No debe de ser estupendo ser excepcional y que escriban redacciones sobre ti después de morir? ¡Oh, cómo me gustaría ser excepcional! Creo que cuando sea mayor seré enfermera e iré con la Cruz Roja al campo de batalla como mensajera de compasión. Es decir, si no me voy de misionera al extranjero. Eso sería muy romántico, pero hay que ser muy bueno para ser misionero, y eso sería un escollo. También hacemos ejercicio físico todos los días. Hace que te muevas con más elegancia y favorece la digestión.

—¡Favorece las tonterías! —dijo Marilla, quien pensaba honestamente que todo aquello no eran más que tonterías.

Pero todas las tardes de campo, las recitaciones de los viernes y las contorsiones en educación física palidecieron ante un proyecto que la señorita Stacy presentó en noviembre. Se trataba de que los alumnos de la escuela de Avonlea organizarían una función que tendría lugar en el salón el día de Nochebuena, con el laudable fin de ayudar a pagar una bandera para la escuela. Todos y cada uno de los alumnos aceptaron el plan con magnanimidad y comenzó de inmediato la preparación del programa. Y de todos los emocionados intérpretes elegidos, ninguno estaba más emocionado que Ana Shirley, que se lanzó a la empresa con todo su corazón y toda su alma, a pesar de la desaprobación de Marilla, quien pensaba que todo aquello era una tontería.

—Os están llenando la cabeza de tonterías y quitando tiempo que debería ser empleado en vuestras lecciones —gruñó—. No apruebo que los niños organicen funciones ni vayan corriendo a los ensayos. Los hace vanidosos, atrevidos y a aficionarse a andar de acá para allá.

—Pero piense en el digno objetivo —rogó Ana—. Una bandera cultivará el espíritu patriótico, Marilla.

—¡Bobadas! Hay muy poco patriotismo en los pensamientos de cualquiera de vosotros. Todo lo que queréis es pasar un buen rato.

—Bueno, ¿no está bien que se pueda combinar patriotismo y diversión? Por supuesto, resulta muy agradable organizar una función. Vamos a cantar seis canciones a coro y Diana cantará un solo. Yo participo en dos diálogos: *La asociación para la supresión de las habladurías* y *La reina de las hadas*. Los chicos también van a tener un diálogo. Y yo voy a recitar dos veces, Marilla. Tiemblo cuando pienso en ello, pero es un temblor agradable y emocionante. Y al final va a haber una escena: *Fe, Esperanza y Caridad*. Diana, Ruby y yo estamos en ella, todas vestidas de blanco y con el cabello suelto. Yo voy a ser Esperanza, estaré con las manos entrelazadas y los ojos mirando hacia arriba. Voy a ensayar mis recitaciones en la buhardilla. No se alarme si me oye gemir. En una de ellas tengo que gemir de un modo desgarrador, y es realmente difícil conseguir un buen gemido artístico. Josie Pye está malhumorada porque no ha conseguido el papel que quería en el diálogo. Quería ser la reina de las hadas. Eso habría sido ridículo, pues, ¿quién ha oído hablar alguna vez de una reina de las hadas tan gorda como Josie? Las reinas de las hadas deben ser esbeltas. Jane Andrews va a ser la reina y yo una de sus damas de honor. Josie dice que cree que un hada pelirroja resulta tan ridícula como un hada gorda, pero yo no hago caso de lo que dice Josie. Tengo que llevar una corona de rosas blancas en el pelo y Ruby Gillis va a prestarme sus escarpines porque yo no tengo. Es necesario que las hadas calcen escarpines, ya sabe. Nadie podría imaginarse un hada con botas, ¿no es cierto? Sobre todo con punteras de cobre. Vamos a decorar el salón con ramas de abeto rojo y con rosas de papel de seda rosa en ellas. Y todos debemos marchar de dos en dos después de haberse sentado el público, mientras Emma White toca una marcha en el órgano. Oh, Marilla, sé que no está tan entusiasmada como yo, pero, ¿no espera que su pequeña Ana se distinga?

—Lo que yo espero es que te portes bien. Me alegraré de corazón cuando haya terminado todo este alboroto y seas capaz de calmarte. Ahora mismo no sirves para nada, con esa cabeza llena de diálogos, gemidos y escenas. Respecto a tu lengua, es increíble que no se haya desgastado.

Ana suspiró y se dirigió al jardín trasero, sobre el cual brillaba la luna a través de las deshojadas ramas de los álamos en un cielo de color verde manzana, y donde Matthew estaba cortando leña. Ana se sentó en un tronco y le habló de la función, segura de que la escucharía agradecido y comprensivo, al menos en esa ocasión.

—Bueno, creo que a va a ser una función muy buena. Y espero que interpretes bien tu papel —dijo, sonriendo a su carita entusiasmada y vivaz. Ana le devolvió la sonrisa. Eran muy buenos amigos y Matthew agradeció más de una vez a su buena estrella no tener nada que ver con su educación. Ese era deber exclusivo de Marilla; si hubiese sido suyo, se habría preocupado con más frecuencia por los conflictos originados entre inclinación y deber. Tal como estaban las cosas, era libre, como decía Marilla, para «mimar a Ana» tanto como quisiera. Pero no era tan mal acuerdo después de todo; un poco de «aprecio» a veces hace tanto bien como la «educación» más concienzuda.

CAPÍTULO XXV

Matthew insiste en las mangas abullonadas

Matthew estaba pasando diez minutos malos. Había entrado en la cocina, en la penumbra de una fría y gris tarde de diciembre, y se había sentado en el cajón de la leña, en el rincón, para quitarse sus pesadas botas, inconsciente del hecho de que Ana y un grupo de compañeras de la escuela estaban ensayando *La reina de las hadas* en el salón. De pronto, cruzaron en tropel la entrada y pasaron a la cocina, riendo y charlando alegremente. No vieron a Matthew, quien había retrocedido con timidez entre las sombras, con una bota en la mano y el sacabotas en la otra; las observó tímidamente durante los mencionados diez minutos mientras se ponían sus gorros y chaquetas y hablaban sobre el diálogo y la función. Ana se encontraba entre ellas, con la mirada iluminada y animada como ellas; pero, de repente, Matthew fue consciente de que había algo que la diferenciaba de sus compañeras. Y lo que preocupó a Matthew fue que la diferencia le impresionó por ser algo que no debería existir. Ana tenía el rostro más radiante, los ojos más grandes y brillantes y las facciones más delicadas que las demás; aun siendo tímido y poco observador, Matthew había aprendido a advertir esas cosas; pero la diferencia que le inquietaba no se basaba en ninguno de estos aspectos. Entonces, ¿en qué se basaba?

Matthew siguió haciéndose esa pregunta mucho después de que se hubiesen marchado las niñas por el sendero helado, cogidas del brazo, y Ana se hubiera dedicado a sus libros. No podía contárselo a Marilla, quien, según pensaba él, estaba seguro de que haría un gesto de desprecio y comentaría que la única diferencia que veía entre Ana y las demás niñas era que ellas mantenían la boca cerrada a veces, mientras que Ana nunca lo hacía. Esto, según pensaba Matthew, no sería de gran ayuda.

Había recurrido a su pipa aquella tarde, para disgusto de Marilla, con el fin de que le ayudara a analizar el asunto. Después de fumar durante dos horas y de una profunda reflexión, Matthew encontró la solución al problema. ¡Ana no vestía como las demás muchachas!

Cuanto más pensaba Matthew en el asunto, más se convencía de que Ana jamás había ido vestida como las demás niñas, jamás desde que había llegado a Tejas Verdes. Marilla seguía vistiéndola con vestidos sencillos y oscuros, confeccionados todos con el mismo patrón invariable. Si Matthew sabía que existía la moda en el vestir, es algo que no sabemos, pero estaba seguro de que las mangas de Ana no eran como las mangas que llevaban las demás. Recordó el grupo de niñas que había visto aquella tarde junto a ella, todas con alegres vestidos rojos, azules, rosas o blancos, y se preguntaba por qué Marilla siempre la vestía de manera tan sencilla y sobria.

Por supuesto, eso debía ser lo correcto. Marilla sabía lo que era mejor y Marilla era quien la estaba educando. Probablemente se trataba de algún sabio e inescrutable motivo. Pero seguramente no haría ningún daño permitir que la niña tuviera un vestido bonito, alguno parecido a los que siempre llevaba Diana Barry. Matthew decidió que le regalaría uno; eso, sin duda, no podría ser considerado como una intromisión. Faltaban sólo dos semanas para Navidad. Un vestido nuevo bonito sería un regalo perfecto. Matthew, con un suspiro de satisfacción, guardó su pipa y se fue a la cama, mientras Marilla abría todas las puertas para ventilar la casa.

Al día siguiente por la tarde, Matthew se trasladó a Carmody para comprar el vestido, decidido a superar lo peor y acabar con ese asunto. No sería tarea fácil, de eso estaba seguro. Había cosas que Matthew sabía comprar y demostrar que no era mal negociador; pero sabía que estaría a merced de los tenderos a la hora de comprar un vestido de niña.

Después de reflexionar mucho, Matthew decidió ir a la tienda de Samuel Lawson en vez de a la de William Blair. Es cierto que los Cuthbert siempre habían ido a la de William Blair. Para ellos era casi una cuestión de conciencia, como acudir a la iglesia presbiteriana o votar a los conservadores. Pero eran las dos hijas de William Blair quienes atendían a los clientes con frecuencia, y Matthew sentía por ellas absoluto pavor. Sabía arreglárselas para tratar con ellas cuando sabía exactamente lo que quería y podía indicarlo, pero en un asunto como aquel, que requería explicación y consulta, Matthew se sentía más seguro si encontraba a un hombre detrás del mostrador. De modo que iría a Lawson, donde Samuel o su hijo le atenderían.

Pero, ¡ay!, Matthew no sabía que Samuel, en la reciente ampliación de su negocio, había contratado a una empleada también; era sobrina de su esposa y una persona muy joven e imponente, de hecho, con un enorme peinado estilo *pompadour,* grandes ojos castaños y una sonrisa de lo más amplia y desconcertante. Vestía con una elegancia extraordinaria y llevaba puestas varias pulseras que lanzaban destellos y tintineaban a cada movimiento de sus manos. Matthew se sintió muy confuso al encontrarla allí; y aquellas pulseras acabaron con su lucidez de golpe.

—¿Qué puedo hacer por usted, señor Cuthbert? —preguntó la señorita Lucilla Harris, con rapidez y de modo obsequioso, dando golpecitos en el mostrador con ambas manos.

—¿Tiene usted algún... algún... algún, bueno, algún rastrillo de jardín? —balbució Matthew.

La señorita Harris pareció algo sorprendida, como no podía ser de otra manera, al oír a un hombre preguntar por rastrillos de jardín a mediados de diciembre.

—Creo que nos han sobrado uno o dos —dijo—, pero están arriba, en el trastero. Iré a ver.

Durante su ausencia, Matthew intentó recuperarse para hacer otro intento.

Cuando la señorita Harris regresó con el rastrillo y le preguntó con jovialidad: «¿Alguna cosa más, señor Cuthbert?», Matthew se armó de valor y respondió:

—Bueno, ya que lo sugiere, desearía también... llevarme..., quiero decir, mirar... comprar semilla de heno.

La señorita Harris había oído que Matthew Cuthbert era raro. En ese momento llegó a la conclusión de que estaba completamente loco.

—Sólo tenemos semillas en primavera —explicó ella con arrogancia—. Ahora no tenemos nada.

—Oh, cierto... cierto... es como usted dice —balbució Matthew, sintiéndose desdichado y cogiendo el rastrillo para dirigirse hacia la puerta.

Al llegar al umbral recordó que no lo había pagado y se dio la vuelta, abatido. Mientras la señora contaba el cambio, reunió todas sus fuerzas para realizar un último y desesperado intento.

—Bueno..., si no es demasiada molestia... desearía también... quisiera... un poco de azúcar.

—¿Blanco o moreno? —preguntó la señorita Harris pacientemente.

—Oh, bueno... moreno —dijo Matthew débilmente.

—Hay un barril allí —dijo la señorita Harris, agitando sus pulseras para señalarlo—. Es la única clase que tenemos.

—Me... me llevaré nueve kilos —dijo Matthew, con gotas de sudor en la frente.

Matthew ya había recorrido la mitad del camino de regreso cuando empezó a recuperarse. Había sido una experiencia espantosa, pero le servía de lección, pensó, por cometer la herejía de ir a una tienda extraña. Cuando llegó a casa, ocultó el rastrillo en el cobertizo de las herramientas, pero el azúcar se lo llevó a Marilla.

—¡Azúcar moreno! —exclamó Marilla—. ¿Por qué has comprado tanto? Sabes que no lo uso, salvo para las gachas de avena del mozo o para la tarta de frutos del bosque. Jerry se ha marchado y no he hecho esa tarta desde hace mucho tiempo. Además no es buen azúcar... es gruesa y oscura... William Blair no suele tener azúcar como éste.

—Pensé... pensé que podría ser útil en algún momento —dijo Matthew, intentando buscar una salida.

Cuando Matthew volvió a pensar en el asunto, decidió que era necesaria una mujer para hacer frente a la situación. Marilla estaba fuera de discusión. Estaba seguro de que ella echaría un jarro de agua fría a su plan de inmediato. Sólo quedaba la señora Lynde, pues a ninguna otra mujer de Avonlea se habría atrevido Matthew a pedirle consejo. De modo que acudió a la señora Lynde, y la buena mujer se encargó de inmediato de quitar el asunto de las manos de aquel hombre agobiado.

—¿Elegir un vestido por usted para regalárselo a Ana? Por supuesto que lo haré. Voy a ir a Carmody mañana y me ocuparé de ello. ¿Tiene en mente algo en particular? ¿No? Bueno, entonces me guiaré por mi propio juicio. Creo que un bonito marrón intenso le quedaría bien a Ana, y William Blair tiene una tela de diferentes tonos que es realmente bonita. Tal vez quiera usted que se lo haga yo también, ya que si se lo hace Marilla, probablemente Ana se enteraría antes de tiempo y estropearía la sorpresa. Bueno, se lo haré. No, no hay ningún problema. Me gusta coser. Lo haré como si fuese para mi sobrina, Jenny Gillis, pues ella y Ana se parecen tanto como dos guisantes en cuanto a su figura.

—Bueno, le estoy muy agradecido —dijo Matthew—, y... y... verá... me gustaría... creo que hoy en día las mangas son diferentes a como solían ser. Si no es pedirle demasiado... me gustaría que las hiciera como las de ahora.

—¿Abullonadas? Por supuesto. No tiene que preocuparse más por esto, Matthew. Lo haré a la última moda —dijo la señora Lynde—. Cuando Matthew se hubo ido, añadió para sus adentros—: «Será una verdadera satisfacción ver a esa pobre niña llevar puesto algo decente por una vez. El modo en el que Marilla la viste resulta realmente ridículo, eso es, y he ardido en deseos de decírselo así de claro una docena de veces. He mantenido la boca cerrada, pues me doy cuenta de que Marilla no quiere consejos y cree que sabe más sobre criar hijos que yo, a pesar de ser una solterona. Pero siempre es así. Las personas que han criado hijos saben que no existe método estricto y rápido en este mundo que se adecúe a cada niño. Pero ellos, como nunca lo han hecho, creen que es tan sencillo y fácil como la regla de tres, sólo tienes que colocar los tres términos en su lugar para que el resultado sea el correcto, pero la carne y la sangre no entienden de aritmética y ahí es donde Marilla Cuthbert se equivoca. Supongo que trata de fomentar un espíritu de humildad en Ana vistiéndola como lo hace; pero es más que probable que fomente la envidia y el descontento. Estoy segura de que la niña debe de darse cuenta de la diferencia entre su ropa y la de las demás niñas. ¡Pero pensar que Matthew se haya dado cuenta de ello! Ese hombre está despertando después de haber estado dormido más de sesenta años».

Durante las dos semanas siguientes, Marilla supo que Matthew tenía algo en mente, pero no fue capaz de adivinar de qué se trataba hasta la víspera de Navidad, cuando la señora Lynde llevó el vestido nuevo. Marilla se comportó bastante bien en general, aunque probablemente desconfiaba de la diplomática explicación de la señora Lynde de que el vestido lo había confeccionado ella porque Matthew temía que Ana lo descubriera antes de tiempo si lo hacía Marilla.

—De modo que es esto por lo que Matthew parecía tan misterioso y sonreía para sí mismo durante estas dos semanas, ¿verdad? —dijo con cierta frialdad, pero con tolerancia—. Sabía que estaba tramando alguna tontería. Bueno, debo decir que no creo que Ana necesite más vestidos. Le he hecho tres buenos para este otoño, de los que abrigan y son prácticos, y todo lo demás es pura extravagancia. Hay tela suficiente en esas mangas para hacer un talle, ya lo creo. Darás gusto a la vanidad de Ana, Matthew, y ya es tan vanidosa como un pavo real ahora. Bueno, espero que quede satisfecha al menos, porque sé que ha estado anhelando esas estúpidas mangas desde que aparecieron, aunque nunca ha vuelto a decir una palabra. Las mangas abullonadas son cada vez más grandes y más ridículas; ahora son tan grandes como globos. Al año que viene quien las lleve tendrá que pasar por las puertas de costado.

El día de Navidad amaneció de un hermoso blanco. Había sido un mes de diciembre muy templado y la gente esperaba una Navidad verde, pero la nieve cayó suavemente durante la noche para transfigurar Avonlea. Ana se asomó a la ventana helada de la buhardilla con los ojos llenos de gozo. Los abetos del Bosque Encantado tenían un aspecto plumoso maravilloso; los abedules y los cerezos silvestres estaban perfilados de perla; los campos arados eran extensiones cubiertas de hoyuelos nevados; y había en el aire un magnífico olor penetrante. Ana bajó corriendo las escaleras y cantando hasta que su voz resonó por todo Tejas Verdes.

—¡Feliz Navidad, Marilla! ¡Feliz Navidad, Matthew! ¿No es una Navidad maravillosa? Me alegro de que sea blanca. Otra clase de Navidad no parece real, ¿no es cierto? No me gustan las Navidades verdes. No *son* verdes... son sencillamente horribles marrones y grises apagados. ¿Por qué la gente las llama verdes? Pero... pero... Matthew, ¿eso es para mí? ¡Oh, Matthew!

Matthew había desdoblado el papel que envolvía el vestido y se lo estaba ofreciendo, mirando de reojo a Marilla, quien fingía estar llenando la tetera con aire de desprecio, pero sin dejar de observar la escena por el rabillo del ojo con bastante interés.

Ana cogió el vestido y lo miró en un silencio reverente. ¡Oh, qué bonito era! Un maravilloso vestido marrón, suave, con todo el brillo de la seda; la falda con delicados volantes y fruncidos; el talle con elaborados pliegues a la última moda, y un pequeño volante de encaje en el cuello. Pero las mangas... ¡eran la gloria! Puños largos en los codos, y sobre ellos dos hermosas mangas abullonadas divididas en pliegues y con lazos de seda marrón.

—Es un regalo de Navidad para ti, Ana —dijo Matthew tímidamente—. Pero... pero... Ana, ¿no te gusta? Bueno... bueno.

Los ojos de Ana se habían llenado de lágrimas de repente.

—¡Gustarme! ¡Oh, Matthew! —Ana colocó el vestido sobre una silla y juntó las manos—. Matthew, es realmente exquisito. Oh, nunca podré agradecérselo lo suficiente. ¡Mire esas mangas! Oh, me parece estar en un feliz sueño.

—Bueno, bueno, vamos a desayunar —interrumpió Marilla—. Debo decir, Ana, que no creo que necesitaras el vestido, pero ya que Matthew te lo ha regalado, has de cuidarlo bien. La señora Lynde te ha dejado una cinta para el pelo. Es marrón, a juego con el vestido. Vamos, ahora siéntate.

—No sé cómo voy a desayunar —dijo Ana entusiasmada—. El desayuno parece algo tan vulgar en un momento tan emocionante... Prefiero deleitar mis ojos con este vestido. ¡Me alegro tanto de que las mangas abullonadas sigan estando de moda! Tenía la impresión de que nunca superaría que se pasaran de moda antes de tener un vestido con ellas. Nunca habría estado contenta del todo. También ha sido maravilloso que la señora Lynde me haya regalado la cinta. Siento que debería ser una niña muy buena, de hecho. Es en momentos como estos cuando lamento no ser una niña ejemplar; y siempre hago el propósito de que lo seré en el futuro. Pero, en cierto modo, es difícil cumplir tus propósitos cuando llegan tentaciones irresistibles. Sin embargo, me esforzaré más después de esto.

Cuando terminó el vulgar desayuno, apareció Diana, cruzando el blanco puente de troncos de la hondonada, una figurita vestida con un abrigo rojo. Ana bajó corriendo la cuesta para encontrarse con ella.

—¡Feliz Navidad, Diana! ¡Oh, es una Navidad maravillosa! Tengo que enseñarte algo magnífico. Matthew me ha regalado el vestido más maravilloso, con *esas* mangas. Ni siquiera puedo imaginar algo más bonito.

—Tengo algo más para ti —dijo Diana, sin aliento—. Aquí... en esta caja. La tía Josephine nos ha enviado una caja grande con muchas cosas dentro... y esto es para ti. La habría traído anoche, pero llegó después de anochecer y ahora no me resulta muy agradable atravesar el Bosque Encantado en la oscuridad.

Ana abrió la caja y echó un vistazo. Primero vio una tarjeta en la que estaba escrito: «Para la pequeña Ana y Feliz Navidad»; luego, un par de escarpines de lo más finos, con punteras adornadas, lazos de satén y hebillas resplandecientes.

—¡Oh, Diana! —exclamó Ana—. Esto es demasiado. Debo de estar soñando.

—Yo lo llamaría providencial —dijo Diana—. Ahora no tendrás que tomar prestados los escarpines de Ruby, y eso es una bendición porque son dos números más grandes del que usas tú y sería horrible oír a un hada arrastrando los pies. Josie Pye estaría encantada. ¿Sabes que Rob Wright acompañó a casa a Gertie después del ensayo de antes de anoche? ¿Has oído algo semejante?

Todos los alumnos de Avonlea estaban frenéticos aquel día, pues tenían que decorar el salón y realizar el último ensayo general.

La función tuvo lugar por la tarde y fue un éxito rotundo. El pequeño salón estaba abarrotado; todos los intérpretes lo hicieron muy bien, pero Ana fue la estrella que más brilló en esa ocasión, lo que ni siquiera la envidiosa de Josie Pye se atrevió a negar.

—Oh, ¿no ha sido una velada magnífica? —suspiró Ana, cuando todo hubo terminado y ella y Diana regresaban a casa juntas bajo un oscuro cielo estrellado.

—Todo ha ido muy bien —dijo Diana, con su sensatez habitual—. Creo que hemos obtenido unos diez dólares. Imagínate, el señor Allan va a enviar un artículo a los periódicos de Charlottetown.

—¡Oh, Diana! ¿De verdad vamos a ver nuestros nombres impresos? Me estremezco al pensar en ello. Tu «solo» fue de lo más elegante, Diana. Me sentí más orgullosa que tú cuando te pidieron que lo cantaras otra vez. Me dije a mí misma: «Es mi querida amiga del alma quien se siente tan honrada».

—Bueno, tus recitaciones hicieron que se pusieran en pie, Ana. Esa tan triste fue sencillamente espléndida.

—Oh, estaba tan nerviosa, Diana. Cuando el señor Allan pronunció mi nombre, la verdad es que no puedo decir cómo subí a esa tarima. Sentí como si millones de ojos me estuvieran mirando y atravesando con la mirada; por un horrible momento estaba segura de que no podría empezar. Luego pensé en mis maravillosas mangas abullonadas y me armé de valor. Sabía que debía estar a la altura de esas mangas, Diana. De modo que empecé, y mi voz parecía proceder de un lugar muy lejano. Me sentí como un loro. Es providencial que ensayara esas recitaciones tan a menudo en la buhardilla, o de lo contrario jamás habría sido capaz de terminar. ¿Gemí bien?

—Sí, lo cierto es que gemiste maravillosamente —aseguró Diana.

—Vi a la anciana señora Sloane secándose las lágrimas cuando me senté. Es espléndido pensar que he conmovido el corazón de alguien. Es tan romántico participar en una función, ¿verdad? Oh, lo cierto es que ha sido una ocasión memorable.

—¿No estuvo bien el diálogo de los chicos? —dijo Diana—. Gilbert Blythe estuvo espléndido. Ana, creo que es horrible el modo en el que tratas a Gil. Espera a que te cuente. Cuando saliste corriendo del escenario después del diálogo de las hadas, se te cayó una rosa del pelo. Vi a Gil recogerla y guardársela en el bolsillo de la pechera. Ya ves. Eres tan romántica que estoy segura de que deberías estar contenta por eso.

—No me importa nada lo que haga esa persona —dijo Ana con arrogancia—. Simplemente nunca desperdicio un pensamiento en él, Diana.

Aquella noche, Marilla y Matthew, que no habían salido a ver una función en veinte años, se sentaron un rato junto al fuego de la cocina después de haberse ido Ana a la cama.

—Bueno, supongo que nuestra Ana lo hizo tan bien como los demás —dijo Matthew con orgullo.

—Así es —admitió Marilla—. Es una niña inteligente, Matthew, y también estaba realmente guapa. Me he opuesto un poco a esto de la función, pero supongo que no hay nada malo en ello después de todo. De todos modos, estoy orgullosa de Ana esta noche, aunque no voy a decírselo a ella.

—Bueno, yo estaba orgulloso de ella y se lo dije antes de que subiera a acostarse —dijo Matthew—. Alguno de estos días, tenemos que ver lo que podemos hacer por ella, Marilla. Supongo que con el tiempo necesitará algo más que la escuela de Avonlea.

—Hay tiempo de sobra para pensar en eso —dijo Marilla—. Sólo cumplirá trece años en marzo. Aunque esta noche me ha sorprendido lo que está creciendo. La señora Lynde hizo ese vestido demasiado largo y hace que Ana parezca más alta. Aprende con rapidez y supongo que lo mejor que podemos hacer por ella es enviarla a Queen's pasado un tiempo. Pero no es necesario decir nada hasta dentro de uno o dos años.

—Bueno, no hará ningún daño pensar en ello de vez en cuando —dijo Matthew—. En cosas como esas son en las que hay que pensar mucho.

CAPÍTULO XXVI

Formación del club de los cuentos

A los alumnos de primaria de Avonlea les resultó difícil volver a establecerse en la monotonía. A Ana, en particular, todo le parecía tremendamente monótono, rancio e infructuoso después de la copa de entusiasmo que había ido bebiendo a sorbos durante semanas. ¿Podría regresar a los antiguos placeres tranquilos de aquellos lejanos días anteriores a la función? Al principio, como dijo a Diana, realmente creía que no podría.

—Estoy convencida, Diana, de que la vida nunca podrá ser igual que en los viejos tiempos —dijo con tristeza, como si se refiriera a un período de al menos cincuenta años atrás—. Tal vez me acostumbre después de un tiempo, pero me temo que las funciones quitan las ganas de vivir la vida cotidiana. Supongo que esa es la razón por la que las desaprueba Marilla. Marilla es una mujer muy sensata. Debe de ser mucho mejor ser sensata; pero, aun así, no creo que desee ser una persona sensata porque no son nada románticas. La señora Lynde dice que no hay peligro de que yo lo sea, pero nunca se puede decir. Ahora pienso que podría convertirme en una de ellas. Pero quizás es sólo porque estoy cansada. No he podido dormir mucho esta noche. Permanecí despierta, pensando en la función una y otra vez. Es algo espléndido... es maravilloso volver la vista atrás.

Sin embargo, finalmente la escuela de Avonlea volvió poco a poco a su antiguo ritmo y retomó su antiguo interés. No cabe duda de que la función dejó huella. Ruby Gillis y Emma White, quienes habían discutido sobre la colocación de sus asientos en el escenario, ya no se sentaron juntas en el pupitre y rompieron una prometedora amistad que ya duraba tres años. Josie Pye y Julia Bell no se «hablaron» durante tres meses porque Josie Pye había dicho a Bessie Wright que la inclinación de cabeza que había hecho Julia Bell ante el público, cuando se levantó para recitar, le recordó a una gallina sacudiendo la cabeza, y Bessie se lo contó a Julia. Ninguno de los Sloane tenían trato con los Bell, porque los Bell habían declarado que los Sloane habían participado mucho en el programa, y los Sloane habían respondido que los Bell no fueron capaces de hacer bien ni siquiera lo poco que tenían que hacer. Por último, Charlie Sloane se peleó con Moody Spurgeon MacPherson porque éste había dicho que Ana Shirley se daba aires cuando recitaba, y Moody Spurgeon salió perdiendo. En consecuencia, la hermana de Moody Spurgeon, Ella May, ya no «hablaría» a Ana Shirley durante el resto del invierno. Exceptuando estos roces insignificantes, el trabajo en el pequeño reino de la señorita Stacy continuó con normalidad y tranquilidad.

Transcurrieron las semanas de invierno. Era un invierno inusualmente suave, con tan poca nieve que Ana y Diana podían ir a la escuela casi todos los días por el Sendero del Abedul. El día del cumpleaños de Ana, iban saltando alegremente, manteniendo los ojos y los oídos alertas en medio de su cháchara, pues la señorita Stacy les había dicho que pronto tendrían que escribir una redacción sobre un paseo por el bosque en invierno, y les convenía ser observadoras.

—Piénsalo, Diana, hoy cumplo trece años —comentó Ana con voz de asombro—. Apenas puedo darme cuenta de que ya estoy en la adolescencia. Cuando me desperté esta mañana me pareció que todo debía ser diferente. Tú ya tienes trece años desde hace un mes, así que supongo que no te parecerá una novedad como me lo parece a mí. Hace que la vida resulte mucho más interesante. Dentro de dos años ya seré adulta. Es un gran consuelo pensar que podré utilizar palabras complicadas sin que se rían de mí.

—Ruby Gillis dice que tiene intención de tener un novio cuando tenga quince años —dijo Diana.

—Ruby Gillis no piensa nada más que en novios —dijo Ana con desdén—. De hecho, le encanta que alguien escriba su nombre en el «Tomad nota», por mucho que finja que se enfada. Pero temo que éste sea un comentario poco caritativo. La señora Allan dice que no deberíamos hacer nunca comentarios poco caritativos; pero salen sin darse uno cuenta tan a menudo, ¿verdad? Simplemente no puedo hablar de Josie Pye sin hacer un comentario poco caritativo, así que nunca la menciono. Tal vez te hayas dado cuenta de eso. Estoy tratando de parecerme a la señora Allan tanto como me sea posible, pues creo que es perfecta. El señor Allan también piensa lo mismo. La señora Lynde dice que adora el suelo que ella pisa, y cree que no es correcto que un pastor sienta tanto afecto por un ser mortal. Pero, Diana, hasta los pastores son humanos y tienen pecados habituales como todo el mundo. Tuve una conversación muy interesante con la señora Allan sobre los pecados habituales el domingo pasado por la tarde. Hay pocas cosas sobre las que se pueda hablar apropiadamente los domingos, y esa es una de ellas. Mi pecado habitual es imaginar demasiado y olvidarme de mis tareas. Me estoy esforzando mucho para superarlo, y ahora que ya tengo trece años tal vez consiga ser mejor.

—Dentro de cuatro años podremos llevar el cabello elevado sobre la frente —dijo Diana—. Alice Bell sólo tiene dieciséis años y ya lo lleva así, pero creo que resulta ridículo. Yo esperaré hasta los diecisiete.

—Si yo tuviese la nariz aguileña de Alice Bell —dijo Ana con decisión—, yo no... ¡pero, ay!, no diré lo que iba a decir porque era muy poco caritativo. Además, la estoy comparando con mi propia nariz y eso es vanidad. Me temo que pienso demasiado en mi nariz desde que escuché ese cumplido sobre ella hace mucho tiempo. La verdad es que es un consuelo para mí. ¡Oh, Diana, mira, hay un conejo! Es algo que hay que recordar para nuestras redacciones del bosque. La verdad es que los bosques son igual de encantadores en invierno que en verano. Son tan blancos y tranquilos, como si estuvieran dormidos y soñando hermosos sueños.

—No me preocupará escribir esa redacción cuando llegue el momento —suspiró Diana—. Puedo arreglármelas para escribir sobre los bosques, pero la composición que tenemos que presentar el lunes es terrible. ¡Qué idea la de la señorita Stacy, la de decirnos que escribamos una historia que salga de nuestras propias cabezas!

—Bueno, es tan fácil como guiñar un ojo —dijo Ana.

—Es fácil para ti porque tienes imaginación —replicó Diana—, pero, ¿qué harías si hubieses nacido sin imaginación? Supongo que ya habrás hecho la tuya.

Ana asintió, esforzándose por no parecer virtuosamente satisfecha de sí misma, pero fracasando por completo.

—La escribí el lunes por la tarde. La titulé: *La rival celosa,* o, *La muerte no es separación.* Se la leí a Marilla y me dijo que era una tontería. Luego se la leí a Matthew y dijo que estaba bien. Esa es la clase de crítica que me gusta. Es una historia triste y tierna. Lloré como un niño mientras la escribía. Es sobre dos hermosas doncellas llamadas Cordelia Montmorency y Geraldine Seymour que vivían en el mismo pueblo y estaban unidas la una a la otra con devoción. Cordelia era morena y de aspecto regio, con una corona de cabello como la medianoche y unos radiantes ojos oscuros. Geraldine era rubia como una reina, con cabellos de oro y ojos de color púrpura aterciopelado.

—Nunca he visto a nadie con ojos de color púrpura —dijo Diana, con incredulidad.

—Yo tampoco, pero me los imagino. Quería que hubiese algo fuera de lo común. Geraldine tenía también una frente de alabastro. He descubierto lo que es una frente de alabastro. Es una de las ventajas de tener trece años. Sabes mucho más que cuando sólo tenías doce años.

—Bueno, ¿y qué pasó con Cordelia y Geraldine? —preguntó Diana, quien empezaba a interesarse bastante por su destino.

—Crecieron en belleza, una junto a la otra, hasta que tuvieron dieciséis años. Entonces llegó Bertram DeVere a su pueblo natal y se enamoró de la rubia Geraldine. Él salvó su vida cuando su caballo se desbocó con ella en el interior del carruaje; ella se desmayó en sus brazos y él la llevó a casa a cinco kilómetros de distancia; porque, como comprenderás, el carruaje había quedado destrozado. Me resultó bastante difícil imaginar cómo se había declarado él, pues no tenía experiencia en la que basarme. Le pregunté a Ruby Gillis si sabía algo de cómo se declaraban los hombres, porque pensé que sería una autoridad en el tema al tener muchas hermanas casadas. Ruby me contó que estaba escondida en el cuartito de la entrada cuando Malcolm Andrews le propuso matrimonio a su hermana Susan. Ella dijo que Malcolm le había dicho a Susan que su padre había puesto a su nombre la granja y luego le dijo: «¿Qué dices, cariño, nos casamos este otoño?». Y Susan dijo: «Sí... no... no sé... déjame pensar...». Y así quedaron, comprometidos con esa rapidez. Pero no creo que ese tipo de declaración fuera muy romántica, así que al final tuve que imaginármela lo mejor que pude. La escribí muy florida y poética; Bertram se ponía de rodillas, aunque Ruby Gillis dice que eso no se hace hoy en día. Geraldine le aceptó con un discurso que ocupa una página. Puedo decirte que me dio problemas ese discurso. Lo escribí cinco veces y lo considero mi obra maestra. Bertram le regaló un anillo de diamantes y un collar de rubíes y le dijo que irían a Europa de viaje de bodas, porque él era inmensamente rico. Pero luego, ¡ay!, las sombras comenzaron a oscurecer el camino. Cordelia también estaba enamorada de Bertram, en secreto, y cuando Geraldine le habló del compromiso, ella simplemente se puso furiosa, sobre todo cuando vio el collar y el anillo de diamantes. Todo su cariño por Geraldine se convirtió en odio amargo y juró que jamás se casaría con Bertram. Pero fingió ser tan amiga de Geraldine como siempre. Una tarde se hallaban en el puente, sobre una corriente turbulenta, y Cordelia, creyendo que estaban solas, empujó a Geraldine por encima del borde con una carcajada burlona. Pero Bertram lo vio todo y enseguida se zambulló en la corriente, exclamando: «¡Te salvaré, mi incomparable Geraldine!». Pero, ¡ay!, había olvidado que no sabía nadar y ambos se ahogaron abrazados. Sus cuerpos fueron arrastrados hasta la orilla poco tiempo después. Fueron enterrados en la misma tumba y su funeral fue de lo más imponente, Diana. Es mucho más romántico acabar una historia con un funeral que con una boda. En cuanto a Cordelia, se volvió loca de remordimientos y fue encerrada en un manicomio. Pensé que era un castigo poético por su crimen.

—¡Es absolutamente maravilloso! —suspiró Diana, quien pertenecía a la escuela de críticos de Matthew—. No comprendo cómo puedes hacer que salgan de tu cabeza cosas tan emocionantes, Ana. ¡Ojalá mi imaginación fuese tan buena como la tuya!

—Lo sería si la practicaras —dijo Ana, alentadora—. Se me ha ocurrido un plan, Diana. Tengamos nuestro propio club de cuentos y escribamos historias para practicar. Te ayudaré hasta que puedas hacerlo por ti misma. Deberías practicar tu imaginación, ya sabes. Eso dice la señorita Stacy. Sólo debemos tomar el camino correcto. Le hablé del Bosque Encantado, pero dijo que equivocamos el camino en eso.

Así fue cómo nació el club de los cuentos. Al principio, sólo estuvo limitado a Diana y a Ana, pero pronto se amplió para incluir a Jane Andrews y Ruby Gillis, y una o dos más que pensaban que necesitaban practicar la imaginación. A ningún chico se le permitió entrar, aunque Ruby Gillis opinaba que su admisión lo haría más emocionante. Cada miembro debía escribir un cuento cada semana.

—Es sumamente interesante —le contó Ana a Marilla—. Cada niña tiene que leer su cuento en voz alta y luego hablar sobre él. Vamos a guardarlos todos como si fuesen reliquias con el fin de tenerlos para que los lean nuestros descendientes. Cada una escribimos con un seudónimo; el mío es Rosemond Montmorency. Todas las chicas escriben bastante bien. Ruby Gillis es bastante sentimental. Hay demasiado galanteo en sus historias y ya sabe usted que haber demasiado es peor que haber poco. Jane no escribe ninguno porque dice que le hace sentirse muy tonta cuando tiene que leerlo en voz alta. Los cuentos de Jane son extremadamente sensatos. Diana incluye demasiados asesinatos en ellos. Dice que la mayoría de las veces no sabe qué hacer con los personajes, así que los mata y se libra de ellos. Casi siempre tengo que decirles sobre qué escribir, pero no es difícil porque tengo millones de ideas.

—Creo que este asunto de escribir cuentos es la mayor estupidez de todas —se burló Marilla—. Os llenaréis la cabeza de tonterías y perderéis tiempo que deberíais dedicar a vuestras lecciones. Leer cuentos ya es bastante malo, pero escribirlos es peor.

—Pero nos preocupamos de incluir una moraleja en todos ellos, Marilla —explicó Ana—. Insisto en eso. Todas las personas buenas son recompensadas y todas las malas reciben el castigo que les corresponde. Estoy segura de que su efecto es sano. La moraleja es lo importante, eso dice el señor Allan. Leí uno de mis cuentos a la señora Allan y a él, y ambos estuvieron de acuerdo en que la moraleja era excelente. Sólo que se reían donde no correspondía. Prefiero que la gente llore. Jane y Ruby casi siempre lloran cuando llego a las partes conmovedoras. Diana escribió a su tía Josephine para contarle lo de nuestro club y ella le respondió que le enviáramos algunos de nuestros cuentos. Así que copiamos cuatro de los mejores y se los enviamos. La señorita Josephine respondió que jamás había leído en su vida nada tan divertido. Eso nos desconcertó, porque todos los cuentos son muy conmovedores y casi todo el mundo muere. Pero me alegro de que le gusten a la señorita Barry. Eso demuestra que nuestro club está haciendo algo bueno en el mundo. La señora Allan dice que ese debería ser nuestro objetivo siempre. Realmente yo trato de que sea mi objetivo siempre, pero lo olvido con frecuencia cuando me estoy divirtiendo. Espero parecerme un poco a la señora Allan cuando sea mayor. ¿Cree usted que hay alguna posibilidad, Marilla?

—Yo diría que no hay muchas posibilidades —fue la respuesta alentadora de Marilla—. Estoy segura de que la señora Allan nunca ha sido una niña con tantas tonterías y tan olvidadiza como tú.

—No, pero ella no ha sido siempre tan buena como es ahora —dijo Ana con seriedad—. Ella misma me lo contó..., bueno, me dijo que era muy traviesa cuando era niña y que siempre estaba metiéndose en líos. Me sentí muy animada cuando oí eso. ¿Es maldad por mi parte, Marilla, sentirme animada cuando oigo que otra persona ha sido tan traviesa? La señora Lynde dice eso. La señora Lynde dice que siempre se escandaliza cuando se entera de que alguien ha sido travieso, no importa lo pequeño que fuera. Dice que una vez oyó confesar a un pastor que, siendo niño, había robado un pastelillo de fresa de la despensa de su tía, y ella ya no pudo volver a sentir respeto por ese pastor. Ahora bien, yo no habría pensado eso. Yo habría pensado que era muy noble por su parte confesarlo, habría pensado en lo que animaría a los niños de hoy en día que hacen travesuras y se arrepienten el saber que tal vez puedan llegar a ser pastores a pesar de ello. Eso es lo que pensaría, Marilla.

—Lo que pienso yo ahora, Ana —dijo Marilla—, es que los platos ya deberían estar fregados a estas horas. Has dedicado media hora más de lo que deberías a tu charla. Aprende a trabajar primero y a hablar después.

CAPÍTULO XXVII

Vanidad y aflicción

Marilla regresaba a casa de una reunión una tarde de abril cuando se dio cuenta de que el invierno había terminado y se había marchado, dejando esa sensación placentera que nunca deja de producir tanto en los más ancianos y tristes como en los más jóvenes y alegres. Marilla no era propensa a analizar subjetivamente sus pensamientos y sentimientos. Probablemente supuso que iba pensando en la Asociación de Ayuda, en las misiones y en la nueva alfombra para la sacristía, pero bajo esas reflexiones había una armoniosa conciencia de campos rojos en los que humeaban neblinas de color púrpura pálido bajo el sol de poniente, de alargadas y puntiagudas sombras de abeto sobre el prado más allá del arroyo, de arces serenos con brotes carmesí que bordeaban una laguna que parecía un espejo, de un despertar en el mundo y de los ocultos latidos agitados bajo el césped gris. Era primavera por todas partes, y el paso sobrio y de mediana edad de Marilla era más ligero y rápido debido a su profunda y primigenia alegría.

Su mirada se detuvo con afecto en Tejas Verdes, que se veía a través de la arboleda y reflejaba la luz del sol en sus ventanas en pequeños gloriosos destellos. Mientras avanzaba por el húmedo camino, Marilla pensó que era una verdadera satisfacción saber que volvía a casa, a un alegre fuego de leña y a una mesa dispuesta para el té, en lugar de volver al frío ambiente que encontraba después de las reuniones de la Asociación antes de que llegara Ana a Tejas Verdes.

Por consiguiente, cuando Marilla entró en la cocina y se encontró con el fuego apagado y sin rastro de Ana por ninguna parte, se sintió decepcionada y molesta con razón. Le había dicho a Ana que se asegurase de tener preparado el té para las cinco, pero ahora debía darse prisa en quitarse su segundo mejor vestido para preparar la cena antes de que Matthew volviera de labrar.

—Ya ajustaré cuentas con la señorita Ana cuando venga a casa —dijo Marilla con determinación, mientras cortaba trocitos de leña con un cuchillo de trinchar con más vigor del estrictamente necesario. Matthew había entrado y esperaba pacientemente el té en su rincón—. Estará deambulando por ahí con Diana, escribiendo cuentos o ensayando diálogos o alguna tontería por el estilo, y sin pensar una sola vez en el tiempo o en sus deberes. Tendrá que acabar pronto con toda esa serie de cosas. No me importa que la señora Allan diga que es la niña más inteligente y dulce que ha conocido. Puede que sea bastante inteligente y dulce, pero su cabeza está llena de tonterías y nunca se sabe por dónde saldrá la próxima vez. Tan pronto como acaba con una locura se pone a trabajar en otra. ¡Vaya! Estoy diciendo lo mismo que tanto me ha fastidiado que dijera hoy Rachel Lynde en la Asociación. Realmente me alegré cuando la señora Allan habló en favor de Ana, pues si no lo hubiese hecho, sé que le habría dicho algo demasiado severo a Rachel delante de todo el mundo. Ana tiene muchos defectos, Dios lo sabe, y no seré yo quien lo niegue. Pero la estoy educando yo y no Rachel Lynde, quien encontraría defectos hasta en el arcángel Gabriel si vivera en Avonlea. De todos modos, Ana no tiene por qué salir así cuando le dije que tenía que quedarse en casa esta tarde y ocuparse de las cosas. He de decir que, de todos sus defectos, nunca antes había hallado desobediencia en ella y que no fuera digna de confianza, y lamento mucho que sea así ahora.

—Bueno, no sé —dijo Matthew, quien, paciente y prudente, y, sobre todo hambriento, había creído conveniente dejar que Marilla expresara su ira sin interrupciones, después de saber por experiencia que terminaba cualquier tarea que tuviese entre manos mucho más deprisa si no se la retrasaba con una discusión inoportuna—, tal vez la estés juzgando precipitadamente, Marilla. No digas que no es digna de confianza hasta asegurarte de que te ha desobedecido. Puede que todo tenga una explicación... A Ana se le da muy bien dar explicaciones.

—No está aquí cuando le dije que estuviera —replicó Marilla—. Creo que le resultará difícil explicar *eso* y convencerme. Por supuesto, yo sabía que te pondrías de su parte, Matthew. Pero la estoy educando yo, no tú.

Ya era de noche cuando estuvo preparada la cena y aún no se veía a Ana cruzar apresuradamente el puente de troncos o venir por el Sendero de los Enamorados, sin aliento y arrepentida, con la sensación de haber descuidado sus tareas. Marilla fregó los platos y los guardó sombríamente. Luego, al necesitar una vela que iluminara el camino para bajar al sótano, subió a la buhardilla en busca de la que solía estar encima de la mesa de Ana. Después de encenderla, se dio la vuelta y vio a Ana tumbada boca abajo en la cama, con la cabeza entre las almohadas.

—¡Dios misericordioso! —exclamó Marilla asombrada—. ¿Has estado durmiendo, Ana?

—No —fue la apagada respuesta.

—Entonces, ¿estás enferma? —preguntó Marilla con preocupación, acercándose a la cama.

Ana se cubrió aún más con las almohadas, como si deseara ocultarse para siempre de las miradas de los mortales.

—No, pero, por favor, Marilla, váyase y no me mire. Estoy sumida en la más absoluta desesperación y ya no me importa quién vaya el primero en clase o escriba la mejor composición o cante en el coro de la escuela dominical. Insignificancias como esas ya no tienen importancia ahora porque no creo que sea capaz de ir a ninguna parte a partir de ahora. Mi carrera ha terminado. Por favor, Marilla, váyase y no me mire.

—¿Pero se ha oído algo así alguna vez? —preguntó Marilla, desconcertada—. Ana Shirley, ¿qué te pasa? ¿Qué has hecho? Levántate ahora mismo y cuéntamelo. Ahora mismo, digo. Bueno, ¿qué pasa?

Ana se deslizó hasta el suelo con desesperada obediencia.

—Mire mi pelo, Marilla —susurró.

Marilla alzó la vela y miró escrutadoramente el cabello de Ana, que le caía por la espalda en pesados mechones. Ciertamente tenía un aspecto muy extraño.

—Ana Shirley, ¿qué le has hecho a tu pelo? ¡Es *verde!*

Podría decirse que era verde, si pudiera decirse que era de algún color terrenal. Era un verde extraño, opaco, bronceado, con mechas aquí y allá de su rojo original que realzaban el horrible efecto. Jamás en su vida había visto Marilla algo tan grotesco como el cabello de Ana en ese momento.

—Sí, es verde —gimió Ana—. Creía que nada podía ser peor que tener el pelo rojo. Pero sé que es diez veces peor tenerlo verde. Oh, Marilla, no sabe lo desdichada que me siento.

—Lo que no sé es cómo te has metido en este lío, pero tengo intención de averiguarlo —dijo Marilla—. Vamos inmediatamente a la cocina... aquí arriba hace frío... y me contarás lo que has hecho. Desde hace algún tiempo esperaba que sucediera algo raro. Hacía más de dos meses que no te habías metido en ningún lío y estaba convencida de que habría algún otro. Bueno, ¿qué le has hecho a tu pelo?

—Me lo he teñido.

—¡Te lo has teñido! ¡Te has teñido el pelo! Ana Shirley, ¿no sabes que eso es algo malvado?

—Sí, sabía que era un poco malvado —admitió Ana—. Pero pensé que merecía la pena ser un poco malvada para librarme del cabello rojo. Contaba con ello, Marilla. Además, estaba decidida a ser mucho más buena en otras cosas para compensarlo.

—Bueno —dijo Marilla con sarcasmo—, si yo decidiera que merece la pena teñirme el cabello, me lo habría teñido de un color decente al menos. No me lo habría teñido de verde.

—Pero yo no quería teñirlo de verde, Marilla —protestó Ana, abatida—. Ya que quería hacer algo malvado, quería que fuera con algún provecho. Él dijo que lo convertiría en un hermoso negro azabache... me aseguró que así sería. ¿Cómo podía dudar de su palabra, Marilla? Sé lo que se siente cuando dudan de tu palabra. La señora Allan dice que nunca deberíamos sospechar que alguien no nos esté diciendo la verdad, a menos que tengamos pruebas suficientes de que no lo está haciendo. Yo tengo la prueba ahora... el pelo verde es prueba suficiente para todo el mundo. Pero yo no la tenía entonces y creí cada palabra que dijo *implícitamente*.

—¿Quién te lo dijo? ¿De quién estás hablando?

—Del vendedor ambulante que estuvo aquí esta tarde. Le compré a él el tinte.

—Ana Shirley, ¡cuántas veces te he dicho que no permitas que esos italianos entren en casa! Creo que no hay que animarlos en absoluto a que se acerquen.

—Oh, no le permití entrar a casa. Recordé lo que usted me dijo y salí afuera, cerré con cuidado la puerta y miré sus cosas desde el escalón. Además, no era italiano, era un judío alemán. Tenía una caja grande llena de cosas muy interesantes y me dijo que trabajaba duro con el fin de ganar dinero suficiente para traer a su esposa y a sus hijos de Alemania. Hablaba con tanto cariño de ellos que me conmovió. Quería comprarle algo para ayudarle a cumplir su encomiable objetivo. Luego vi de repente el frasco de tinte de cabello. El vendedor ambulante me dijo que estaba garantizado que teñía el cabello de un bello color negro azabache y que no se iba al lavarlo. En un santiamén me vi con mi hermoso cabello de color negro azabache y la tentación fue irresistible. Pero el precio del frasco era de setenta y cinco centavos y yo sólo tenía cincuenta. Creo que el vendedor ambulante tenía un corazón muy bondadoso, porque dijo que, por ser yo, me lo vendería por cincuenta centavos y que eso era prácticamente regalarlo. Así que se lo compré, y tan pronto se hubo marchado, subí aquí y me lo apliqué con un cepillo viejo como dicen las instrucciones. Gasté todo el frasco, y, ¡oh, Marilla!, cuando vi el espantoso color que le ha dado a mi pelo me arrepentí de ser malvada, se lo aseguro. Y me he estado arrepintiendo desde entonces.

—Está bien, espero que te arrepientas con buen propósito —dijo Marilla, severa— y que tengas los ojos abiertos para que veas adónde te ha llevado tu vanidad, Ana. Dios sabe qué tendremos que hacer. Supongo que lo primero será lavarte bien el pelo y comprobar si eso sirve de algo.

Por consiguiente, Ana se lavó el cabello, frotándoselo vigorosamente con agua y jabón, pero la diferencia que suponía era la de que bien podría estar frotando su rojo original. El vendedor ambulante había dicho la verdad, sin duda, cuando declaró que el tinte no se iría al lavarlo; sin embargo, su veracidad podía ser puesta en tela de juicio en otros aspectos.

—Oh, Marilla, ¿qué voy a hacer? —preguntó Ana entre lágrimas—. No podré seguir viviendo. La gente ya ha olvidado mis otras equivocaciones: el linimento en la tarta, emborrachar a Diana y mi malhumor con la señora Lynde, pero jamás olvidarán esto. Pensarán que no soy respetable. ¡Oh, Marilla!, «¡qué tela de araña tejemos cuando practicamos el engaño por primera vez!». Eso es de un poema, pero es cierto. Y, ¡oh!, Josie Pye se reirá. Marilla *no podré* mirar a la cara a Josie Pye. Soy la chica más desgraciada de isla del Príncipe Eduardo.

La desgracia de Ana duró una semana. Durante ese tiempo, no fue a ninguna parte y se lavó el cabello todos los días. Sólo Diana conocía el fatal secreto, pero prometió solemnemente no contarlo jamás, y puede decirse aquí y ahora que cumplió su palabra. Al final de la semana, Marilla dijo con determinación:

—No sirve de nada, Ana. Es un tinte permanente, si es que eso existe. Hay que cortarte el pelo, no hay otro remedio. No puedes salir con ese aspecto.

A Ana le temblaron los labios, pero se daba cuenta de la amarga verdad que había en las palabras de Marilla. Con un suspiro triste, fue en busca de las tijeras.

—Por favor, córtemelo enseguida, Marilla, y acabemos con esto. Oh, siento mi corazón destrozado. ¡Es una aflicción tan poco romántica! Las jóvenes de los libros pierden el cabello por unas fiebres o lo venden para conseguir dinero para una buena acción, y estoy segura de que no me importaría perder mi cabello de un modo parecido. Pero no consuela nada tener que cortarte el pelo porque te lo has teñido de un color espantoso, ¿no es cierto? Voy a llorar todo el tiempo que tarde en cortármelo, si eso no interfiere. ¡Me parece algo tan trágico!

Ana lloró, pero después, cuando subió al piso de arriba y se miró al espejo, se sintió desesperada. Marilla había hecho su trabajo concienzudamente y había sido necesario cortar el cabello lo más corto posible. El resultado no era favorecedor, por decirlo del modo más suave posible. Ana se apresuró a darle la vuelta al espejo contra la pared.

—Nunca, nunca más volveré a mirarme al espejo hasta que me crezca el pelo —exclamó con vehemencia.

Luego, de repente, volvió a girar el espejo.

—Sí, lo haré. Será mi penitencia por haber sido mala. Me miraré cada vez que entre en la habitación para ver lo fea que estoy. Y no trataré de imaginarlo de otra manera. Nunca pensé que fuera vanidosa por mi cabello, pero ahora sé que lo era, a pesar de ser rojo, porque era muy largo, abundante y rizado. Ahora supongo que le pasará algo a mi nariz.

El corte de pelo de Ana causó sensación en la escuela al lunes siguiente, y para alivio suyo nadie adivinó el motivo real, ni siquiera Josie Pye, quien, sin embargo, no perdió ocasión de informar a Ana de que parecía un auténtico espantapájaros.

—No dije nada cuando Josie me dijo eso —confesó aquella tarde Ana a Marilla, mientras ésta se hallaba tendida en el sofá después de uno de sus dolores de cabeza—, porque pensé que era parte de mi castigo y debía soportarlo con paciencia. Es duro que te digan que pareces un espantapájaros y quería contestarle, pero no lo hice. Sólo la miré con desdén y luego la perdoné. Perdonar a las personas hace que te sientas muy virtuoso, ¿no es cierto? Tengo intención de dedicar todas mis energías a ser buena después de esto y no volveré a intentar estar guapa. Por supuesto, es mejor ser buena. Eso lo sé, pero a veces es muy difícil creer en una cosa incluso cuando la sabes. Realmente quiero ser buena, Marilla, como usted y como la señora Allan y la señorita Stacy, y madurar para ser motivo de orgullo para usted. Diana dice que cuando me empiece a crecer el pelo, me ate una cinta de terciopelo negro alrededor de la cabeza con un lazo a un lado. Dice que cree que quedará bien. Yo la llamaré redecilla... ¡suena tan romántico! Pero, ¿estoy hablando demasiado, Marilla? ¿Le duele la cabeza?

—Me duele menos ahora, aunque me dolía terriblemente esta tarde. Estos dolores de cabeza cada vez son peores. Tendré que ir al médico. Respecto a tu parloteo, no creo que me moleste... estoy acostumbrada a él.

Esa era la manera que tenía Marilla de decir que le agradaba oírla.

CAPÍTULO XXVIII

Una doncella de lirio desafortunada

—Por supuesto que debes ser Elaine[5], Ana —dijo Diana—. Yo no tendría valor para bajar flotando.

—Ni yo —dijo Ruby Gillis, sintiendo un escalofrío—. No me importa flotar cuando somos dos o tres en la barca y podemos sentarnos. Entonces sí que es divertido. Pero tumbarme y fingir que estoy muerta... simplemente no puedo. Me moriría de miedo.

—Por supuesto que sería romántico —admitió Jane Andrews—, pero no podría estarme quieta. Asomaría la cabeza cada minuto para

---

[5] Elaine, o *Doncella de lirio*. Personaje de leyendas artúricas. El lirio representa blancura, delicadeza y belleza. El poema que desean representar es *Lancelot y Elaine* de Alfred Tennyson. *(N. de la T.)*

saber dónde estoy y si me estoy alejando demasiado. Y tú sabes, Ana, que eso estropearía el efecto.

—Pero resulta tan ridículo tener una Elaine pelirroja... —se lamentó Ana—. A mí no me da miedo flotar y me *encantaría* ser Elaine; pero es ridículo de todos modos. Ruby debería ser Elaine porque es rubia, tiene un maravilloso cabello dorado... El brillante cabello de Elaine flotaba en la corriente, ya sabéis. Y Elaine era la doncella de lirio. Una persona pelirroja no puede ser doncella de lirio.

—Tu tez es casi tan clara como la de Ruby —dijo Diana con gravedad— y tu pelo es mucho más oscuro que antes de cortártelo.

—Oh, ¿de verdad piensas eso? —exclamó Ana, ruborizándose sensiblemente de placer—. Lo he pensado alguna vez... pero nunca me he atrevido a preguntar a nadie más porque temía que me dijeran que no era así. ¿Crees que ahora se puede decir que es castaño rojizo, Diana?

—Sí, creo que es realmente bonito —dijo Diana, mirando con admiración los rizos cortos y sedosos que se agrupaban sobre la cabeza de Ana, recogidos con una cinta de terciopelo negro y un lazo muy desenfadados.

Se hallaban en la orilla de la laguna, más abajo de la Ladera del Huerto, desde donde salía un pequeño promontorio bordeado de abedules; en la punta había una plataforma de madera construida en el agua para comodidad de pescadores y cazadores de patos. Ruby y Jane estaban pasando la tarde de verano con Diana, y Ana había ido a jugar con ellas.

Ana y Diana pasaban la mayor parte de su tiempo libre en la laguna y sus alrededores ese verano. Idlewild pertenecía al pasado, después de que en primavera el señor Bell hubiese talado despiadadamente el pequeño círculo de árboles de la tierra de pastoreo que había en la parte trasera. Ana se había sentado entre los tocones y había llorado, sin dejar de pensar en lo romántico que resultaba aquello; pero se había consolado rápidamente, pues, después de todo, como decían ella, Diana y las chicas de trece años que ya iban a cumplir los catorce, eran demasiado mayores para esas diversiones infantiles, como las de las casitas para jugar, y había diversiones más fascinantes alrededor de la laguna. Era estupendo pescar truchas desde el puente, y las dos niñas aprendieron a remar en la pequeña barca de fondo plano que usaba el señor Barry para cazar patos.

Fue idea de Ana teatralizar Elaine. Habían estudiado el poema de Tennyson en la escuela el pasado invierno. El secretario general de Educación lo había incluido como lectura obligatoria en inglés en las escuelas de Isla del Príncipe Eduardo. Lo habían analizado gramaticalmente y sintácticamente, lo habían desmenuzado de tal manera que fue un milagro que al final quedara algún significado para ellas, pero al menos la doncella de lirio, Lancelot, Ginebra y el rey Arturo se habían convertido para ellas en seres reales, y Ana se sentía devorada en secreto por la pena de no haber nacido en Camelot. Aquellos días, decía, eran mucho más románticos que el presente.

El plan de Ana fue acogido con entusiasmo. Las niñas habían descubierto que si empujaban la barca desde su amarradero, bajaría a la deriva por la corriente, por debajo del puente y finalmente quedaría varada en otro promontorio que había más abajo, en una curva de la laguna. Habían descendido así a menudo y nada podía ser más conveniente para interpretar Elaine.

—Está bien, seré Elaine —dijo Ana, cediendo a regañadientes, porque, aunque le habría encantado interpretar el personaje principal, su sentido artístico exigía buena forma física para ello y pensaba que sus limitaciones lo harían imposible.

—Ruby, tú serás el rey Arturo, Jane será Ginebra y Diana tiene que ser Lancelot. Pero primero tenéis que ser los hermanos y el padre. No podemos tener al viejo sirviente bobo porque no hay espacio para dos en el fondo plano cuando se tumba uno. Debemos cubrir el fondo de la barca con telas negras. Ese viejo chal negro de tu madre es justo lo que necesitamos, Diana.

En cuanto consiguieron el chal negro, Ana lo extendió en el fondo y luego se tumbó sobre él, con los ojos cerrados y las manos cruzadas sobre el pecho.

—¡Oh, parece que está muerta de verdad! —susurró Ruby Gillis nerviosa, observando el pequeño rostro sereno y blanco bajo las vacilantes sombras de los abedules—. Me da miedo, chicas. ¿Creéis que está bien actuar de esta manera? La señora Lynde dice que todas las representaciones teatrales son abominablemente perversas.

—Ruby, no deberías hablar de la señora Lynde —dijo Ana con severidad—. Estropea el efecto porque esto sucedió cien años antes de que naciera la señora Lynde. Jane, encárgate de eso. Es estúpido que Elaine hable cuando está muerta.

Jane estuvo a la altura para la ocasión. No había tela dorada para cubrirla, pero un viejo pañuelo grande de crepé japonés amarillo para cubrir pianos resultó ser un excelente sustituto. No se podía conseguir un lirio blanco en ese momento, pero el efecto dado por uno azul colocado en las manos cruzadas de Ana fue más de lo que se podía desear.

—Bueno, ahora está lista —dijo Jane—. Debemos besarle la frente, y Diana, tú debes decir: «Hermana, adiós para siempre», y Ruby, tú: «Adiós, dulce hermana»; las dos lo diréis con la mayor tristeza posible. Ana, por el amor de Dios, sonríe un poco. Sabes que Elaine «yacía como sonriendo». Eso está mejor. Ahora, empujad la barca.

Y empujaron la barca, rozando en el proceso un viejo poste de amarrar sumergido. Diana, Jane y Ruby sólo esperaron el tiempo suficiente para verla en la corriente y luego se dirigieron al puente antes de atravesar corriendo el bosque, cruzar el camino y bajar al promontorio de abajo donde, como Lancelot, Ginebra y el rey, debían estar listos para recibir a la doncella de lirio.

Durante unos minutos Ana, descendiendo lentamente a la deriva, disfrutó plenamente del romanticismo de la situación. Luego sucedió algo que no era del todo romántico. La barca empezó a hacer agua. Al cabo de unos instantes fue necesario que Elaine se pusiera de pie, recogiera el manto dorado y el paño mortuorio negro y viera sin comprender una gran grieta en el fondo de su barca por la cual estaba entrando el agua. El afilado poste de amarrar había arrancado la tabla clavada en el fondo de la barca. Ana no lo sabía, pero no tardó mucho tiempo en darse cuenta de que se hallaba en grave peligro. A aquel ritmo, el fondo se llenaría y se hundiría mucho antes de poder llegar a la deriva al promontorio. ¿Dónde estaban los remos? ¡Se habían quedado en el amarradero!

Ana lanzó un grito ahogado que nadie oyó; habían palidecido hasta sus labios, pero no perdió el dominio de sí misma. Sólo había una oportunidad... sólo una.

—Estaba terriblemente asustada —le contó a la señora Allan al día siguiente—, y parecía que la barca tardaba años en bajar a la deriva hacia el puente, y el agua subía a cada momento. Recé, señora Allan, muy fervientemente, pero no cerré los ojos para rezar, pues sabía que la única manera de poder salvarme Dios era permitir que la barca siguiera flotando y se acercara lo suficiente a uno de los pilares del puente para poder trepar por él. Sabe que los pilares son troncos de árboles viejos y tienen montones de nudos y muñones. Era apropiado rezar, pero yo tenía que hacer mi parte observando, y lo sabía muy bien. Yo sólo decía una y otra vez: «Querido Dios, por favor, haz que flote cerca del pilar y yo haré lo demás». En esas circunstancias no piensas mucho en hacer una plegaria florida. Pero respondió a la mía, pues la barca chocó contra el pilar y se mantuvo allí un momento y yo, echándome al hombro la tela y el chal, me subí a un providencial muñón y allí me quedé, señora Allan, agarrada al resbaladizo viejo pilar sin forma de subir ni de bajar. No piensas mucho en romanticismos cuando acabas de escapar de una sepultura en el agua. Enseguida di las gracias con una oración y luego dediqué toda mi atención a aferrarme con fuerza, pues sabía que probablemente tendría que depender de ayuda humana para regresar a tierra firme.

La barca quedó a la deriva bajo el puente y luego se hundió rápidamente en medio de la corriente. Ruby, Jane y Diana, que ya estaban esperando en el promontorio de abajo, la vieron desaparecer ante sus propios ojos y no les albergó ninguna duda de que Ana se había hundido con ella. Por un momento se quedaron inmóviles, muy pálidas, aterrorizadas por la tragedia. Luego, gritando a voz en cuello, emprendieron una frenética carrera a través del bosque, sin detenerse mientras cruzaban el camino principal para echar un vistazo al puente. Ana, aferrada con desesperación a su precario apoyo, las vio correr y oyó sus gritos. Pronto llegaría la ayuda, pero, mientras tanto, su postura era muy incómoda.

Pasaron los minutos, cada minuto le parecía una hora a la desafortunada doncella de lirio. ¿Por qué no venía nadie? ¿Dónde habían ido las chicas? ¡Y si se habían desmayado todas! ¡Y si no venía nadie! ¡Y si ella se cansaba tanto que ya no pudiera mantenerse agarrada más tiempo! Ana miró las perversas profundidades verdes que había debajo de ella, agitándose en largas y gruesas sombras, y tembló.

Su imaginación había comenzado a sugerir toda clase de espantosas posibilidades para ella.

Entonces, justo cuando creía que ya no podía soportar más el dolor en los brazos y en las muñecas, Gilbert Blythe pasó remando por debajo del puente en la barca de Harmon Andrews.

Gilbert alzó la vista y, para gran asombro suyo, vio una carita blanca con gesto desdeñoso que miraba por encima de él con unos ojos grandes, grises y asustados, pero también desdeñosos.

—¡Ana Shirley! ¿Qué diablos haces ahí? —exclamó.

Sin esperar una respuesta, se acercó al pilar y extendió la mano. No había otro remedio. Ana, aferrándose a la mano de Gilbert Blythe, saltó a la barca y se sentó en la popa, mojada y furiosa, con los brazos cubiertos con el chal y el crepé empapados. Ciertamente, resultaba muy difícil parecer digna en esas circunstancias.

—¿Qué ha pasado, Ana? —preguntó Gilbert, cogiendo los remos.

—Estábamos representando Elaine —explicó Ana con frialdad, sin mirar siquiera a su salvador—, y yo tenía que ir a la deriva en una barca hasta Camelot. La barca comenzó a hacer agua y me subí al pilar. Las chicas han ido a buscar ayuda. ¿Serías tan amable de llevarme hasta el amarradero?

Gilbert la llevó amablemente hasta el amarradero y Ana, despreciando su ayuda, bajó de un salto a la orilla.

—Te estoy muy agradecida —dijo con altivez mientras se alejaba. Pero Gilbert también había saltado del bote y ahora la detenía poniéndole una mano en el brazo.

—Ana —dijo apresuradamente—. Mírame. ¿No podemos ser amigos? Lamento terriblemente haberme burlado de tu pelo aquella vez. No tenía intención de disgustarte, sólo era una broma. Además, eso fue hace mucho tiempo. Creo que tu pelo es muy bonito ahora..., de verdad lo creo. Seamos amigos.

Por un momento Ana dudó. Se había despertado en ella la extraña sensación, bajo toda su indignación, de que la expresión mitad tímida, mitad entusiasta de los ojos color avellana de Gilbert resultaba agradable de ver. Su corazón latió deprisa, con un latido extraño. Pero la amargura de aquel antiguo agravio no tardó en endurecer esa determinación que había flaqueado. Recordó aquella escena de dos años atrás como si hubiese tenido lugar el día anterior. Gilbert la había llamado «zanahorias» y la había avergonzado delante de la escuela. Su resentimiento, que para cualquier adulto podría resultar tan ridículo como su causa, no había disminuido ni se había suavizado con el tiempo. ¡Odiaba a Gilbert Blythe! ¡Jamás le perdonaría!

—No —dijo ella con frialdad—. Jamás seré amiga tuya, Gilbert Blythe. ¡No quiero serlo!

—¡De acuerdo! —Gilbert saltó a su barca con las mejillas encendidas por la ira—. No te volveré a pedir que seamos amigos, Ana Shirley. ¡Y tampoco me importa!

Se alejó dando paladas rápidas y desafiantes. Ana subió por el empinado sendero cubierto de helechos, bajo los arces. Mantuvo la cabeza muy alta, pero era consciente de una extraña sensación de arrepentimiento. Casi deseaba haber respondido a Gilbert de un modo diferente. Por supuesto, él la había insultado terriblemente, pero aun así... En resumen, Ana pensó que sería un alivio sentarse a llorar mucho. Se sentía bastante angustiada, porque la reacción al susto y al haber estado agarrada al pilar se estaba haciendo sentir.

A mitad de camino se encontró con Jane y Diana que volvían apresuradamente a la laguna en un estado de frenesí nada optimista. No habían visto a nadie en la Ladera del Huerto, tanto el señor como la señora Barry estaban ausentes. Allí, Ruby Gillis había sucumbido a la histeria y la dejaron allí para que se recuperara como mejor pudiera. Jane y Diana cruzaron corriendo el Bosque Encantado y el arroyo en dirección a Tejas Verdes. Allí tampoco encontraron a nadie, pues Marilla había ido a Carmody y Matthew estaba recogiendo heno en el campo.

—¡Oh, Ana! —dijo jadeando Diana, abrazándose a su cuello y llorando de alivio y de alegría—. Oh, Ana... pensábamos que... te habías... ahogado... y nos sentíamos asesinas... porque te obligamos a ser... Elaine. Y Ruby está histérica. ¡Oh, Ana! ¿Cómo has escapado?

—Trepé por uno de los pilares —explicó Ana con aire cansado—, y Gilbert Blythe pasó en la barca del señor Andrews y me llevó a tierra firme.

—¡Oh, Ana, qué magnífico por su parte! ¡Es tan romántico! —dijo Jane, encontrando el aliento suficiente para pronunciar estas palabras—. Por supuesto, le hablarás después de esto.

—¡Por supuesto que no lo haré! —exclamó Ana, volviendo por un momento su antiguo coraje—. Y no quiero volver a oír la palabra «romántico», Jane Andrews. Lamento muchísimo que os hayáis asustado tanto, chicas. Todo es culpa mía. Estoy convencida de que nací bajo una estrella de mala suerte. Todo cuanto hago me mete a mí o a mis amigas más queridas en líos. Hemos perdido la barca de tu padre, Diana, y tengo el presentimiento de que no nos dejarán remar en la laguna nunca más.

El presentimiento de Ana resultó ser más fiable de lo que suelen ser los presentimientos. Grande fue la consternación en los hogares de los Barry y de los Cuthbert cuando se conocieron los acontecimientos de esa tarde.

—¿Serás sensata *alguna vez*, Ana? —gruñó Marilla.

—Oh, sí, Marilla, creo que sí —respondió Ana con optimismo. Llorar en la grata soledad de la buhardilla había tranquilizado sus nervios y había recuperado su acostumbrada alegría—. Creo que mis perspectivas de ser sensata son más prometedoras que nunca.

—No sé cómo —dijo Marilla.

—Bueno —explicó Ana—, he aprendido una nueva y valiosa lección hoy. Desde que llegué a Tejas Verdes he estado cometiendo errores, y cada error me ha ayudado a corregir algún gran defecto. El asunto del broche de amatista corrigió el de tocar las cosas que no me pertenecían. El error del Bosque Encantado corrigió el de dejarme llevar por mi imaginación. La tarta con linimento corrigió el de mis descuidos al cocinar. Teñirme el pelo corrigió mi vanidad. Ahora ya no pienso ni en mi pelo ni en mi nariz... al menos, lo hago muy rara vez. Y el error de hoy me va a corregir el de ser demasiado romántica. He llegado a la conclusión de que no sirve de nada intentar ser romántica en Avonlea. Probablemente era bastante fácil serlo en una torre de Camelot hace cientos de años, pero el romanticismo no se aprecia ahora. Estoy convencida de que pronto verán un gran progreso en mí en este aspecto, Marilla.

—Así lo espero —dijo Marilla con escepticismo.

Pero Matthew, que estaba sentado en silencio en su rincón, puso una mano en el hombro de Ana cuando salió Marilla.

—No abandones todo tu romanticismo, Ana —susurró tímidamente—. Tener un poco es bueno... no demasiado, por supuesto, pero conserva un poco, Ana, conserva un poco.

CAPÍTULO XXIX

Una época en la vida de Ana

Ana traía las vacas a casa desde los pastos traseros por el Sendero de los Enamorados. Era una tarde de septiembre y todos los huecos y claros del bosque rebosaban de la luz color rubí del atardecer. Aquí y allá, el sendero estaba salpicado de ella, pero en su mayor parte ya era sombrío bajo los arces, y los espacios bajo los abetos estaban llenos de un claro crepúsculo violeta como el del vino ligero. El viento soplaba en sus copas, y no hay música más dulce sobre la tierra que la que produce el viento entre los abetos por la tarde.

Las vacas descendían balanceándose plácidamente por el sendero, y Ana las seguía en un ensueño, repitiendo en voz alta el canto de batalla de *Marmion* (que también había formado parte de la asignatura de inglés el invierno anterior y que la señorita Stacy les había obligado a aprender de memoria) y recreando las imágenes de los agitados versos y del choque de las lanzas. Cuando llegó a los versos: «Los pertinaces lanceros lograron cruzar el impenetrable y oscuro bosque», se detuvo extasiada para cerrar los ojos con el fin de imaginarse mejor que formaba parte de ese heroico círculo. Cuando volvió a abrirlos, vio que Diana cruzaba la puerta que daba al campo de los Barry y parecía tan apresurada que adivinó al instante que tenía noticias que contar, pero no revelaría una curiosidad demasiado ávida.

—¿No es esta tarde como un sueño púrpura, Diana? Hace que me alegre de vivir. Por las mañana siempre pienso que las mañanas son lo mejor; pero cuando llega la tarde, pienso que es más hermosa todavía.

—Es una tarde muy bonita —dijo Diana—, pero, tengo una gran noticia, Ana. Adivina. Puedes intentar adivinarla tres veces.

—Charlotte Gillis se va casar en la iglesia al final y la señora Allan quiere que la decoremos nosotras —dijo Ana.

—No. El novio de Charlotte no consentirá eso porque nadie se ha casado en la iglesia todavía, y él cree que se parecería más a un funeral. Es algo infame, porque sería muy divertido. Inténtalo otra vez.

—¿La madre de Jane le va a dejar dar una fiesta de cumpleaños?

Diana negó con la cabeza; sus negros ojos se movían llenos de alegría.

—No puedo imaginar qué puede ser —dijo Ana desesperada—, a menos que sea que Moody Spurgeon MacPherson fuera a verte a casa anoche después de la reunión de oración. ¿Lo hizo?

—¡Pensaría que no! —dijo Diana, indignada—. Probablemente no me jactaría de ello si lo hiciera, ¡qué criatura más horrible! Sabía que no podrías adivinarlo. Mi madre ha recibido hoy una carta de la tía Josephine y quiere que tú y yo vayamos a la ciudad el próximo martes para ir a la Exposición con ella.

—¡Oh, Diana! —dijo Ana en voz baja, hallando necesario apoyarse en un arce para sostenerse en pie—, ¿lo dices en serio? Pero me temo que Marilla no permitirá que vaya. Dirá que no puede alentar eso de andar por ahí. Eso fue lo que dijo la semana pasada cuando Jane me invitó a ir con ellos en su calesa a la función de los norteamericanos en el Hotel White Sands. Yo quería ir, pero Marilla dijo que estaría mejor en casa aprendiéndome las lecciones, y Jane también. Me llevé una decepción tremenda, Diana. Sentí tan destrozado mi corazón que no dije mis oraciones cuando me fui a la cama. Pero me arrepentí de eso y me levanté en mitad de la noche para decirlas.

—Te digo que conseguiremos que mi madre le pregunte a Marilla —dijo Diana—. Será más probable que te deje ir entonces; y si te deja, nos lo pasaremos como nunca, Ana. Nunca he ido a una Exposición, y es tan molesto oír hablar a las demás chicas sobre sus viajes... Jane y Ruby han ido dos veces, y van a ir este año de nuevo.

—No voy a pensar en ello hasta saber si puedo ir o no —dijo Ana con resolución—. Si lo hiciera y luego me decepcionara, sería más de lo que podría soportar. Pero en caso de que vaya, me alegraré mucho de tener listo mi abrigo nuevo para entonces. Marilla no pensaba que fuese a necesitar un abrigo nuevo. Dijo que el viejo aún me serviría otro invierno y que debería conformarme con tener un vestido nuevo. El vestido es muy bonito, Diana. Es azul marino y hecho a la moda. Marilla siempre me hace vestidos a la moda ahora, porque dice que no tiene intención de que Matthew vaya a ver a la señora Lynde para que los haga. Estoy muy contenta. Siempre es mucho más fácil ser buena si llevas ropa que está de moda. Al menos es más fácil para mí. Imagino que no supone tanta diferencia para las personas que son buenas por naturaleza. Pero Matthew dijo que yo debía tener un abrigo nuevo, de modo que Marilla compró un maravilloso corte de paño azul, y lo está haciendo una modista de Carmody. Estará terminado el sábado por la noche, y voy a tratar de no imaginarme caminando por el pasillo de la iglesia el domingo con mi abrigo y mi gorro nuevos, porque me temo que no está bien imaginar esas cosas. Pero se deslizan en mi mente sin yo desearlo. Mi gorro es muy bonito. Matthew me lo compró el día que fuimos a Carmody. Es uno de esos gorros pequeños de terciopelo que causan furor, con cordón dorado y borlas. Tu sombrero nuevo es elegante, Diana, y te queda muy bien. Cuando te vi entrar en la iglesia el domingo pasado, mi corazón se llenó de orgullo al pensar que eras mi amiga más querida. ¿Crees que está mal que pensemos tanto en nuestra ropa? Marilla dice que es muy pecaminoso. Pero es un tema *tan* interesante, ¿verdad?

Marilla accedió a permitir que Ana fuera a la ciudad y acordaron que el señor Barry llevaría a las niñas el martes siguiente. Como Charlottetown se encontraba a cincuenta kilómetros de distancia y el señor Barry deseaba ir y regresar el mismo día, fue necesario partir muy temprano. Pero Ana se lo tomó con alegría y se levantó antes de amanecer el martes por la mañana. Una mirada desde su ventana le aseguró que haría buen día, pues el cielo del este, por detrás de los abetos del Bosque Encantado, era plateado y sin nubes. Por entre los árboles vio brillar una luz en la buhardilla de la Ladera del Huerto, señal de que Diana también estaba levantada.

Ana ya estaba vestida cuando Matthew encendió el fuego, y tenía el desayuno preparado cuando bajó Marilla; pero, por su parte, estaba demasiado emocionada para poder comer algo. Después de desayunar, con su alegre gorro y su abrigo nuevo puestos, Ana cruzó apresuradamente el arroyo y subió entre los abetos hacia la Ladera del Huerto. El señor Barry y Diana la estaban esperando y pronto estuvieron de camino.

Era un largo viaje, pero Ana y Diana disfrutaron cada minuto de él. Era delicioso traquetear por los húmedos caminos a la temprana luz rojiza que se deslizaba por los campos segados. El aire era fresco y ligeras neblinas azuladas se enroscaban en los valles y flotaban sobre las colinas. A veces el camino atravesaba bosques donde los arces empezaban a colgar banderas escarlatas; otras veces cruzaba ríos por puentes que sobrecogían a Ana con el viejo y medio delicioso temor. A veces serpenteaba a lo largo de la orilla de un puerto y pasaba junto a un pequeño grupo de cabañas de pescadores, grises por estar a la intemperie; de nuevo ascendía por colinas desde donde se podía ver una vasta extensión de tierras altas curvadas o un brumoso cielo azul; pero por dondequiera que fueran había muchas cosas interesantes que comentar. Era casi mediodía cuando llegaron a la ciudad y se dirigieron a Beechwood. Era una hermosa mansión antigua, apartada de la calle y rodeada de verdes olmos y extendidas hayas. La señorita Barry las recibió en la puerta con un brillo en sus penetrantes ojos negros.

—De modo que por fin has venido a verme, Ana —dijo—. ¡Hay que ver cómo has crecido, niña! Eres más alta que yo. Y también tienes mucho mejor aspecto que antes, pero me atrevería a decir que lo sabes sin que te lo digan.

—Lo cierto es que no —dijo Ana radiante—. Sé que no soy tan pecosa como antes, así que tengo mucho que agradecer, pero realmente no me habría atrevido a esperar que hubiera alguna otra mejora. Me alegro mucho de que piense que la hay, señorita Barry.

La casa de la señorita Barry estaba amuebla con «gran magnificencia», como dijo Ana a Marilla después. Las dos pequeñas campesinas se sintieron avergonzadas ante el esplendor del salón en el que las dejó la señorita Barry cuando fue a ver cómo iba el almuerzo.

—¿No es como un palacio? —susurró Diana—. Nunca había estado antes en casa de tía Josephine y no tenía ni idea de que fuera así de grandiosa. Me gustaría que pudiera ver esto Julia Bells, que se da tantos aires sobre el salón de su madre.

—Alfombra de terciopelo —suspiró Ana con placer— y cortinas de seda. He soñado con estas cosas, Diana. Pero que sepas que no creo que me sintiera muy cómoda con ellas después de todo. Hay tantas cosas en esta habitación y todas son tan espléndidas que no hay espacio para la imaginación. Eso es un consuelo cuando eres pobre... hay tantas cosas que se pueden imaginar...

Su estancia en la ciudad fue algo que Ana y Diana recordaron durante años. De principio a fin estuvo llena de encantos.

El miércoles, la señora Barry las llevó a la Exposición y pasaron allí todo el día.

—Fue magnífico —contó Ana a Marilla más tarde—. Nunca imaginé nada tan interesante. La verdad es que no sé qué sección fue la más interesante. Creo que las que más me gustaron fueron la de los caballos, la de las flores y la de las labores de costura. Josie Pye ganó el primer premio en encaje. Me alegré mucho de que ganara. Y me alegré por sentir que me alegraba, pues eso demuestra que estoy mejorando, ¿no lo cree así, Marilla, cuando puedo gozar por el éxito de Josie? El señor Harmon Andrews consiguió el segundo premio por las manzanas Gravenstein, y el señor Bell, el primer premio por un cerdo. Diana dijo que pensaba que resultaba ridículo que un director de escuela dominical se llevara un premio con cerdos, pero no comprendo por qué. Dijo que siempre pensaría en eso cuando le viera rezar con tanta solemnidad. Clara Louise MacPherson se llevó un premio en pintura, y la señora Lynde ganó el primer premio de mantequilla y queso caseros. De modo que Avonlea estuvo muy bien representada. La señora Lynde estaba allí ese día, y no sabía cuánto la apreciaba hasta que vi su rostro familiar entre todos aquellos extraños. Había miles de personas, Marilla. Me hizo sentirme terriblemente insignificante. La señorita Barry nos llevó a la tribuna para ver las carreras de caballos. La señora Lynde no fue; decía que las carreras de caballos eran una abominación, y, al ser miembro de una iglesia, consideraba un deber ineludible dar buen ejemplo manteniéndose alejada. Aunque había tantas personas allí que no creo que se notara la ausencia de la señora Lynde. Sin embargo, creo que yo no debería ir a las carreras de caballos con mucha frecuencia, porque son realmente fascinantes. Diana estaba tan entusiasmada que quiso apostar conmigo diez centavos a que ganaría el caballo alazán. No creí que debiera hacerlo, así que me negué, porque quería contarle todo a la señora Allan y estaba segura de que no iba a contarle eso. Siempre está mal hacer algo que no se le puede contar a la esposa del pastor. Tener de amiga a la esposa de un pastor es tan bueno como tener una conciencia añadida. Y me alegré mucho de no apostar porque el caballo alazán *sí* que ganó, y habría perdido diez centavos. De modo que ya ve que la virtud tiene su propia recompensa. Vimos a un hombre subir en un globo. Me encantaría subir a un globo, Marilla, sería simplemente emocionante. Y vimos a un hombre que te decía la buenaventura. Le pagaban diez centavos y un pajarito elegía la buenaventura. La señorita Barry nos dio diez centavos a Diana y a mí para que nos dijera la buenaventura. La mía fue que me casaría con un hombre moreno muy rico, y que cruzaría el mar para vivir. Me fijé en todos los hombres morenos después de eso, pero no me atrajo ninguno de ellos, y, de todos modos, creo que aún es demasiado pronto para ocuparme de eso. ¡Oh, fue un día inolvidable, Marilla! Estaba tan cansada que no podía dormir por la noche. La señorita Barry nos llevó a la habitación de invitados, según lo prometido. Era una habitación elegante, Marilla, pero, en cierto modo, dormir en una habitación de invitados no es como yo solía pensar. Es lo peor de crecer, y estoy empezando a darme cuenta de ello. Las cosas que se desean tanto cuando eres niña no parecen ni la mitad de maravillosas cuando las consigues.

El jueves las chicas dieron un paseo en coche por el parque y, por la tarde, la señorita Barry las llevó a un concierto en la Academia de Música, donde iba a cantar una destacada *prima donna*. Para Ana, la noche fue un esplendoroso espectáculo de deleite.

—Oh, Marilla, no era posible describirlo. Estaba tan emocionada que no podía ni hablar, así que tal vez se imagine cómo fue. Permanecí sentada en un silencio embelesado. Madame Selitsky era realmente bella, y llevaba un vestido de raso blanco y diamantes. Pero cuando comenzó a cantar, ya no pensé en otra cosa. Oh, no puedo decirle cómo me sentí. Me pareció que ya nunca me resultaría difícil ser buena. Me sentí como cuando miro a las estrellas. Brotaron lágrimas en mis ojos, pero ¡oh!, eran lágrimas de felicidad. Lamenté mucho que todo terminara y le dije a la señorita Barry que no imaginaba cómo iba a volver de nuevo a la vida cotidiana. Dijo que creía que si cruzábamos al restaurante que había al otro lado de la calle a tomar un helado tal vez eso me ayudaría. Eso sonó muy prosaico, pero, para sorpresa mía, descubrí que era cierto. El helado estaba delicioso, Marilla, y fue maravilloso y relajante estar allí sentadas tomándolo a las once de la noche. Diana decía que había nacido para vivir en la ciudad. La señorita Barry me preguntó qué opinaba yo, pero le dije que tendría que pensarlo muy seriamente antes de poder decirle lo que realmente pensaba. De modo que lo pensé después de acostarme. Es el mejor momento para pensar en las cosas. Y llegué a la conclusión, Marilla, de que yo no había nacido para vivir en la ciudad y que me alegraba de ello. Es agradable estar tomando helados en excelentes restaurantes a las once de la noche de vez en cuando; pero como algo habitual, prefiero estar en la buhardilla a las once, profundamente dormida, pero sabiendo aun en sueños que las estrellas brillan afuera y que el viento sopla entre los abetos al otro lado del arroyo. Así se lo dije a la señorita Barry durante el desayuno al día siguiente, y se rio. Por lo general, la señorita Barry se reía de todo lo que decía, incluso de las cosas más serias. No creo que me gustara, Marilla, porque no estaba tratando de ser divertida. Pero es una dama muy hospitalaria y nos trató como a reinas.

El viernes era el día de regresar a casa, y el señor Barry fue a buscar a las chicas.

—Bueno, espero que hayáis disfrutado —dijo la señorita Barry al despedirse de ellas.

—Claro que sí —dijo Diana.

—¿Y tú, Ana?

—He disfrutado cada minuto —dijo Ana, echándole los brazos al cuello impulsivamente y besando su arrugada mejilla. Diana jamás se habría atrevido a hacer cosa semejante y se sintió horrorizada ante esa libertad de Ana. Pero a la señorita Barry le agradó y se quedó en el porche hasta que perdió de vista la calesa. Después entró en su gran casa, dando un suspiro. Parecía muy solitaria sin esas vidas jóvenes y frescas. La señorita Barry era una anciana dama bastante egoísta, a decir verdad, y nunca se había preocupado de nadie, salvo de sí misma. Valoraba a las personas sólo en la medida en que la servían o divertían. Ana la había divertido, y, en consecuencia, gozaba de la estima de la anciana. Pero la señorita Barry se sorprendió pensando menos en los pintorescos discursos de Ana y más en su juvenil entusiasmo, sus emociones transparentes, sus modales encantadores y la dulzura de sus ojos y labios.

«Pensé que Marilla Cuthbert era una vieja necia cuando me enteré de que había adoptado a una niña de un orfanato», se dijo a sí misma «pero supongo que no cometió un error después de todo. Si yo tuviese en casa a una niña como Ana todo el tiempo, yo sería mejor mujer y más feliz».

Ana y Diana encontraron el camino de regreso a casa tan agradable como el de ida, incluso más agradable, de hecho, ya que tenían la deliciosa conciencia de que un hogar las esperaba al final del camino. Atardecía cuando pasaron por White Sands y tomaron en el camino de la costa. Más allá, las colinas de Avonlea se destacaban oscuras contra el cielo color azafrán. Por detrás de ellas ascendía la luna desde el mar, que crecía radiante y se transfiguraba en su luz. Cada caleta a lo largo del sinuoso camino era una maravilla de olas danzantes. Las olas rompían con un suave susurro contra las rocas, y el olor del mar estaba en el aire, penetrante y fresco.

—Oh, pero es bueno estar viva y volver a casa —suspiró Ana.

Cuando cruzaron el puente de troncos sobre el arroyo, la luz de la cocina de Tejas Verdes le dio una cordial bienvenida, y a través de la puerta abierta brillaba el fuego del hogar, emitiendo su cálido resplandor rojizo en la fría noche otoñal. Ana echó a correr con alegría y entró en la cocina, donde una cena caliente esperaba en la mesa.

—¿Así que ya habéis vuelto? —dijo Marilla, doblando su labor.

—Sí, y es tan bueno estar de vuelta... —dijo Ana, con alegría—. Sería capaz de besar todo, hasta el reloj. Marilla, ¡pollo a la brasa! ¡No me dirá que ha cocinado eso para mí!

—Así es —dijo Marilla—. Pensé que estarías hambrienta después de semejante viaje y que necesitarías algo apetitoso. Date prisa y quítate esa ropa. Cenaremos tan pronto llegue Matthew. Me alegro de que estés de vuelta. Ha habido una soledad espantosa aquí sin ti, y nunca he pasado cuatro días tan largos.

Después de cenar, Ana se sentó delante del fuego, entre Matthew y Marilla, y les contó con todo detalle su visita.

—Lo he pasado estupendamente —concluyó feliz—, y creo que marca una época en mi vida, pero lo mejor de todo ha sido volver a casa.

CAPÍTULO XXX

Se organiza la clase para la Queen's Academy

Marilla dejó la labor sobre su regazo y se recostó en la silla. Sus ojos estaban cansados y pensó vagamente que debía cambiar de gafas la próxima vez que fuera a la ciudad, porque sus ojos se cansaban con frecuencia últimamente.

Casi había anochecido; el crepúsculo de noviembre rodeaba Tejas Verdes y la única luz de la cocina provenía de las danzarinas llamas rojas del hogar.

Ana estaba sentada al estilo turco sobre la alfombra frente a la chimenea, contemplando el alegre resplandor donde el sol de cien veranos se filtraba a través de los arces. Había estado leyendo, pero el libro había resbalado hacia el suelo y ahora soñaba despierta, con una sonrisa en sus labios entreabiertos. Resplandecientes castillos españoles se perfilaban entre las brumas y los arcoíris de su viva fantasía; le sucedían aventuras maravillosas y apasionantes en su país de las nubes; aventuras en las que siempre triunfaba y nunca se veía en aprietos como los de la vida real.

Marilla la miraba con una ternura que jamás se habría permitido revelar a una luz más clara que aquella suave mezcla de luz de fuego y sombra. La lección de un amor que se demostrara fácilmente con palabras y miradas abiertas era una lección que Marilla jamás lograría aprender. Pero había aprendido a querer a aquella muchacha delgada de ojos grises con un cariño tanto más profundo e intenso como lo era la falta de demostración de él. Su amor le hacía temer ser excesivamente indulgente, eso era lo cierto. Tenía la incómoda sensación de que era pecaminoso entregar el corazón a una criatura humana con tanta intensidad como había entregado ella el suyo a Ana, y tal vez realizaba una especie de penitencia inconsciente siendo más estricta y más crítica que si la niña le hubiese sido menos querida. Ciertamente, Ana no tenía idea de cuánto la quería Marilla. A veces pensaba con tristeza que Marilla era muy difícil de complacer y que claramente carecía de compasión y de comprensión. Pero ella siempre desechaba ese pensamiento con reproche recordando lo que le debía a Marilla.

—Ana —dijo Marilla, de repente—, la señorita Stacy estuvo aquí esta tarde mientras tú estabas con Diana.

Ana regresó de su otro mundo, dando un sobresalto y un suspiro.

—¿Sí? Oh, lamento no haber estado en casa. ¿Por qué no me llamó, Marilla? Diana y yo estábamos en el Bosque Encantado. Se está de maravilla ahora en el bosque. Todo el bosque: los helechos, los caimos y los arándanos se han ido a dormir, como si alguien los hubiera ocultado hasta la primavera bajo un manto de hojas. Creo que lo ha hecho una pequeña hada gris con un pañuelo arcoíris que vino andando de puntillas la última noche que hubo luna llena. Aunque Diana no diría mucho al respecto. No ha olvidado la regañina de su madre por imaginar fantasmas en el Bosque Encantado. Tuvo muy mal efecto en la imaginación de Diana. Se le ha frustrado. La señora Lynde dice que Myrtle Bell está frustrada. Le pregunté a Ruby Gillis por qué estaba frustrada Myrtle y Ruby me dijo que era porque su novio había faltado a su palabra. Ruby Gillis no piensa nada más que en chicos, y cuanto más mayor se hace, peor es. Los chicos están todos muy bien en su sitio, pero no es bueno meterlos en todo, ¿no es cierto? Diana y yo estamos pensando seriamente en prometernos mutuamente que no nos casaremos nunca, sino que seremos unas agradables solteronas y viviremos juntas siempre. Aunque Diana aún no ha tomado una decisión, porque cree que quizás sería más noble casarse con un joven alocado y malvado, y reformarle. Diana y yo hablamos mucho sobre temas serios ahora, ¿sabe? Pensamos que ahora somos mucho más mayores y que ya no es propio hablar de asuntos infantiles. Es algo muy serio tener casi catorce años, Marilla. La señorita Stacy nos llevó a todas las adolescentes al arroyo el miércoles pasado y nos habló de ello. Dijo que debíamos ser muy prudentes con los hábitos e ideales formados en nuestra adolescencia, porque cuando lleguemos a los veinte años nuestro carácter estará desarrollado y los cimientos asentados para toda nuestra vida futura. Y dijo que si los cimientos eran inestables, jamás podríamos construir nada que realmente mereciera la pena. Diana y yo hablamos de ello al regresar a casa. Nos sentíamos muy formales, Marilla, y decidimos que intentaríamos ser muy prudentes, formar unos hábitos respetables y aprender todo lo que podamos para ser lo más sensatas posible, de modo que cuando lleguemos a los veinte años nuestros caracteres se hayan desarrollado adecuadamente. Resulta espantoso pensar en tener veinte años, Marilla. ¡Suena a mayor y a adulto terriblemente! Pero, ¿por qué ha venido la señorita Stacy esta tarde?

—Eso es lo que quisiera contarte, Ana, si me dieras oportunidad de hablar. Estuvo hablando de ti.

—¿De mí? —Ana parecía asustada. Luego se sonrojó y exclamó—: Oh, ya sé lo que le ha contado. Quería decírselo, Marilla, de verdad, pero lo olvidé. La señorita Stacy me sorprendió leyendo *Ben Hur* ayer por la tarde cuando debería haber estado estudiando historia de Canadá. Jane Andrews me lo prestó. Estuve leyéndolo a la hora del almuerzo y acababa de llegar a la carrera de cuadrigas cuando entramos en clase. Simplemente estaba deseando saber cómo terminaba... aunque seguro que debió de ganar *Ben Hur,* porque no habría justicia poética si no lo hiciera... así que abrí el libro de historia encima del pupitre y luego coloqué *Ben Hur* entre el pupitre y mi rodilla. Parecía que estaba estudiando historia de Canadá, ya sabe, pero mientras tanto estaba deleitándome con *Ben Hur.* Estaba tan interesada en él que no me di cuenta de que la señorita Stacy se acercaba por el pasillo hasta que alcé la vista y allí estaba ella, mirándome con reproche. No puedo decirle lo avergonzada que me sentí, Marilla, especialmente cuando oí la risita de Josie Pye. La señorita Stacy se llevó *Ben Hur,* pero no dijo una palabra en ese momento. Me retuvo en el recreo y habló conmigo. Dijo que había estado mal por dos razones; primero, porque estaba perdiendo un tiempo que debería estar dedicando al estudio; y, segundo, yo estaba engañando a mi maestra por intentar hacer parecer que estaba leyendo historia cuando lo que estaba haciendo era leer un libro de cuentos. No me había dado cuenta hasta ese momento, Marilla, de que lo que estaba haciendo era engañar. Me quedé conmocionada. Lloré amargamente y le pedí a la señorita Stacy que me perdonara y le dije que no volvería a hacer nunca una cosa así; y me ofrecí a hacer la penitencia de no volver a mirar *Ben Hur* durante una semana entera, ni siquiera para saber cómo acababa la carrera de cuadrigas. Pero la señorita Stacy dijo que eso no sería necesario, y me perdonó. De modo que creo que no ha sido muy amable de su parte venir aquí a hablarle de eso, después de todo.

—La señorita Stacy no mencionó eso en ningún momento, Ana, y lo único que te pasa es que te remuerde la conciencia. No tienes por qué llevar libros de cuentos a la escuela. Lees demasiadas novelas, de todos modos. Cuando yo era niña no se me permitía ni mirar una novela.

—Oh, ¿cómo puede llamar novela a *Ben Hur* cuando en realidad es un libro muy religioso? —protestó Ana—. Desde luego es casi demasiado emocionante para ser una lectura adecuada para el domingo, y sólo lo leo los días de diario. Y nunca leo ningún libro a menos que la señorita Stacy o la señora Allan consideren que es un libro adecuado para una niña de trece años y tres cuartos. La señorita Stacy me hizo prometer eso. Un día me encontró leyendo un libro que se titulaba *El espeluznante misterio del salón embrujado*. Era uno que me había prestado Ruby Gillis y, ¡oh, Marilla, era tan fascinante y espeluznante! Me helaba la sangre en las venas; pero la señorita Stacy dijo que era un libro muy absurdo y malsano, y me pidió que no lo leyera más, ni tampoco otros similares. No me importó prometer que no leería más de él, aunque fue *angustioso* devolver ese libro sin saber cómo terminaba. Pero mi cariño por la señorita Stacy resistió la prueba y lo hice. Es realmente maravilloso, Marilla, lo que se puede hacer cuando de verdad estás deseando complacer a una persona.

—Bueno, creo que encenderé la lámpara y me pondré a trabajar —dijo Marilla—. Veo claramente que no quieres oír lo que tenía que decir la señorita Stacy. Estás más interesada en oír lo que dices tú misma que en cualquier otra cosa.

—¡Oh, sí, Marilla, quiero oírlo! —exclamó Ana, arrepentida—. No diré una palabra más... ni una. Sé que hablo demasiado, pero de verdad que estoy intentando superarlo, y aunque digo demasiadas cosas, si supiera cuántas cosas quiero decir y no digo, me atribuiría algún mérito por ello. Por favor, dígamelo, Marilla.

—Está bien, la señorita Stacy desea organizar una clase entre sus alumnos más avanzados que tengan intención de estudiar para el examen de ingreso en Queen's. Tiene intención de darles clases adicionales durante una hora después de la escuela. Vino a preguntarnos a Matthew y a mí si nos gustaría que asistieras a ellas. ¿Qué piensas de ello, Ana? ¿Te gustaría ir a Queen's a estudiar para ser maestra?

—¡Oh, Marilla! —exclamó Ana, poniéndose de rodillas y asiéndole las manos—. Ha sido el sueño de mi vida... bueno, de los seis últimos meses, desde que Ruby y Jane empezaron a hablar de estudiar para el ingreso. Pero no dije nada porque suponía que sería completamente inútil. Me encantaría ser maestra. Pero, ¿no será muy caro? El señor Andrews dice que pagó ciento cincuenta dólares por Prissy, y Prissy no era ninguna zoquete en geometría.

—Creo que no debes preocuparte por esa parte. Cuando Matthew y yo aceptamos criarte, decidimos que haríamos todo lo que pudiésemos por ti y te daríamos una buena educación. Creo que una muchacha deber estar preparada para ganarse la vida por sí misma, lo necesite o no. Siempre tendrás un hogar en Tejas Verdes mientras

Matthew y yo estemos aquí, pero nadie sabe lo que va a suceder en este mundo incierto, y es mejor estar preparado. De modo que puedes asistir a la clase de Queen's si quieres, Ana.

—¡Oh, Marilla, gracias! —Ana rodeó la cintura de Marilla con los brazos y alzó la mirada hacia ella muy seria—. Les estoy muy agradecida a usted y a Matthew. Estudiaré tanto como pueda y haré todo lo posible para que se sientan orgullosos de mí. Le advierto que no debe esperar mucho en geometría, pero creo que puedo defenderme en cualquier otra cosa si trabajo con firmeza.

—Me atrevo a decir que te irá bastante bien. La señorita Stacy dice que eres inteligente y diligente. —Por nada del mundo le habría dicho Marilla a Ana lo que había dicho exactamente la señorita Stacy sobre ella; eso habría sido halagar su vanidad—. No es necesario precipitarse hasta el extremo de que te mates con los libros. No hay prisa. No estarás preparada para intentar entrar hasta dentro de un año y medio. Pero la señorita Stacy dice que está bien empezar a tiempo y tener los pies en la tierra.

—Ahora me interesaré más que nunca por mis estudios —dijo Ana felizmente— porque tengo un propósito en la vida. El señor Allan dice que todos deberíamos tener un propósito en la vida y perseguirlo con fe. Sólo que dice que primero debemos asegurarnos de que sea un propósito que merezca la pena. Yo llamaría propósito que merece la pena a querer ser maestra como la señorita Stacy, ¿no es cierto, Marilla? Creo que es una profesión muy noble.

La clase de Queen's se organizó a su debido tiempo. Gilbert Blythe, Ana Shirley, Ruby Gillis, Jane Andrews, Josie Pye, Charlie Sloane y Moody Spurgeon MacPherson asistirían a ella. Diana Barry no, ya que sus padres no tenían intención de enviarla a Queen's. Esto le pareció poco menos que una calamidad a Ana. Jamás, desde la noche en la que Minnie May había tenido garrotillo, se había separado en nada de Diana. La tarde en la que la clase de Queen's se quedó por primera vez en la escuela para recibir clases adicionales y Ana vio salir lentamente a Diana con los demás, para caminar sola hacia su casa por el Sendero del Abedul y el Valle de las Violetas, todo lo que Ana pudo hacer fue permanecer en su asiento y abstenerse de salir corriendo impulsivamente detrás de su amiga. Se le hizo un nudo en la garganta y rápidamente ocultó las lágrimas de sus ojos tras las páginas del libro de gramática latina. De ningún modo permitiría Ana que Gilbert Blythe o Josie Pye vieran aquellas lágrimas.

—Pero, ¡oh, Marilla!, realmente sentí que había probado la amargura de la muerte, como dijo el señor Allan en su sermón el domingo pasado, cuando vi a Diana marcharse sola —dijo muy triste aquella noche—. Pensé en lo estupendo que habría sido que Diana hubiera estudiado también para el ingreso. Pero no podemos tener la perfección en un mundo imperfecto, como dice la señora Lynde. La señora Lynde no es exactamente una persona reconfortante, pero no cabe duda de que dice una gran cantidad de cosas que son ciertas. Y creo que la clase para Queen's va a ser muy interesante. Jane y Ruby sólo van a estudiar para ser maestras. Esa es su máxima ambición. Ruby dice que sólo enseñará durante dos años después de terminar, y luego tiene intención de casarse. Jane dice que dedicará toda su vida a la enseñanza, y que nunca, nunca, se casará, porque recibes un salario por enseñar, pero un marido no paga nada y gruñe si le pides dinero para comprar huevos y mantequilla. Supongo que Jane habla por triste experiencia, pues la señora Lynde dice que su padre es un viejo cascarrabias muy tacaño. Josie Pye dice que sólo va a estudiar por tener más educación, porque no tendrá que ganarse la vida; dice que, por supuesto, es diferente en el caso de los huérfanos que viven de la caridad, *ellos* sí que tienen que esforzarse. Moody Spurgeon va a ser ministro. La señora Lynde dice que no podría ser otra cosa con un nombre como ese para estar a la altura. Espero que no sea maldad por mi parte, Marilla, pero realmente la idea de que Moody Spurgeon sea ministro me hace reír. ¡Tiene un aspecto tan gracioso, con esa cara gorda y grande, y sus ojitos azules y sus orejas de soplillo! Pero tal vez tenga un aspecto más intelectual cuando sea mayor. Charlie Sloane dice que va a entrar en política y que será miembro del Parlamento, pero la señora Lynde dice que nunca lo logrará porque los Sloane son todos muy honrados, y únicamente los sinvergüenzas se meten en política hoy en día.

—¿Qué va a ser de Gilbert Blythe? —preguntó Marilla, al ver que Ana abría su libro de *César*.

—Resulta que no sé cuál es la ambición de Gilbert Blythe en la vida... si es que tiene alguna —dijo Ana con desdén.

Existía ahora una rivalidad manifiesta entre Gilbert y Ana. Anteriormente, la rivalidad había sido bastante unilateral, pero ya no cabía duda alguna de que Gilbert estaba dispuesto a ser el primero de la clase, igual que Ana. Era un enemigo digno de ella. Los demás miembros de la clase reconocían tácitamente la superioridad de ellos y jamás soñaban con intentar competir con ellos.

Desde el día de la laguna, cuando Ana se había negado a escuchar su petición de perdón, Gilbert, salvo por la decidida rivalidad antes mencionada, había evidenciado no reconocer en absoluto la existencia de Ana Shirley. Hablaba y bromeaba con las demás chicas, intercambiaba libros y rompecabezas con ellas, hablaba de las clases y de planes, algunas veces acompañaba a casa a alguna de ellas después de la reunión de oración o de la del Club de Debate. Pero a Ana Shirley simplemente la ignoraba, y Ana descubrió que no resultaba agradable ser ignorada. En vano se decía a sí misma con un movimiento de cabeza que no le importaba, pero en lo más profundo de su rebelde y femenino corazoncito sabía que sí le importaba, y que si se presentara de nuevo la ocasión del Lago de las Aguas Resplandecientes, respondería de un modo muy diferente. De pronto, para su secreta consternación, descubrió que aquel viejo resentimiento que había albergado contra él había desaparecido, justo cuando más necesitaba ella de su apoyo. En vano recordaba cada incidente y emoción de aquella memorable ocasión e intentaba sentir la antigua y satisfactoria ira. Ese día de la laguna había sido testigo de su último e intermitente parpadeo. Ana se dio cuenta de que había perdonado y olvidado sin saberlo. Pero era demasiado tarde.

Y al menos ni Gilbert ni nadie más, ni siquiera Diana, deberían sospechar jamás cuánto lo lamentaba y cuánto deseaba no haber sido tan orgullosa y horrible. Decidió «sepultar sus sentimientos en el más profundo olvido», y puede afirmarse aquí y ahora que tuvo tanto éxito que Gilbert, quien posiblemente no era tan indiferente como parecía, no pudo consolarse con la creencia de que Ana sentía su desprecio en represalia. El único pobre consuelo que le quedaba era ver cómo ella desairaba a Charlie Sloane, sin piedad, continuamente e inmerecidamente.

Por lo demás, el invierno transcurría entre agradables deberes y estudios. Para Ana los días se deslizaban como cuentas de oro en el collar del año. Estaba feliz, entusiasmada, interesada; había lecciones que aprender y honores que ganar, deliciosos libros que leer, nuevas canciones que cantar en la escuela dominical, agradables tardes de domingo con la señora Allan en la vicaría; y luego, antes de que Ana fuera consciente de ello, la primavera había llegado de nuevo a Tejas Verdes y todo florecía una vez más.

Los estudios dejaron de gustarle un poco entonces; la clase de Queen's, que se quedaba en la escuela mientras los demás se dispersaban por veredas verdes, frondosos bosques y caminos de prados, miraba por la ventana con nostalgia y descubría que los verbos latinos y los ejercicios de francés habían perdido de alguna manera el sabor y el encanto que había poseído en los vivificantes días de invierno. Incluso Ana y Gilbert se rezagaron y se volvieron indiferentes.

Maestra y alumnos se alegraron por igual cuando se terminaron las clases y los felices días de las vacaciones se extendieron prometedores ante ellos.

—Habéis hecho un buen trabajo este año —les dijo la señorita Stacy la última tarde —y os merecéis unas buenas y alegres vacaciones. Pasadlo lo mejor posible, al aire libre, y abasteceos de una buena reserva de salud, vitalidad y ambición para pasar el próximo año. Será un tira y afloja, ya sabéis... el último año antes del examen de ingreso.

—¿Va a volver al año que viene, señorita Stacy? —preguntó Josie Pye.

Josie Pye no tenía escrúpulos a la hora de preguntar; en esta ocasión el resto de la clase se lo agradeció. Ninguno de ellos se habría atrevido a preguntárselo a la señorita Stacy, pero todos querían saberlo, porque desde hacía algún tiempo corrían rumores alarmantes por la escuela de que la señorita Stacy no volvería al año siguiente, de que le habían ofrecido un puesto en la escuela primaria de su propio distrito y tenía la intención de aceptarlo. La clase de Queen's, sin aliento y en suspense, estaba pendiente de su respuesta.

—Sí, creo que lo haré —dijo la señorita Stacy—. Pensé en aceptar otra escuela, pero he decidido regresar a Avonlea. A decir verdad, he llegado a interesarme tanto por mis alumnos aquí que me he dado cuenta de que no podía abandonarlos. Así que me quedaré y os ayudaré hasta el final.

—¡Hurra! —exclamó Moody Spurgeon.

Moody Spurgeon nunca antes se había dejado llevar por sus sentimientos de esa manera, y durante una semana se ruborizaba incómodamente cada vez que pensaba en ello.

—¡Oh, me alegro tanto! —dijo Ana con un brillo en los ojos—. Estimada señorita Stacy, habría sido realmente terrible que no hubiese vuelto. No creo que pudiese tener ánimo para continuar con mis estudios si viniera otro maestro.

Cuando Ana llegó a casa aquella noche, apiló todos sus libros de texto en un viejo baúl del ático, lo cerró y tiró la llave al cajón de las mantas.

—No voy ni a mirar los libros de texto en vacaciones —le dijo a Marilla—. He estudiado todo lo que he podido durante el curso. Y he estudiado detenidamente geometría, hasta saberme de memoria todos los teoremas del primer libro, hasta cuando *cambian* las letras. Estoy cansada de ser sensata y voy a dejar que se desboque mi imaginación durante el verano. Oh, no tiene por qué alarmarse, Marilla. Sólo permitiré que se desboque dentro de unos límites razonables. Pero quiero pasarlo bien y estar alegre este verano, pues tal vez sea el último verano en el que seré niña. La señora Lynde dice que si sigo estirando el año que viene como lo he hecho éste, tendré que llevar faldas más largas. Dice que soy toda piernas y ojos. Y cuando me ponga faldas más largas, pensaré que tendré que estar a la altura y ser muy digna. Me temo que ni siquiera podré creer en las hadas entonces, así que voy a creer en ellas con todo mi corazón este verano. Creo que vamos a pasar unas vacaciones estupendas. Ruby Gillis va a celebrar su cumpleaños pronto, y el mes que viene hay un pícnic de la escuela dominical y una función de los misioneros. El señor Barry dice que nos llevará alguna tarde a Diana y a mí al hotel de White Sands y cenaremos allí. Ellos cenan allí por la tarde, ya sabe. Jane Andrews fue una vez el verano pasado y dice que fue un espectáculo deslumbrante ver las luces eléctricas y las flores, y todas las invitadas con aquellos hermosos vestidos. Jane dice que fue su primera visión de la vida elegante y que no la olvidará hasta el día de su muerte.

La señora Lynde se acercó la tarde siguiente a averiguar por qué Marilla no había asistido a la reunión de la Asociación de Ayuda el jueves. Cuando Marilla no iba a la reunión, todos sabían que algo iba mal en Tejas Verdes.

—El jueves Matthew pasó un mal rato con su corazón —explicó Marilla—, y no tuve ánimo para dejarle solo. Ahora ya está bien, pero cada vez son más frecuentes y estoy preocupada por él. El médico dice que debe tener cuidado y evitar emociones fuertes. Eso es fácil, porque Matthew no anda buscando emociones fuertes de ninguna clase, y nunca lo ha hecho; pero tampoco debe hacer trabajos muy duros, y mejor decirle a Matthew que no respire a decirle que no trabaje. Pasa y deja tus cosas, Rachel, ¿te quedarás a tomar el té?

—Bueno, ya que insistes, quizás debería quedarme —dijo Rachel, quien no tenía la menor intención de hacer otra cosa.

La señora Rachel y Marilla se sentaron cómodamente en el salón mientras Ana preparaba el té y unas galletas calientes, lo bastante ligeras y blancas como para desafiar hasta las críticas de la señora Rachel.

—He de decir que Ana ha resultado ser una muchacha fantástica —admitió la señora Rachel mientras Marilla la acompañaba hasta el final del camino al atardecer—. Debe resultarte de gran ayuda.

—Lo es —dijo Marilla—, y ahora es más responsable y fiable. Antes temía que nunca dejaría de ser una atolondrada, pero lo ha conseguido y ahora confiaría en ella para cualquier cosa.

—Nunca habría imaginado que diera tan buen resultado aquel primer día que estuve aquí hace tres años —dijo la señora Rachel—. ¡Santo cielo, jamás olvidaré aquella rabieta suya! Cuando volví a casa, le dije a Thomas: «Fíjate en lo que te digo, Thomas, Marilla Cuthbert vivirá arrepintiéndose del paso que ha dado». Pero estaba equivocada y me alegro de verdad. No soy de esa de clase de personas, Marilla, que no son capaces de reconocer nunca que han cometido un error. No, esa nunca ha sido mi forma de ser, gracias a Dios. Cometí un error al juzgar a Ana, aunque no era de extrañar, porque nunca había visto una brujilla tan rara y desconcertante, eso es. No había forma de entenderla aplicando las reglas que funcionaban con otros niños. No deja de maravillarme cómo ha mejorado en estos tres años, sobre todo su aspecto físico. Va a ser una muchacha bonita, aunque no puedo decir que me gusten demasiado la tez pálida y los ojos grandes. Prefiero las que tienen más color, como Diana Barry o Ruby

Gillis. El de Ruby Gillis resulta llamativo. Pero de alguna manera, no sé por qué, cuando Ana y ellas están juntas, aunque ella no sea ni la mitad de guapa, las hace parecer vulgares e insignificantes... algo así como si pusiéramos esos lirios blancos a los que ella llama narcisos junto a dos grandes peonías rojas, eso es.

CAPÍTULO XXXI

Donde confluyen el arroyo y el río

Ana pasó un buen verano y disfrutó incondicionalmente. Ella y Diana vivieron prácticamente al aire libre, disfrutando de todas las delicias que ofrecían el Sendero de los Enamorados, la Burbuja de la Dríada, Willowmere y la Isla Victoria. Marilla no puso objeciones a las salidas de Ana. El médico de Spencervale, quien había acudido la noche en la que Minnie May había tenido garrotillo, se encontró con Ana en casa de un paciente una tarde a principio de las vacaciones, la examinó con detenimiento, contrajo los labios, sacudió la cabeza y envió recado a Marilla Cuthbert a través de otra persona. Era el siguiente: «Mantenga a esa niña pelirroja suya al aire libre todo el verano y no le permita leer libros hasta que su paso sea más firme».

Este mensaje asustó a Marilla de un modo trascendental. Interpretó sentencia de muerte para Ana por tisis a menos que se obedeciera escrupulosamente. Como resultado, Ana pasó el mejor verano de su vida en lo que se refiere a libertad y diversión. Paseaba, remaba, cogía bayas y soñaba a sus anchas; y cuando llegó septiembre, sus ojos brillaban y su mente estaba lúcida, su paso al andar hubiera satisfecho al médico de Spencervale y su corazón estaba repleto de ambición y entusiasmo una vez más.

—Creo que estoy muy animada para estudiar con todas mis fuerzas —declaró mientras bajaba sus libros del ático—. Oh, viejos amigos, me alegro de ver vuestros rostros honestos otra vez... sí, incluso el tuyo, geometría. He pasado un verano perfecto y hermoso, Marilla, y ahora *me regocijo cual hombre fuerte al correr su carrera*[6], como

---

[6]   Salmo 19:5. *(N. de la T.)*

232

dijo el señor Allan el domingo pasado. ¿No predica magníficos sermones el señor Allan? La señora Lynde dice que mejora día a día y que en cualquier momento nos enteraremos de que alguna iglesia de la ciudad se lo llevará y luego nos tendremos que conformar con otro pastor novato. Pero no comprendo de qué sirve ver problemas a mitad de camino, ¿no es cierto, Marilla? Creo que sería mejor disfrutar del señor Allan mientras lo tengamos. Si yo fuera hombre, creo que sería pastor. Puede ejercer muy buena influencia si su teología es sólida y debe ser emocionante predicar sermones espléndidos y conmover el corazón de los oyentes. ¿Por qué las mujeres no pueden ser pastores, Marilla? Le pregunté eso a la señora Lynde y se sorprendió, y dijo que sería algo escandaloso. Dijo que es posible que hubiera mujeres pastores en los Estados Unidos, y que creía que las había, pero gracias a Dios aún no habíamos llegado a esa etapa en Canadá y esperaba que nunca lo hiciéramos. Pero no veo por qué. Creo que las mujeres serían espléndidos pastores. Cuando hay que organizar una reunión social, o un té de la iglesia, o cualquier otra cosa para recaudar dinero, las mujeres tienen que ocuparse de ello y hacer el trabajo. Estoy segura de que la señora Lynde puede rezar las oraciones tan bien como el director Bell, y no me cabe duda de que ella también podría predicar con un poco de práctica.

—Sí, creo que podría —dijo Marilla secamente—. Predica mucho de forma no oficial. Nadie tiene ocasión de equivocarse en Avonlea cuando Rachel supervisa.

—Marilla —dijo Ana, en un arrebato de confianza—, quiero contarle algo y preguntarle qué opina usted sobre ello. Me ha preocupado terriblemente... los sábados por la tarde, es decir, cuando pienso más detenidamente en ciertos asuntos. Realmente quiero ser buena. Cuando estoy con usted, o con la señora Allan, o con la señorita Stacy quiero serlo más que nunca y quiero hacer lo que les agradaría a ustedes y lo que aprobarían. Pero cuando estoy con la señora Lynde sobre todo, me siento desesperadamente mala y como si deseara hacer las cosas que dice ella que no debería hacer. Me siento irresistiblemente tentada a hacerlo. Ahora bien, ¿cuál cree usted que es la razón de que me sienta así? ¿Cree que es porque realmente soy mala e incorregible?

Marilla pareció dudar un momento, luego se rio.

—Si tú te sientes así, supongo que yo también, Ana, porque Rachel provoca ese mismo efecto en mí con frecuencia. A veces pienso que ella tendría una buena influencia, como tú dices, si no fuera tan pertinaz con las personas para que hagan lo correcto. Debería haber existido un mandamiento especial contra esa pertinacia. Pero no debería hablar así. Rachel es una buena cristiana y tiene buenas intenciones. No hay un alma más buena en Avonlea y nunca elude su parte de trabajo.

—Me alegro de que sienta lo mismo que yo —dijo Ana con decisión—. Es tan alentador... No me preocuparé tanto por ello después de esto. Pero me atrevo a decir que habrá otras cosas que me preocupen. Siguen surgiendo cosas nuevas todo el tiempo... cosas que te dejan perpleja, ya sabe. Resuelves una cuestión y llega otra inmediatamente después. Hay tantas cosas en las que pensar y decidir cuando estás empezando a madurar... Me mantiene ocupada todo el tiempo pensar en ellas y decidir cuál es la correcta. Es algo serio madurar, ¿no es cierto, Marilla? Pero cuando se tiene tan buenos amigos como usted y Matthew, y la señora Allan y la señorita Stacy, debería madurar de un modo satisfactorio, y estoy segura de que será culpa mía si no lo hago. Creo que es una gran responsabilidad porque sólo tengo una oportunidad. Si no maduro adecuadamente no puedo volver atrás y comenzar de nuevo. He crecido cinco centímetros este verano, Marilla. El señor Gillis me midió en la fiesta de Ruby. ¡Me alegro tanto de que me haya hecho usted vestidos nuevos más largos! Ese verde oscuro es muy bonito y ha sido muy amable por su parte ponerle un volante. Por supuesto, sé que no era necesario realmente, pero los volantes están de moda este otoño y Josie Pye lleva volantes en todos sus vestidos. Sé que seré capaz de estudiar mejor gracias al mío.

—Entonces merece la pena tenerlo —admitió Marilla.

La señorita Stacy regresó a la escuela de Avonlea y encontró a todos sus alumnos ansiosos por trabajar de nuevo. Especialmente los de la clase que se preparaba para ingresar en la Queen's Academy, pues a finales del año siguiente, ensombreciendo ya débilmente el camino, se cernía aquello tan decisivo que se conocía como «el ingreso», ante cuya idea a todos y a cada uno de ellos se les caía el alma a los pies. ¡Supongamos que no apruebe! Ese pensamiento estaba predestinado a perseguir a Ana en sus horas de vigilia aquel invierno, incluidos los domingos por la tarde, con la exclusión casi total de los problemas morales y teológicos. Cuando Ana tenía pesadillas, se hallaba mirando tristemente las listas de los que habían aprobado los exámenes de ingreso, donde el nombre de Gilbert Blythe ornaba la parte superior de la lista y en las cuales el suyo no aparecía en absoluto.

Pero fue un invierno alegre, ajetreado, feliz y que pasó veloz. El trabajo escolar era tan interesante y la rivalidad en clase tan absorbente como antaño. Nuevos mundos de pensamiento, sentimiento y ambición, nuevos y fascinantes campos de conocimientos inexplorados, parecían estar abriéndose ante los entusiastas ojos de Ana.

«¡Colinas tras colinas se asoman, y Alpes tras Alpes se alzan![7]».

Gran parte de todo esto se debió a la orientación discreta, esmerada y de mente abierta de la señorita Stacy. Llevaba a sus alumnos a pensar, explorar y descubrir por sí mismos, y les animaba a que se desviaran de los viejos senderos trillados hasta un punto que escandalizaba a la señora Lynde y a los administradores de la escuela, quienes consideraban dudosas todas aquellas innovaciones sobre los métodos ya establecidos.

Aparte de sus estudios, Ana amplió su vida social, pues Marilla, consciente de la sentencia del médico de Spencervale, ya no vetaba las salidas ocasionales. El Club de Debate prosperó y ofreció varias funciones; hubo un par de fiestas que casi se parecieron a las de los adultos; hubo paseos en trineo y patinaje en abundancia.

Mientras tanto, Ana crecía, y lo hacía tan rápidamente que Marilla se asombró un día que estaban de pie la una al lado de la otra al descubrir que la muchacha era más alta que ella.

—¡Vaya, Ana, cómo has crecido! —dijo, casi sin creérselo.

Un suspiro siguió a sus palabras. Marilla sintió una extraña tristeza ante la estatura de Ana. La niña a la que había aprendido a amar se había desvanecido en cierto modo y ahí estaba ahora en su lugar aquella muchacha de quince años, alta, de mirada seria, semblante pensativo y cabecita orgullosamente erguida. Marilla amaba a la muchacha tanto como había amado a la niña, pero era consciente de una extraña y triste sensación de pérdida. Y aquella noche, mientras Ana se encontraba en la reunión de oración con Diana, Marilla se sentó a solas en el crepúsculo invernal y se entregó a la debilidad de llorar.

---

[7] Cita de ALEXANDRE POPE. *Ensayo sobre la Crítica. (N. de la T.)*

Matthew, al entrar con un farol, la sorprendió y la miró con tal consternación que Marilla tuvo que reírse entre sus lágrimas.

—Estaba pensando en Ana —explicó—. Va a ser una muchacha tan grande... y probablemente se alejará de nosotros el próximo invierno. La echaré muchísimo de menos.

—Podrá venir a casa con frecuencia —la consoló Matthew, para quien Ana era todavía y lo sería siempre la pequeña y entusiasta niña que había llevado a casa desde Bright River aquella tarde de junio hacía cuatro años—. Para entonces se habrá construido el ramal del ferrocarril hasta Carmody.

—No será lo mismo que tenerla aquí todo el tiempo —suspiró Marilla sombríamente, decidida a gozar de su dolor sin consuelo—. ¡Pero los hombres no comprendéis estas cosas!

Hubo más cambios en Ana además del físico. Por un lado, se volvió mucho más callada. Tal vez pensara y soñara tanto como siempre, pero ciertamente hablaba menos. Marilla se daba cuenta de ello y también lo comentó.

—No hablas ni la mitad de lo que solías hablar, Ana, ni empleas tantas palabras complicadas. ¿Qué te ha pasado?

Ana se ruborizó y se rio un poco, mientras dejaba caer su libro y miraba soñadora por la ventana, donde grandes y rojos capullos brotaban en la enredadera en respuesta al reclamo del sol primaveral.

—No sé... no deseo hablar tanto como antes —dijo, hundiendo en su barbilla el dedo índice pensativamente—. Resulta más agradable tener pensamientos preciados y bonitos y guardarlos en el corazón, como si fuesen tesoros. No me gusta que se rían de ellos o me pregunten por ellos. Y, en cierto modo, ya no deseo utilizar palabras complicadas. Es casi una pena, ¿verdad?, ahora que me estoy haciendo lo bastante mayor para decirlas si quisiera. Resulta divertido ser casi adulta en algunos aspectos, pero no es el tipo de diversión que esperaba, Marilla. Hay mucho que aprender, que hacer y que pensar y no hay tiempo para palabras complicadas. Además, la señorita Stacy dice que las palabras cortas tienen más fuerza y son mejores. Nos hace escribir todos nuestros ensayos del modo más sencillo posible. Fue difícil al principio. Estaba acostumbrada a agolpar todas las palabras complicadas y bonitas que se me ocurrían... y se me ocurrían una buena cantidad de ellas. Pero ahora me he acostumbrado y comprendo que es mucho mejor.

—¿Qué ha sido de vuestro club de cuentos? No te he oído hablar de él desde hace tiempo.

—Ya no existe el club de los cuentos. No teníamos tiempo para ello... y, de todos modos, creo que nos habíamos cansado de él. Era una tontería escribir sobre amor y asesinatos, fugas y misterios. Algunas veces la señorita Stacy nos pide que escribamos una historia para practicar la composición, pero no nos permite escribir sobre otra cosa que no sea lo que podría suceder en Avonlea en nuestras vidas, y critica muy duramente las composiciones y nos hace criticar las nuestras propias también. Nunca pensé que en mis composiciones hubiera tantos errores hasta que comencé a buscarlos yo misma. Me sentí tan avergonzada que quería abandonar por completo, pero la señorita Stacy dijo que podía aprender a escribir bien si practicaba el ser mi crítica más severa; así que lo estoy intentando.

—Sólo faltan dos meses para el ingreso —dijo Marilla—. ¿Crees que serás capaz de aprobar?

Ana se estremeció.

—No lo sé. A veces creo que lo haré bien, y luego siento un miedo horrible. Hemos estudiado mucho y la señorita Stacy nos ha preparado concienzudamente, pero puede que no aprobemos después de todo. Cada uno de nosotros tenemos un obstáculo. El mío es la geometría, por supuesto; el de Jane es el latín, el de Ruby y Charlie es el álgebra, y el de Josie la aritmética. Moody Spurgeon dice que tiene la corazonada de que va a fallar en historia inglesa. La señorita Stacy va a examinarnos en junio con la misma dureza que habrá en los exámenes de ingreso y nos puntuará con la misma rigurosidad para que nos hagamos una idea. ¡Ojalá todo hubiese acabado, Marilla! Me persigue. A veces me despierto durante la noche y me pregunto qué haré si no apruebo.

—Bueno, pues ir a la escuela al año que viene y volver a intentarlo —dijo Marilla indiferente.

—Oh, no creo que tenga valor para eso. Sería una vergüenza suspender, sobre todo si Gil... si aprueban los demás. Y me pongo tan nerviosa en un examen que probablemente me haré un lío. ¡Ojalá tuviera los nervios como Jane Andrews! Nada la pone nerviosa.

Ana suspiró y, apartando la mirada de los hechizos del mundo en primavera, de las señales que le enviaban la brisa y el cielo, y los brotes verdes del jardín, se sumergió en su libro con resolución. Habría otras primaveras, pero si no aprobaba el examen de ingreso, Ana estaba convencida de que jamás podría recuperarse lo suficiente para disfrutarlas.

CAPÍTULO XXXII

La lista de aprobados

A finales de junio llegó el fin de curso y también el fin del reinado de la señorita Stacy en la escuela de Avonlea. Ana y Diana regresaban a casa aquella tarde muy serias. Ojos enrojecidos y muchos pañuelos empapados eran testimonio convincente de que las palabras de despedida de la señorita Stacy debían de haber sido tan conmovedoras como lo habían sido las del señor Phillips en circunstancias similares tres años antes. Diana volvió la mirada hacia el edificio de la escuela desde el pie de la colina de abetos y suspiró profundamente.

—Da la impresión de que es el fin de todo, ¿verdad? —dijo con tristeza.

—No deberías sentirte ni la mitad de mal que yo —dijo Ana, buscando en vano un trozo seco en su pañuelo—. Tú volverás el próximo invierno, pero supongo que yo he dejado mi querida escuela para siempre... si tengo buena suerte, claro.

—No será lo mismo. La señorita Stacy ya no estará allí, ni tú, ni Jane, ni Ruby probablemente. Tendré que sentarme sola porque no podría soportar tener otra compañera de pupitre que no fueses tú. Oh, hemos pasado momentos felices, ¿no es así, Ana? Es horrible pensar que se han terminado.

Dos grandes lágrimas resbalaron por la nariz de Diana.

—Si dejaras de llorar, yo también podría —dijo Ana, implorante—. En cuanto guardo el pañuelo, te veo a punto de llorar y empiezo yo de nuevo. Como dice la señora Lynde: «Si no puedes estar alegre, sé tan alegre como puedas». Al fin y al cabo, me atrevo a decir que volveré el próximo año. Esta es una de las veces que *sé* que no voy a aprobar. Se están volviendo muy frecuentes.

—¡Pero si te han salido estupendamente los exámenes de la señorita Stacy!

—Sí, pero esos exámenes no me pusieron nerviosa. Cuando pienso en el examen de verdad no puedes imaginarte qué horrible y fría sensación de inquietud invade mi corazón; además mi número es el trece y Josie Pye dice que es el de la mala suerte. *No* soy supersticiosa y sé que eso no puede suponer ninguna diferencia, pero desearía no ser el número trece.

—¡Ojalá fuese contigo! —dijo Diana—. ¡Qué bien lo pasaríamos! Aunque supongo de tendrás que estudiar mucho por las tardes.

—No. La señorita Stacy nos ha hecho prometer que no abriremos ningún libro. Dice que tan sólo nos cansaría y confundiría, y que salgamos a pasear para no pensar en los exámenes, y que nos vayamos pronto a la cama. Es un buen consejo, pero imagino que será difícil de seguir; es probable que sea un buen consejo, creo. Prissy Andrews me dijo que durante la semana de los exámenes de ingreso se quedaba levantada la mitad de la noche y estudiaba como si le fuese la vida en ello. Yo estaba dispuesta a quedarme levantada *al menos* tanto tiempo como ella. Ha sido muy amable por parte de tu tía Josephine invitarme a quedarme en Beechwood mientras esté en la ciudad.

—Me escribirás mientras estés allí, ¿verdad?

—Te escribiré el martes por la noche para contarte cómo ha ido el primer día —prometió Ana.

—Pasaré por la oficina de correos el miércoles —prometió Diana.

Ana marchó a la ciudad al lunes siguiente, y el miércoles Diana se pasó por la oficina de correos, como habían acordado, y recogió su carta.

Ana escribió:

«Querida Diana:

Es martes por la noche y estoy escribiendo esta carta en la biblioteca de Beechwood. Anoche me sentía horriblemente sola en mi habitación y desee muchísimo que estuvieses conmigo. No pude estudiar porque había prometido a la señorita Stacy que no lo haría, pero me resultó tan difícil evitar abrir el libro de historia como solía ser leer algún relato antes de aprenderme las lecciones.

Esta mañana, la señorita Stacy vino a por mí para ir a la Academia; por el camino recogimos a Jane, Ruby y Josie. Ruby me pidió que le tocara las manos y estaban tan frías como el hielo. Josie dijo que yo tenía aspecto de no haber pegado ojo y que no creía que tuviese la fortaleza suficiente para soportar la rutina de un maestro durante el curso, aunque aprobara. ¡Hay momentos y ocasiones en los que siento que no he hecho grandes progresos para gustar a Josie Pye!

Cuando llegamos a la Academia, había decenas de estudiantes allí de todas las partes de la isla. A la primera persona que vimos fue a Moody Spurgeon, sentado en los escalones y murmurando para sí mismo. Jane le preguntó qué diantres estaba haciendo y él dijo que repitiendo la tabla de multiplicar una y otra vez para calmar sus nervios, y que por favor no le interrumpiéramos, porque si se detenía un momento, se asustaba y olvidaba todo lo que sabía, pero la tabla de multiplicar mantenía todos sus conocimientos firmemente en su lugar.

Cuando nos asignaron las aulas, la señorita Stacy tuvo que dejarnos. Jane y yo nos sentamos juntas. Jane estaba tan serena que me dio envidia. ¡A la buena, responsable y sensata de Jane no le hace falta la tabla de multiplicar! Me pregunto si yo me mostraba tal como me sentía y si podían oír el latido de mi corazón desde la otra punta del aula. Luego entró un señor y comenzó a distribuir las hojas para el examen de inglés. Yo tenía las manos frías y la cabeza me daba vueltas cuando la recogí. Fue un momento horrible, Diana, me sentí exactamente igual que hace cuatro años cuando le pregunté a Marilla si podía quedarme en Tejas Verdes; y luego todo se aclaró en mi mente y mi corazón comenzó a latir de nuevo... ¡he olvidado decir que se había detenido por completo!, porque sabía que podía hacer algo con esa hoja, después de todo.

A mediodía fuimos a casa a almorzar y luego volvimos para hacer el examen de historia por la tarde. Fue un examen bastante difícil y confundí fechas de un modo espantoso. Aun así, creo que me ha ido bastante bien hoy. Pero, oh, Diana, mañana es el examen de geometría y, cuando pienso en él, necesito de toda la determinación que poseo para no abrir mi Euclides. Si creyera que la tabla de multiplicar me iba a ayudar, la recitaría desde hoy hasta mañana por la mañana.

He ido a ver a las demás chicas esta tarde. De camino me encon-
tré con Moody Spurgeon deambulando por ahí distraídamente. Me
dijo que sabía que había suspendido historia y que había nacido para
ser una decepción para sus padres, y que se iba a ir a casa en el tren
de por la mañana; que, de todos modos, sería más fácil ser carpinte-
ro que ministro. Le animé y convencí de que se quedara hasta el final
porque sería injusto para la señorita Stacy si no lo hacía. A veces he
deseado haber nacido varón, pero cuando veo a Moody Spurgeon
siempre me alegro de ser chica y de no ser su hermana.

Ruby estaba histérica cuando llegué a la pensión donde se hos-
peda; acababa de descubrir el terrible error que había cometido en
el examen de inglés. Cuando se recuperó, fuimos al centro de la ciu-
dad y tomamos un helado. ¡Cómo deseábamos que hubieses estado
con nosotras!

¡Oh, Diana, si ya hubiese hecho el examen de geometría! Pero,
como dice la señora Lynde, el sol seguirá saliendo y poniéndose tan-
to si suspendo geometría como si no. Eso es cierto, pero no espe-
cialmente reconfortante. ¡Creo que preferiría que el sol no siguiera
haciéndolo si suspendo!

Tu fiel amiga,
Ana».

El examen de geometría y todos los demás terminaron a su debido tiempo y Ana llegó a casa el viernes por la tarde, bastante cansada
pero con un aire de triunfo disciplinado. Diana se encontraba en Tejas
Verdes cuando llegó y se saludaron como si hubiesen estado separadas durante años.

—Es realmente magnífico verte de nuevo. Parece que ha pasado
una eternidad desde que te fuiste a la ciudad. Oh, Ana, ¿cómo te ha
ido?

—Bastante bien, creo, en todo menos en geometría. No sé si la
aprobaré o no y tengo el espeluznante presentimiento de que no. ¡Oh,
qué bien estar de vuelta! ¡Tejas Verdes es el lugar más querido y más
maravilloso del mundo!

—¿Cómo les ha ido a los demás?

—Las chicas dicen que saben que no aprobarán, pero creo que lo
hicieron bastante bien. ¡Josie dice que la geometría era tan fácil que

un niño de diez años podría resolverla! Moody Spurgeon aún piensa que ha suspendido en historia y Charlie dice que falló en álgebra. Pero, en realidad, no sabemos nada y no lo sabremos hasta que se publique la lista de aprobados. No será hasta dentro de quince días. ¡Imagínate vivir quince días en semejante suspense! Me gustaría poder irme a dormir y no despertarme hasta que hayan pasado.

Diana sabía que sería inútil preguntarle cómo le había ido a Gilbert, de modo que sólo dijo: «Oh, aprobaréis todos. No te preocupes».

—Preferiría no aprobar antes que no aparecer bastante arriba en la lista —dijo Ana de repente, como queriendo decir (y Diana sabía lo que quería decir) que el éxito sería incompleto y amargo si no quedaba por delante de Gilbert Blythe.

Con este propósito, Ana se había esforzado al máximo durante los exámenes. También lo había hecho Gilbert. Se habían encontrado y habían pasado uno al lado del otro en la calle una docena de veces sin dar muestra de conocerse, y en cada ocasión había mantenido la cabeza más erguida y había deseado más sinceramente haberse hecho amiga de Gilbert cuando él se lo pidió, y juró con un poco más de determinación que le superaría en el examen. Sabía que toda la juventud de Avonlea se estaba preguntando cuál de ellos quedaría el primero; incluso sabía que Jimmy Glover y Ned Wright habían hecho apuestas y que Josie Pye había dicho que no cabía ninguna duda de que Gilbert quedaría primero; y Ana sentía que la humillación resultaría insoportable si fracasaba.

Pero había otro motivo más noble para desear quedar bien. Deseaba aprobar con nota elevada por Matthew y Marilla, especialmente por Matthew. Él le había declarado que estaba convencido de que «vencería a toda la isla». Ana pensaba que sería una locura esperar eso incluso en sus sueños más descabellados. Aunque sí esperaba fervientemente encontrarse al menos entre los diez primeros para poder ver los amables ojos castaños de Matthew brillar de orgullo por su logro. Esa, pensaba, sería una dulce recompensa por todo su arduo trabajo y su paciente lucha entre ecuaciones inimaginables y conjugaciones.

Cuando transcurrieron los quince días, Ana también se dedicó a «pasarse» por la oficina de correos, acompañada de las también preocupadas Jane, Ruby y Josie, y a abrir los diarios de Charlottetown con manos temblorosas y una sensación de frío y fracaso tan mala como la experimentada durante la semana de los exámenes de ingreso. Charlie y Gilbert tampoco dejaron de hacer lo mismo, pero Moody Spurgeon se mantuvo alejado resueltamente.

—No tengo valor para ir allí a mirar el diario con sangre fría —le dijo a Ana—. Voy a esperar hasta que alguien me diga de repente si he aprobado o no.

Después de pasar tres semanas sin que aparecieran las listas de aprobados, Ana empezó a sentir que realmente no podría soportar la tensión durante mucho más tiempo. No tenía apetito y languideció su interés por las actividades de Avonlea. La señora Lynde deseaba saber qué más se podía esperar con un miembro del partido conservador a cargo de la administración de Educación, y Matthew, advirtiendo la palidez e indiferencia de Ana, y el paso lento con el que regresaba a casa desde la oficina de correos todas las tardes, comenzó a preguntarse seriamente si no sería mejor votar a los liberales en las próximas elecciones.

Pero una tarde llegaron las noticias. Ana estaba sentada junto a la ventana abierta de su habitación, distraída en ese momento de la angustia de los exámenes y de las preocupaciones del mundo, mientras admiraba embelesada la belleza del crepúsculo estival, perfumada por el dulce aroma de las flores del jardín y el sibilante y susurrante movimiento de los álamos. El cielo del este, por encima de los abetos, enrojecía por el reflejo del cielo del oeste. Ana se estaba preguntando como en sueños si tendría ese aspecto el espíritu del color cuando Diana descendió corriendo por entre los abetos, cruzó el puente de troncos y subió la cuesta, agitando un periódico en la mano.

Ana se puso en pie de un salto, sabiendo de inmediato lo que contenía el diario. ¡La lista de aprobados! Le daba vueltas la cabeza y su corazón latía hasta dolerle. No pudo dar un paso. Le pareció que había pasado una hora antes de que Diana llegara corriendo por el pasillo y entrara precipitadamente sin tan siquiera llamar a la puerta, tan grande era su emoción.

—¡Ana, has aprobado! —exclamó—. Estás la *primera*... tú y Gilbert... los dos... con la misma puntuación..., pero tu nombre aparece el primero.

Diana arrojó el periódico sobre la mesa y se tiró sobre la cama de Ana, sin aliento e incapaz de seguir hablando. Ana consiguió encender la lámpara con sus temblorosas manos después de emplear media docena de fósforos. Luego se precipitó hacia el diario. Sí, había aprobado... ahí estaba su nombre, ¡encabezando una lista de doscientos! Valía la pena vivir ese momento.

—Lo hiciste magníficamente, Ana —resopló Diana, recuperándose lo suficiente para incorporarse en la cama y poder hablar, pues Ana, con la mirada embelesada, no había pronunciado una palabra—. Papá ha traído el diario a casa desde Bright River hace diez minutos... salió en el tren de la tarde y no llegará aquí, al correo, hasta mañana... y cuando vi la lista de aprobados, salí corriendo entusiasmada. Habéis aprobado todos, cada uno de vosotros, hasta Moody Spurgeon, aunque tiene pendiente historia. Jane y Ruby lo hicieron bastante bien, están en la mitad de la lista, y también Charlie. Josie ha aprobado muy justa, por tan sólo tres puntos, pero ya verás cómo se da aires de estar a la cabeza. ¿No estará encantada la señorita Stacy? Oh, Ana, ¿cómo se siente uno cuando ve su nombre encabezar una lista de aprobados? Si fuera yo, sé que me volvería loca de alegría. Casi lo estoy ahora, pero tú estás tan calmada y fresca como una tarde de primavera.

—Estoy estupefacta por dentro —dijo Ana—. Quiero decir cien cosas y no soy capaz de encontrar palabras para decirlas. Jamás había soñado esto... bueno, sí, lo hice una vez. Me permití pensarlo *una vez,* «¿qué pasaría si quedara la primera?», estremeciéndome, ya sabes, porque parecía demasiado vanidoso y atrevido pensar que podría ser la primera de la Isla. Discúlpame un momento, Diana, debo ir corriendo al campo a contárselo a Matthew. Luego iremos a dar las buenas noticias a los demás.

Corrieron hacia el campo de heno que había pasado el granero, donde Matthew se hallaba empacando heno y, por suerte, la señora Lynde estaba hablando con Marilla en la cerca del camino.

—¡Oh, Matthew! —exclamó Ana—. ¡He aprobado y estoy la primera... o uno de los primeros! No soy vanidosa, pero estoy muy agradecida.

—Bueno, siempre te lo dije —dijo Matthew, mirando la lista de aprobados con deleite—. Sabía que podías vencerlos a todos fácilmente.

—Lo has hecho muy bien, debo decir —dijo Marilla, tratando de ocultar el enorme orgullo que sentía ante la mirada crítica de la señora Rachel.

Pero aquella alma caritativa dijo con entusiasmo:

—Supongo que lo ha hecho muy bien, y lejos esté de mí no reconocerlo. Eres motivo de orgullo para tus amigos, Ana, eso es; y todos estamos orgullosos de ti.

Aquella noche, Ana, que había concluido la deliciosa tarde con una pequeña conversación seria con la señora Allan en la vicaría, se arrodilló junto a su ventana abierta, iluminada por la luz de la luna, y pronunció en voz baja una oración de gratitud y petición que salió directamente de su corazón. Había agradecimiento por el pasado y petición reverente por el futuro; y mientras dormía sobre su blanca almohada, sus sueños eran tan prometedores y bellos como se pueda desear en la virginal adolescencia.

CAPÍTULO XXXIII

Función en el hotel

—Ponte el organdí blanco, por supuesto, Ana —aconsejó Diana con decisión.

Estaban juntas en la habitación de la buhardilla; atardecía en el exterior, un maravilloso atardecer de color verde amarillento con un cielo azul claro sin nubes. Una enorme luna redonda, que iba adquiriendo intensidad desde un brillo pálido hasta el de plata bruñida, se cernía sobre el Bosque Encantado; colmaban el aire agradables sonidos estivales: gorjeos de pájaros somnolientos, brisas peculiares, voces y risas lejanas. Pero en la habitación de Ana, la persiana estaba bajada y la luz encendida, pues se estaba acicalando para algo importante.

La buhardilla del ala este era un lugar muy diferente al que había sido esa misma noche cuatro años atrás, cuando Ana había sentido que penetraba hasta la médula de su espíritu su desnudez e inhóspita frialdad. Se habían ido produciendo cambios, contribuyendo Marilla a ellos con resignación, hasta convertirse en un nido tan agradable y refinado como pudiese desear una jovencita.

Lo cierto es que la alfombra de terciopelo con rosas de color rosa y las cortinas de seda rosas de sus primeros sueños nunca llegaron a materializarse, aunque sus sueños habían seguido el ritmo de su crecimiento, y es probable que no lamentara no haberlas tenido. Cubría el suelo una bonita estera, y las cortinas que cubrían la alta ventana y que se agitaban con las brisas errantes, eran de muselina de color verde pálido. Las paredes, donde no había colgados tapices con brocados de oro y plata, sino que estaban empapeladas con un delicado estampado de flor de manzano, estaban adornadas con unos cuantos cuadros buenos que la señora Allan había regalado a Ana. La fotografía de la señorita Stacy ocupaba el lugar de honor, y Ana se había impuesto la sentimental obligación de mantener flores frescas en la repisa que se hallaba debajo de ella. Esa noche, un ramillete de lirios blancos perfumaba ligeramente la habitación como el sueño de una fragancia. No había «muebles de caoba», pero había una estantería pintada de blanco llena de libros, una mecedora de mimbre cubierta de cojines, una mesita de tocador adornada con volantes de muselina blanca, un pintoresco espejo, que había estado en la habitación de invitados, con marco dorado y regordetes cupidos rosas y uvas de color púrpura pintados en la parte superior en forma de arco, y una cama baja de color blanco.

Ana se estaba vistiendo para ir a la función del Hotel White Sands. Los huéspedes la habían organizado para ayudar al hospital de Charlottetown y habían buscado la ayuda de todos los aficionados con talento que hubiese disponibles en las zonas circundantes. A Bertha Sampson y Pearl Clay del coro de la iglesia baptista de White Sands se les había solicitado que cantaran a dúo. Milton Clark de Newbridge iba a interpretar un solo de violín; Winnie Adella Blair de Carmody iba a cantar una balada escocesa. Laura Spencer de Spencervale y Ana Shirley de Avonlea iban a recitar.

Como Ana había dicho en cierta ocasión, era «una época de su vida», y estaba muy entusiasmada y emocionada. Matthew se hallaba en el séptimo cielo del orgullo por el gratificante honor que le había sido conferido a su Ana, y Marilla no se quedaba atrás, aunque habría preferido morir antes que admitirlo, y dijo que pensaba que no era muy apropiado que llegaran al hotel un montón de jóvenes sin ir acompañados de una persona responsable.

Ana y Diana iban a ir con Jane Andrews y su hermano Billy en su calesa de asientos dobles, y también iban a ir varios jóvenes de Avonlea. Se esperaba que acudieran visitantes de la ciudad, y después de la función se ofrecería una cena a los intérpretes.

—¿De verdad crees que el de organdí es el mejor? —preguntó Ana, nerviosa—. No creo que sea tan bonito como el de muselina de flores azules... y, ciertamente, no está tan de moda.

—Pero te queda muchísimo mejor —dijo Diana—. Es más suave, lleva volantes y se ciñe al cuerpo. El de muselina es rígido y te hace parecer demasiado exagerada. Pero el de organdí parece que forma parte de ti.

Ana suspiró y cedió. Diana comenzaba a tener reputación por su notable gusto en el vestir, y se buscaba su consejo en esos asuntos. Ella estaba muy guapa aquella noche, con un maravilloso vestido de color rosa, color que Ana siempre tendría prohibido; pero Diana no iba a participar en la función, de modo que su aspecto era de menor importancia. Todos sus sufrimientos se centraban en Ana, quien, por la reputación de Avonlea, debía ir vestida, peinada y adornada como si de una reina se tratase.

—Ahueca un poco más ese volante... así; ahora, déjame atarte el fajín, ahora tus escarpines. Voy a hacer dos gruesas trenzas con tu cabello y las ataré a la mitad con dos grandes lazos blancos... no, no te saques ningún rizo sobre la frente. Es como mejor te queda el pelo, Ana, y la señora Allan dice que pareces una *Madona* cuando te peinas así. Sujetaré esta pequeña rosa blanca justo detrás de la oreja. Sólo había una en el rosal y la guardé para ti.

—¿Me pongo las perlas? —preguntó Ana—. Matthew me trajo un collar de la ciudad la semana pasada y sé que le gustaría vérmelo puesto.

Diana frunció los labios, inclinó su cabeza de cabello moreno hacia un lado con gesto crítico y finalmente se pronunció a favor de las perlas, las cuales ató alrededor del esbelto y blanquísimo cuello de Ana.

—¡Tienes un estilo tan elegante, Ana! —dijo Diana, con admiración exenta de envidia—. ¡Yergues la cabeza con un aire! Supongo que es tu figura. Yo estoy gorda. Siempre lo he temido y ahora lo sé. Bueno, supongo que tendré que resignarme a ello.

—¡Pero si tienes hoyuelos! —dijo Ana, sonriendo con afecto al bonito y vivaz rostro que se encontraba tan cerca del suyo—. Encantadores hoyuelos, igual que pequeñas abolladuras en la crema. Yo he abandonado toda esperanza de tener hoyuelos. Mi sueño de tenerlos nunca se hará realidad; pero se han cumplido tantos de mis sueños que no debo quejarme. ¿Estoy lista ya?

—Lista —aseguró Diana, mientras Marilla aparecía en la puerta; una figura delgada, con el cabello más gris que antaño y rostro más anguloso, pero con una expresión mucho más suave—. Pase y mire a nuestra recitadora, Marilla. ¿No está encantadora?

Marilla emitió un sonido entre bufido y gruñido.

—Se la ve pulcra y decente. Me gusta esa forma de arreglarse el cabello. Pero supongo que estropeará ese vestido con el polvo y el rocío del camino, y parece demasiado ligero para estas noches tan húmedas. De todos modos, la tela de organdí es la menos práctica del mundo, y así se lo dije a Matthew cuando la compró. Pero no sirve de nada decirle algo a Matthew hoy en día. Hubo un tiempo en el que seguía mi consejo, pero ahora se dedica a comprar cosas para Ana sin miramientos, y los dependientes de Carmody saben que pueden venderle cualquier cosa. Basta con que le digan que algo es bonito y está de moda para que Matthew suelte su dinero. Mantén alejada la falda de la rueda, Ana, y ponte la chaqueta que más abrigue.

Luego Marilla bajó las escaleras con sigilo, pensando con orgullo en el aspecto tan adorable que tenía Ana, envuelta en un rayo de luna, y lamentando no poder ir a la función a oír recitar a su niña.

—Me pregunto si no hay demasiada humedad para llevar este vestido —dijo Ana, con inquietud.

—Ni una pizca —dijo Diana, subiendo la persiana—. Hace una noche perfecta y no habrá rocío. Mira la luz de la luna.

—Me alegro tanto de que mi ventana dé al este, hacia el amanecer... —dijo Ana, acercándose a Diana—. Es espléndido ver llegar la mañana sobre esas colinas y resplandecer a través de esas puntiagudas copas de los abetos. Es nuevo cada mañana, y me siento como si bañara mi propia alma en los primeros rayos de sol. Oh, Diana, me encanta esta pequeña habitación. No sé cómo me las arreglaré cuando me vaya a la ciudad el mes que viene.

—No hables de tu marcha esta noche —suplicó Diana—. No quiero pensar en ello, me entristece mucho y quiero pasarlo bien esta tarde. ¿Qué vas a recitar, Ana? ¿Estás nerviosa?

—Ni una pizca. He recitado en público tan a menudo que ya no me preocupa. Me he decidido por *La promesa de la doncella*. ¡Es tan conmovedor! Laura Spencer va a recitar algo cómico, pero yo prefiero hacer llorar a la gente en lugar de reír.

—¿Qué recitarás si te piden que repitas?

—No se les ocurrirá pedir que repita —se burló Ana, quien en el fondo esperaba que así lo hicieran y ya se había imaginado contándoselo todo a Matthew durante el desayuno a la mañana siguiente—. Ahí están Billy y Jane... oigo ruedas. Vamos.

Billy Andrews insistió en que Ana debería viajar con él en el asiento delantero, de modo que subió de mala gana. Habría preferido sentarse detrás con las chicas, donde podría haberse reído y charlado todo lo que quisiera. No había de qué reírse ni charlar con Billy. Era un joven de veinte años, corpulento y estólido, con un rostro redondo e inexpresivo, y una penosa carencia de dotes para la conversación. Pero él admiraba enormemente a Ana y le henchía de orgullo la perspectiva de viajar hasta White Sands con aquella figura esbelta y erguida a su lado.

Ana, a fuerza de hablar por encima del hombro con las chicas y de vez en cuando mostrarse cortés con Billy —quien sonreía y reía entre dientes y nunca era capaz de pensar una respuesta hasta que era demasiado tarde—, se las ingenió para disfrutar del viaje a pesar de todo. Era una noche de diversión. El camino estaba lleno de calesas, todas se dirigían hacia el hotel; las risas, bien definidas, resonaban a lo largo de él. Cuando llegaron al hotel, el edificio resplandecía de arriba abajo. Fueron recibidos por las damas de la comisión de la función, una de las cuales condujo a Ana al camerino de los intérpretes que estaba lleno de miembros del Club Sinfónico de Charlottetown, y entre quienes de repente Ana se sintió tímida, asustada y aldeana. Su vestido, que en la buhardilla le había parecido tan fino y bonito, ahora parecía sencillo y ordinario, demasiado sencillo y ordinario, pensó, entre todas aquellas sedas y encajes que brillaban y crujían a su alrededor. ¿Qué eran sus perlas comparadas con los diamantes de la gran señora hermosa que había a su lado? ¡Y qué pobre debía parecer su pequeña rosa blanca al lado de todas aquellas flores de invernadero que llevaban las demás! Ana se quitó el sombrero y la chaqueta, y permaneció triste en un rincón. Deseaba regresar a la habitación blanca de Tejas Verdes.

Fue aún peor cuando se encontró en el escenario del gran salón del hotel, donde se hallaba poco después. Las luces eléctricas deslumbraban sus ojos y el perfume y el murmullo la aturdían. Deseaba estar sentada entre el público con Diana y Jane, quienes parecían estar pasando un estupendo rato en la parte de atrás. Ana estaba apretujada entre una robusta dama vestida de seda rosa y una muchacha alta, de aspecto desdeñoso, que llevaba un vestido de encaje blanco. La robusta dama volvía la cabeza de vez en cuando y miraba fijamente a Ana a través de sus anteojos; y Ana, tan susceptible a que la examinaran de aquel modo, sintió la necesidad de gritar bien alto. La chica vestida de encaje blanco mantenía una conversación bien audible, con la que se encontraba a su lado, sobre los «palurdos del campo» y las «bellezas agrestes» que había en el público, anticipando lánguidamente la «diversión» que proporcionaría el talento local del programa. Ana creía que odiaría a aquella muchacha del vestido de encaje blanco hasta el fin de su vida.

Para desgracia de Ana, se hospedaba en el hotel una recitadora profesional que había aceptado recitar. Era una mujer ágil, de ojos oscuros, con un maravilloso vestido de tela gris con un delicado brillo, como si se hubiese tejido con rayos de luna; lucía gemas en el cuello y en su oscuro cabello. Tenía una voz muy versátil y una maravillosa capacidad de expresión; el público enloqueció con su selección. Ana, olvidándose de sí misma y de sus preocupaciones por un momento, escuchó con embeleso y ojos brillantes; pero cuando terminó la recitación, de pronto se cubrió el rostro con las manos. Jamás podría levantarse para ir a recitar después de aquello... jamás. ¿Había pensado alguna vez que podría recitar? ¡Oh, cuánto deseaba estar de vuelta en Tejas Verdes!

En ese momento tan poco propicio oyó su nombre. Sin saber cómo, Ana, quien no había advertido el culpable sobresalto de sorpresa de la muchacha vestida de encaje blanco, ni habría comprendido el sutil cumplido implícito en él si se hubiese dado cuenta, se puso en pie y avanzó algo aturdida. Estaba tan pálida que Diana y Jane, que se hallaban entre el público, se apretaron las manos nerviosas.

Ana fue víctima de un abrumador ataque de pánico escénico. Aunque había recitado en público con frecuencia, jamás se había visto frente a una audiencia como aquella, y su visión paralizó por completo sus energías. Todo resultaba tan extraño, tan resplande-ciente, tan desconcertante: las filas de damas vestidas con trajes de noche, los rostros críticos, toda la atmósfera de riqueza y de cultura que la rodeaba. Muy diferente de los sencillos bancos del Club de Debate, ocupados por rostros conocidos y comprensivos de amigos y vecinos. Estas personas, pensó, criticarían sin piedad. Tal vez, como la muchacha de encaje blanco, esperaban divertirse a costa de sus esfuerzos «agrestes». Se sintió desesperada, impotente, avergonzada y miserable. Le temblaban las rodillas, su corazón latía con fuerza y la invadió una horrible sensación de desvanecimiento; no podía pro-nunciar una palabra, y habría salido huyendo del escenario a pesar de la humillación que, según creía, le correspondería para siempre si lo hacía.

Pero de pronto, mientras sus dilatados ojos asustados miraban al público, vio a Gilbert Blythe en el fondo del salón, inclinado hacia delante con una sonrisa en su rostro, una sonrisa que a Ana le pareció a la vez triunfante y burlona. En realidad, no era ninguna de las dos cosas. Gilbert sencillamente sonreía complacido por el espectáculo en general, y, en particular, por el efecto que producía la esbelta fi-gura y el espiritual rostro de Ana al contrastar con las palmeras del fondo del escenario. Josie Pye, quien había viajado con él, estaba sentada a su lado, y su rostro sí mostraba triunfo y burla. Pero Ana no vio a Josie, y no le habría preocupado verla. Respiró hondo e ir-guió la cabeza con orgullo; el valor y la determinación la estremecie-ron como si fuese una descarga eléctrica. No *fracasaría* ante Gilbert Blythe, ¡jamás sería capaz de reírse de ella, jamás, jamás! El miedo y los nervios desaparecieron y comenzó a recitar; su voz clara y dulce llegó hasta el rincón más alejado del salón sin temblar ni interrum-pirse. Había recuperado por completo la serenidad, y como reacción a aquel horrible momento de impotencia, recitó como jamás lo había hecho. Cuando terminó hubo un estallido de aplausos sinceros. Al volver Ana a su asiento, ruborizada por la timidez y el deleite, sintió que le aferraba la mano con fuerza la robusta dama vestida de rosa.

—Querida, has estado espléndida —bufó—. He estado llorando como un niño, te lo aseguro. Mira, te están pidiendo que repitas, quieren que vuelvas.

—Oh, no puedo ir —dijo Ana, confundida—. Sin embargo, debo hacerlo o decepcionaré a Matthew. Dijo que me pedirían que repitiera.

—Entonces, no decepciones a Matthew —dijo la dama de rosa, riéndose.

Sonriendo, ruborizada, con la mirada cristalina, Ana volvió y ofreció una selección pintoresca y divertida que cautivó al público aún más. El resto de la velada fue un pequeño triunfo para ella.

Cuando acabó la función, la robusta dama de rosa, quien era esposa de un millonario estadounidense, la tomó bajo su protección y la presentó a todo el mundo; y todos fueron muy amables con ella. La recitadora profesional, la señora Evans, se acercó a charlar con ella y le dijo que tenía una voz encantadora y que había «interpretado» su selección de maravilla. Hasta la joven del vestido de encaje blanco le hizo un laso cumplido. Cenaron en el comedor grande, espléndidamente decorado. Diana y Jane también fueron invitadas, ya que habían ido con Ana, pero a Billy no se le encontró por ninguna parte, pues había salido precipitadamente por temor a que le invitaran. Sin embargo, las estaba esperando en el carruaje cuando todo terminó y las tres chicas salieron alegres al tranquilo resplandor blanco de la luna. Ana respiró profundamente y miró al despejado cielo más allá de las oscuras ramas de los abetos.

¡Oh, era estupendo salir de nuevo a la pureza y el silencio de la noche! ¡Qué grandioso, sereno y maravilloso era todo, con el murmullo del mar oyéndose en la noche y los oscuros acantilados de más allá que parecían sombríos gigantes vigilando las costas encantadas!

—¿No ha sido una tarde espléndida? —dijo Jane, suspirando, mientras se alejaban—. Desearía ser una americana rica y poder pasar el verano en un hotel y llevar joyas y vestidos escotados, y tomar helado y ensalada de pollo cada bendito día. Estoy segura de que sería mucho más divertido que enseñar en una escuela. Ana, tu recitación fue sencillamente genial, aunque al principio pensé que nunca ibas a empezar. Creo que fue mejor que la de la señora Evans.

—Oh, no, no digas esas cosas, Jane —dijo Ana, rápidamente—, porque es estúpido. No podría ser mejor que la de la señora Evans, ya sabes, porque ella es profesional y yo tan sólo soy una estudiante con cierta habilidad para recitar. Me doy por satisfecha si a la gente le ha gustado la mía.

—Tengo un cumplido para ti, Ana —dijo Diana—. Al menos creo que debe de ser un cumplido por el tono en el que él lo dijo. Parte de él lo fue, de todos modos. Había un estadounidense sentando detrás de Jane y de mí; un hombre de aspecto romántico, con el cabello y los ojos de color negro azabache. Josie Pye dice que es un artista distinguido, y que la prima de su madre, que vive en Boston, está casada con un hombre que iba a la escuela con él. Bueno, pues le oímos decir... ¿no es así, Jane?: «¿Quién es esa muchacha del escenario con ese magnífico cabello de Tiziano? Me gustaría pintar su rostro». Eso fue, Ana. Pero, ¿qué significa cabello de Tiziano?

—Supongo que significa rojo a secas —rio Ana—. Tiziano fue un pintor famoso a quien le gustaba pintar mujeres pelirrojas.

—¿*Visteis* todos los diamantes que llevaban puestos esas damas? —suspiró Jane—. Eran simplemente deslumbrantes. ¿No os encantaría ser ricas, chicas?

—*Somos* ricas —dijo Ana, con firmeza—. Tenemos dieciséis años y somos felices como reinas, todas tenemos imaginación, más o menos. Mirad el mar, chicas, todo plateado y ensombrecido, donde hay cosas que sólo vemos con la imaginación. No podríamos disfrutar más de su belleza si tuviésemos millones de dólares y montones de diamantes. No te cambiarías por ninguna de esas mujeres si pudieras. ¿Querrías ser la chica del vestido de encaje blanco y tener ese aspecto amargado toda tu vida, como si hubieses nacido despreciando el mundo? ¿O la dama de rosa, amable y agradable como es, pero tan robusta y bajita que, en realidad, no tiene figura? O incluso la señora Evans, con esa mirada triste en sus ojos. Debe de haberse sentido muy desdichada en algún momento de su vida para mostrar ese aspecto. ¡*Sabes* que no querrías, Jane Andrews!

—*No* lo sé... exactamente —dijo Jane, sin convencimiento—. Creo que los diamantes consolarían mucho a una persona.

—Está bien, yo no quiero ser nadie salvo yo misma, aunque no me consuelen diamantes en toda mi vida —declaró Ana—. Estoy muy satisfecha de ser Ana de Tejas Verdes, con mi collar de perlas. Sé que Matthew me lo regaló con tanto amor como el que jamás podría proceder de las joyas de la dama vestida de rosa.

CAPÍTULO XXXIV

Una alumna de Queen's

Las siguientes tres semanas fueron muy ajetreadas en Tejas Verdes, pues Ana se estaba preparando para marcharse a la Queen's Academy y había mucho que coser, y muchas cosas de las que hablar y organizar. El vestuario de Ana era amplio y bonito, pues Matthew se había ocupado de ello y, por primera vez, Marilla no puso objeción alguna a nada de lo que él compraba o sugería. Es más, una tarde subió a la buhardilla llevando en los brazos un delicado tejido de color verde pálido.

—Ana, aquí tienes algo para que te hagas un bonito vestido ligero. Supongo que no lo necesitas en realidad; tienes muchos vestidos bonitos, pero pensé que tal vez te gustaría tener algo realmente elegante si te invitaran a salir una noche en la ciudad, a una fiesta o algo parecido. Oí que Jane, Ruby y Josie tienen «vestidos de noche», como los llaman ellas, y no quiero que quedes por detrás de ellas. Conseguí que la señora Allan me ayudara a elegirla en la ciudad la semana pasada, y pediremos a Emily Gillis que lo confeccione. Emily tiene buen gusto, y sus vestidos son inigualables y quedan muy bien.

—Oh, Marilla, es preciosa —dijo Ana—. Muchas gracias. Creo que no debería ser tan amable conmigo... esto hace que cada día me resulte más difícil marcharme.

El vestido verde se confeccionó con tantos pliegues, volantes y frunces como permitió el gusto de Emily. Ana se lo puso una tarde para Matthew y Marilla y recitó *La promesa de la dama* para ellos en la cocina. Mientras Marilla observaba su rostro radiante y animado, y los gráciles movimientos, sus pensamientos retrocedieron a la tarde en la que Ana había llegado a Tejas Verdes, y recordó vívidamente a la extraña niña asustada, con su ridículo vestido de algodón marrón amarillento, mostrando su congoja en sus ojos llorosos. Aquel recuerdo hizo que las lágrimas brotaran en los propios ojos de Marilla.

—Vaya, mi recitación la ha hecho llorar, Marilla —dijo Ana con alegría, inclinándose sobre la silla de Marilla para darle un suave beso en la mejilla—. Esto sí que ha sido un triunfo.

—No, no lloraba por el poema —dijo Marilla, quien se habría despreciado por revelar debilidad ante un poema—. No he podido evitar pensar en la niña que eras, Ana. Y deseaba que pudieras haber seguido siendo esa niña, aun con todas tus rarezas. Ahora has crecido y te vas a marchar; y pareces tan alta, tan elegante y tan... tan... diferente con ese vestido... es como si ya no pertenecieras a Avonlea... y me sentí sola al pensar en ello.

—¡Marilla! —Ana se sentó en el regazo de Marilla, sostuvo su rostro arrugado entre las manos y miró a los ojos de Marilla con gravedad y ternura—. No he cambiado ni una pizca, de verdad. Sólo he cambiado por fuera. Mi verdadero yo está aquí, y es el mismo. No importa adonde vaya o cuánto cambie por fuera; en el corazón siempre seré su pequeña Ana, quien la querrá a usted, a Matthew y a Tejas Verdes cada día más, y más que a nada en la vida.

Ana apoyó su joven y fresca mejilla sobre la envejecida de Marilla, y extendió un brazo para acariciar el hombro de Matthew. Marilla lo habría dado todo en ese momento por poseer la habilidad de Ana para expresar sus sentimientos con palabras; pero su carácter y la costumbre habían decidido otra cosa y tan sólo fue capaz de abrazar a la muchacha y estrecharla con ternura contra su corazón, deseando no tener que soltarla nunca.

Matthew, con los ojos sospechosamente humedecidos, se levantó y salió al exterior. Bajo las estrellas de la noche estival cruzó inquieto el jardín hasta la puerta que había bajo los álamos.

—Bueno, supongo que no la hemos mimado mucho —murmuró, orgulloso—. Supongo que haberme entrometido de vez en cuando no ha hecho mucho daño después de todo. Ella es inteligente y guapa, y también cariñosa, que es mejor que todo lo demás. Ha sido una bendición para nosotros, y nunca hubo un error más afortunado que el que cometió la señora Spencer, si es que *fue* fortuna. No creo que fuera tal cosa. Fue la Providencia, porque el Todopoderoso comprendió que la necesitábamos, supongo.

Por fin llegó el día en el que Ana debía marcharse a la ciudad. Ella y Matthew se pusieron en camino una hermosa mañana de septiembre, después de despedirse de Diana entre lágrimas, y de Marilla, sin lágrimas y de un modo más práctico (al menos por parte de Marilla). Pero cuando Ana se hubo marchado, Diana secó sus lágrimas y se fue de pícnic a la playa de White Sands con algunos de sus primos de Carmody, donde se las arregló para disfrutar tolerablemente; mientras Marilla se sumergía fieramente en tareas innecesarias que duraron todo el día, con el más persistente dolor de cabeza, el dolor que quema y corroe y no se puede eliminar con lágrimas. Pero aquella noche, cuando se acostó Marilla, perspicaz y dolorosamente consciente de que la pequeña habitación de la buhardilla, al otro lado del pasillo, no estaba habitada por ninguna vida joven y no se agitaba ninguna suave respiración, hundió su rostro en la almohada y lloró por su niña con sollozos tan efusivos que se horrorizó cuando se calmó lo suficiente para reflexionar sobre lo perverso que debía ser querer tanto a una criatura pecadora como ella.

Ana y los demás estudiantes de Avonlea llegaron a la ciudad justo a tiempo para apresurarse a ir a la academia. El primer día transcurrió de un modo bastante agradable en un torbellino de emociones, conociendo a todos los nuevos estudiantes, conociendo de vista a los profesores y siendo asignados en clases y organizados. Ana tenía intención de elegir el segundo curso, después de habérselo aconsejado la señorita Stacy; Gilbert Blythe había elegido lo mismo. Si conseguían aprobar, aquello significaba obtener el título de maestro en un año en lugar de dos; pero también significaba mucho más trabajo y más duro. Jane, Ruby, Josie, Charlie y Moody Spurgeon, al no preocuparles tanto la ambición, se contentaron con seguir el primer curso. Ana sintió una punzada de soledad al encontrarse en una estancia con otros cincuenta estudiantes, a quienes no conocía, excepto al muchacho alto de cabello castaño que se encontraba en el otro extremo; y conocerle como le conocía no le ayudaba mucho, según reflexionó con pesimismo. Sin embargo, no podía negar que se alegraba de que estuvieran en la misma clase; aún podría continuar la antigua rivalidad, y Ana apenas habría sabido qué hacer de haber carecido de ella.

«No me sentiría a gusto sin ella», pensó. «Gilbert parece muy dispuesto. Supongo que ahora mismo está decidiendo ganar la medalla. ¡Qué barbilla tan bonita tiene! No me había dado cuenta antes. Ojalá Jane y Ruby hubiesen venido también a la misma clase. Supongo que no sentiré tanta incertidumbre cuando conozca a alguien. Me pregunto cuáles de estas chicas van a ser mis amigas. Realmente es una conjetura interesante. Por supuesto, prometí a Diana que ninguna chica de Queen, por mucho que me gustara, me sería tan querida como ella; pero tengo montones de segundos afectos para otorgar. Me agrada el aspecto de aquella chica de ojos castaños y blusa carmesí. Se la ve muy viva y tiene un color sonrosado; allí está esa otra rubia y pálida, mirando por la ventana. Tiene un cabello maravilloso y da la impresión de saber un par de cosas sobre sueños. Me gustaría conocerlas... conocerlas bien... lo bastante como para pasear cogidas de la cintura y llamarlas con apodos. Pero ahora no las conozco y ellas no me conocen, y probablemente no deseen conocerme particularmente. ¡Oh, qué soledad!».

Aún sintió más la soledad aquella noche cuando se halló sola en la habitación al atardecer. No se alojaba con las demás chicas, quienes tenían parientes en la ciudad para acogerlas en su casa. A la señorita Barry le habría gustado alojarla, pero Beechwood se hallaba tan lejos de la academia que estaba fuera de discusión; de modo que la señorita Barry había buscado una pensión, asegurando a Matthew y Marilla que era el lugar adecuado para Ana.

—La dueña es una dama venida a menos —explicó la señorita Barry—. Su marido era oficial británico y ella es muy cuidadosa con los huéspedes que admite. Ana no se encontrará con ninguna persona de conducta reprobable bajo su techo. La comida es buena y la casa está cerca de la academia, en un barrio tranquilo.

Podía ser muy cierto todo esto, y de hecho lo fue, pero no ayudó sustancialmente a Ana en la primera angustiosa nostalgia que se apoderó de ella. Miró sombríamente en torno a la estrecha y pequeña habitación, con las paredes empapeladas de un color oscuro, sin cuadros, la pequeña cama de hierro y la librería vacía; y se le hizo un horrible nudo en la garganta al pensar en su habitación blanca de Tejas Verdes, donde tendría la agradable conciencia de un amplio exterior verde y tranquilo, de las alverjillas creciendo en el jardín y de la luz de la luna cayendo sobre el huerto de frutales, del arroyo debajo de la ladera y de las ramas de los abetos agitándose con el viento nocturno más allá, y de un vasto cielo estrellado, y de la luz encendida en la ventana de Diana, luciendo a través de los huecos de los árboles. Ahí no había nada de eso. Ana sabía que tras la ventana había una fría calle, con una red de cables de teléfono tapando el cielo; pasos de pies desconocidos y mil luces que resplandecían en superficies extrañas. Sabía que iba a llorar, y luchó contra ello.

—*No* lloraré. Es una tontería... y una debilidad... ahí está la tercera lágrima deslizándose por mi nariz. ¡Y vienen más! Debo pensar en algo gracioso para detenerlas. Pero no hay nada gracioso salvo lo que está relacionado con Avonlea, y eso sólo lo empeora... cuatro... cinco... Vuelvo a casa el próximo viernes, pero parece que faltan cien años. Oh, Matthew estará a punto de llegar a casa ahora... y Marilla está en la puerta, buscándole con la mirada en el sendero... seis... siete... ocho... ¡Oh, es inútil contarlas! Vienen como un torrente. No puedo animarme... no *quiero* animarme. ¡Es más bonito sentirse triste!

El torrente de lágrimas habría llegado, no cabe duda, si Josie Pye no hubiese aparecido en ese momento. Ante la alegría de ver un rostro conocido, Ana olvidó el poco cariño que había entre ella y Josie. Por formar parte de la vida de Avonlea, Pye era bienvenida.

—Me alegro de que hayas venido —dijo Ana, con sinceridad.

—Has estado llorando —comentó Josie, con fastidiosa compasión—. Supongo que sientes nostalgia. Yo no tengo intención de sentir nostalgia. La ciudad es muy alegre comparada con la sucia y vieja Avonlea. Me pregunto cómo he vivido allí tanto tiempo. No deberías llorar, Ana; no te sienta muy bien, porque tu nariz y tus ojos enrojecen y entonces pareces roja *toda* entera. He pasado un día estupendo en la academia. Nuestro profesor de inglés parece un pato. Su bigote te haría reír con ganas. ¿Tienes algo de comer por ahí, Ana? Me muero de hambre, literalmente. Supuse que probablemente Marilla te había cargado con alguna tarta. Esa es la razón por la que he venido. Si no, me habría ido al parque a oír tocar a la banda con Frank Stockley. Se hospeda en el mismo lugar que yo y es un buen chico. Se fijó en ti en clase hoy y me preguntó quién era la chica pelirroja. Le dije que eras una huérfana que habían adoptado los Cuthbert y que nadie sabía mucho sobre lo que habías sido antes de eso.

Ana se estaba preguntando si, después de todo, la soledad y las lágrimas no eran más satisfactorias que la compañía de Josie Pye, cuando aparecieron Jane y Ruby, cada una de ellas con una cinta con los colores de Queen's, morado y escarlata prendida con orgullo en sus chaquetas. Como Josie no se «hablaba» con Jane por entonces, tuvo que callarse y no mostrar malicia.

—Bueno —dijo Jane, con un suspiro—, tengo la sensación de haber vivido muchas lunas desde esta mañana. Debería estar en casa estudiando a Virgilio... ese horrible profesor viejo nos ha mandado veinte versos para mañana. Pero, simplemente no era capaz de calmarme para estudiar esta noche. Ana, me parece a mí que veo huellas de lágrimas. Si has estado llorando, reconócelo. Recobraré mi autoestima, porque estaba derramando lágrimas sin parar cuando llegó Ruby. No me importa parecer una tonta si alguien más lo parece. ¿Tarta? Me darás un pedacito, ¿verdad? Gracias. Tiene el auténtico sabor de Avonlea.

Ruby, al ver sobre la mesa el calendario de la academia, quiso saber si Ana tenía intención de ganar la medalla de oro.

Ana se ruborizó y admitió que estaba pensando en ello.

—Oh, eso me recuerda —dijo Josie— que la Queen's conseguirá por fin una de las becas Avery. Ha llegado hoy la noticia. Frank Stockley me lo dijo... su tío es uno de los miembros del consejo escolar. Lo anunciarán mañana en la academia.

¡Una beca Avery! Ana sintió que su corazón latía más deprisa, y que los horizontes de su ambición cambiaban y se ampliaban como por arte de magia. Antes de que Josie diera la noticia, la cumbre más elevada de las aspiraciones de Ana había sido la de conseguir el título de maestra provincial al finalizar el curso, ¡y tal vez la medalla! Pero ahora, en un momento, Ana se vio ganando la beca Avery, estudiando Artes y Humanidades en la Universidad de Richmond y graduándose con su toga y su birrete, todo eso antes de que se hubiera extinguido el eco de las palabras de Josie. La razón era que la beca Avery era en inglés, y Ana sintió que ahí pisaba terreno seguro.

Un rico fabricante de Nueva Brunswick había muerto y había legado parte de su fortuna a otorgar un gran número de becas que se distribuirían entre varias escuelas secundarias y academias de las

Provincias Marítimas[8], conforme a sus respectivas reputaciones. Había habido muchas dudas sobre si se asignaría una de ellas a Queen's, pero se resolvió al final y, al terminar el curso, el estudiante que obtuviera la mejor calificación en inglés y en literatura inglesa ganaría la beca: doscientos cincuenta dólares anuales durante cuatro años en la Universidad de Richmond. ¡No es de extrañar que Ana se fuese a la cama aquella noche con las mejillas ardiéndole!

—Ganaré esa beca si se puede conseguir trabajando duro —dijo con resolución—. ¡Qué orgulloso se sentiría Matthew si consiguiera graduarme en Artes y Humanidades! ¡Oh, es un placer tener ambiciones! Me alegro mucho de tener tantas. Y parece que nunca tienen fin. Tan pronto se cumple una ambición, ya ves otra brillar aún más arriba. Eso es lo que hace a la vida tan interesante.

CAPÍTULO XXXV

El invierno en Queen's

La nostalgia de Ana desapareció, y en gran medida ayudaron a su desaparición las visitas a casa cada fin de semana. Mientras duró el buen tiempo, los estudiantes de Avonlea partían hacia Carmody en el nuevo ramal del ferrocarril cada viernes por la noche. Diana y varios otros jóvenes de Avonlea iban a su encuentro y volvían todos al pueblo en un alegre grupo. Ana pensaba que aquellos paseos de los viernes por la tarde por las colinas otoñales, con el aire dorado y fresco, y las luces de Avonlea parpadeando más allá, eran las mejores horas y más queridas de toda la semana.

Gilbert Blythe casi siempre caminaba junto a Ruby Gillis y le llevaba la cartera de los libros. Ruby era una joven muy bonita, que ahora pensaba que ya era mayor; llevaba las faldas tan largas como le permitía su madre y se recogía el cabello bien arriba en la ciudad, aunque tenía que bajárselo cuando llegaba a casa. Tenía unos ojos azules grandes y brillantes, y una figura regordeta que llamaba la

---

[8] Provincias Marítimas de Canadá: Nueva Brunswick, Nueva Escocia e Isla del Príncipe Eduardo, situadas en la costa atlántica. *(N. de la T.)*

atención. Reía mucho, era alegre y de buen temperamento, y disfrutaba francamente de las cosas agradables de la vida.

—Pero no creo que sea el tipo de chica que le guste a Gilbert, ¿verdad? —dijo Jane a Ana en un susurro. Ana tampoco lo creía, pero ni por la beca Avery lo habría dicho. Tampoco podía evitar pensar que sería muy agradable tener un amigo como Gilbert para bromear, charlar e intercambiar ideas sobre libros, estudios y ambiciones. Gilbert tenía ambiciones, ella lo sabía, y Ruby Gillis no parecía ser esa clase de persona con quien se pudiera hablar de manera provechosa.

No había sentimentalismo en Ana respecto a Gilbert. Los chicos eran para ella, cuando se detenía a pensar en ello, simplemente posibles buenos compañeros. Si ella y Gilbert hubiesen sido amigos, a ella no le habría preocupado cuántas amigas tenía ni junto a quien caminara. Ella poseía un don para la amistad, tenía amigas en abundancia; pero era consciente vagamente de que la amistad masculina también podría ser algo bueno para completar las concepciones que tenía ella del compañerismo y proporcionar puntos de vista más amplios a la hora de juzgar y comparar. Es posible que Ana no hubiese podido expresar sus sentimientos sobre el asunto con una definición tan clara, pero pensaba que si Gilbert la hubiese acompañado alguna vez a casa desde el tren, a través de los frescos campos y a lo largo de los caminos bordeados de helechos, podrían haber mantenido alegres e interesantes conversaciones sobre el mundo que se abría a su alrededor, y de las esperanzas y ambiciones de los dos. Gilbert era un joven inteligente, con ideas propias sobre las cosas y determinación para obtener lo mejor de la vida y dar lo mejor de sí mismo. Ruby Gillis le dijo a Jane Andrews que no comprendía la mitad de las cosas que Gilbert decía; hablaba como Ana Shirley cuando le daba por reflexionar y, por su parte, no creía que fuera divertido preocuparse por los libros y ese tipo de cosas cuando no había obligación que hacerlo. Frank Stockley era más divertido, pero no era ni la mitad de guapo que Gilbert, y, en realidad, no podía decidir cuál le gustaba más.

Ana fue creándose, poco a poco, un círculo de amigas en la academia: estudiantes reflexivas, imaginativas y ambiciosas como ella misma. La muchacha «sonrosada», Stella Maynard, y la «soñadora», Priscilla Grant, pronto llegaron a ser buenas amigas suyas, descubriendo en ésta última doncella pálida de aspecto tan espiritual a una chica llena de ideas para travesuras, bromas y diversión; mientras que la vivaz Stella de ojos negros tenía un corazón lleno de sueños nostálgicos y fantasías, tan etéreos y parecidos a arcoíris como los de la propia Ana.

Después de las vacaciones de Navidad, los estudiantes de Avonlea dejaron de ir a casa los viernes y se centraron en el arduo trabajo. Para entonces, todos los estudiantes de Queen's ocupaban sus puestos en las categorías y en las diversas clases que habían asumido matices distintos y estables, y que las diferenciaban. Ciertos hechos ya se habían aceptado en general. Se admitía que los rivales para conseguir la medalla se habían reducido prácticamente a dos o tres: Gilbert Blythe, Ana Shirley y Lewis Wilson; la beca Avery planteaba más dudas, cualquiera de un grupo formado por seis podría ser el ganador. La medalla de bronce de matemáticas se consideraba ganada ya por un muchachito gordo y gracioso de las tierras del interior, que tenía la frente pronunciada y llevaba puesta una chaqueta remendada.

Ruby Gillis fue la chica más guapa del año en la academia. En las clases de segundo curso, Stella Maynard se llevó la palma de la belleza, con una pequeña pero decisiva minoría a favor de Ana Shirley. Ethel Marr fue considerada por todos los jueces competentes la de mejor estilo para peinarse, y Jane Andrews, la sencilla, laboriosa y concienzuda Jane, se llevó los honores en el curso de economía doméstica. Hasta Josie Pye consiguió cierta preeminencia como la joven de lengua más afilada que asistía a la academia. De modo que podría afirmarse que los antiguos alumnos de la señorita Stacy se defendieron bien en la academia.

Ana trabajaba ardua y tenazmente. Su rivalidad con Gilbert Blythe era tan intensa como lo había sido en la escuela de Avonlea, aunque no todos en la clase sabían de ella; sin embargo, la amargura había desaparecido en cierto modo. Ana ya no deseaba ganar por el simple hecho de vencer a Gilbert; más bien era por sentir el orgullo de obtener una victoria bien ganada sobre un enemigo digno. Merecería la pena ganar, pero ya no pensaba que la vida sería insoportable si no ganaba.

A pesar de las clases, los estudiantes hallaban ocasiones para divertirse. Ana pasaba la mayor parte de sus horas libres en Beechwood y, por lo general, cenaba allí los domingos e iba a la iglesia con la señorita Barry. Ésta iba envejeciendo, como ella misma admitía, pero ni el brillo de sus ojos ni la vehemencia de su lengua habían disminuido en lo más mínimo; aunque jamás afiló esta última con Ana, quien continuaba siendo la principal favorita de la anciana y crítica dama.

—Esa niña, Ana, mejora continuamente —decía—. Las demás niñas llegan a cansarme... hay en ellas una similitud tan provocadora y eterna... Ana tiene tantos matices como un arcoíris y cada tono es el más bonito mientras dura. No sé si es tan divertida como cuando era niña, pero consigue que la quiera y me gusta la gente que consigue que la quiera. Me evita el problema de obligarme a quererla.

Luego, casi antes de que alguien se diera cuenta, había llegado la primavera; en Avonlea, las flores de espino brotaban rosadas sobre los áridos páramos, donde aún quedaba nieve; y la «neblina verde» habitaba en bosques y valles. Pero en Charlottetown, los estudiantes de Queen's sólo hablaban de exámenes.

—Me parece imposible que casi haya terminado el curso —dijo Ana—. El otoño pasado parecía que iba ser muy largo... todo un invierno de estudios y clases. Y aquí estamos ahora, con los exámenes a la vuelta de la esquina, la semana que viene. Chicas, a veces pienso que esos exámenes significan todo para mí, pero cuando miro los grandes brotes que van creciendo en esos castaños y el aire con su neblina azul al final de las calles, no me parecen ni la mitad de importantes.

Jane, Ruby y Josie, que acababan de llegar, no tenían el mismo punto de vista. Para ellas, la llegada de los exámenes era siempre lo más importante... mucho más importante que los brotes de los castaños o que las neblinas de mayo. Estaba muy bien para Ana, que al menos estaba segura de aprobar, tener sus momentos de desprecio hacia los exámenes, pero cuando todo tu futuro depende de ellos —como las chicas pensaban que era su propio caso— no podías tomártelos con filosofía.

—He perdido tres kilos en las dos últimas semanas —suspiró Jane—. No sirve de nada decir que no te preocupes. Me *preocuparé*. Preocuparse ayuda un poco... parece que estás haciendo algo cuando te preocupas. Sería horrible que no consiguiera mi título después de pasar todo el invierno en Queen's y gastar tanto dinero.

—*Yo* no me preocupo —dijo Josie Pye—. Si no apruebo este año, volveré el próximo. Mi padre puede permitirse el lujo de enviarme aquí. Ana, Frank Stockley dice que el profesor Tremaine dijo que seguro que Gilbert Blythe conseguirá la medalla, y que probablemente Emily Clay ganará la beca Avery.

—Puede que mañana me siente mal eso, Josie —rio Ana—, pero en este momento, creo honestamente que mientras sepa que las violetas están naciendo todas moradas en la hondonada que hay debajo de Tejas Verdes, y que los pequeños helechos empiezan a asomar en el Sendero de los Enamorados, me es indiferente ganar o no la beca Avery. He hecho lo que he podido y empiezo a comprender lo que significa «el gozo de la lucha». Después de luchar y vencer lo mejor es luchar y fracasar. ¡Chicas, no hablemos más de exámenes! Mirad esa bóveda de cielo verde pálido sobre esas casas e imaginaos cómo debe de verse sobre los hayales oscuros de Avonlea.

—¿Qué vestido te vas a poner para la ceremonia de entrega de títulos, Jane? —preguntó Ruby, sensatamente.

Jane y Josie respondieron a la vez y la conversación derivó hacia la moda. Pero Ana, con los codos apoyados en el alfeizar de la ventana, la suave mejilla en las manos entrelazadas y los ojos repletos de fantasías, miraba despreocupadamente por encima de los tejados y de la aguja de la ciudad, hacia aquella gloriosa cúpula del cielo al atardecer, y tejió sus sueños de un posible futuro con el hilo dorado del propio optimismo de la juventud. Todo el más allá era suyo con sus posibilidades merodeando como si fuesen rosas en los años venideros: cada año era una rosa de promesa que se tejería en una corona inmortal.

CAPÍTULO XXXVI

La gloria y los sueños

La mañana en la que iban a anunciarse los resultados finales de todos los exámenes en el tablón de la academia, Ana y Jane paseaban juntas por la calle. Jane sonría y era feliz; los exámenes habían terminado y estaba segura de que al menos había aprobado; no preocupaban en absoluto a Jane otras consideraciones. No tenía ambiciones muy elevadas y, por consiguiente, no le afectaba la intranquilidad que conllevan; pues pagamos un precio por todo lo que obtenemos o tomamos de este mundo; y aunque bien merece la pena tener ambiciones, no se van a ganar a bajo precio, pues exigen trabajo y abnegación, inquietud y desánimo. Ana estaba pálida y callada; en diez minutos se sabría quién había ganado la medalla y quién la beca Avery. Más allá de esos diez minutos no parecía existir nada, en ese momento, nada a lo que se le pudiese llamar Tiempo.

—Por supuesto que ganarás una de las dos —dijo Jane, quien no podía comprender cómo el cuerpo docente podría ser tan injusto como para determinar otra cosa.

—No tengo esperanza ninguna de conseguir la beca —respondió Ana—. Todos dicen que la ganará Emily Clay, y yo no voy a acercarme a ese tablón a mirarlo delante de todo el mundo. No tengo valor moral. Me voy a ir directamente al vestuario de las chicas. Debes leer los anuncios y luego venir a decírmelo, Jane. Te imploro en nombre de nuestra vieja amistad que lo hagas lo más rápidamente posible. Si he fracasado, me lo dirás así, sin intentarlo con suavidad; y pase lo que pase *no* te compadezcas de mí. Prométemelo, Jane.

Jane lo prometió solemnemente; pero sucedió que no había necesidad de tal promesa. Cuando subían los escalones de la entrada de la academia, se encontraron el vestíbulo lleno de muchachos; llevaban a Gilbert Blythe a hombros y gritaban a voz en cuello: «¡Hurra por Blythe, ganador de la medalla!».

Por un momento, Ana sintió una horripilante punzada de derrota y decepción. ¡De modo que ella había fracasado y Gilbert había ganado! Bueno, Matthew lo lamentaría... estaba tan seguro de que ganaría ella.

Y luego, alguien gritó: «¡Tres hurras por la señorita Shirley, ganadora de la beca Avery!».

—¡Oh, Ana! —dijo Jane, entrecortadamente, mientras corrían hacia el vestuario de las chicas entre ovaciones—. ¡Oh, Ana, estoy tan orgullosa!, ¿no es espléndido?

Luego las chicas la rodearon y Ana fue el centro de las risas y felicitaciones del grupo. Le dieron palmadas en la espalda y le estrecharon las manos vigorosamente. La empujaban, tiraban de ella, la abrazaban, y entre todo esto logró susurrar a Jane:

—¡Oh, Matthew y Marilla estarán encantados! Debo escribir para dar la noticia ahora mismo.

La entrega de títulos fue el siguiente acontecimiento importante. Se celebró en el gran salón de la academia. Se pronunciaron discursos, se leyeron ensayos, se cantaron canciones, y se hizo la entrega de diplomas, premios y medallas.

Matthew y Marilla se encontraban allí, con ojos y oídos sólo para una estudiante del escenario: una muchacha alta vestida de verde pálido, con las mejillas ligeramente sonrojadas y mirada soñadora, quien leyó el mejor ensayo y fue señalada entre susurros como la ganadora de la beca Avery.

—¿Te alegras de habernos quedado con ella? —susurró Matthew, hablando por primera vez desde que había entrado al salón, después de haber terminado su ensayo Ana.

—No es la primera vez que me alegro —replicó Marilla—. Te gusta restregar las cosas, Matthew Cuthbert.

La señorita Barry, que estaba sentada detrás de ellos, se inclinó hacia adelante y dio un golpecito a Marilla en la espalda con su sombrilla.

—¿No está orgullosa de esa niña, Ana? Yo lo estoy —dijo.

Aquella tarde, Ana regresó a casa, a Avonlea, con Matthew y Marilla. No había estado allí desde abril y pensaba que no podía esperar un día más. Los manzanos habían florecido y el mundo era fresco y joven. Diana la esperaba en Tejas Verdes. En su habitación blanca, donde Marilla había colocado una rosa en el alfeizar de la ventana, Ana miró en torno suyo y exhaló un largo suspiro de felicidad.

—¡Oh, Diana, me alegro tanto de estar de vuelta! Me alegra tanto ver esos abetos puntiagudos que se recortan contra el cielo rosado... y ese huerto blanco y la Reina de las Nieves. ¿No es delicioso el aroma a hierbabuena? Y esta rosa... vaya, es una canción, una esperanza y una oración, todo en una. ¡Y me alegra tanto volver a verte, Diana!

—Pensé que querías más a Stella Maynard que a mí —dijo Diana, con tono de reproche—. Josie Pye me dijo eso. Josie dijo que estabas *prendada* de ella.

Ana se echó a reír y lanzó a Diana su ramo de narcisos marchitos.

—Stella Maynard es la chica a la que más quiero en el mundo después de otra y esa otra eres tú, Diana —dijo—. Te quiero más que nunca, y tengo muchas cosas que contarte. Pero ahora tengo la sensación de que lo que más me alegra es sentarme aquí y mirarte. Estoy cansada, creo... cansada de ser estudiosa y ambiciosa. Pienso pasar al menos dos horas mañana tumbada en la hierba del huerto, sin pensar absolutamente en nada.

—Lo has hecho magníficamente, Ana. Supongo que ahora no enseñarás en Avonlea, después de haber ganado la Avery.

—No. Me voy a Redmond en septiembre. ¿No te parece maravilloso? Tendré nuevas ambiciones cuando acaben estos tres gloriosos y dorados meses de vacaciones. Jane y Ruby van a dedicarse a la enseñanza. ¿No es magnífico pensar que lo hemos conseguido todos, incluso Moody Spurgeon y Josie Pye?

—Los administradores de Newbridge han ofrecido su escuela a Jane —dijo Diana—. Gilbert Blythe va a enseñar también. Tiene que hacerlo. Su padre no puede permitirse el lujo de enviarle a la universidad al año que viene, después de todo, así que tiene intención de ganarse la vida por su cuenta. Espero que consiga la escuela de aquí si la señorita Ames decide marcharse.

Ana sintió una extraña sensación de consternada sorpresa. No lo sabía. Había esperado que Gilbert fuera también a Redmond. ¿Qué iba a hacer ella sin su inspiradora rivalidad? ¿No sería el trabajo, aunque fuera en un colegio mixto con perspectivas de un título superior, bastante monótono sin su amigo el enemigo?

A la mañana siguiente, durante el desayuno, Ana se dio cuenta de repente de que Matthew no tenía buen aspecto. Su cabello estaba mucho más gris que el año anterior.

—Marilla —dijo con vacilación cuando él se hubo marchado—. ¿Matthew está bien?

—No, no lo está —dijo Marilla, con tono preocupado—. Ha pasado momentos realmente malos con su corazón esta primavera y no deja de hacer esfuerzos. He estado muy preocupada por él, pero está mejor ahora y hemos contratado a un hombre, de modo que espero que descanse y se recupere un poco. Tal vez lo haga ahora que tú estás en casa. Siempre le alegras.

Ana se inclinó sobre la mesa y tomó el rostro de Marilla entre sus manos.

—No la veo a usted tan bien como me gustaría, Marilla. Parece cansada. Me temo que ha estado trabajando demasiado duro. Debe descansar, ahora que yo estoy en casa. Voy a dedicar este día a visitar todos los viejos lugares queridos y revivir viejos sueños, y luego será su turno de estar ociosa mientras yo hago el trabajo.

Marilla sonrió con afecto a la muchacha.

—No es el trabajo... es la cabeza. Me duele con mucha frecuencia ahora... detrás de los ojos. El doctor Spencer ha estado insistiendo con las gafas, pero no me sirven de nada. Un distinguido oculista va a venir a la isla a finales de junio y el médico dice que debo ir a verle. Supongo que tendré que hacerlo. No puedo leer ni coser con comodidad ahora. Bueno, Ana, debo decir que te has portado realmente bien en la Queen's. Has obtenido el título en un año y ganado la beca Avery... bueno, bueno. La señora Lynde dice que el orgullo precede a la caída y que no cree en la educación superior de las mujeres; dice que no se adecúa al verdadero ámbito de las mujeres. No creo una palabra de eso. Hablar de la señora Rachel me ha recordado... ¿has oído hablar últimamente del banco Abbey, Ana?

—Oí que no iba muy bien —respondió Ana—. ¿Por qué?

—Eso es lo que dijo Rachel. Estuvo aquí un día la semana pasada y dijo que se estaba hablando de ello. Matthew se sintió realmente preocupado. Todo lo que hemos ahorrado está en ese banco... cada penique. Yo quería que Matthew lo hubiese metido en la caja de ahorros, pero el viejo señor Abbey era gran amigo de mi padre y siempre había hecho las operaciones bancarias con él. Matthew dijo que cualquier banco que lo tuviese a él de director sería lo bastante bueno para cualquiera.

—Creo que sólo es su director nominal desde hace muchos años —dijo Ana—. Es un hombre muy anciano; sus sobrinos son los que realmente dirigen la institución.

—Bueno, cuando Rachel dijo eso, quise que Matthew sacara nuestro dinero enseguida y él dijo que lo pensaría. Pero el señor Russell le dijo ayer que el banco iba bien.

Ana pasó un buen día en compañía del mundo al aire libre; jamás olvidó ese día; era tan luminoso, dorado y hermoso, tan libre de sombras y tan pródigo en flores. Ana pasó algunas de sus mejores horas en el huerto; fue a la Burbuja de la Dríada, a Willowmere y al Valle de las Violetas; visitó la vicaría y tuvo una gratificante conversación con la señora Allan. Finalmente, por la tarde, fue con Matthew a buscar a las vacas a los pastos traseros por el Sendero de los Enamorados. Los bosques estaban esplendorosos con la puesta de sol y su cálido esplendor fluía a través de los valles del oeste. Matthew caminaba lentamente, con la cabeza inclinada. Ana, alta y erguida, adaptaba su paso al suyo.

—Ha trabajado demasiado hoy, Matthew —dijo con tono de reproche—. ¿Por qué no se toma las cosas con más calma?

—Bueno, al parecer no puedo —dijo Matthew, mientras abría el portón para que entraran las vacas—. Es sólo que me estoy haciendo viejo, Ana, y sigo olvidándolo. Bueno, bueno, siempre he trabajado muy duro y preferiría seguir haciéndolo.

—Si yo hubiese sido el chico que envió a buscar —dijo Ana con nostalgia—, ahora sería capaz de ayudarle mucho y evitarle hacer cien trabajos. Sólo por eso podría desear de corazón haber sido chico.

—Bueno, prefiero tenerte a ti a tener una docena de chicos, Ana —dijo Matthew, dándole palmaditas en la mano—. Fíjate bien... que a una docena de chicos. Además, no fue un chico el que consiguió la beca Avery, ¿no es cierto? Fue una chica... mi chica... mi chica de la que tan orgulloso estoy.

Matthew sonrió tímidamente mientras entraba en el jardín. Ana se llevó ese recuerdo con ella cuando fue a su habitación aquella noche y se sentó largo rato junto a la ventana abierta, pensando en el pasado y soñando con el futuro. En el exterior, la Reina de las Nieves se veía blanca y neblinosa a la luz de la luna; las ranas croaban en el pantano, más allá de la Ladera del Huerto. Ana siempre recordó la plateada y pacífica belleza de aquella noche, y su fragante calma. Era la última noche antes de que el dolor afectara a su vida; y la vida ya nunca vuelve a ser la misma una vez se siente ese toque frío de la muerte.

CAPÍTULO XXXVII

La guadaña cuyo nombre es Muerte

—Matthew... Matthew... ¿qué te pasa? Matthew, ¿estás enfermo?

Era Marilla quien hablaba, cada palabra entrecortada expresaba su alarma. Ana cruzaba la entrada con las manos llenas de narcisos blancos (pasaría mucho tiempo antes de que Ana pudiese disfrutar de nuevo con la vista o el perfume de los narcisos blancos), a tiempo para oírla y ver a Matthew de pie en la puerta del porche, con un periódico doblado en la mano y el rostro extrañamente demacrado y grisáceo. Ana dejó caer las flores y cruzó la cocina hacia él al mismo tiempo que Marilla. Ambas llegaron tarde; antes de llegar hasta él, Matthew había caído al otro lado del umbral.

—Se ha desmayado —dijo Marilla con un grito ahogado—. Ana, corre a buscar a Martin... ¡rápido, rápido! Está en el granero.

Martin, el hombre contratado, que acababa de llegar a casa desde la oficina de correos, partió enseguida en busca del médico, pasando de camino por la Ladera del Huerto para avisar al señor y a la señora Barry. La señora Lynde, que se hallaba allí haciendo un recado, también acudió. Encontraron a Ana y a Marilla tratando desazonadamente de que Matthew recuperara el conocimiento.

La señora Lynde las apartó hacia un lado delicadamente, le tomó el pulso y luego apoyó el oído en su corazón. Miró sus preocupados rostros con tristeza y las lágrimas acudieron a sus ojos.

—Oh, Marilla —dijo con gravedad—, no creo que podamos hacer nada por él.

—Señora Lynde... usted no cree... usted no cree que Matthew está...

Ana no pudo pronunciar la terrible palabra; sintió náuseas y palideció.

—Sí, niña, me temo que sí. Mira su cara. Cuando hayas visto esa expresión tan a menudo como yo, sabrás lo que significa.

Ana miró el rostro sereno y contempló el sello de la gran Presencia.

Cuando llegó el médico, dijo que la muerte había sido instantánea y probablemente sin sufrir dolor, causada con toda probabilidad por alguna conmoción repentina. Se descubrió que la conmoción la había provocado el periódico que Matthew tenía en las manos y el cual había traído Martin aquella mañana desde la oficina de correos. Contenía la descripción de la quiebra del banco Abbey.

La noticia se propagó rápidamente por Avonlea, y durante todo el día, amigos y vecinos acudieron en multitud a Tejas Verdes, iban y venían mostrando su afecto hacia el fallecido y hacia los vivos. Por primera vez, el tímido y callado Matthew Cuthbert fue la persona de mayor importancia; la blanca majestad de la muerte había descendido sobre él y le había apartado de los demás.

Cuando la noche serena cayó suavemente sobre Tejas Verdes, la vieja casa estaba silenciosa y tranquila. En el salón yacía Matthew en su ataúd, su largo cabello gris enmarcaba su plácido rostro, en el que se veía una pequeña sonrisa amable, como si estuviera durmiendo, soñando agradables sueños. Había flores a su alrededor, fragantes flores que había plantado su madre en el jardín de la finca en sus días de recién casada y por las cuales Matthew siempre había sentido un cariño secreto y callado. Ana las había recogido y se las había llevado, con unos ojos tristes sin lágrimas en su blanco rostro. Era lo último que podía hacer por él.

Los Barry y la señora Lynde se quedaron con ellas aquella noche. Diana, dirigiéndose a la buhardilla, donde Ana se hallaba de pie junto a la ventana, le dijo con ternura:

—Ana, ¿te gustaría que me quedara a dormir contigo esta noche?

—Gracias, Diana —Ana miró con cariño a su amiga—. Espero que no me malinterpretes si te digo que quiero estar sola. No tengo miedo. No he estado sola ni un minuto desde que sucedió... y quiero estar sola. Quiero estar en completo silencio y tranquila, e intentar darme cuenta. *No puedo* darme cuenta. La mitad de las veces me parece que Matthew no puede estar muerto, y la otra mitad me parece que lleva muerto mucho tiempo y que he tenido este horrible dolor desde entonces.

Diana no lo comprendía del todo. Podía comprender mejor el vehemente dolor de Marilla, que se saltaba todos los límites de su natural reserva y de sus hábitos de toda vida, que la agonía sin lágrimas de Ana. Pero se marchó amablemente, dejando sola a Ana para que guardara su primera vigilia con dolor.

Ana tenía la esperanza de que acudieran las lágrimas en su soledad. Le parecía terrible no poder derramar una lágrima por Matthew, a quien tanto había querido y quien tan amable había sido con ella; Matthew, que había caminado con ella la tarde anterior al atardecer y ahora yacía en la oscura habitación de abajo con esa terrible paz en su semblante. Pero al principio no brotaron las lágrimas, ni siquiera cuando se arrodilló junto a su ventana en la oscuridad y rezó, mirando hacia las estrellas más allá de las colinas... ninguna lágrima, sólo el mismo horrible sordo dolor de tristeza que continuó doliendo hasta quedarse dormida, agotada por la pena y la emoción del día.

Se despertó durante la noche, rodeada de quietud y oscuridad, y el recuerdo del día la invadió como una ola de amargura. Podía ver el rostro de Matthew sonriéndole como le había sonreído cuando se separaron en el portón la noche anterior, aún podía oír su voz diciendo: «Mi chica, mi chica de la que tan orgulloso estoy». Entonces las lágrimas brotaron y Ana lloró desconsoladamente. Marilla la escuchó y se acercó sigilosamente a consolarla.

—Bueno, bueno... no llores así, cariño. Eso no le traerá de vuelta. No es bueno llorar así. Sabía eso hoy, pero no pude evitarlo. Siempre ha sido un hermano muy bueno y amable conmigo... pero Dios sabe lo que es mejor.

—Oh, déjeme llorar, Marilla —dijo Ana entre sollozos—. Las lágrimas no me hieren tanto como lo hace el dolor. Quédese un ratito aquí conmigo y abráceme... así. No podía permitir que se quedara Diana... es buena, amable y dulce, pero no es su pena... está fuera de ella y no podría acercarse lo suficiente a mi corazón para ayudarme. Es nuestra pena... suya y mía. Oh, Marilla, ¿qué vamos a hacer sin él?

—Nos tenemos la una a la otra, Ana. No sé lo que haría si tú no estuvieses aquí... si nunca hubieses venido. Oh, Ana, sé que tal vez he sido demasiado estricta y severa contigo, pero no debes pensar por eso que yo no te quería tanto como Matthew. Quiero decírtelo ahora que soy capaz. Nunca me ha resultado fácil decir las cosas que salen de mi corazón, pero en momentos como estos es más fácil. Te quiero tanto como si fueses de mi propia carne y sangre, y has sido mi alegría y consuelo desde que llegaste a Tejas Verdes.

Dos días después llevaron a Matthew más allá de sus fincas, lejos de los campos que había labrado y de los huertos que había amado, y de los árboles que había plantado; y luego Avonlea volvió a su habitual placidez, e incluso en Tejas Verdes los asuntos volvieron a su antiguo ritmo y se realizó el trabajo, y se cumplieron los deberes con la regularidad de antes, aunque siempre con una dolorosa sensación de «perdida en todas las cosas familiares». Ana, para quien era nuevo este dolor, pensaba casi con tristeza que pudiera ser así, que *pudieran* seguir adelante como antes sin Matthew. Sentía algo parecido a vergüenza o remordimiento cuando descubría que los amaneceres detrás de los abetos y los capullos de color rosa pálido que se abrían en el jardín le producían el torrente de alegría de antaño al verlos, que las visitas de Diana le resultaban agradables y que las alegres palabras y maneras de Diana le hacían reír y sonreír; que, en resumen, el hermoso mundo de las flores, del cariño y de la amistad no habían perdido nada de su poder para agradar a su fantasía y estremecer su corazón, que la vida aún la llamaba con muchas voces insistentes.

—En cierto modo me parece una deslealtad hacia Matthew hallar placer en esas cosas ahora que él ya no está —le dijo con nostalgia una tarde a la señora Allan, cuando se hallaban juntas en el jardín de la vicaría—. Le echo mucho de menos... todo el tiempo... y, sin embargo, señora Allan, el mundo y la vida me parecen muy hermosos e interesantes, a pesar de todo. Hoy Diana me dijo algo divertido y me sorprendí riéndome. Cuando sucedió, pensé que jamás podría volver a reír. Y en cierto modo me parece que no debería hacerlo.

—Cuando Matthew estaba aquí, le gustaba oírte reír y le gustaba saber que encontrabas placer en las cosas agradables que te rodean —dijo la señora Allan con amabilidad—. Ahora ya no está, pero le gusta saber que eso sigue igual; estoy segura de que no deberíamos cerrar nuestros corazones a las influencias sanadoras que la naturaleza nos ofrece. Pero comprendo tus sentimientos. Creo que todos experimentamos lo mismo. Nos parece mal pensar que algo pueda complacernos cuando alguien a quien amamos ya no está aquí para compartir ese placer con nosotros, y casi sentimos que somos infieles a nuestra pena cuando descubrimos que regresa a nosotros el interés por la vida.

—Esta tarde he ido al cementerio a plantar un rosal en la tumba de Matthew —dijo Ana soñadoramente—. He cogido un esqueje del pequeño rosal blanco que su madre trajo de Escocia hace mucho tiempo; esas rosas son las que más le han gustado siempre a Matthew... son tan pequeñas y fragantes con esos tallos espinosos... me alegró poder plantarlas en su tumba... fue como si estuviese haciendo algo que debe alegrarle, llevarlas allí para que estén cerca de él. Espero que tenga rosas como esas en el cielo. Quizás las almas de todas esas pequeñas rosas blancas que tanto ha amado tantos veranos estuvieran allí para recibirle. Ahora debo irme a casa. Marilla está sola y se siente muy sola al anochecer.

—Me temo que aún se encontrará más sola cuando vuelvas a irte a estudiar —dijo la señora Allan.

Ana no respondió; dijo buenas noches y regresó lentamente a Tejas Verdes. Marilla estaba sentada en el escalón de la entrada y Ana se sentó a su lado. La puerta estaba abierta detrás de ellas, sostenida por una gran caracola rosa con un toque de color de puestas de sol en sus suaves circunvoluciones internas.

Ana recogió unos ramilletes de madreselva de color amarillo pálido y se los puso en el cabello. Le gustaba la deliciosa fragancia que emanaba sobre ella, como una bendición, cada vez que se movía.

—El doctor Spencer estuvo aquí mientras estabas fuera —dijo Marilla—. Dice que ese especialista vendrá mañana a la ciudad e insiste en que debo ir a que me examine los ojos. Supongo que será mejor que vaya y acabar con esto. Estaré más que agradecida si puede darme el tipo de gafas que mejor les vayan a mis ojos. No te importará quedarte aquí sola mientras estoy fuera, ¿verdad? Martin me llevará y hay que planchar y hornear.

—Estaré bien. Diana vendrá a hacerme compañía. Plancharé y hornearé magníficamente... no debe temer que almidone los pañuelos o eche esencia de linimento.

Marilla se rio.

—Eras única cometiendo errores aquellos días, Ana. Siempre estabas metiéndote en líos. Solía pensar que estabas poseída. ¿Te acuerdas de cuando te teñiste el pelo?

—Sí, ya lo creo. Jamás lo olvidaré —sonrió Ana, tocándose la gruesa trenza que llevaba enrollada alrededor de su bien formada cabeza—. A veces me rio un poco cuando pienso lo que solía preocuparme mi pelo... pero no me rio *mucho,* porque era un verdadero problema entonces. Sufría terriblemente por el pelo y las pecas. Las pecas ya han desaparecido, y la gente es bastante amable al decirme que mi cabello es de color castaño rojizo ahora... todos menos Josie Pye. Ayer me dijo que creía realmente que era más rojo que nunca, o por lo menos mi vestido negro lo hacía parecer más rojo, y me preguntó que si la gente que tiene el pelo rojo se acostumbra alguna vez a tenerlo así. Marilla, casi he decidido dejar de intentar gustar a Josie Pye. He hecho lo que tendría que llamarse un esfuerzo heroico por gustarle, pero Josie Pye no lo desea.

—Josie es una Pye —dijo Marilla secamente— de modo que no puede evitar ser desagradable. Supongo que la gente de ese tipo sirve para algún propósito útil en la sociedad, pero debo decir que no sé más sobre ello que sobre lo que sé de la utilidad de los cardos. ¿Josie va a dedicarse a la enseñanza?

—No, va a regresar a Queen's el próximo año. Igual que Moody Spurgeon y Charlie Sloane. Jane y Ruby van a enseñar y ambas tienen ya escuelas: Jane en Newbridge y Ruby en algún lugar del oeste.

—Gilbert Blythe también va a enseñar, ¿no?

—Sí —dijo brevemente.

— Es un chico muy guapo —dijo Marilla distraídamente—. Le vi el domingo pasado en la iglesia y me pareció alto y todo un hombre. Se parece mucho a su padre cuando tenía su misma edad. John Blythe era un muchacho guapo. Solíamos ser buenos amigos, él y yo. La gente decía que era mi pretendiente.

Ana alzó la vista con súbito interés.

—Oh, Marilla... ¿Y qué sucedió? ¿Por qué no...?

—Tuvimos una discusión. No le perdoné cuando me lo pidió. Tenía intención de hacerlo..., después de un tiempo..., pero yo estaba enrabietada y enfadada y quería castigarle primero. Nunca volvió... los Blythe son muy independientes. Pero siempre lo he lamentado. Siempre he deseado haberle perdonado cuando tuve la oportunidad.

—De modo que ha tenido un pequeño romance en su vida también —dijo Ana en voz baja.

—Sí, supongo que podría llamarse así. No se pensaría eso al mirarme, ¿verdad? Pero nunca se puede hablar de las personas por su aspecto exterior. Todo el mundo se ha olvidado de John y de mí. Yo misma lo había olvidado. Pero todo regresó a mi cuando vi a Gilbert el domingo pasado.

CAPÍTULO XXXVIII

El recodo en el camino

Marilla fue a la ciudad al día siguiente y regresó por la tarde. Ana había ido a la Ladera de Huerto con Diana y al volver encontró a Marilla en la cocina, sentada junto a la mesa con la cabeza apoyada en la mano. Algo en su actitud abatida hizo sentir un escalofrío a Ana. Nunca había visto a Marilla sentada de esa manera, inmóvil.

—Marilla, ¿está muy cansada?

—Sí... no... no lo sé —dijo Marilla con aire fatigado, alzando la mirada—. Supongo que estoy cansada, pero no he pensado en ello. No es eso.

—¿Ha visto al oculista? ¿Qué ha dicho? —preguntó Ana, inquieta.

—Sí, le he visto. Me ha examinado los ojos. Dice que si renuncio por completo a la lectura, a la costura y a cualquier tipo de trabajo que canse la vista, y si tengo cuidado de no llorar, y si me pongo las gafas que me ha dado, cree que mis ojos no empeorarán y que los dolores de cabeza se pasarán. Pero si no lo hago, dice, me quedaré completamente ciega en seis meses. ¡Ciega! ¡Ana, piensa tan sólo en eso!

Ana guardó silencio durante un minuto después de una primera exclamación de consternación. Le daba la impresión de que *no* podía hablar. Luego dijo con valentía, aunque con voz entrecortada:

—Marilla, *no* piense en eso. Sabe que le ha dado esperanza. Si tiene cuidado, no perderá la vista por completo; y si las gafas curan sus dolores de cabeza, será estupendo.

—Yo no lo llamaría tener mucha esperanza —dijo Marilla con amargura—. ¿Para qué voy a vivir si no puedo leer ni coser ni hacer nada por el estilo? Igual me daría estar ciega que muerta. Y, respecto a lo de llorar, no puedo evitarlo cuando me siento sola. Pero no es bueno hablar de ello. Si me traes una taza de té te lo agradeceré. Está decidido. De todos modos, no digas a nadie nada sobre esto todavía. No podría soportar que vinieran por aquí los vecinos a hacer preguntas, a compadecerse y a hablar de ello.

Cuando Marilla terminó de cenar, Ana la convenció de que se fuera a la cama. Luego Ana se fue a la buhardilla y se sentó junto a la ventana en la oscuridad, a solas con sus lágrimas y pesadumbre en el corazón. ¡De qué forma tan terrible habían cambiado las cosas desde que se sentara allí la noche de su regreso a casa! Entonces se había sentido llena de esperanza, de júbilo, y el futuro parecía prometedor. Ana tuvo la sensación de que había vivido años desde entonces, pero, antes de irse a la cama, había una sonrisa en sus labios y paz en su corazón. Se había enfrentado a su deber con valentía y lo había encontrado reconfortante, como siempre ocurre con el deber cuando lo cumplimos sin reserva.

Una tarde, pocos días después, Marilla entró lentamente desde el jardín, donde había estado conversando con un visitante, un hombre a quien Ana conocía de vista, un tal señor Sadler de Carmody. Ana se preguntaba que podría haber estado diciéndole para que Marilla mostrara aquella expresión en el rostro.

—¿Qué quería el señor Sadler, Marilla?

Marilla se sentó junto a la ventana y miró a Ana. Había lágrimas en sus ojos a pesar de la prohibición del oculista, y su voz se quebró mientras decía:

—Se enteró de que iba a vender Tejas Verdes y quiere comprarla.

—¡Comprarla! ¿Comprar Tejas Verdes? —Ana se preguntó si había oído bien—. ¡Oh, Marilla! ¿No tendrá intención de vender Tejas Verdes?

—Ana, no sé qué otra cosa se puede hacer. Lo he pensado mucho. Si mis ojos estuvieran fuertes, podría quedarme aquí para cuidar de las cosas y arreglármelas con un buen hombre contratado. Pero tal como están las cosas, no puedo. Tal vez pierda la vista por completo; y, de todos modos, no estaré en condiciones de dirigirla. Oh, jamás pensé que viviría para ver el día en el que tuviera que vender mi casa. Pero las cosas irían de mal en peor, hasta que nadie quisiese comprarla. Cada centavo de nuestro dinero fue a parar a ese banco, y deben pagarse algunos pagarés que Matthew entregó el pasado otoño. La señora Lynde me aconseja vender la granja y alojarme en alguna parte... supongo que con ella. No me reportará mucho... es pequeña y los edificios son viejos, pero creo que tendré suficiente para vivir. Agradezco que hayas conseguido esa beca, Ana. Lamento que no tengas un hogar al que acudir en vacaciones, pero supongo que te las arreglarás de alguna manera.

Marilla rompió a llorar amargamente.

—No debe vender Tejas Verdes —dijo Ana, con resolución.

—Oh, Ana, desearía no tener que hacerlo. Pero tú misma puedes verlo. No puedo quedarme aquí sola. Enloquecería con las preocupaciones y la soledad. Y dejaría de ver, sé que pasaría.

—No tiene que quedarse aquí sola, Marilla. Yo estaré con usted. No voy a ir a Redmond.

—¡Que no vas a ir a Redmond! —Marilla alzó su arrugado rostro de entre las manos y miró a Ana—. ¿Qué quieres decir?

—Lo que acabo de decir. No voy a aceptar la beca. Lo decidí la noche después de llegar usted de la ciudad. Seguramente no pensará que podría dejarla sola con su preocupación, Marilla, después de lo que ha hecho usted por mí. He estado pensando y haciendo planes. Déjeme que le cuente mis planes. El señor Barry quiere alquilar la granja para el próximo año, de modo que no tendrá que preocuparse por eso. Y yo voy a enseñar. He solicitado la escuela de aquí... pero no espero conseguirla porque tengo entendido que los administradores se lo han prometido a Gilbert Blythe; pero puedo ir a la escuela de Carmody. El señor Blair me lo dijo anoche en la tienda. Por supuesto, no será tan agradable ni cómodo como estar en la escuela de Avonlea, pero puedo estar en casa e ir a Carmody y regresar cada día, por lo menos durante el buen tiempo. E incluso en invierno puedo venir a casa los viernes. Tendremos un caballo para eso. Oh, lo tengo todo planeado, Marilla. Leeré para usted y la mantendré animada. No estará aburrida ni sola. Y nos sentiremos muy a gusto y felices aquí las dos, usted y yo.

Marilla había escuchado como si estuviese en su sueño.

—Oh, Ana, podría arreglármelas muy bien si tú estuvieses aquí, lo sé, pero no puedo permitir que te sacrifiques tanto por mí. Sería terrible.

—¡Bobadas! —rio Ana alegremente—. No es ningún sacrificio. Nada podría ser peor que renunciar a Tejas Verdes... nada me causaría más daño. Debemos conservar nuestro querido y viejo lugar. Yo lo tengo muy decidido, Marilla. *No* voy a ir a Redmond, y voy a quedarme aquí a enseñar. No se preocupe por mí ni una pizca.

—Pero tus ambiciones... y...

—Soy tan ambiciosa como siempre, sólo que he cambiado el objeto de mis ambiciones. Voy a ser una buena maestra... y voy a salvar su vista. Además, tengo intención de estudiar aquí en casa y empezar un pequeño curso universitario por mi cuenta. Oh, tengo docenas de planes, Marilla. Llevo pensando en ellos una semana. Daré lo mejor de mi vida aquí, y creo que ella me dará lo mejor a mí. Cuando abandoné Queen's, mi futuro parecía extenderse ante mí como un camino recto. Creía poder verlo hasta una gran distancia. Ahora hay un recodo en él. No sé qué hay a la vuelta del recodo, pero voy a pensar que es lo mejor. Ese recodo posee cierta fascinación, Marilla. Me pregunto cómo será el camino más allá... lo que hay de verde gloria y de luces y sombras suaves... qué nuevos paisajes... qué nuevas bellezas... qué curvas y colinas y valles habrá más allá.

—Creo que no deberías renunciar a ella —dijo Marilla, refiriéndose a la beca.

—Pero no puede impedírmelo. Tengo dieciséis años y medio, soy «terca como una mula», como me dijo la señora Lynde en una ocasión —dijo Ana, riéndose—. Oh, Marilla, no vaya a compadecerse de mí. No me gusta que se compadezcan y no hay necesidad de ello. Me alegra de corazón la simple idea de quedarnos en nuestra querida Tejas Verdes. Nadie podría amarla como usted y como yo... de modo que debemos quedarnos en ella.

—¡Bendita muchacha! —dijo Marilla, cediendo—. Siento que me has dado una nueva vida. Supongo que debería insistir y obligarte a ir a la universidad, pero sé que no puedo, así que no voy a intentarlo, aunque te lo compensaré, Ana.

Cuando se corrió la voz en Avonlea de que Ana Shirley había renunciado a la idea de ir a la universidad y tenía intención de quedarse en casa y dedicarse a la enseñanza, se debatió mucho sobre el asunto. La mayoría de la buena gente, al no conocer la enfermedad de los ojos de Marilla, pensó que era una tonta. La señora Allan no lo pensó. Se lo dijo a Ana con tales palabras de aprobación que hicieron que los ojos de la muchacha se llenaran de lágrimas de satisfacción. Tampoco lo pensó la buena señora Lynde. Llegó una tarde y encontró a Ana y a Marilla sentadas en la puerta principal en el cálido y perfumado atardecer estival. Les gustaba sentarse allí cuando caía la tarde y las mariposas blancas nocturnas volaban por el jardín, y el olor a hierbabuena llenaba el aire húmedo.

La señora Rachel depositó su corpulenta figura en el banco de piedra que había junto a la puerta, tras el cual crecía una alta hilera de malvarrosas amarillas y rosas, con un largo suspiro, mezcla de cansancio y alivio.

—Confieso que me alegro de sentarme. He estado de pie todo el día y cien kilos de peso es una buena cantidad para que dos pies carguen con ellos a todas partes. Es una gran bendición no estar gorda, Marilla. Espero que lo aprecies. Bueno, Ana, he oído que has renunciado a la idea de ir a la universidad. Me alegré de veras al escucharlo. Ya tienes tanta educación como pueda tener una mujer para sentirse cómoda. No creo en que las muchachas vayan a la universidad con los hombres y se llenen la cabeza de latín y griego, y de todas esas tonterías.

—Pero, de todas maneras, voy a estudiar latín y griego, señora Lynde —dijo Ana, riéndose—. Voy a seguir el curso aquí, en Tejas Verdes, y a estudiar todo lo que debería estudiar allí.

La señora Lynde alzó las manos, horrorizada.

—Ana Shirley, te vas a matar.

—No, en absoluto. Tendré éxito. No voy a trabajar demasiado. Como dice «la esposa de Josiah Allan» seré «mejum». Tendré mucho tiempo libre en las largas tardes de invierno y no tengo vocación para las labores de costura. Voy a enseñar en Carmody, ¿sabe?

—No lo sé. Supongo que vas a enseñar aquí, en Avonlea. Los administradores han decidido darte la escuela.

—¡Señora Lynde! —exclamó Ana, poniéndose en pie de un salto por la sorpresa—. Bueno, pensé que se lo habían prometido a Gilbert Blythe.

—Así es, pero tan pronto como Gilbert se enteró de que la habías solicitado tú, fue a hablar con ellos... ya sabes que anoche había una reunión en la escuela... les dijo que retiraba su solicitud y les sugirió que aceptaran la tuya. Dijo que iba a enseñar en White Sands. Por supuesto, ha renunciado sólo para hacerte un favor a ti, porque él sabía lo mucho que deseabas quedarte con Marilla, y debo decir que creo que es muy amable y considerado por su parte, eso es. Un auténtico sacrificio también, pues tendrá que pagarse el alojamiento en White

Sands, y todo el mundo sabe que tendrá que ganarse el dinero para estudiar. De modo que los administradores decidieron elegirte a ti. Me alegré muchísimo cuando Thomas me lo contó al llegar a casa.

—No creo que debiera aceptarlo —murmuró Ana—. Quiero decir... no creo que debiera permitir que Gilbert haga semejante sacrificio por... por mí.

—Supongo que ya no puedes evitarlo. Ha firmado los documentos con los administradores de White Sands, de modo que no serviría de nada que rehusaras. Por supuesto que te harás cargo de la escuela. Te las arreglarás bien, ya que ahora no hay ningún Pye. Josie fue la última de ellos, y menos mal, eso es. Durante los últimos veinte años siempre ha habido algún Pye en la escuela de Avonlea, y supongo que su misión en la vida era recordar a los maestros que la tierra no era su hogar. ¡Pero bueno! ¿Qué significa todo ese titileo de luces en la buhardilla de los Barry?

—Diana está enviándome señales para que vaya —rio Ana—. Seguimos manteniendo la vieja costumbre. Discúlpenme mientras voy a ver qué es lo que quiere.

Ana bajó corriendo la cuesta de los tréboles como un ciervo y desapareció entre las sombras de los abetos del Bosque Encantado. La señora Lynde la trató con indulgencia.

—Todavía tiene mucho de niña en algunos aspectos.

—Tiene mucho más de mujer en otros aspectos —replicó Marilla, volviendo momentáneamente a su antigua sequedad en el tono.

Pero esa sequedad ya no era el rasgo más característico de Marilla, como le dijo la señora Lynde a Thomas aquella noche.

—Marilla Cuthbert es más blanda ahora. Eso es.

Ana acudió al pequeño cementerio de Avonlea a la tarde siguiente para colocar flores frescas sobre la tumba de Matthew y regar el rosal escocés. Se entretuvo allí hasta el anochecer, disfrutando de la paz y de la calma del pequeño lugar, con el susurro de sus álamos que parecían hablar en voz baja y amistosa, y sus susurrantes hierbas que crecían a voluntad entre las tumbas. Cuando finalmente abandonó el lugar y descendía caminando por la colina hacia el Lago de las Aguas Resplandecientes, ya anochecía y Avonlea se extendía ante ella en una luz de ensueño: «un refugio de antigua paz». En el aire había una frescura como la de un viento que ha soplado sobre los campos de trébol dulces como la miel. Las luces de los hogares parpadeaban aquí y allá entre los árboles de la finca. Más allá se encontraba el mar, brumoso y púrpura, con su murmullo hechizante e incesante. El oeste resplandecía con sus suaves tonos mezclados y la laguna los reflejaba todos ellos en tonos aún más suaves. Aquella belleza estremeció el corazón de Ana y le abrió las puertas de su alma con gratitud.

—Querido viejo mundo —murmuró—, eres encantador y me alegra estar viva dentro de ti.

A mitad de camino de la colina, un muchacho alto salió silbando por una puerta frente a la granja de los Blythe. Era Gilbert, y el silbido se detuvo en sus labios cuando reconoció a Ana. Se levantó la gorra con cortesía, pero habría pasado de largo en silencio si Ana no se hubiese detenido y le hubiese tendido la mano.

—Gilbert —dijo, con las mejillas escarlatas—, quiero darte las gracias por haber renunciado a la escuela por mí. Has sido muy generoso... y quiero que sepas que te lo agradezco.

Gilbert tomó con entusiasmo la mano que se le ofrecía.

—No ha sido nada, Ana. Me agradó poder prestarte alguna pequeña ayuda. ¿Vamos a ser amigos después de esto? ¿Has perdonado mis viejos errores?

Ana se echó a reír e intentó en vano retirar la mano.

—Te perdoné aquel día en el amarradero, aunque no lo sabía. ¡Qué testaruda fui! Lo he... bien podría hacer una confesión completa... lo he lamentado desde entonces.

—Vamos a ser los mejores amigos —dijo Gilbert, con júbilo—. Hemos nacido para ser buenos amigos, Ana. Ya has frustrado bastante el destino. Sé que podemos ayudarnos el uno al otro de muchas maneras. Vas a seguir estudiando, ¿verdad? Yo también. Vamos, te acompañaré a casa.

Marilla miró con curiosidad a Ana cuando ésta entró en la cocina.

—¿Quién era el que te acompañaba, Ana?

—Gilbert Blythe —respondió Ana, disgustada por haberse ruborizado—. Me encontré con él en la colina de los Barry.

—Creía que Gilbert Blythe y tú no erais tan buenos amigos como para quedarte media hora en la puerta hablando con él —dijo Marilla, con una seca sonrisa.

—No hemos sido... hemos sido buenos enemigos, pero hemos decidido que será mucho más sensato ser buenos amigos en el futuro. ¿De verdad hemos estado media hora? Parecieron sólo unos minutos. Pero comprenderá, Marilla, que tenemos que ponernos al día después de habernos perdido conversaciones durante cinco años.

Ana permaneció sentada mucho tiempo junto a la ventana aquella noche, acompañada de una alegre satisfacción. El viento susurraba suavemente entre las ramas de los cerezos, y llegaba hasta ella perfume a hierbabuena. Las estrellas titilaban sobre los abetos puntiagudos de la hondonada y la luz de Diana brillaba a través del claro de siempre.

El horizonte de Ana no era tan extenso como el de la noche en la que se había sentado allí después de regresar de Queen's, pero si el sendero que se presentaba bajo sus pies iba a ser angosto, sabía que brotarían a lo largo de él flores de tranquilidad y felicidad. El placer del trabajo sincero, de las ambiciones nobles y de la amistad innata iba a ser suyo; nada podría robarle su derecho a la fantasía o su mundo ideal de sueños. ¡Y siempre habría un recodo en el camino!

«Dios está en su cielo, todo está bien en el mundo» —susurró Ana suavemente.

ÍNDICE